Całe miasto
o tym mówi

FANNIE FLAGG

Całe
miasto
o tym mówi

Przełożyła
Dorota Dziewońska

Wydawnictwo Literackie

Tytuł oryginału
The Whole Town's Talking

Copyright © 2016 by Willina Lane Productions, Inc.
All rights reserved.
Published in the United States by Random House, an imprint and division
of Penguin Random House LLC, New York.

Original Cover Artwork copyright ©2016 by Peter Malone reproduced
by kind permission of Peter Malone c/o Caroline Sheldon Literary Agency Ltd.

© Copyright for the Polish translation by Wydawnictwo Literackie, 2018.

Wydanie pierwsze

ISBN 978-83-08-06477-1

Dla Cluny Brown,
która potrafi wszystko naprawić

Co wie wrona

Zrywają się wcześnie, na wsi i w miastach, gotowe zająć się ważnymi wronimi sprawami. Zbierają się w duże stada, czasem latają samotnie lub w małych grupkach. Cały dzień wzbijają się i opadają, krzycząc do ludzi. Wołają z drzew, z dachów, z drutów telefonicznych:

– TERAZ! TERAZ! ŻYJ TERAZ!

Biedne stare wrony. Myślą, że coś mówią, a tymczasem ludzie słyszą tylko:

– KRA! KRA! KRA!

Prolog

Cóż mogę powiedzieć o tym miasteczku? Gdybyś przejeżdżał przez nie w tamtych czasach, pewnie uznałbyś je za mieścinę, jakich wiele... ale myliłbyś się. Urodziłem się tam i wychowałem, więc dobrze wiem, o czym mówię. Mieszkańcy nie byli bogaci, ale trzymaliśmy się razem. A wiadomość o tym, co stało się z Hanną Marie, bardzo nas poruszyła. Wszyscy o tym rozprawiali. Nie było nikogo, kto by się nie zarzekał, że coś z tym zrobi. Ale nigdy, nawet w najśmielszych marzeniach, nie przyszłoby nam do głowy, kto tego dokona. A już na pewno nikt nie przypuszczał, w jaki sposób się to stanie. W tym momencie nie powiem nic więcej, żeby nie zdradzić za dużo. Bo kto by chciał przedwcześnie znać zakończenie? Ja na pewno nie.

Przyjaciel

A więc od początku...

Lordor Nordstrom

1889
MISSOURI, USA

W wieku dwudziestu ośmiu lat Lordor Nordstrom opuścił dom w Szwecji z zamiarem kupienia ziemi w Ameryce. Po kilku miesiącach, kiedy przemierzał południowe Missouri, natrafił na dużą połać żyznej ziemi z wieloma źródłami, w sam raz na farmę mleczarską. Gdy już oczyścił teren pod gospodarstwo, zamieścił w szwedzko-amerykańskiej gazecie ogłoszenie, w którym zapraszał młodych osadników. W odpowiedzi zaczęli przybywać wraz z rodzinami i zwierzętami gospodarskimi. Do 1880 roku utworzyła się mała wspólnota rolnicza, którą okoliczni mieszkańcy nazwali Swede Town, nie bacząc na fakt, że mieszkało tam dwóch Niemców i jeden Norweg (podejrzewany o bycie Finem).

Tego dnia Lordor Nordstrom stał na szczycie niewielkiego wzgórza, spoglądając na rozległe zielone łąki i białe domki w dole. Ciszę i spokój zakłócały jedynie głosy ptaków i pobrzękiwanie dzwonków na szyjach krów. Jak okiem sięgnąć, widoki zapierały dech w piersiach. To było to, o czym Lordor marzył.

Postanowił podarować tę ziemię wspólnocie i nazwać ją Spokojnymi Łąkami. Schodząc ze wzgórza, był z siebie zadowolony. Jako pierwszy osadnik czuł się odpowiedzialny za tych, którzy zjawili się tu po nim. I oto udało mu się znaleźć idealne miejsce, w którym kiedyś będą mogli złożyć swoje kości.

W następnych tygodniach Lordor i inni pionierzy oczyścili teren na wzgórzu i wyznaczyli kwatery na pochówki. Każdej kwaterze przydzielili numer, zapisany po szwedzku i angielsku, żeby uniknąć nieporozumień. Zbudowali wysoką drewnianą bramę zwieńczoną łukiem i zdobioną rzeźbionymi kwiatami, po czym wyryli na niej napis: CMENTARZ SPOKOJNE ŁĄKI, ZAŁ. 1889.

Po skończeniu pracy Lordor zwołał zebranie i ogłosił, że ponieważ wszyscy przybyli tu mniej więcej w tym samym czasie, otrzymają miejsca na cmentarzu za darmo, według zasady: kto pierwszy, ten lepszy. Takie podejście wydawało mu się jedynym uczciwym. W przyszłości następni przybysze mieli płacić po pięćdziesiąt centów za działkę.

W niedzielę wszystkie rodziny załadowały wozy i wjechały na wzgórze, by małymi kołkami oznaczyć swoje kwatery. Niektórzy, jak Swensenowie, mieli nadzieję na założenie dużej rodziny, zaznaczyli więc cały rząd ponad dwudziestu działek, by zapewnić miejsce spoczynku sobie i tym, którzy mieli przyjść po nich.

Birdie Swensen była bardzo zadowolona z wybranej parceli. Lubiła muzykę i z przyjemnością wsłuchiwała się w śpiew ptaków i dzwonki krów. Podobało jej się też otoczenie. Zwróciła się do męża:

– Patrz, Lars, widać stąd naszą farmę i wiatrak. To będzie wspaniałe miejsce dla dzieci, kiedy przyjdą nas odwiedzić.

Państwo Knott chcieli mieć widok na pola kukurydzy.

Chociaż obszar na szczycie wzgórza był dość rozległy i osadnicy mogli się ulokować z dala od siebie, to jednak dała o sobie znać siła przyzwyczajenia. Wszyscy wybierali działki obok sąsiadów, tak jak mieszkali w dolinie: Lordor pośrodku, pod dużym dębem, a pozostali wokół niego. Wyjątkiem był stary Hendersen, który przeszedł na drugą stronę i tam zatknął swój kołek. Ktoś kiedyś powiedział, że Eustus Hendersen woli muły od ludzi, a on przytaknął.

„Muły są wredne, ale przynajmniej nie zanudzają człowieka swoim gadaniem".

Później, gdy każdy już wybrał dla siebie miejsce, usiedli do wspólnego posiłku na świeżym powietrzu. Był sezon czarnych jagód, więc kobiety upiekły ciasta. Pan Lindquist grał na skrzypcach, a pani Knott na akordeonie. Spędzili naprawdę przyjemne popołudnie.

Oczywiście w tamtym czasie nikt z nich nie wiedział o dziwnych i tajemniczych zdarzeniach, które dopiero miały się rozgrywać na tym wzgórzu. Nawet gdyby im o tym powiedziano, i tak by nie uwierzyli.

Miłość i ślub

Lordor miał wrażenie, że całe to przygotowywanie miejsca na spędzenie wieczności i obliczanie, ile działek dla siebie zarezerwować, skierowało jego myśli ku przyszłości. W dojrzałym wieku trzydziestu siedmiu lat był jednym z wielu żyjących w okolicy farmerów w kawalerskim stanie. A przecież nie chciał tego. Stało się tak, bo za bardzo pochłonęło go nadawanie kształtu czemuś, co dopiero powoływał do istnienia. Pięć zaprzyjaźnionych mężatek stale mu wypominało, że powinien znaleźć sobie miłą żonę, ale nie było to takie proste.

Lordor nie miał nic przeciwko samej koncepcji małżeństwa. Kilka lat wcześniej pod wpływem owych nalegań próbował kogoś poznać. Tamtej wiosny obciął włosy u prawdziwego golibrody, kupił nowiuteńką parę butów z katalogu i wyruszył w daleką podróż do szwedzkiej społeczności Lindsborg w stanie Kansas. Kiedy jednak tam dotarł, okazało się, że wszystkie porządne kobiety były już zajęte. Wrócił więc z niczym; jedynym, co zyskał na tej wyprawie, były nowe buty i schludna fryzura.

W Swede Town naprawdę brakowało kobiet. Nie można było nawet urządzić potańcówki. Kiedy mimo wszystko ją zorganizowano, mężczyźni musieli po kolei przywiązywać sobie do ramienia białą chusteczkę na znak, że teraz przejmują rolę partnerki. To, że podczas tańca ściskali owłosione,

15

pełne odcisków, stwardniałe dłonie innych farmerów, sprawiało, że kobiety wydawały im się dużo piękniejsze, łagodniejsze i delikatniejsze, niż były w istocie. Brak kobiet przyczyniał się też do utraty dobrych robotników. Po tańcu z Nancy Knott, która miała półtora metra wzrostu i około metra szerokości, jeden z młodych farmerów powiedział Lordorowi:

„Kiedy pani Knott zaczyna ci się podobać, to znak, że trzeba stąd wyjechać".

Tak też zrobił.

Lordor uznał, że jeśli ma podjąć jeszcze jedną próbę znalezienia dla siebie miłej kobiety, to tylko teraz. Niedawno podpisał nowy kontrakt na sprzedaż mleka i sera dla robotników budujących kolej i jego finansowa przyszłość była zabezpieczona na tyle, że stać go było na utrzymanie rodziny. Poza tym czuł się samotny. Chciał mieć z kim dzielić nowy dom, który właśnie zbudował. Jednak tradycyjny sposób zdobywania żony był bardzo czasochłonny, a on akurat w tym momencie nie dysponował wolnym czasem. W dodatku nie mógł zostawić farmy bez opieki, a nie miał nikogo, kto by go zastąpił.

Podczas stawiania kolejnej obory, gdy wszyscy posilali się przy długim drewnianym stole, Lordor poprosił o radę sąsiadów. Henry Knott, krzywonogi i chudy hodowca tuczników, siedzący przy odległym końcu stołu, zawołał:

– Hej, Lordor!... a może byś tak skorzystał z któregoś z tych korespondencyjnych biur matrymonialnych, co to przysyłają narzeczone na zamówienie? Wtedy ona tu przyjedzie, a ty nie stracisz czasu.

Wszystkie kobiety natychmiast go poparły.

– To dobry pomysł, Lordorze – odezwała się pani Eggstrom – tak właśnie powinieneś zrobić.

Lordor nic nie odpowiedział, lecz pani Lindquist, wymachując łyżką, rzekła:

– Wiem, co sobie myślisz, Lordorze, ale to żaden wstyd. Wielu mężczyzn na zachodzie tak robi, a na pewno jest dużo miłych szwedzkich dziewcząt, które pragną wyjść za mąż.

– Ona ma rację – dorzuciła Birdie Swensen, nakładając sobie na talerz kolejny kawałek pieczonego kurczaka. – A jeśli dziewczyna będzie zainteresowana, przyśle ci swoje zdjęcie. Wtedy wszyscy będziemy mogli ją zobaczyć i pomóc ci w podjęciu decyzji.

Lordor wciąż nie był przekonany. Zawsze onieśmielało go damskie towarzystwo, a już myśl o poślubieniu kogoś całkiem obcego wprawiała go w wyjątkowe zakłopotanie. W końcu pani Knott zdecydowała za niego:

– Starzejesz się, Lordorze. Powinieneś to zrobić.

Ostatecznie uznał, że nikomu nie zaszkodzi, jeśli przynajmniej spróbuje. Tak więc tydzień później w szwedzko-amerykańskiej gazecie w Chicago ukazało się ogłoszenie:

37-LETNI SZWED POZNA SZWEDKĘ
W CELU MATRYMONIALNYM.
MAM DOM I KROWY.
Lordor Nordstrom
Swede Town, Missouri

Szwedka

1889
CHICAGO

Katrina Olsen, zaledwie od pięciu lat mieszkająca w Stanach, była służącą w dużej posiadłości w Chicago. Tego dnia pomagała sprzątać kuchnię, gdy zobaczyła ogłoszenie Lordora w gazecie. Ostrożnie je wydarła i włożyła do kieszeni fartucha. Wieczorem, kiedy już znalazła się w pokoiku na poddaszu, pokazała je swojej przyjaciółce, z którą pracowała, Annie Lee.

– Myślisz, że powinnam odpowiedzieć?

Anna Lee spojrzała na ogłoszenie z niepokojem.

– Ojej, Katrino... Missouri? Nawet nie wiemy, gdzie to jest. Mogą tam być dzicy Indianie, a nawet niedźwiedzie. A ten Lordor Nordstrom może się okazać zły i brzydki.

Katrina westchnęła.

– Wiem, ale nie chcę całe życie być służącą.

– Ja też nie, ale co za różnica, czy jesteś służącą, czy żoną starego hodowcy bydła. To bardzo ciężka praca, i to bez żadnej zapłaty. Nie, ja wolę zostać w mieście i szukać szczęścia z tutejszymi chłopcami.

Katrina była ładną dziewczyną, więc chętnie spotykali się z nią znajomi Anny Lee z Chicago, ale wszyscy oni wydawali się jej zbyt cwani i wygadani. Nie odstraszała jej wizja ciężkiej pracy na własnej ziemi, ale to, co Anna Lee powiedziała o Indianach i niedźwiedziach, prawdziwie ją zaniepokoiło. Kiedy uczyła się angielskiego, czytała różne tanie powieści, takie jak

Osadniczka Bess i *Kate z gór*, które opowiadały o najróżniejszych niebezpieczeństwach czyhających na kobiety w dzikich ostępach.

Im więcej jednak myślała o tym ogłoszeniu, tym bardziej ją intrygowało. Zdawała sobie sprawę, że długa podróż do Missouri będzie ryzykownym przedsięwzięciem. Może pożre ją górski lew albo przytrafi się jej coś jeszcze gorszego. Ale jednocześnie z ogłoszenia wynikało, że ten mężczyzna ma dom. Kiedy Katrina wyjeżdżała ze Szwecji, złożyła pewne obietnice i była zdecydowana ich dotrzymać. W końcu uznała więc, że warto zaryzykować. Zwlekała z tym jednak tak długo, że pisząc list, nie miała pewności, czy pan Nordstrom do tej pory już kogoś nie znalazł. Mimo to postanowiła się przekonać.

Szanowny Panie!

W odpowiedzi na Pański anons zgłasza się 24-letnia Szwedka wyznania luterańskiego, która umie gotować, szyć, zna się na pracach ogrodowych i ma łagodny charakter. Załączam swoją fotografię. Jeżeli ma Pan taką wolę i nie jest Pan jeszcze zajęty, proszę przysłać swoje zdjęcie.

Z poważaniem
Katrina Olsen

Mijały tygodnie, a Lordor Nordstrom nie otrzymał ani jednej odpowiedzi na swoje ogłoszenie. Wiele Szwedek w Chicago je czytało, lecz na ogół były one podobne do Anny Lee. Zostawiły wiejskie domy w Szwecji i nie chciały wracać do pracy na roli. Lordor już niemal stracił nadzieję, kiedy przyszedł list od panny Olsen.

19

Werdykt

W dniu, w którym nadeszła wiadomość, Lordor zgodnie z obietnicą zaniósł zdjęcie panny Olsen kobietom z sąsiedztwa. Z tej okazji zgromadziły się wszystkie w kuchni pani Knott. Gdy podał im fotografię, wyprosiły go na zewnątrz, aby móc swobodnie się naradzić.

Lordor poszedł do stodoły pogawędzić z panem Knottem, którego kobiety także wyrzuciły z kuchni. Ledwie skończyli po papierosie, gdy drzwi domu szeroko się otworzyły i pani Knott krzyknęła:

– Lordorze, chodź do nas! Henry, ty jeszcze tam zostań. Zaraz zrobię ci obiad.

Pan Knott skinął głową. Miał nadzieję, że tego dnia dostanie ziemniaki z mięsem. Jego żona nie była najpiękniejsza, ale jej parująca kapusta, kotlet w panierce, skwierczące mięso duszone z jarzynami, kluski ze śmietaną, placek z jabłkami...

Lordor powoli wchodził po schodach, gotów na wysłuchanie werdyktu. Zdjął kapelusz, przekroczył próg i kazano mu usiąść. Znalazł się pod obstrzałem pięciu par kobiecych oczu. Czuł, że pod presją tych spojrzeń zaczyna się pocić, kiedy Birdie Swensen, najłagodniejsza z tej piątki, powiedziała:

– No więc, Lordorze... uroda dziewczyny może zwieść mężczyznę, lecz nie oszuka innej kobiety. Tak, ta dziewczyna jest ładna, ale na żonę potrzebny ci ktoś, kto ma też dobry charakter.

Lordor chrząknął.

– Tak, chyba tak.

– Zaufaj nam. No więc po głębokim zastanowieniu wszystkie się zgadzamy. Ta dziewczyna ma charakter. – Kobiety kiwały głowami, gdy Birdie Swensen mówiła dalej. – Uważamy, że powinieneś odpowiedzieć jej natychmiast, zanim ktoś inny sprzątnie ci ją sprzed nosa.

– Poza tym jest luteranką – wtrąciła pani Lindquist. – To powinno ci wystarczyć.

Lordor szczerze się ucieszył z tej rady. Bardzo liczył się z ich zdaniem, ale w tym przypadku nie potrzebował dużej zachęty. Gdy tylko ujrzał zdjęcie dziewczyny, kompletnie stracił głowę. Miała, jak na Szwedkę przystało, długie jasne warkocze, starannie oplecione wokół głowy, a ubrana była w białą koronkową bluzkę z wysokim kołnierzykiem, pod którym widniała broszka w kształcie kamei. Do tego była bardzo ładna. Nie to jednak od pierwszej chwili przykuło jego uwagę, lecz spojrzenie, jakie niektórzy emigranci rozpoznawali u innych. Spojrzenie pełne nadziei i determinacji, zupełnie jakby patrzyła gdzieś w dal, w odległą przyszłość. W dniu, w którym Lordor otrzymał to zdjęcie, tak długo się w nie wpatrywał, że wieczorem po zamknięciu oczu wciąż widział twarz dziewczyny. Uznał, że to musi coś znaczyć, ale starał się zbyt wiele sobie nie obiecywać. Najpierw musiał udać się do fotografa, żeby móc wysłać pannie Olsen swoją podobiznę.

O Boże. Już sama myśl o tym, że ona zobaczy jego zdjęcie, przeszyła go strachem. Teraz wiedział, jak musiał się czuć niedawno zakupiony koń, kiedy Lordor oglądał każdy centymetr jego ciała i wszystkie zęby, zanim wyłożył pieniądze. Postanowił, że następnego dnia da nieszczęsnemu zwierzęciu dodatkową porcję siana w ramach przeprosin.

21

Katrina Olsen

Dziecko przyszło na świat dużo przed czasem. Ingrid Olsen urodziła je nad jeziorem na skraju pola kartofli, na którym pracowała. Przez porównanie z wagą ziemniaków uznała, że niemowlę waży około dwóch kilo. Przyjaciółka pomogła jej owinąć córeczkę w podarty jutowy worek.

Nie było pewności, czy maleństwo przeżyje, zwłaszcza że Ingrid już wcześniej straciła dwoje dzieci. W dodatku zbliżała się zima, co nie napawało nadzieją, bo w tym okresie brakowało żywności, a i ogrzanie domu nie było łatwe. Ingrid postanowiła, że gdyby jednak córeczce udało się pozostać przy życiu, nada jej imię Katrina.

Kobieta spojrzała na wiercące się w jej ramionach dwa kilogramy niebieskookiego życia i zapłakała nad losem swego maleństwa.

W 1865 roku Szwecja była krajem o sztywnym podziale klasowym, bez jakiejkolwiek warstwy średniej. Każdy, kto nie był właścicielem ziemi, pracował dla tych, którzy ją posiadali, i nie mógł liczyć na to, że jego dzieci zasmakują lepszego życia.

Coś jednak się wydarzyło. To coś nazywało się Ameryka. Pojawiła się nadzieja, miejsce, gdzie ciężka praca stwarzała przynajmniej szanse na lepszą przyszłość. Na razie jednak córeczka Ingrid była obecna na tym świecie zaledwie od czterdziestu pięciu minut i już odczuwała głód.

Katrina przeżyła, lecz zawsze była delikatna i słabowita. Gdy miała siedem lat, zachorowała na odrę, która spowodowała czasową ślepotę. Stopniowo, w ciągu kilku lat, odzyskiwała wzrok, ale nigdy już nie widziała dobrze. Po śmierci ojca Katrina zajmowała się młodszym rodzeństwem, bratem i siostrą, podczas gdy ich matka pracowała w polu.

Kiedy podrosła, pomagała przy gotowaniu i pieczeniu. Jej mama jako panna była kucharką u zamożnej rodziny. Dopiero potem zakochała się w dzierżawcy ziemi.

Na szczęście Ingrid nie zapomniała, jak piecze się ciasta. Później, gdy już nie była w stanie pracować w polu, sprzedawała swoje wypieki właścicielom farmy na specjalne okazje. Mimo to zawsze brakowało im pieniędzy. Często chodzili spać głodni. Jedyną szansę przetrwania stanowił wyjazd kogoś z nich do Ameryki w poszukiwaniu pracy. Wszyscy myśleli, że zrobi to Olaf, brat Katriny, ale on był jeszcze za mały. Katrina nie chciała opuszczać domu, czuła jednak, że nie ma wyboru.

W dniu wyjazdu starała się nie płakać. Chciała być silna dla swojej matki. Poszły do najbliższego miasteczka i czekały na powóz jadący na stację kolejową, skąd pociągiem Katrina miała się udać do Bremy w Niemczech, a stamtąd parowcem do Liverpoolu i dalej statkiem do Ameryki.

Kiedy powóz nadjechał, matka sięgnęła do kieszeni fartucha i w milczeniu wsunęła coś w dłoń Katriny. Była to mała biała chusteczka haftowana w czerwone i niebieskie kwiaty – prezent od jednej z bogatych dam, dla których Ingrid pracowała kiedyś w mieście.

– Ojej, mamo... jesteś pewna? Tak lubisz tę chusteczkę.

Kobieta skinęła głową i po raz ostatni uściskała córkę.

Podróż trzecią klasą przez ocean omal nie wykończyła dziewczyny. Katrina nie mogła sobie pozwolić na porządne jedzenie, więc kiedy statek dotarł do portu w Nowym Jorku, była tak chuda i słaba, że ledwie trzymała się na nogach.

Urzędnik imigracyjny, widząc, w jakim jest stanie, omal nie odesłał jej z powrotem do Szwecji, ale zauważył, że dziewczyna bardzo się stara wyglądać na silną i zdrową. Był to niewzruszony mężczyzna, który zawrócił już niejednego przybysza, a mimo to nie miał serca, by odprawić z powrotem tę imigrantkę z błyskiem determinacji w oku.

Zaraz po przybyciu do Ameryki Katrina znalazła pracę w Chicago. W tamtych czasach szwedzkie służące były wręcz rozchwytywane. Słynęły z czystości, uczciwości i zdolności do nauki języków. Poza tym w kręgach świeżo kształtującej się zamożnej klasy wyższej w Chicago posiadanie szwedzkiej służącej należało do dobrego tonu. W pięknym trzypiętrowym domu na Lincoln Park, gdzie zatrudniono Katrinę, pracowało pięcioro dziewcząt.

Cztery miesiące później matka Katriny otrzymała list i w końcu mogła spać spokojnie.

Najdroższa Mamusiu!

Udało mi się przepłynąć ocean. Jestem w Ameryce.
Znalazłam pracę w mieście o nazwie Chicago.
W dzień pracuję, a wieczorami uczę się angielskiego
z przyjaciółką Anną Lee. Pani domu mówi, że robię duże
postępy. Mam nadzieję, że przydadzą się Wam pieniądze,
które wysyłam. Nie wydaję nic na głupstwa.

Mamusiu, bardzo za Tobą tęsknię. Śpię z Twoją chusteczką. Nie mogę zapomnieć Twojej twarzy, kiedy machałaś mi na pożegnanie.

Ucałuj ode mnie maluchy.
Katrina

Springfield, Missouri

Biedny Lordor. Wizyta u fotografa w Springfield była dla niego, delikatnie mówiąc, koszmarnym przeżyciem. Widział swoją twarz zawsze przy goleniu, ale nigdy nie przywiązywał do tego widoku większej wagi. Teraz jednak, kiedy zobaczył się na zdjęciu, jęknął tylko: „O Boże, te uszy". Dlaczego pozwolił, żeby pani Knott obcięła mu włosy, używając miski jako formy? Trzeba było iść do prawdziwego fryzjera. Nancy Knott chodziła wokół niego z nożyczkami, utykając, i cięcie wyszło nierówne. Właściwie nie tylko fryzura mu się nie podobała. Myślał, że teraz przypomina już bardziej Amerykanina, a tu zobaczył wielkiego chudego mężczyznę, który jakby przed chwilą zszedł ze statku ze Szwecji. Nawet w eleganckich pożyczonych ubraniach wyglądał na nieokrzesanego rolnika, jakim był. Brakowało mu tylko źdźbła słomy w kąciku ust. Położył swoje zdjęcie na kuchennym stole, obok zdjęcia panny Olsen, i intensywnie się w nie wpatrywał. Nie. To się nie uda. Ona jest taka wyrafinowana, taka delikatna.

Nie był próżny, ale tym razem stawka wydawała się wysoka. Pomyślał nawet o zamazaniu uszu atramentem, żeby wyglądały na mniejsze. Ale to nie byłoby w porządku; nie mógł oszukać tej uroczej dziewczyny. Uznał, że będzie musiał wysłać zdjęcie takie, jakie jest, z uszami i całą resztą.

Stale odkładał ten moment, chociaż kobiety codziennie mu o tym przypominały. W końcu posłały do niego Henry'ego Knotta.

– Przepraszam, Lordorze, ale Nancy kazała mi po to przyjść. Zagroziła, że inaczej ona sama albo któraś z kobiet to zrobi.

Lordor stał na ganku i spoglądał za odjeżdżającym Henrym. Nagle poczuł wielki smutek. Był pewien, że panna Olsen już się do niego nie odezwie. Starał się nie rozbudzać w sobie nadziei, ale mimo woli zdążył się już przyzwyczaić do myśli, że ma kogoś, kogo będzie rozpieszczał, dla kogo będzie pracował, dla kogo będzie wracał wieczorem do domu. Wiedział, że to tylko mrzonki. Panna Olsen spojrzy na jego zdjęcie i zdziwi się, jak mógł w ogóle pomyśleć, że ona zechce go za męża.

Mężczyzna w meloniku

Kiedy wreszcie przyszedł list od Lordora, Katrina akurat nakrywała do stołu w dużej jadalni. Rzuciła wszystko i pobiegła do izdebki na górze. Szybko otworzyła kopertę i wyjęła fotografię. Wysoki blondyn siedział sztywno na krześle w pracowni fotograficznej. Jego jasne oczy spoglądały w dal, nie uśmiechał się, ale uwagę Katriny przykuły bardzo czyste ręce. Spodobało jej się to. Sama pochodziła z rodziny rolników o brudnych dłoniach.

Droga Panno Olsen!

List od Pani i załączona fotografia wywołały spore
zamieszanie w naszej małej społeczności. Dla mnie wygląda
Pani jak anioł, a inni, którzy widzieli to zdjęcie, mówią,
że jest Pani zbyt ładna dla takiego zwykłego hodowcy
krów jak ja. To może być prawda. Mimo wszystko wysyłam
swoją fotografię i na wypadek, gdyby szczęśliwy los sprawił,
że moja brzydka twarz Pani nie odstraszy, załączam kilka
słów na swój temat. Nie umiem opowiadać o sobie,
ale mam przyjaciół, którzy zaproponowali, że zrobią to
w moim imieniu.

Szczerze oddany
Lordor Nordstrom

Katrina zaczęła czytać trzy pozostałe listy włożone do koperty.

Szanowna Panno Olsen,

pragnę potwierdzić, że załączona fotografia przedstawia pana Lordora Nordstroma, który ze swojej strony pisze do Pani własny list. Zdjęcie jest aktualne i oddaje rzeczywistość. Mój mąż i ja znamy Lordora Nordstroma od wielu lat, jak i jego rodzinę w Szwecji. To dobry człowiek, można na niego liczyć i będzie dobrym mężem. Jest nieśmiały, ale ma wielkie serce. Niech Pani przyjedzie do Missouri i da mu szansę na szczęśliwy dom i rodzinę.

Z poszanowaniem
Svarowa Lindquist

Panno Olsen,

Lordor Nordstrom potrzebuje żony. Jego dom jest solidny i ma zacienioną werandę, która na pewno się Pani spodoba. To bogobojny człowiek i bardzo dobry w rachunkach. Tutaj jest ładnie, dużo wody i dobra gleba pod uprawy. My hodujemy świnie. Może się Pani spodziewać jednej na prezent ślubny. Lordor lubi zjeść i ma wszystkie zęby.

Nancy Knott
do niedawna zamieszkała
w Hamburgu w Niemczech

Kochana Panno Olsen!

*Piszę ten list w nadziei, że rozważy Pani małżeństwo
z naszym przyjacielem Lordorem Nordstromem. Ma on
dużą farmę mleczarską naprzeciwko nas i ciężko pracuje,
ale bardzo mu potrzebna żona i zdrowi synowie do pomocy.
Spodobała mi się Pani fotografia. Widać, że jest Pani kobietą
na poziomie. Wygląda Pani jak moje kuzynki ze Sztokholmu.
Mój mąż przesyła mapę naszego stanu, żeby Pani zobaczyła,
gdzie mieszkamy.*

*Mamy w domu pianino. Czy Pani gra? Jeżeli nie, mogę Panią
nauczyć. Wszyscy czekamy na Pani odpowiedź z nadzieją,
że będzie ona pozytywna. Panno Olsen, proszę przyjechać
do Missouri i poślubić Lordora. Obiecuję, że powitamy Panią
serdecznie i zadbamy o to, żeby była Pani dobrze traktowana.
Tutaj jest inaczej niż w Szwecji. Nie pozwalamy mężczyznom
rządzić żelazną ręką. Tu, w Missouri, wszystkie jesteśmy
wolnymi Amerykankami.*

*Z wyrazami szacunku
Birdie Swensen*

Katrina jeszcze raz spojrzała na zdjęcie. Mężczyzna wyglądał na sympatycznego, ale bardzo skrępowanego. Nie wiedziała, że fotograf w Springfield pożyczał swoim klientom szukającym żon specjalny strój, by prezentowali się dostojnie i wytwornie. Jednak jego największy garnitur był o dwa numery za mały na Lordora, podobnie jak czarny melonik, który znalazł się na czubku głowy portretowanego. Dlatego Lordor rzeczywiście miał skrępowane ruchy. Ledwie oddychał.

Missouri

Droga Panno Olsen!

Z wielką radością odebrałem list od Pani. Sąsiedzi twierdzą,
że słyszeli moje głośne „Hurra!" kilka kilometrów stąd.
Mam nadzieję, że ta miła odpowiedź oznacza,
iż pokonałem pierwszą z licznych przeszkód na tej drodze.
Bardzo się cieszę, że mój wygląd Pani nie odstraszył,
w każdym razie nie na tyle, żeby przerwać naszą
korespondencję.

Jak Pani widzi, nie jestem atrakcyjny, jeśli chodzi o wygląd,
ale Pani w tym względzie nadrabia za nas oboje.
Z wielką uwagą przeczytałem to, co Pani napisała
o sobie, i wszystko jak najbardziej mi odpowiada.

Z radością odpowiem na Pani pytania. Nigdy nie
byłem żonaty. Nie mam dzieci, nie palę i nie piję,
chyba że przytrafia się specjalna okazja. Nie gram w karty,
ale zdarzało mi się coś postawić na wyścigach konnych.
Nie więcej niż ćwierć dolara. Skończyłem pięć klas,
ale nie więcej, i dlatego wiem dużo o krowach,
ale nie umiem się pięknie wysławiać. Na szczęście dla mnie
krowy znają tylko jedno słowo i nie przejmują się tym.

*Ja też myślę, że czystość jest bliska pobożności, i doceniam
czysty dom, ale jako mężczyzna mam sobie w tej dziedzinie
sporo do zarzucenia.*

*W zasadzie jestem luteraninem, ale zdarza mi się chodzić
do kościoła metodystów. Jednak w tej sprawie, podobnie
jak w kwestii dalszej edukacji, z ochotą poddam się Pani
przewodnictwu.*

*Oddany sługa
Lordor Nordstrom*

Lordorowi podobało się to, że utrzymanie domu w czystości było dla Katriny ważne. Kiedy przybył do Ameryki, zauważył, że nie przywiązuje się tu dużej wagi do higieny. Spędził
jedną noc w hotelu Dodge City w Kansas, a kiedy poprosił
o czysty ręcznik, recepcjonista wyglądał na urażonego.

„Jest pan dwudziestą szóstą osobą, która używa tego ręcz-
nika, i jak dotąd nikt się nie skarżył".

W ciągu następnych tygodni, kiedy ktoś spotykał Lordora,
zawsze pozdrawiał go w ten sam sposób: „Czy panna Olsen
już się zdecydowała?".
Wymienili jeszcze kilka listów. Chyba jednak dopiero
ostatni sprawił, że Katrina w końcu podjęła decyzję.

Droga Panno Olsen!

*Pragnę Pani donieść, że w ubiegłym roku mój sąsiad Lars
Swensen i ja zamówiliśmy cztery duże czerwone krowy
ze Szwecji i właśnie do nas dotarły całe i zdrowe. Wszyscy
mówią, że są bardzo ładne. Mam nadzieję, że ten zakup*

się Pani spodoba, bo farma jest już w połowie Pani. Musi Pani tylko tu przyjechać i przejąć ją wraz z mało urodziwym farmerem.

Lordor Nordstrom

Tego dnia wieczorem Katrina powiedziała Annie Lee, że podjęła decyzję. Ociągała się z napisaniem listu, bo powinna mu jeszcze powiedzieć o jednej rzeczy. Anna Lee przekonała ją jednak, żeby zachować to w tajemnicy. Kiedy Katrina pisała następny list, znowu zapytała przyjaciółkę:
– Anno Lee, jesteś pewna, że nie powinnam mu mówić?
– Ani się waż. Nie znasz mężczyzn tak jak ja. Chcą mieć idealne żony, więc jeśli ci na nim zależy, najpierw go zdobądź... potem mu powiedz.

W dniu, w którym przyszedł ostatni list od Katriny, Lordor podbiegł do pompy, obmył twarz i ręce i uczesał włosy, jak zawsze, kiedy dostawał od niej wiadomość. Wielkie nieba, ona p r z y j e ż d ż a! Pognał do dużego dzwonu przeciwpożarowego na podwórzu. Niebawem wszyscy w promieniu kilkunastu kilometrów znali wspaniałą nowinę. Usłyszawszy dźwięk dzwonu, państwo Knott przyjechali pod dom Lordora wozem pełnym piwa domowej roboty, a pan Lindquist jak zwykle nie potrzebował dodatkowej zachęty, by uświetnić okazję grą na skrzypcach.

Po południu, kiedy świętowanie dobiegło końca, Birdie Swensen udała się na cmentarz, a tam z zapałem pieliła i podlewała cztery małe wierzby, które jej mąż Lars zasadził w pobliżu kwater rodzinnych. Przechodząc od drzewa do drzewa, Birdie, wciąż w radosnym nastroju, nuciła pod nosem szwedzką melodię. Nie miała pojęcia, że jest obserwowana.

Chicagowski zgiełk

KWIECIEŃ 1890

To był ich wolny dzień. Katrina i Anna Lee przebiegały przez ruchliwą State Street, wymijając wozy i omnibusy konne, które śmigały wokół nich z zawrotną prędkością. Katrina jak zwykle była śmiertelnie przerażona i kurczowo ściskała tylną krawędź żakietu Anny Lee.

Od pierwszego dnia miasto przytłaczało ją i oszałamiało: długie, szerokie aleje z wysokimi budynkami, zapach zagród z bydłem, głośne pobrzękiwania, stukoty i inne odgłosy, składające się na to, czym było Chicago. Męczył ją bezustanny, niemilknący w dzień i w nocy turkot kół i stukot kopyt po brukowanych ulicach. Wszyscy dokądś się śpieszyli.

Natomiast jej przyjaciółka Anna Lee czuła się tutaj jak ryba w wodzie. Kochała napięcie wyczuwalne w powietrzu, nocne życie, ogródki piwne, dansingi, teatry, całodobowe rozrywki, cały ten zgiełk i harmider. Anna Lee odważyła się nawet raz zapalić papierosa, a ubierała się zgodnie z najnowszą modą.

Tego dnia ciągnęła niechętną Katrinę do sklepu z damską odzieżą, żeby wybrać odpowiedni strój podróżny.

– Czy musimy tam iść? – niepewnie oponowała Katrina.

Anna Lee przekrzykiwała miejski gwar:

– Tak, musimy! Przecież nie pojedziesz do Missouri ubrana jak pokojówka. Może krowom to nie zrobi różnicy, ale jemu na pewno. Nagle za ich plecami rozległ się tak przeraźliwy dzwonek, że Katrina omal nie wyskoczyła ze skóry. Anna Lee tylko się odwróciła i posłała buziaka mijającemu ich woźnicy omnibusu. Prawie wszyscy pasażerowie w słomkowych kapeluszach wychylili się przez okna i zagwizdali przeciągle, kiedy uniosła spódnicę, odsłaniając kawałek kostki. Cała Anna Lee. Po odwiedzeniu kilku dobrze znanych Annie Lee sklepów odzieżowych i po godzinie przymierzania strojów w końcu Katrina została ubrana od stóp do głów zgodnie z najnowszą modą. Nabyła nawet nowiuteńki wytworny kapelusz. Nim się obejrzała, wszystko zostało zapakowane i dziewczęta szły już do parku rozrywki na spotkanie z jednym z wielu chłopców Anny Lee, z którym się umówiły na rejs łódką.

Choć były w tym samym wieku, Katrina i Anna Lee różniły się jak ogień i woda. Katrina była drobna, schludna i cicha. Anna Lee miała wydatny biust, głowę w niesfornych blond lokach, malowała usta i uwielbiała się śmiać i bawić. Oczywiście, Katrina za nią przepadała i wiedziała, że będzie okropnie tęsknić.

Missouri

Droga Panno Olsen,

bardzo jesteśmy radzi, że będzie Pani u nas mieszkać. Mamy przyjemną sypialnię na górze, widną i przestronną, z lustrem i komodą. Ma Pani moje słowo, że prywatność Pani nie będzie naruszana. Moje dzieci zostały poinstruowane, żeby nigdy, pod żadnym pozorem, nie wchodziły do tego pokoju. Moja najstarsza córka widziała Pani fotografię i nie wierzy, że ktoś tak urodziwy zechce zamieszkać w naszym domu.

Panno Olsen, mam nadzieję, że nie poczyta mi Pani tego za zbytnią nachalność, ale podobno w Chicago pakują śledzie do cynowych puszek. Jeśli to prawda i jeśli nie sprawi to Pani kłopotu, czy mogłaby Pani przywieźć nam jedną taką puszkę? Wkładam do koperty dolara na pokrycie kosztów i mam nadzieję, że tyle wystarczy. Tutaj jesteśmy z dala od morza, a mój mąż i ja bardzo tęsknimy za śledziami. Ale jeśli coś takiego jak śledź w puszce nie istnieje, proszę zużyć tego dolara na puzderko z pudrem do twarzy albo na kolorowe pismo o modzie. Z niecierpliwością czekam na Pani przyjazd,

bo będę miała z kim rozmawiać o kobiecych sprawach.
Moja najbliższa sąsiadka, pani Knott, jest bardzo miła,
ale to Niemka, przez co nader oszczędna w słowach.

Szczerze oddana
Birdie Swensen

Przygoda

Trzy tygodnie później panna Katrina Olsen wraz z całym swoim dobytkiem i puszką śledzi siedziała w pociągu zmierzającym do południowego Missouri. Zaplanować podróż to jedno, ale zrealizować plan to zupełnie inna sprawa. Po całym zamieszaniu związanym z pakowaniem i pożegnaniami nagle dotarło do niej, co właściwie robi. Miała ochotę wstać, wyskoczyć z wagonu, wrócić do Chicago i błagać o swoją dawną posadę. Dlaczego rzuciła pracę? To było głupie. Owszem, złożyła pewne obietnice i bardzo chciała ich dotrzymać, ale mężczyzna, do którego jechała, był jej całkiem obcy. Co ona sobie myślała? Jak to możliwe, żeby sprostała temu wszystkiemu, czego oczekuje się od żony?

A gdyby teraz uciekła, czy pan Nordstrom kazałby jej zwrócić pieniądze za bilet? O Boże, co też narobiła? I dlaczego nie napisała panu Nordstromowi całej prawdy o sobie?

Teraz już było za późno. Katrina w zamyśleniu wyglądała przez okno. Po szybach spływały strugi deszczu. Nigdy dotąd nie czuła się tak samotna i opuszczona. Wyjęła chusteczkę swojej matki i schowała w niej twarz. Tęskniła za mamą. Tęskniła za Szwecją.

Następnego dnia rano, po niespokojnej, przepłakanej nocy, gdy uniosła roletę okna przedziału, powitało ją jaskrawe żółte słońce. Pociąg stukotał rytmicznie po szynach, jadąc przez pola w głąb Missouri. Jak okiem sięgnąć, ciągnęły się łany słoneczników, pszenicy i kukurydzy.

Mijały godziny i po jakimś czasie Katrina odniosła wrażenie, że te słoneczniki się do niej uśmiechają. Ze zdumieniem stwierdziła, że jej nastrój się poprawił. Przecież w zasadzie była dziewczyną ze wsi. Otwarta przestrzeń porośnięta złotą pszenicą falującą na wietrze, błękitne niebo i białe pierzaste chmurki sprawiały, że czuła się tu jak w domu. Później, kiedy mijali grupki małych budynków, zaczęła się zastanawiać, jak wygląda dom Nordstroma. Czy ma prawdziwą kuchnię? Kawałek ziemi na ogród? Katrina lubiła krowy. Może pan Nordstrom pozwoli jej hodować kilka kur, a gdyby to się udało, dostanie od pani Knott obiecaną świnię. Myśl o małych prosiaczkach wywołała uśmiech na jej twarzy.

W nocy jednak znowu ogarnął ją niepokój. Co będzie, jeżeli nie spodoba się Lordorowi Nordstromowi i ten odeśle ją z powrotem? Nie okaże się tak ładna, jak się spodziewał, albo jeśli on uzna ją za zbyt słabą, by zostać dobrą gospodynią na farmie? Nagle przymusowy powrót do Chicago przeraził ją tak samo, jak wcześniej myśl o wyjeździe. Żeby się uspokoić, czytała w kółko ostatnie dwa listy od Lordora.

Droga Panno Olsen!

Cieszę się, że otrzymała Pani bilet i pieniądze na podróż. Teraz, kiedy już wszystko zostało zaplanowane, boję się, że wystraszy się Pani tego, co Ją tu czeka. Błagam, niech się Pani nie spodziewa zbyt wiele, żeby się nie rozczarować. Jestem tylko zwykłym farmerem, który mieszka w zwyczajnym miejscu. Bardzo się boję, że po pobycie

w Chicago życie tutejsze wyda się Pani nudne, i moja
osoba również. Nagle ogarnął mnie strach przed Panią.
Ale zapewniam, że jeśli rzeczywiście nie spodoba się Pani
tutaj, nie będę Pani zmuszał do pozostania. Uszanuję Pani
życzenie, jakiekolwiek by było.

Co do mnie, cieszę się niezmiernie, że Pani przyjedzie.
Czytam, ile mogę, i staram się nabrać jak najwięcej ogłady
przed Pani przyjazdem. Proszę się pośpieszyć. Wszystkie
kobiety tutaj też robią, co mogą, żeby poprawić moje
maniery. Zanim pani przybędzie, mogą mnie już tak
przenicować, że do niczego nie będę się nadawał.

Pani oddany sługa
Lordor Nordstrom

PS Proszę się nie zdziwić, jeśli tutejsze kobiety wyprawią
wieczór tańców kowbojskich i aukcję wypieków na cele
dobroczynne, żeby zrobić na Pani wrażenie. Od tygodni
uczą mnie tańczyć, żebym był przygotowany na to wielkie
wydarzenie. Jak sobie poradzę, to się dopiero okaże.
Proszę o informację o dokładnej dacie przyjazdu.

Droga Panno Olsen!

Będę na dworcu 16 czerwca i zawiozę Panią do domu
Swensenów. Będę miał czerwony kwiatek w kapeluszu,
żeby mnie Pani rozpoznała na peronie. Do tego listu
dołączam obrączkę ślubną świętej pamięci matki pani Knott,
która nalega, żeby miała ją Pani na palcu podczas podróży.
Pani Knott mówi mi, że z powodu wszelkiej maści włóczęgów,
oszustów, komiwojażerów i innych dla niezamężnej kobiety

nie jest bezpiecznie podróżować samotnie. Ta wiadomość
mnie zasmuciła. Niech się Pani postara nie wyglądać zbyt
ładnie, jeśli to w ogóle możliwe, w co wątpię. Wszyscy tutaj
jesteśmy, jak mawia pani Swensen, „podekscytowani".
Ja w zasadzie jestem oszołomiony myślą, że Pani przyjeżdża.

Szczerze oddany
Lordor Nordstrom

W tych listach pan Nordstrom zdawał się pewny swoich
uczuć, miły i troskliwy. Samo ich czytanie poprawiało Katrinie
humor. Nie wiedziała, że Lordor pominął coś w swoim ostatnim liście – kilka dni po wysłaniu pieniędzy i biletu obudził się
w środku nocy i zlany zimnym potem pomyślał: O Boże, co ja
zrobiłem? Udzielił mu się nastrój podniecenia panujący w całej osadzie, lecz oto nagle zdał sobie sprawę, że prosi tę miłą,
ładną dziewczynę, żeby rzuciła wszystko i przyjechała do miejsca, w którym nie zna nikogo, by spędzić z nim resztę życia.
Co on sobie myślał? Panna Olsen mieszkała w Chicago, wśród
mieszkańców dużego miasta. Co jeśli on się jej nie spodoba?
Co jeśli nie spodoba jej się Missouri? Może spodziewa się, że
jego dom będzie większy i wspanialszy, niż jest w istocie? Nie
była nową zamówioną krową czy koniem. To człowiek, który miał uczucia. I ta dzielna dziewczyna postanowiła podjąć ryzyko. Lordor nigdy w życiu nie czuł się tak przerażony.
I nagle coś przyszło mu do głowy. Wstał i ukląkł obok łóżka.
Nie umiał zwracać się do Boga, ale tej nocy modlił się, żeby ta
decyzja nie okazała się błędem i żeby ta biedna dziewczyna się
nie rozczarowała i nie wyjechała z powrotem.

41

Dziewczyna na peronie

Kiedy pociąg wjechał na stację, Katrina rozejrzała się po peronie, mrużąc oczy w mocnym słońcu. Dostrzegła wysokiego blondyna, ubranego w nowy czarny garnitur, z czerwonym kwiatkiem w kapeluszu. Towarzyszyły mu dwie mężatki, które zgodnie ze zwyczajem przybyły z nim na stację. „Dzięki temu pierwsze spotkanie jest łatwiejsze dla narzeczonej" – mawiano. Prawda była taka, że to Lordor poprosił, żeby z nim pojechały. Bał się, że nie rozpozna Katriny, ale gdy tylko wyszła z pociągu, wiedział, że to ona. Od kilku miesięcy przyglądał się jej fotografii, a mimo to nie był przygotowany na to spotkanie.

Dziewczyna stojąca na peronie była bardzo drobna i miała najmniejsze, najdelikatniejsze stopy, jakie Lordor kiedykolwiek widział. Jasna cera, zaróżowione policzki i niebieskie oczy sprawiały, że wyglądała jak szwedzka lalka, którą jego matka trzymała na komodzie. Towarzyszące mu damy natychmiast rzuciły się naprzód, pozostawiając osłupiałego Lordora samego. Gdy już wyściskały Katrinę i powiedziały jej, jak bardzo się cieszą i jaka jest ładna, zaczęły obmacywać tkaninę stroju, który miała na sobie. Z zachwytem oglądały fikuśne guziczki na jej skórzanych rękawiczkach i urocze piórko w kapeluszu, jakby chciały pochwalić się przed całym światem nowiuteńką zabawką.

Po obejrzeniu Katriny od stóp do głów Birdie Swensen w końcu odwróciła się i przywołała gestem Lordora.

– A oto on, panno Olsen, na dobre i na złe... narzeczony!

Lordor nieśmiało postąpił naprzód, ukłonił się i uchylił kapelusza.

Pani Knott powiedziała z niecierpliwością w głosie:

– No, Lordorze, nie stój tak, przywitaj się! Biedna dziewczyna przebyła pół świata, żeby się z tobą zobaczyć.

On jednak potrafił jedynie jeszcze raz się ukłonić i uchylić kapelusza.

Lordor zawiózł je do domu Swensenów i dał Katrinie czas na rozpakowanie się i odpoczynek. Tak jak mu kazano, trzymał się z dala aż do następnego dnia, kiedy to zgodnie z planem pojechał po Katrinę i panią Swensen, by zabrać je na swoją farmę. To był piękny ranek i bardzo przyjemna przejażdżka. Okoliczne wzgórza rozsiewały zielony blask, a sąsiedzi machali do nich na powitanie. Gdy zbliżali się do domu Lordora, Katrina miała wrażenie, że widzi poletko słoneczników, takich jak te obserwowane z pociągu. I tak samo jak podczas podróży, od razu poprawił jej się humor. Wzięła to za dobry znak.

Zatrzymawszy konie, Lordor chrząknął i powiedział:

– To jest ten dom.

Wyglądał tak, jak opisała go pani Knott: duży piętrowy budynek z werandą biegnącą dokoła i uroczym pnączem z boku.

– Oj, panie Nordstrom, wygląda bardzo ładnie – stwierdziła Katrina.

Schodząc z kozła, Lordor słyszał bicie własnego serca. To był moment, którego się bał i na który czekał. Jednocześnie miał lekkie poczucie winy. Rano zaraz po wschodzie słońca przyszła do niego Nancy Knott i właściwie wyrzuciła go z łóżka. Potem zaczęła sprzątać i czyścić wszystkie pomieszczenia od podłóg aż po sufit. Lordor myślał, że w domu już panował porządek, lecz najwyraźniej się mylił. Kiedy pani Knott skończyła, był jej wdzięczny, ale czuł się nieswojo.

„Czy to nie jest oszustwo? – zapytał.

– Owszem, trochę – ze śmiechem przyznała pani Knott".

Weszli na werandę od frontu i Lordor otworzył drzwi, by wpuścić kobiety do środka. Wewnątrz był długi korytarz. Po jego jednej stronie znajdował się salon z kominkiem, a po drugiej bawialnia. Na tyłach domu była kuchnia z pięknym lśniącym czarnym piecem opalanym drewnem i z wyjściem na werandę. Ponieważ na górze mieściły się tylko sypialnie, nie wypadało, by Lordor poszedł tam z nimi, więc kobiety zwiedzały piętro same. Birdie dobrze rozumiała delikatność tej sytuacji. Otworzyła drzwi do małżeńskiej sypialni, żeby Katrina mogła tam zajrzeć, i szybko je zamknęła. Tyle wystarczyło, by dziewczyna oblała się rumieńcem na widok dużego podwójnego łoża z czterema kolumnami, stojącego pośrodku pokoju. Następnie obejrzały resztę pomieszczeń i w końcu zeszły na dół.

Potem Lordor pokazał im mleczarnię. Była imponująca: dwie długie obory i trzy silosy. Katrina jednak wciąż wracała myślami do oglądanego przed chwilą domu. Widać było, że mieszkał tam mężczyzna, który nie potrzebował wielu mebli, ale ona już wyobrażała sobie dywaniki na podłodze, firanki w oknach i piękny obraz nad kominkiem. Krowy, które pogłaskała, wydały jej się bardzo miłe i nie omieszkała powiedzieć o tym Lordorowi. On skinął głową i odparł:

– To dobrze.

Nie uśmiechnął się jednak.

Po tak długim okresie niepokoju Katrina przekonała się, że Missouri to nie Dziki Zachód opisywany w tanich powieściach. Odkąd tu przybyła, czuła się bezpiecznie i swobodnie, jakby nigdy nie opuściła starego kraju. Od potraw przyrządzanych przez Birdie Swensen po delikatne dzwonienie krów na pastwisku – wszystko przypominało jej Szwecję.

Kochana Mamo!

Przybyłam bezpiecznie i piszę, żebyś się nie martwiła. Nie ma tu dzikich Indian, niedźwiedzi ani lwów górskich, tylko krowy, kozy, kury i świnie. Mam ze sobą Twoje przepisy na ciasta i już upiekłam kilka z nich dla tutejszych mieszkańców. Mówią, że to im przypomina dom. Mam nadzieję, że zaimponuję panu Nordstromowi Twoją tartą z migdałami i bułeczkami cynamonowymi. Pozdrów wszystkich ode mnie.

Twoja kochająca córka
Katrina

PS Oj, Mamo, tutaj jest dużo jedzenia dla wszystkich. Jeżeli zaoszczędzę dość pieniędzy, czy przyjedziecie do mnie?

Wieczorek taneczny

Jak przewidział Lordor, na pierwszą sobotę po przyjeździe Katriny na podwórzu u Lindquistów zaplanowano potańcówkę. Jednym z punktów imprezy była aukcja „kolacyjna". Kobiety przygotowały kolacje dla dwojga i zapakowały je do pudełek po butach, a mężczyźni mieli je licytować. Ten, kto zaproponował najwięcej, wygrywał zarówno posiłek, jak i towarzystwo osoby, z którą go spożyje. Mężczyźni nie powinni wiedzieć, czyje pudełko licytują, ale w środę rano wszystkie kobiety w miasteczku, a także przyjaciel Lordora, Lars Swensen, w tajemnicy zdradzili mu, że kolacja Katriny będzie przewiązana dużą niebieską wstążką.

Kiedy zaczęła się licytacja i wystawiono pudełko z niebieską kokardą, wszystkie oczy zwróciły się w stronę Lordora. Pan Lindquist krzyknął:

– No, dalej, chłopcy, ile dacie za ten ładny pojemniczek? Pachnie naprawdę pięknie.

Lordor natychmiast podniósł rękę i zaoferował ćwierć dolara, żeby od razu zgarnąć wygraną, bo większość pudełek sprzedawano po dziesięć centów. Ku jego zdumieniu nagle wszyscy mężczyźni włączyli się do licytacji. Nawet ośmioletni szczerbaty Willem Eggstrom zaproponował pięćdziesiąt centów.

Lordor nie zorientował się, że sąsiedzi bawią się jego kosztem. Katrina zdążyła już zyskać sobie ogólną sympatię i mężczyźni z rozbawieniem patrzyli, jak Lordor zaczyna się pocić, podbijając stawkę, wystraszony, że ktoś go przelicytuje.

Gdy w końcu przypieczętował transakcję, cena osiągnęła dziesięć dolarów i sześćdziesiąt pięć centów. Pan Lindquist ogłosił:

– Sprzedano Lordorowi Nordstromowi!

Wszyscy wybuchnęli śmiechem, a Lordor dopiero wtedy zrozumiał, co się przed chwilą działo, i Katrina po raz pierwszy zobaczyła jego uśmiech. Był to bardzo miły uśmiech. Lordor wyglądał na zadowolonego, że wygrał licytację, ale kiedy usiedli przy stoliku w rogu, by wspólnie zjeść posiłek, niemal cały czas milczał. Katrina próbowała nawiązać rozmowę.

– Lubi pan tutejszy klimat?

– Owszem – odparł, nabierając sobie dużą porcję sałatki ziemniaczanej.

– Czy te czerwone krowy na pańskim pastwisku to te, które zamówiliście ze Szwecji?

– Tak – powiedział i skinął głową, przełykając sałatkę.

I tak się to ciągnęło. On o nic nie pytał, więc ona musiała wymyślać tematy do rozmowy. Jeszcze gorsze było to, że ani słowem nie skomentował jej tarty migdałowej.

Potem, kiedy zaczęły się tańce i wszyscy podrygiwali na parkiecie, Katrina nie mogła powstrzymać się od uśmiechu na widok dwumetrowego Lordora niezgrabnie podnoszącego wysoko kolana.

Z upływem dni Katrina zaczynała się niepokoić. Lordor był bardzo miły i uprzejmy, ale nic ponadto. Zwierzyła się ze swoich rozterek Birdie Swensen. Birdie uspokajała ją, mówiąc, że on jest po prostu nieśmiały, ale Katrina czuła, że chodzi o coś więcej. Gdy wychodzili razem, zdawał się jedynie wykonywać wszystko to, co zwykle robi się w okresie zalotów. Była tu już prawie trzy miesiące, a on ani razu nie wymówił słowa „małżeństwo". Wciąż nie wiedziała, czy zostanie odesłana z powrotem do Chicago, czy usłyszy propozycję pozostania. A teraz już bardzo nie chciała wyjeżdżać.

Nie chodziło o ten ładny dom ani farmę, ani o sposób, w jaki Lordor uchylał kapelusza czy tańczył. Tym, co sprawiało, że tak bardzo chciała tu zostać, było coś innego, coś zupełnie nieoczekiwanego.

Katrina zakochała się w Lordorze Nordstromie już pierwszego dnia, na stacji kolejowej. Po załadowaniu jej bagaży na wóz chwycił ją za łokieć, by pomóc jej wsiąść, a wtedy poczuła, że drżą mu dłonie. Ze wzruszenia serce zabiło jej mocniej. Było w tym coś niezwykle ujmującego: ten duży, silny farmer okazał się taki wrażliwy i opiekuńczy.

Teraz jednak zaczęła podejrzewać, że on nie podziela jej uczuć. To nie był ten sam mężczyzna, który pisał do niej takie wspaniałe listy. Ten tutaj prawie się nie odzywał. A im więcej ona mówiła, tym więcej on milczał.

Pewnego popołudnia, gdy wybrali się na przejażdżkę jego wozem, Katrina w końcu zebrała się na odwagę i choć obawiała się odpowiedzi, zapytała:

– Panie Nordstrom, czy zrobiłam coś niewłaściwego? Nie jest pan ze mnie zadowolony?

Duże niebieskie oczy Lordora rozszerzyły się ze zdumienia.

– Niezadowolony? – Pociągnął za lejce i wykrzyknął: – Prr! – A zatrzymawszy wóz, obrócił się w jej stronę. – Panno Olsen, jestem bardzo zadowolony. Dlaczego pani sądzi, że nie?

– Nie rozmawia pan ze mną. Kiedy jesteśmy razem, ledwie się pan odzywa. Nigdy nie wiem, co pan myśli, i to mnie przeraża.

– Aha – westchnął Lordor. Potem spojrzał na swoje dłonie, nabrał powietrza w płuca, lecz wciąż milczał.

– Chodzi o mnie? – dociekała. – Co takiego zrobiłam?

Potrząsnął przecząco głową.

– Nie, nie... to nie pani.

– A o co chodzi? Musi mi pan powiedzieć. Przyjechałam taki kawał drogi.

Lordor zdawał się zastanawiać nad doborem słów, po czym wyznał:

– Boję się odzywać, bo nie umiem się pięknie wysławiać. Wiedziałem, że jest pani ładna, ale nie wiedziałem, jak dobrze pani sobie radzi ze słowami. Nie mówię dużo, żeby nie zdradzić, jaki jestem głupi. Bo mogłaby pani wrócić do Chicago.

Żadna wiadomość w jej życiu nie wywołała takiej ulgi. Oczy Katriny wypełniły się łzami.

– Ojej, Lordorze – powiedziała, sama zdumiona własną reakcją. – To dla mnie zupełnie nieważne. Ja chcę tylko z tobą rozmawiać. To, jak się wysławiasz, naprawdę nie ma znaczenia.

– Zaraz, zaraz – Lordor uniósł dłonie. – Jest jeszcze coś. Nie umiem też dobrze pisać. Te listy, co to wysyłałem... Pani Swensen mi pomagała i mówiła, jak zapisać trudniejsze słowa.

Katrina się uśmiechnęła.

– Dla mnie to nieważne.

Lordor spojrzał na nią z niedowierzaniem.

– Naprawdę?

– Naprawdę.

– To znaczy, że zostaniesz?

Katrina już chciała odpowiedzieć, lecz poczuła nagły wyrzut sumienia. On był wobec niej tak szczery. Musiała mu coś wyjawić.

– Zanim odpowiem... jest jeszcze coś... co musisz wiedzieć. Coś, czego nie powiedziałam.

– Co? – Wyglądał na zdumionego.

Katrina zagryzła usta, powoli otworzyła torebkę i wyciągnęła z niej mały czarny woreczek.

– Chodzi o to, że nie widzę dobrze... może już zauważyłeś. – Wyjęła okrągłe okulary z czarnego aksamitnego pokrowca, założyła je i obróciła się w jego stronę. – Wiem, jak brzydko w nich wyglądam, ale bez nich wszystko jest rozmazane. Muszę je nosić. – Zamilkła i czekała na jego reakcję.

Lordor zamrugał i spojrzał na jej twarz. Przyglądał się dość długo, po czym rzekł:

– O nie, Katrino, mylisz się. Wyglądasz bardzo ładnie w okularach... i uczenie. Podobają mi się. – Uśmiechnął się do niej. – Bardzo mi się podobają.

– Naprawdę?

– Tak. Dobrze mieć mądrą żonę.

– Przepraszam, że nie przyznałam się do tego wcześniej, ale Anna Lee...

Nie pozwolił jej dokończyć.

– Katrino, odpowiedz mi...

– Tak?

– Zostaniesz?

– Tak.

– Na zawsze?

– O tak.

– To dobrze.

Odjeżdżając, oboje się uśmiechali.

Tego dnia Katrina pierwszy raz zobaczyła wyraźnie twarz Lordora. Był jeszcze przystojniejszy, niż myślała.

Od tej pory Katrina nosiła okulary, a Lordorowi usta się prawie nie zamykały; opowiadał jej o wszystkich swoich planach dotyczących miasteczka i ich przyszłości. Katrina wciąż mieszkała u Swensenów, dołączyła też do kółka robótek ręcznych założonego przez Birdie. Szybko się uczyła i już wkrótce umiejętnościami dorównywała najlepszym.

Po trzech miesiącach Swensenowie zawieźli ich do dużego kościoła luterańskiego w Springfield, gdzie Katrina i Lordor wzięli ślub. Po ceremonii Birdie płakała, a państwo młodzi odetchnęli z ulgą. Po całym tym oczekiwaniu już się nie mogli doczekać, by wreszcie rozpocząć nowe życie jako mąż i żona. Los jednak lubi płatać figle.

Kiedy wieczorem wrócili do domu, budynek był cały oświetlony, otoczony wozami, mułami i końmi. Kobiety zaplanowały wystawne przyjęcie i przygotowały tyle jedzenia, że starczyłoby dla całej armii. To huczne wesele z muzyką i tańcami skończyło się około czwartej nad ranem. Świtało już, gdy ostatni goście się pożegnali. Skrzypek przesadził ze spożywaniem piwa państwa Knottów i nie było już z niego muzycznego pożytku. Lordor i Lars musieli go zanieść do jego wozu. W końcu nowożeńcy mogli rozpocząć swoją noc poślubną.

Poszli na górę. Katrina przebrała się w sypialni z sukni ślubnej w koszulę nocną, podczas gdy Lordor w pokoju na końcu korytarza zdjął elegancki strój i aksamitną muchę i powiesił w szafie. Włożył nową bawełnianą koszulę nocną w paski, podszedł do lustra, uczesał się, po czym usiadł i czekał, aż Katrina go zaprosi. Po kilku minutach usłyszał:

– Możesz wejść.

Przeszedł korytarzem i otworzył drzwi. Siedziała na łóżku, wyglądała tak pięknie. Starali się zachowywać spokojnie. Oboje byli zdenerwowani.

Gdy tylko Lordor znalazł się w wielkim małżeńskim łożu, usłyszeli gwałtowny trzask frontowych drzwi. Potem rozległy się odgłosy szybkich, ciężkich kroków, przewracanych krzeseł, tłuczonego szkła, garnków i naczyń zrzucanych na podłogę. Ktokolwiek to był, znajdował się w ich kuchni i ją demolował.

Lordor złapał za strzelbę, którą trzymał przy łóżku. Był zdecydowany walczyć o życie ze zgrają bandytów czy nawet czymś gorszym. Chociaż nakazał Katrinie zostać w pokoju i zamknąć drzwi na klucz, ona sięgnęła po okulary i ruszyła za nim po schodach, uzbrojona w nowe lusterko ze srebrnym trzonkiem.

Kiedy dotarli do kuchni, Lordor kopniakiem otworzył drzwi i stanął w nich gotów do strzału. To, co zobaczyli, nie było gangiem bandytów ani nawet jednym bandytą. Była to stusześćdziesięciokilowa świnia o imieniu Kartofelka, którą Henry i Nancy Knottowie podarowali im w prezencie ślubnym. Zdołała się wydostać z chlewika, wejść po frontowych schodach i urządzić w domu straszliwe pobojowisko. Kartofelka, która najwyraźniej nie bała się strzelb ani ludzi, na chwilę podniosła łeb, spojrzała na przybyłych, po czym wróciła do wyjadania resztek z przyjęcia. Umorusany białym kremem ryj świadczył wyraźnie, że najbardziej smakował jej tort weselny.

Jakiego narobiła bałaganu! Poprzewracała wszystko, co dało się przewrócić, wciskając pysk między naczynia z jedzeniem. Wszędzie walały się potłuczone talerze, połamane krzesła, rozrzucone garnki. Zestawy naczyń i porcelany, wspaniałe ślubne prezenty, które wystawiono w kuchni, w tym nowa bielusieńka pościel – wszystko leżało na podłodze, umazane jedzeniem i śladami raciczek. Ponad pół godziny zajęło im wygonienie Kartofelki na zewnątrz, sprowadzenie po schodach i zaciągnięcie do chlewika.

Zanim została bezpiecznie zamknięta, słońce już wzeszło. Po tylu staraniach, żeby ładnie wyglądać w tę szczególną noc, oboje byli od stóp do głów umazani kremem z ciast i błotem. To ich tak rozbawiło, że aż usiedli na ziemi, pokładając się ze śmiechu. Kiedy jedno na chwilę przestawało, drugie zaczynało chichotać, i tak w kółko.

Jakieś dwadzieścia minut później Ollie Bersen, jadąc do pracy na farmie, zobaczył małżonków wciąż w strojach nocnych, którzy siedzieli na podwórzu od frontu i zaśmiewali się do rozpuku. Ollie się nie odezwał, uznał, że noc poślubna musiała być udana.

Oni chyba go nie widzieli, bo nagle Lordor pochylił się i pocałował Katrinę w usta. Pannie młodej wyraźnie się to spodobało – zarzuciła mu ramiona na szyję i odpowiedziała pocałunkiem. I to w świetle dnia. Wyglądało na to, że wszystko szło dobrze, aż tak dobrze, że Ollie odwrócił głowę, żeby nie zobaczyć czegoś, co mogło nastąpić później.

Ponieważ jednak był tylko człowiekiem, gdy zbliżył się do obory, nie mógł się powstrzymać, by się nie odwrócić. Zrobił to akurat w chwili, kiedy Lordor podniósł Katrinę z ziemi i wnosił ją do domu. Fiu! Zanosiło się na to, że Lordor szybko się nie zjawi w pracy, w każdym razie nie tego dnia.

Kartofelka omal nie zrujnowała im nocy poślubnej, lecz oboje otrzymali cenną lekcję. Choćby człowiek się bardzo starał, używał pochlebstw, siły, błagał, kopał czy prosił... świni i tak nic nie ruszy. Zwłaszcza gdy jest zajęta wyjadaniem resztek weselnego tortu. Nauczyli się też, że jedną z najważniejszych rzeczy w małżeństwie jest szczery śmiech. Szczególnie gdy już pojawią się dzieci.

Missouri

1890

Droga Anno Lee!

*Często o Tobie myślę. Co u Ciebie? Piszę, żeby Cię
powiadomić, że jestem już mężatką i bardzo mi z tym dobrze.
Lordor jako mąż ma więcej do zaoferowania, niż mogłam
przypuszczać. Jest taki dobry i czuły. Nasz dom nie jest
duży, ale okolica urocza. Za domem ciągną się pola pszenicy,
jęczmienia i koniczyny. Z werandy od frontu widzę obory
mleczarni na wzgórzach po lewej. Codziennie rano mijają
nas krowy idące na pole, a wieczorem wracające do obory.
Och, Anno Lee, gdybyś mogła to zobaczyć, pomyślałabyś,
że znowu jesteś w starym kraju.*

*Powiedz temu Twojemu znajomemu, który kiedyś nazwał
mnie myszą ze wsi, że miał rację. Tutaj na farmie jest tak
spokojnie. Chodzimy spać o zmierzchu i wstajemy o świcie.
Ale mnie się to podoba.*

*Mam nadzieję, że u Ciebie wszystko dobrze.
Napisz, żeby to potwierdzić.*

*Z wyrazami miłości
Katrina*

*PS Lordorowi podobają się moje okulary.
Czy to nie wspaniałe?*

Obietnica córki

Lordor i Katrina mieli szczęście. W ciągu wielu lat funkcjonowania korespondencyjnych biur matrymonialnych zdarzały się oszustwa, niepowodzenia i rozczarowania. Bywały wypadki, że kobieta przybywała aż z Europy, potem spędzała sześć miesięcy na wozie, żeby na końcu tej podróży się przekonać, że mężczyzna, który wyszedł jej na powitanie, nie przypomina tego z nadesłanej fotografii, a w dodatku nie ma własnego domu ani ziemi, o których pisał.

Czasem też mężczyźni wysyłali wszystkie swoje pieniądze, żeby kupić piękną młodą narzeczoną z fotografii, a po kilku miesiącach przyjeżdżała kobieta licząca sobie dużo więcej lat i kilogramów niż ta na zdjęciu.

Z obu stron była to desperacka zagrywka hazardowa. Mimo to zadziwiająco dużo małżeństw się udawało, a kraj zaludniał się śmiałymi i żądnymi przygód ludźmi, którzy byli gotowi podróżować dokądkolwiek, poświęcić wszystko, by zdobyć własną ziemię, zyskać wolność i niezależność.

Pierwszy rok wspólnego życia Katriny i Lordora przeleciał bardzo szybko. Stworzyli prawdziwy dom rodzinny, z białymi firankami w oknach, dywanami na podłodze i zdjęciami na ścianach. Jednak przede wszystkim Lordor i Katrina byli ze sobą szczęśliwi. Ona nie mogła się doczekać jego przyjścia z pracy, a on z radością wracał do domu. Gdy bywali w towarzystwie, on wpatrywał się w nią z głupawym uśmiechem. Pani Tildholme powiedziała kiedyś: „Nigdy jeszcze nie widziałam, żeby dwoje dorosłych ludzi było tak szczeniacko zakochanych".

Lordor nie mylił się co do Katriny. Nie była silna fizycznie, ale miała wiele odwagi i determinacji. Kwoty, które wysyłała do domu, nie były duże, lecz pozwalały jej rodzinie przeżyć. Teraz już jej młodszy brat Olaf podrósł na tyle, że mógł pracować w polu. Następnym krokiem miało być ściągnięcie ich do Ameryki. Obiecała mamie, że to zrobi.

1891

Najdroższa Mamusiu!

*Bardzo dziękuję za list. Cieszę się, że prezenty dotarły na
czas. Jestem pewna, że mała Brigette była wspaniałą Świętą
Łucją. Przekaż jej, jaka dumna jestem z tego, że ją wybrano.*

*Tutaj też mieliśmy cudowne święta. Czułam się prawie
jak w domu. Nawet spadło trochę śniegu. Pani Eggstrom
i kilka innych kobiet przygotowały wigilijny julbord*.
Ja przyniosłam lussekatter** i pierniczki według Twojego
przepisu. Mężczyźni znaleźli w lesie piękny duży cedr
i udekorowali go świeczkami, flagami i słomianymi
zwierzątkami. O północy zapaliliśmy świeczki i śpiewaliśmy
szwedzkie kolędy. Nakarmiliśmy też ptaki w Boże
Narodzenie, więc jestem pewna, że przez cały rok szczęście
będzie nam sprzyjać.*

---

*   Tradycja „świątecznego stołu" zastawionego różnymi smakołykami.
(Wszystkie przypisy pochodzą od tłumaczki).

**   Szafranowe bułeczki, pieczone w Szwecji tradycyjnie na Dzień
Świętej Łucji.

Oj, Mamo, jakaś cząstka mnie bardzo tęskni za domem. Jesteśmy tak strasznie daleko od siebie. Ale jak widzisz, Szwecja wciąż jest w moim sercu, tak samo jak Ty.

Twoja kochająca córka
Katrina

PS Moja sąsiadka, Birdie Swensen, uczy mnie robić na drutach. Mam nadzieję, że w przyszłym roku wyślę Ci ciepły sweter.

Chicago

Droga Katrino,

dziękuję za list. Już zaczynałam myśleć, że pożarł Cię
niedźwiedź albo zapomniałaś o Chicago i o mnie.
Teraz wiem, dlaczego nie piszesz. Aż trudno uwierzyć,
że moja młodsza przyjaciółka jest już mamą. Gratulacje.
Twój mąż na pewno się cieszy, że to chłopiec. Podoba mi się
imię Lordor Theodore Nordstrom. Brzmi bardzo dostojnie.

Wszyscy tutaj za Tobą tęsknimy.

Nowa dziewczyna, którą zatrudnili na Twoje miejsce,
nazywa się Dagmar Jensen i jest z Göteborga. Od razu
to po niej widać. Całymi nocami nie śpi, tylko je i płacze,
bo mąż do niej nie pisze. Gdybyś widziała jego zdjęcie!
Taki wielki tłusty kawał sera.

Wszyscy chłopcy mnie wypytują, gdzie zniknęłaś, a ja
im mówię, że teraz jesteś żoną farmera. Tutaj niewiele
nowego, poza tym, że mam nowego chłopaka. Nazywa
się Hector, pracuje jako bileter w kinie. Ja i wszyscy moi
znajomi wchodzimy za darmo. Nie jest zbyt bogaty, ale ma
klasę i naprawdę elegancko się ubiera. Pisz do mnie, dobrze?
I odwiedź mnie kiedyś, zanim zrobisz się stara i siwa. Ha, ha.

Anna Lee

Sąsiedzi

W miastach sąsiedzi pozdrawiają się, zdarza się też, że raz na jakiś czas organizują wspólne spotkania, ale w małych rolniczych społecznościach Missouri rola sąsiadów była znacznie większa. Samo przetrwanie w dużej mierze zależało od relacji sąsiedzkich. Nieważne, czy kogoś lubiło się bardziej od innych. To byli sąsiedzi. A wspólnota Lordora stanowiła dość zwartą grupę, zwłaszcza że każdy przybył tu z innego miejsca, i nawet Szwedzi pochodzili z różnych części Szwecji.

Kobiety wspierały się wzajemnie w kwestiach gotowania, wychowywania dzieci czy choćby sąsiedzkich pogaduszek. Mężczyźni nie potrzebowali wielu rozmów, lecz wzajemnej pomocy. Na początku, kiedy brakowało pieniędzy, wymieniali się plonami – Lordor dostarczał mleko dla dzieci, ser i masło dla dorosłych w zamian za siano i pszenicę dla swoich krów i koni.

W 1895 roku, kiedy spłonęła stodoła Swensenów, wszyscy mężczyźni wspólnie zbudowali nową w ciągu niecałego tygodnia. A następnej zimy, gdy Katrinę zmogła gorączka poporodowa, Lars Swensen jechał całą noc w zamieci śnieżnej, by sprowadzić doktora, co jego zdaniem uratowało jej życie. Nie oczekiwał za to żadnych podziękowań. Wiedział, że Lordor zrobiłby to samo dla niego. Kiedy organizowali kolację, by zebrać pieniądze na budowę silosu, Knottowie podarowali świniaka na ruszt, Birdie Swensen dała dwadzieścia kurczaków, a pani Lindquist upiekła ciasta. Katrina przygotowała chleb i tartę migdałową, a do tego przyniosła ser i kawę. Kolacja się udała. Pieczone kurczaki bardzo Katrinie smakowały. Jednak ponieważ spożywana świnia była bliską krewną Kartofelki, Katrina nie wzięła jej mięsa do ust. Wszyscy stanowili życzliwą wspólnotę, lecz nadszedł czas, kiedy te więzi zostały poddane próbie.

W maju 1897 roku na jednej z działek osiedlił się niejaki pan Elmer Mims z małżonką, którzy później od wszystkich pożyczali pieniądze na budowę domu. Po jakimś czasie okazało się, że mężczyzna jest pijakiem, w dodatku pozbawionym zasad moralnych. Jego żona nie była lepsza. Kiedy Henry Knott poszedł do nich zapytać o spłatę pożyczki, powiedziała mu, że jest gotowa spłacić dług inaczej niż pieniędzmi. Przeraziła go tym nie na żarty. Wybiegł jak oparzony i potykając się o własne stopy, popędził do żony. Mieszkańcy dali parze przybyszów jeszcze rok, lecz tamci ani nic nie posadzili, ani nie zwrócili pożyczonych sum. W tej sytuacji Lordor zwołał zebranie.

Kilka tygodni później, kiedy para była w odwiedzinach u Knottów, którzy nieoczekiwanie zaprosili ich na kolację, ich dom został po cichu rozłożony na części, deska po desce, gwóźdź po gwoździu, i starannie zapakowany wraz z całym dobytkiem. Po powrocie państwo Mims zastali załadowany wóz pośrodku pustej działki. Zrozumieli aluzję; odjechali i więcej ich w tych stronach nie widziano.

Nikt o tym nie rozmawiał. Nie było to coś, z czego byli dumni, ale Lars Swensen powiedział swojej żonie: „Czasami trzeba pozbyć się robaka z jabłka".

POCZĄTEK XX WIEKU

Nowa era

Miasteczko

Katrina była nie tylko dobrą żoną, miłą i życzliwą sąsiadką, ale też przyczyniła się do rozwoju społeczności, gdyż urodziła dwoje dzieci: najpierw Teddy'ego, a później córkę, której nadali imię Ingrid, po matce Katriny.

W 1890 roku spis ludności USA wykazał, że w Swede Town mieszkało siedemdziesiąt pięć osób. Do 1900 roku liczba ta zwiększyła się ponaddwukrotnie.

Na długo przed wyjazdem z Chicago Katrina miała dość brudu, dymu i pośpiechu dużego miasta. Spokój i świeże wiejskie powietrze odpowiadały jej dużo bardziej. Jednak po urodzeniu pierwszego dziecka przekonała się na własnej skórze, jak trudno jest żyć z dala od lekarza i najbliższego sklepu z artykułami potrzebnymi do prowadzenia domu.

Któregoś dnia powiedziała:

„Lordorze, potrzebne nam tu prawdziwe miasto... ze sklepami na miejscu".

Lordor rozumiał, że Katrina ma rację. W Swede Town osiedlało się coraz więcej rodzin i kobietom ciężko było podróżować daleko do sklepów, zwłaszcza w zimie.

Tego wieczoru usiadł w kuchni przy stole z kartką, ołówkiem i linijką i naszkicował plan centrum miasteczka. Po żniwach mężczyźni wytyczyli cztery równe szerokie ulice tworzące kwadrat i posadzili wzdłuż nich wiązy. Następnie zamówili w Chicago katalog budowlany Lyman-Bridges. Kiedy katalog dotarł, wybrali z niego kilka sklepów, kościół, salę zgromadzeń i domy dla kupców – wszystko do złożenia z gotowych elementów. Ceny nie wydawały im się wygórowane. Sklep kosztował niecałe osiemset dolarów, a kościół z ławkami i salą zgromadzeń w sumie około pięciu tysięcy dolarów, złożyli się więc i zamówili to wszystko, a przesyłka nadeszła koleją.

Trzy miesiące później Lordor i kilku mężczyzn pojechali na stację w Springfield, gdzie załadowali zakupione miejskie centrum na wozy i zawieźli je do swojej miejscowości. Gdy złożyli kościół, sklepy i wszystko, co zamówili, pomyśleli, że temu nowiuteńkiemu miastu należy nadać nową nazwę.

Zebranie w tej sprawie odbyło się w nowej sali. Pierwszą propozycją była nazwa Nordstrom, ponieważ Lordor był założycielem, ale on się nie zgodził.

– Teraz to jest miasto wszystkich, nie moje – stwierdził.

Ktoś powiedział, że powinni je nazwać Nowe Miasto. Norwegowie chcieli Fiddletown. Po wielu dyskusjach nad wymyślnymi propozycjami, takimi jak Ateny, Paryż, Gastonia czy Utopia, Lordor zasugerował, żeby wybrali coś prostszego i bliższego rzeczywistości.

– Nie chcemy wprowadzać nikogo w błąd.

Po kilkugodzinnych sporach w końcu stanęło na Elmwood Springs, Missouri.

– To jest zgodne z rzeczywistością – oświadczyła pani Knott. – Mamy tu wiązy i źródła*. Decydujmy wreszcie, bo chcę iść do domu coś zjeść.

---

* *Elm* (ang.) – wiąz, *spring* (ang.) – źródło.

Przeprowadzono głosowanie, w którym nazwa została przyjęta, przy jednym głosie oddanym na Paryż przez Birdie Swensen. Na tym samym zebraniu zgodnie wybrano Lordora Nordstroma na pierwszego burmistrza. Po wszystkim Henry Knott wrócił do domu i zjadł na kolację makaron ze śmietaną i kluski z jabłkami.

Skoro mieli już burmistrza, nową nazwę i nowe zabudowania, kolejnym krokiem stało się zamieszczenie ogłoszenia w gazecie na wschodzie kraju.

Uwaga: Profesjonaliści!

Wszystkich, którzy rozważają podróż na zachód, żeby założyć swój biznes, zachęcamy do przybycia do Elmwood Springs, Missouri. W całym stanie nie ma lepszego i bardziej przyjaznego miejsca. Położone w zielonej dolinie, bogatej w piękne źródła, w tak uroczym miejscu, jakie tylko można sobie wymarzyć, zamieszkane przez ludzi, których energia i przedsiębiorczość nie mają sobie równych. Brakuje nam lekarza, dentysty i sklepikarza, który sprowadzi do nas towary rolnicze, lekarstwa, ubrania robocze, kapelusze i galanterię dla kobiet. Potrzebny nam też jeden pastor luterański. Niezbyt płomienny kaznodzieja.

Lordor przeczytał ogłoszenie napisane przez Birdie Swensen i pomyślał, że to brzmi trochę przesadnie, ale mimo wszystko je wysłał. Każda metoda była dobra, żeby przyciągnąć ludzi o określonych umiejętnościach.

We wszystkich stanach zachodnich i środkowo-zachodnich małe społeczności wcześniej nazywane Mała Polska, Małe

Włochy czy Niemieckie Miasto teraz zmieniały nazwy, stawały się bardziej amerykańskie i chciały się rozwijać. Elmwood Springs miało szczęście. W ciągu roku przybyli do niego lekarz, golibroda, który w razie konieczności potrafił wyrwać ząb, i luterański kaznodzieja Edwin Wimsbly. Niezbyt płomienny, zgodnie z zamówieniem.

Panna Lucille Beemer

1901

W przeszłości dzieci z farm były uczone w domach. Wkrótce jednak kobiety z miasteczka uznały, że czas pomyśleć o zapewnieniu im lepszej edukacji. Katrina chciała, żeby Teddy i Ingrid mieli możliwość korzystania z formalnego systemu kształcenia. Lordor jak zwykle się z nią zgodził.

Kilka miesięcy później zbudowano solidny czerwony budynek szkolny. Tej jesieni zatrudniono pannę Lucille Beemer, osiemnastoletnią nauczycielkę z Filadelfii, która miała uczyć w klasach od pierwszej do ósmej.

Była bardzo młoda, lecz radzie miasta spodobało się, że w podaniu o pracę jako główny przedmiot zainteresowania wymieniła literaturę i język angielski, co dla tej społeczności miało duże znaczenie. Jako niedawni imigranci chcieli, żeby ich dzieci dobrze znały angielski w mowie i piśmie.

Pierwsze lata pracy panny Beemer nie należały do łatwych. Nie miała książek w języku angielskim – większość tych, w które ją zaopatrzono, pochodziła ze Szwecji – a poza tym nikt nie miał pojęcia, jak poprzydzielać dzieci do poszczególnych klas. Jej najstarszym podopiecznym był Gustav Tildholme, szesnastolatek, a najmłodszym sześcioletni Ander Swensen. Oprócz nich w szkole znalazło się piętnaścioro dzieci w różnym wieku – wszystkie w jednej sali. Ta praca stanowiła prawdziwe wyzwanie. Panna Beemer miała szczęście, że wśród jej uczniów był Gustav. W mroźne zimowe poranki wcześnie przyjeżdżał do szkoły na swoim mule, przynosił drewno i rozpalał ogień w piecu typu koza. Ponieważ miał ponad metr osiemdziesiąt wzrostu, pomagał jej też zapanować nad młodszymi chłopcami, kiedy za bardzo się rozbrykali. Gustav nie uczył się najlepiej, od książek wolał przebywanie na świeżym powietrzu, lecz jego pomoc była nieoceniona. Jak wszyscy uczniowie, kochał pannę Beemer.

Najdrożsi Rodzice!

Piszę, żeby Wam donieść, że Wasza córka została prawdziwą nauczycielką. Mam siedemnaścioro uczniów, którzy nazywają mnie „panną Beemer", przez co czuję się zupełnie jak dorosła. Rodzina, u której mieszkam, to szwedzkie małżeństwo, pan i pani Nordstrom. On jest wysoki i sympatyczny, a ona niewysoka, ale bardzo ładna, miła i nosi bawełniany czepek w kratkę. Mają dwoje dzieci, Teddy'ego i małą Ingrid, które są urocze i bardzo dobrze wychowane. Pan Nordstrom jest właścicielem farmy mleczarskiej z wieloma krowami, kurczakami i jedną świnią. Nie lubię tej świni. Kiedyś podeszłam do chlewika, a ona próbowała mnie ugryźć. Omal nie umarłam ze strachu! Pani Nordstrom mnie przepraszała i mówiła, że świnia szukała u mnie czegoś do jedzenia.

Mamo, czy możesz mi przysłać moją niebieską sukienkę? Nie przypuszczałam, że będzie mi potrzebna, ale ludzie tutaj są bardzo towarzyscy i często organizują tańce i różne spotkania. Trochę przytyłam. Pani Nordstrom piecze dużo ciast, którym trudno się oprzeć. Piszcie, co słychać w domu.

Z wyrazami miłości
Lucille

Chicago

Witaj, Katrino!

*Tak się cieszę z Twojego listu. Matka z dwójką dzieci!
Nie wierzę! Ja wciąż używam życia. Ty masz dzieci,
a ja dobrą zabawę. Zawsze byłaś domatorką, nie tak jak ja.
W każdym razie dzieciaki – ho, ho, to naprawdę coś.*

*Tutaj niewiele nowego poza tym, że przyjechał mąż Dagmar
Jensen. Zatrudniono go, więc ja mam własny pokój. To ta
klitka na trzecim piętrze, gdzie dawniej ukrywałyśmy
książki, ale chwilowo mi wystarczy.*

*Teraz chodzę z bejsbolistą. Gra w drużynie Chicago Cubs.
Żebyś wiedziała, jak on potrafi przyłożyć! A jakie wydaje
przyjęcia! Oni naprawdę umieją się bawić. Wczoraj wróciłam
do domu o czwartej nad ranem.*

*Jak tam ta świnia, o której mi pisałaś? Coś mi się zdaje,
że to panienka w moim typie. Muszę iść. Pani właśnie
wstała i dzwoni.*

Anna Lee

Kartofelka od początku sprawiała kłopoty. Nigdy nie należała do istot dobrze wychowanych. Kiedy któreś z Nordstromów próbowało ją pogłaskać, dawała jasno do zrozumienia,

że oni wszyscy nic a nic jej nie obchodzą. „Karmcie mnie i dajcie mi spokój" – takie miała motto. A jadła wszystko. Kiedyś pożarła długie czerwone kalesony Lordora, które wiatr zerwał ze sznurka z praniem. Zjadła je do ostatniej nitki, z guzikami i resztą, a potem jeszcze poprawiła katalogiem dla hodowców i skórzanym butem. Była naprawdę obrzydliwym żarłocznym stworzeniem, najwidoczniej wyposażonym w żołądek kozy.

– Co za świnia z tej świni – mawiała Katrina.

Mimo to Katrina i Lordor nie potrafili się zdecydować na jej sprzedaż, a co dopiero zjedzenie. Dla nich Kartofelka miała jedną wielką zaletę: była tak groteskowo zadowolona, całkowicie nieświadoma tego, co myślą inni, że wzbudzała w nich szczery śmiech. Oczywiście, będąc świnią, nie zdawała sobie sprawy, jak bardzo los jej sprzyja.

Szczęśliwym trafem nie znała też angielskiego. Pani Knott bowiem często oznajmiała głośno:

„Katrino, gdyby to była moja świnia, już dzisiaj znalazłaby się w garnku, a jutro stałaby się kiełbasą".

Na te słowa Kartofelka tylko chrumkała i wracała do swojego posiłku. Mówiono, że była jedyną świnią w stanie Missouri, która zdechła ze starości. Ona sama nie rozumiałaby, jaką ironią losu był fakt, że przeżyła nawet panią Knott.

Chłopak z sąsiedztwa

Mały Ander Swensen, teraz już siedmioletni syn Birdie i Larsa Swensenów, był uroczym rudzielcem, który wyglądał tak, jakby ktoś chlusnął w niego całym wiadrem piegów. Na samej twarzy i uszach miał ich chyba z tysiąc. Tym jednak, co zjednywało mu sympatię, były łagodny charakter i pogoda ducha.

Jako bliski sąsiad spędzał sporo czasu w domu Nordstromów. Uwielbiał kuchnię pani Nordstrom i najwyraźniej miał słabość do Ingrid. Pozwalał jej rozporządzać sobą bez miłosierdzia.

Ingrid uwielbiała robić kawały swojemu tacie. Któregoś dnia namówiła nawet Andera, żeby pomógł jej wystroić jedną z ulubionych krów Lordora.

Rankiem Lordor wszedł do obory, by wydoić krowy, i zobaczył Sally, nagradzaną na konkursach jałówkę, w dużym słomkowym kapeluszu i fartuszku Katriny w czerwoną kratę. Gdy usłyszał tłumiony chichot dobiegający ze stryszku na siano, udał bardzo wzburzonego.

– Ojej, biedaczko. Niech no się tylko dowiem, kto ci to zrobił, wrzucę go do chlewika Kartofelki, a wtedy pożałuje!

Oczywiście Lordor dobrze wiedział, czyja to sprawka. Wcześniej tego ranka zauważył, jak dzieci cichaczem wynoszą z domu kapelusz i fartuszek.

72

Później, przy południowym posiłku, kiedy Lordor opowiadał Katrinie i pannie Beemer o tym zdarzeniu, duże brązowe oczy Andera rozszerzyły się, a on sam – jako że był szczerym i dobrodusznym chłopcem – natychmiast przyznał się do wszystkiego:

– To ja, panie Nordstrom. To był mój pomysł. Może mnie pan wrzucić do chlewika, jak pan chce.

Dorośli z trudem powstrzymali się od śmiechu. Lordor powiedział:

– Jak pani myśli, panno Beemer? Jest pani nauczycielką. Powinienem go wrzucić do chlewika czy nie?

Ander z przerażeniem spojrzał na pannę Beemer, czekając na wyrok.

– Nie, panie Nordstrom. To, że się przyznał, jest godne podziwu. Myślę, że zasługuje na łaskę.

Ander odetchnął z ulgą.

– Och, dziękuję, panno Beemer. Bardzo się boję tej świni.

– Ma pani rację, panno Beemer – rzekła Katrina. – Właściwie za taką szczerość Ander chyba zasługuje na drugi kawałek ciasta.

– Ja też chcę – cieniutkim głosikiem odezwała się Ingrid.

– Przegapiłaś swoją szansę! – przygadał jej Teddy.

Ingrid ze złością spojrzała na Andera.

– Miałam zamiar się przyznać, ale mnie uprzedziłeś.

Tak, Ingrid była małą wichrzycielką. Kiedyś przy kolacji spojrzała na pannę Beemer i zapytała:

– Czy ten duży Gustav, który codziennie panią odprowadza po szkole, to pani chłopak?

Teddy kopnął ją pod stołem, a Katrina zawołała:

– Ingrid! Nie bądź niegrzeczna!

– Ale co jest złego w tym, że się ma chłopaka? Ander mówi, że jest moim chłopakiem, a Teddy lubi Elsę Bergsen.

– Nieprawda! – natychmiast zaprotestował Teddy. – Panno Beemer, ona kłamie. Niech jej pani nie słucha!

Panna Beemer się uśmiechnęła.

– Teddy, Elsa to naprawdę miła dziewczynka.

Katrina czuła się bardzo zażenowana, że Ingrid zadała takie pytanie, ale i sama zastanawiała się nad losem Lucille. Bardzo ją lubiła i martwiła się, że w okolicy nie ma wielu osób w jej wieku.

Wieczorem, kiedy zmywały w kuchni naczynia, Katrina powiedziała:

– Przepraszam za Ingrid, to było nietaktowne z jej strony.

– Ależ nic się nie stało, pani Nordstrom. Ona jest tylko ciekawa świata.

– A czy jest jakiś młodzieniec, który ci się podoba, Lucille? Pytam tylko dlatego... jeśli tak, to wiedz, że możesz go tu zapraszać, kiedy chcesz.

– O nie... nie ma nikogo takiego. – Lucille szybko sięgnęła po kolejny talerz do wytarcia.

– No, na pewno wkrótce się pojawi. Tak dobrze radzisz sobie z dziećmi, że kiedyś będziesz wspaniałą żoną i matką.

– Naprawdę? To bardzo miłe, co pani mówi, ale nie. Wątpię, żebym kiedykolwiek wyszła za mąż.

– Dlaczego?

Panna Beemer westchnęła.

– Oj, to tylko takie przeczucie.

– Nie byłabym taka pewna. Ja też tak kiedyś myślałam, a teraz tylko spójrz na mnie.

Przerwał im straszliwy wrzask.

– Pomocy! Ratunku! – Ingrid wbiegła do kuchni, przewracając krzesło.

Za nią biegł Teddy. Przewrócił drugie krzesło, goniąc siostrę wokół stołu.

– Mamo, ukradła mi zeszyt! – wołał.

– Nieprawda! – odpowiedziała Ingrid, wybiegając tylnymi drzwiami.

Katrina krzyknęła za nimi:

– Dość tych wygłupów! Wasz tata próbuje czytać!

Potem spojrzała na Lucille i parsknęła śmiechem.

– No tak, jedno trzeba powiedzieć o byciu samotnym. Przynajmniej można liczyć na ciszę.

Na farmie Swensenów wcale nie było spokojniej. Birdie Swensen od kilku miesięcy robiła na drutach sweter dla Andera na zbliżające się urodziny. Było to jednak trudne, bo syn ciągle wbiegał i wybiegał, przeszkadzając jej w dzierganiu. A jeśli nie on, to Lars albo któryś z robotników czegoś potrzebował. Tak więc ostatnio, gdy chodziła na cmentarz z koszem narzędzi ogrodniczych, zabierała też swoją robótkę. Tam, skończywszy podlewanie i pielenie, odwracała kosz, siadała na nim i dziergała. Tak przyjemnie było wyjść z domu, siedzieć sobie na łonie natury, samotnie na wzgórzu, gdzie była tylko ona i ptaki.

W takich chwilach często myślała o tym, kiedy ktoś z nich zostanie pochowany na tym cmentarzu. Dotychczas sprzyjało im szczęście, jeśli pominąć kilka tragiczniejszych zdarzeń – w tym gorączkę poporodową Katriny. Wszyscy jeszcze byli dość zdrowi i jak na razie nikt z nich nie pożegnał się z życiem. Ale przecież ciągle byli dość młodzi.

Właśnie w tych dniach Birdie zaczęła zauważać coś dziwnego. Podejrzewała, że to wyobraźnia płata jej figle. Nie mogło być inaczej. Nie opuszczało jej jednak przygniatające wrażenie, że ktoś ją obserwuje. I oczywiście miała rację.

Telegram

1902

W nowym miasteczku Elmwood Springs w stanie Missouri pojawiły się drewniane chodniki i powoli zaczęło się rozwijać prawdziwe centrum biznesowe. Jako pierwszy otwarto sklep z zaopatrzeniem rolniczym, potem kuźnię, aptekę, sklep ogólnotowarowy i sklep spożywczy, w którym za pięć centów można było kupić krakersa z serem i korniszonem.

W soboty rano główna ulica zapełniała się wozami i ludźmi, przybywającymi do miasta w różnych sprawach. Kobiety szukały materiałów na ubrania, mężczyźni towarów niezbędnych na farmie. Kiedy dzieci jadły lody przed apteką, mężczyźni (z wyjątkiem wielebnego Edwina Wimsbly'ego) wewnątrz raczyli się kieliszeczkiem whiskey – oczywiście w celach leczniczych. Na ogół jednak te wyprawy do centrum służyły spotkaniom z sąsiadami, których nie widziało się cały tydzień. Siedząc na ławkach przed apteką, mężczyźni rozgrzani zażytym specyfikiem nie mogli wyjść z podziwu, jak bardzo kobiety kochają rozmawiać. Nie rozumieli, jak samotne mogły się czuć ich żony na tych odosobnionych farmach. W odróżnieniu od mężczyzn potrzebowały towarzystwa innych kobiet.

Katrina bardzo lubiła swoje sąsiadki i z wielką przyjemnością uczestniczyła w spotkaniach u Birdie Swensen, która w każdy czwartek po południu uczyła kobiety robić na drutach. Wszystkie były dla Katriny bardzo miłe, zwłaszcza gdy na świat przychodziły jej dzieci. Ona jednak wciąż tęskniła za matką. Ta rozłąka trwała już zbyt długo.

Pewnego dnia Lordor po powrocie do domu zastał ją zapłakaną, a kiedy mu się przyznała, że bardzo chce znowu zobaczyć matkę, objął ją i powiedział:

– Napisz do niej, żeby przyjechała. Cała rodzina powinna być tutaj z nami.

Wkrótce przybył telegram z informacją, że matka, siostra i brat Katriny przyjadą do Ameryki. Katrina była w siódmym niebie.

Niecałe trzy miesiące później z uśmiechem wyjmowała chleb z pieca. Mnóstwo dokumentów przesłano w jedną i drugą stronę i kosztowało to wiele czasu i wysiłku, ale w końcu wszystko było gotowe. Nareszcie jej mama miała zamieszkać w domu z ogrzewaniem i bieżącą wodą. Katrina nie mogła się już doczekać jej przybycia. Wspólnie z Lordorem odkładali do puszki po kawie oszczędności ze sprzedaży mleka i część z nich już wysłali do Szwecji na zakup biletów. Lordor był szczęśliwy, widząc radość żony.

Kilka tygodni później nadszedł list.

Kochana Córeczko!

Proszę, wybacz mi, ale doktor mówi, że moje stare ciało nie wytrzyma podróży do Ameryki. Ale nie smuć się przeze mnie.

Ameryka jest dla młodych, dla tych, których modlitwy jeszcze nie zostały wysłuchane. Wszystkie moje modlitwy już się spełniły. Dzięki Tobie i Lordorowi moje dzieci i wnuki już nigdy nie będą głodne. Dziękuję za zdjęcia Ingrid

i Teddy'ego. Bardzo ładni. Przystojni jak ich tata. Myślę
o Tobie codziennie.

Kochająca
Ingrid Olsen, Twoja mama

Niedługo potem Katrina odebrała telegram z wiadomością
o śmierci matki.

Dowiedziawszy się o tym, kobiety jedna po drugiej przychodziły z nią posiedzieć. Nie mówiły wiele. Po prostu nie
chciały, żeby była sama.

Sześć miesięcy później, kiedy jej brat i siostra przypłynęli
ze Szwecji, Katrina powitała ich z radością, którą jednak przy-
ćmiewał smutek z powodu nieobecności matki. Siostra Katriny, Brigette, miała już osiemnaście lat i została ciepło przyjęta przez miejscowych chłopców, a wkrótce poślubiła jednego
z synów Eggstromów. Jej brat Olaf, teraz już prawie dorosły
mężczyzna, natychmiast rozpoczął pracę w sklepie pasman-
teryjnym i odkładał zarobione pieniądze. Po roku, z drobną
pomocą ze strony Lordora, mógł ściągnąć do Ameryki swoją
młodą żonę Helgę.

Rozkwitła wiosna,
a z nią uczucia pewnego młodzieńca

Wiosną 1903 roku relacje między panną Beemer a jej uczniem Gustavem Tildholme'em nieco się skomplikowały. Gustav dwa razy celowo nie ukończył ósmej klasy. Lucille wiedziała dlaczego. Siedział w szkolnej sali i wpatrywał się w nią wielkimi brązowymi oczami pełnymi szczerego, bezgranicznego uwielbienia.

Wysyłał nawet do niej listy miłosne, w których pisał, jak bardzo pragnie ją kiedyś poślubić. Dopatrywała się w tym swojej winy. Za bardzo zaczęła na nim polegać. Możliwe, że okazywała mu zbyt wiele sympatii.

Mimo że była od niego zaledwie o półtora roku starsza, czuła, że istnieje jakiś kodeks etyczny, którego powinna przestrzegać. Poza tym ona była kwakierką. Ślub z własnym uczniem wywołałby nie lada skandal. Coś takiego było nie do pomyślenia.

W końcu powiedziała Gustavowi, żeby w przyszłym roku nie przychodził do szkoły i nie odprowadzał jej do domu. To złamało mu serce. Próbowała przemówić mu do rozsądku, tłumaczyła, że to, co czuje, to tylko młodzieńcze zauroczenie. Zapewniała, że z tego wyrośnie.

– Nieprawda. Wcześniej umrę. Przekonasz się – powiedział, po czym wybiegł z sali i nigdy już go nie zobaczyła.

Później dowiedziała się od jego rodziny, że wyjechał do Kalifornii, ale nikt nie wiedział dokładnie dokąd. Zawsze się zastanawiała, gdzie on jest i czy jeszcze kiedyś go zobaczy. W pierwszym roku nauki wyrzeźbił mały kwiatek z sosnowego drewna i zostawił jej na biurku jako prezent. Wciąż trzymała go na toaletce.

Kilka dni temu usłyszała od kogoś, że chyba widziano Gustava Tildholme'a w pobliżu jeziora. To jednak nie mogła być prawda. Gdyby wrócił, na pewno by ją odwiedził.

Tymczasem Elmwood Springs coraz bardziej się rozrastało. Na rogu otwarto kolejną aptekę Rexall, którą prowadził prawdziwy farmaceuta o nazwisku Robert Smith, a nad biurem Western Union, w nowym gabinecie, przyjmował prawdziwy dentysta. Wkrótce położono tory i w miasteczku pojawił się tramwaj, który kursował do jeziora i z powrotem.

W tamtych czasach miało się wrażenie, że niemal codziennie gdzieś na świecie powstają kolejne wynalazki. Któregoś dnia w grudniu Lordor był akurat u fryzjera, gdy wpadł do środka telegrafista, pan Goodnight, wyraźnie podniecony, cały czerwony na twarzy.

– O Boże, słuchajcie... właśnie przyszła wiadomość! W Karolinie Północnej ludzie latają w maszynach w powietrzu. Automobile, które latają, wyobrażacie sobie?!

Golibroda zatrzymał się w pół ruchu i powiedział:

– Co takiego?

– Zbudowali to bracia Wright z Ohio, ma dwa skrzydła po bokach. Rozpędza się, a zaraz potem odrywa się od ziemi i leci jak ptak.

– Jak to możliwe?

– Nie wiem... ale tak napisali. Wynaleźli jakiś silnik... tyle wiem. Nie mam pojęcia, jak to zrobili. Mówią, że jest zdjęcie tego wehikułu, na dowód, że to prawda.

– Człowiek latający w automobilu ze skrzydłami... czy aby na pewno?

– Tak. Mówię wam, że ta wiadomość właśnie nadeszła, może minutę temu.

– Według mnie to jakiś kawał.

– Nie. Przysięgam, że to prawda. Poczekajcie tylko. Któregoś dnia jedna z takich maszyn przeleci nad nami i sami zobaczycie!

– Pomyśl tylko, George. Jak coś, co waży tyle co automobil, mogłoby się oderwać od ziemi?

– A jak księżyc się podnosi co wieczór? Nie wiem, ale tak jest. Muszę się napić – rzekł pan Goodnight. – Gdzie butelka?

Golibroda otworzył szafkę i wyjął butelkę.

– No, no... jeśli to prawda, to wszyscy musimy się napić.

Wiadomość szybko się rozeszła i następnego ranka mieszkańcy w podnieceniu czekali na dostawcę gazety. Kiedy przeczytali o latającej maszynie i zobaczyli fotografię, Svar Lindquist zadał pytanie, które w następnych latach powtarzano wielokrotnie:

– Czego to ludzie jeszcze nie wymyślą?

Spotkajmy się na targach

Chociaż Lordor formalnie rzecz biorąc nie miał wykształcenia, był bardzo postępowy i otwarty na rozwój własny i innych. Tego dnia usiadł na krawędzi łóżka w hotelu, w którym się zatrzymali. Spojrzał na swoją żonę i z poważną miną powiedział:
– To może być największe wydarzenie naszych czasów. Mówił o Światowych Targach w St. Louis, Missouri, w 1904 roku.
Jako burmistrz zorganizował wyjazd do St. Louis wszystkim chętnym z Elmwood Springs – za tych, których nie było na to stać, a chcieli jechać, zapłacił z własnej kieszeni. Była wśród nich panna Beemer z tymi uczniami, których wiek pozwalał na taką podróż.
Na podstawie tego, co przeczytał, Lordor spodziewał się, że targi będą ciekawe i pouczające, ale te cuda, niezwykłości i atrakcje, które zobaczyli, przerosły wszelkie oczekiwania. Ludzie zjechali się do St. Louis z najdalszych stron. Kiedy Pałac Elektryczności rozjarzył się tysiącem świateł, wszyscy osłupieli.
Lordor miał rację. Nigdy wcześniej nie widziano niczego podobnego. Niezwykły był też rozmach imprezy. Sam Pałac Rolniczy zajmował ponad dziewięć hektarów. W ciągu zaledwie dwóch dni zobaczyli prawdziwego Chińczyka, Eskimosa, słonia, ruchome obrazy i niemowlęta w inkubatorach – rzeczy i ludzi, których Lordor nie spodziewał się ujrzeć nigdy w życiu.

Popatrzył na swoje śpiące dzieci, zmęczone nadmiarem wrażeń, i się uśmiechnął.

– Oj, Katrino, jaka wspaniała przyszłość je czeka. Świat oferuje im tyle niezwykłych rzeczy.

Wyprawa na targi odmieniła wszystkich. Wcześniej mieszkańcy Elmwood Springs byli głównie farmerami żyjącymi w swoim małym świecie, teraz jednak, zobaczywszy te niezwykłości, nie mogli pozostać tacy, jak przedtem. Nie mogli też nie patrzeć w przyszłość z optymizmem.

Na pierwszym zebraniu rady po powrocie do domu Lordor powiedział:

„Moim marzeniem jest oświetlić nasze miasto, żeby nikt już nie żył w ciemnościach".

Tak też zrobił. Dzięki jego licznym wizytom w Missouri Electric Light and Power Company sklepy i domy na głównej ulicy – a potem, zgodnie z obietnicą, każdy budynek w mieście – zyskały dostęp do elektryczności. W 1906 roku, gdy pojawiły się nowe latarnie uliczne, mieszkańcy urządzili zabawę, na którą odświętnie się poubierali. Ingrid Nordstrom włożyła jeden z kapeluszy matki, a jej brat Teddy dla kawału wystąpił w butach ojca, które były na niego o wiele za duże.

Lordor uwielbiał swoje dzieci i nigdy nie widział w ich zachowaniu nic złego. Zwłaszcza u Ingrid. W odróżnieniu od brata lubiła krowy i od najmłodszych lat chętnie pomagała w dojeniu. Latem Katrina obserwowała przez okno kuchenne, jak Lordor oddala się w stronę pastwiska, trzymając za rękę małą dziewczynkę. Jakże to dziecko kochało swojego tatusia!

Lordor oczywiście we wszystkim ustępował córce. Kupił jej nawet chłopięce ogrodniczki i gumiaki.

„Chcę wyglądać jak tatuś" – oświadczyła.

W miarę jak dzieci rosły, rozwijało się też miasto. W 1907 roku, za namową Birdie Swensen i innych kobiet, zbudowano niewielki teatr, w którym wystawiano spektakle wędrownych trup oraz sztuki przygotowywane na miejscu. Birdie mawiała:

„Może i mieszkamy na wsi, ale to nie znaczy, że nie możemy raz na jakiś czas trochę się ukulturalnić".

Mimo to wszyscy zgodnie stwierdzili, że ostatni występ Towarzystwa Szekspirowskiego sprawił im wielki zawód. Aktor z patykowatymi nogami, który grał Hamleta, miał co najmniej siedemdziesiątkę.

To, czego nie widać

Ponieważ liczba uczniów stale się powiększała, panna Beemer przeniosła się z domu Nordstromów do centrum, żeby być bliżej szkoły. Teraz mieszkała w pensjonacie pani Molly Ballantine, gdzie znajdowały schronienie osoby samotne oraz przejeżdżający tędy komiwojażerzy.

Tego wieczoru panna Beemer siedziała w swoim pokoiku na piętrze i poprawiała prace klasowe. Jakoś jednak nie mogła się skupić.

Podeszła do okna, otworzyła je i wyjrzała. Była piękna ciepła letnia noc. Z dołu dobiegał zapach wiciokrzewu kwitnącego na werandzie, a gdzieś z oddali przytłumiony dźwięk muzyki. W sąsiednim domu ktoś włączył gramofon.

W takie noce Lucille myślała o Gustavie i zastanawiała się, gdzie on teraz jest.

Wszyscy w miasteczku, dorośli i dzieci, zwracali się do niej „panno Beemer", lecz właściwie nie była dużo starsza od swoich uczniów. Zaczęła pracę nauczycielki, mając niewiele ponad osiemnaście lat.

Mimo jej młodego wieku, kiedy Lucille kilka lat temu przyjechała do swojej pierwszej pracy i wysiadła z pociągu, pewna mężatka zauważyła: „Nie ma się co martwić, że ukradnie nam mężów. Ma wyraźnie wypisane na czole «Stara panna nauczycielka»". Lucille Beemer miała czarne włosy, które nosiła spięte w kok, i długi wąski nos. Istotnie, wyglądała na poważną i nadzwyczaj układną osobę. Nie wszystko jednak było widać na zewnątrz. Z powodu zajmowanej pozycji i dużej odpowiedzialności w tak młodym wieku z rozwagą skrywała tę część swojej natury, w której wciąż była romantyczną młodą dziewczyną, tęskniącą za przygodami i miłością.

Nawet jej ojciec, pastor w Filadelfii, byłby zaskoczony, gdyby znał marzenia swojej córki – myśli o przystojnym obcym, który wdziera się w jej życie i porywa ją w siną dal. Ostatnio coraz częściej ten nieznajomy przybierał postać Gustava Tildholme'a.

Kilku starych kawalerów, a wśród nich pan Glen Early – tenor, który śpiewał w kościelnym chórze – próbowało się z nią umówić, ona jednak nie okazywała zainteresowania. Im dłużej Gustav pozostawał gdzieś daleko, tym silniej jej serce dokądś się wyrywało. Ostatnio zaczęła się już zastanawiać, dlaczego tak bardzo się przejmowała tym, co ludzie by sobie pomyśleli, gdyby z nim uciekła.

W tym momencie na werandzie rozległ się głośny, rubaszny śmiech jednego z mieszkańców pensjonatu i panna Beemer powoli zamknęła okno.

Elmwood Springs, Missouri

Droga Anno Lee,

dziękuję za Twój ostatni list. Śpieszę Ci donieść,
że wciąż jestem szczęśliwa i mam się dobrze.
Chciałabym, żebyś mnie odwiedziła i zobaczyła to wszystko
na własne oczy. W tym roku kwitnie mnóstwo żonkili.

Dzieci rosną niczym chwasty. Mój syn jest naprawdę
słodki, a Ingrid nie przestaje mnie zadziwiać. Mówię Ci,
ona jest zupełnie inna niż my. To prawdziwa Amerykanka.
Latem opala się na brązowo i biega boso po okolicy.
Lordor twierdzi, że jeździ na mule lepiej niż niejeden
chłopiec. Jest z niej bardzo dumny. W zeszłym tygodniu
zabrał ją na wielką aukcję bydła w Kansas City.
Mówi, że ona już wie o krowach więcej niż większość
mężczyzn.

W każdym razie tęsknię za Tobą i często wspominam nasz
wspólny czas w Chicago. Co ja bym bez Ciebie zrobiła?

Muszę już kończyć, bo czas nakarmić kury. Tak, teraz mamy
dużo kur, w tym jedną bardzo dużą i pierzastą białą kwokę,

którą nazwałam Anna Lee na Twoją cześć. Byłabyś z niej dumna. Niesie dużo jajek i kochają się w niej wszystkie wspaniałe koguty.

Ściskam mocno
Katrina

PS Załączam zdjęcia Teddy'ego i Ingrid.

Chicago

Droga Katrino,

*przepraszam, że tak długo nie pisałam. Bardzo dziękuję
za list i zdjęcia szkrabów. Ingrid staje się coraz bardziej
podobna do Ciebie.*

*Ja miewam się wspaniale... a skoro mowa o kogutach,
to złowiłam jednego takiego. Jest Włochem, trochę
nieokrzesany, ale ma wielkie, rozmarzone oczy.
I lubi blondynki. Co tu gadać! Nie zdziw się, jeśli wkrótce
stanę się bogatą damą. On produkuje alkohol i sprzedaje go
za krocie. Oho ho, niedawno dostałam od niego szykowne
białe futro. Kto wie, może następny list podpiszę jako pani
Zenella. Życz mi szczęścia i poklep po głowie tę moją kurkę.*

Anna Lee

PS KIEDY SIĘ DO MNIE WYBIERZESZ?!

Czy to ty?

1908

Było już dobrze po dziewiątej, kiedy Lucille Beemer usłyszała pukanie do drzwi.

– Panno Beemer, rozmowa zamiejscowa do pani. Jakiś mężczyzna! – zawołała gospodyni, pani Ballantine.

Lucille była już w łóżku, włosy miała zebrane do góry, ale szybko wyskoczyła z pościeli, narzuciła na siebie szlafrok, stopy wsunęła w kapcie, po czym zbiegła do telefonu, który znajdował się w holu. Pani Ballantine podała jej słuchawkę i oddaliła się do swojego pokoju, żeby pozostawić jej trochę prywatności.

– Halo, tutaj Lucille Beemer. Halo? – Słyszała grającą w tle muzykę, ale nikt się nie odzywał. – Halo – powtórzyła. – Gustav... Czy to ty? Halo? Słucham... W słuchawce panowała cisza, a po chwili tajemniczy rozmówca się rozłączył.

Pani Ballantine wyszła z pokoju.

– Kto to był? – spytała.

– Nie wiem. Nic mówił, skąd dzwoni?

– Nie, tylko poprosił o panią. Ale ktokolwiek to był, wydawał mi się pijany.

– Może jeszcze zadzwoni.

– Jeśli tak, to lepiej, żeby to zrobił o normalnej porze.

Panna Beemer jeszcze chwilę czekała z nadzieją przy telefonie, ale on już więcej nie zadzwonił.

W sklepie galanteryjnym

Tego oczywiście nie planowała. Panna Beemer wpadła na matkę Gustava zupełnie przypadkowo. Tak się złożyło, że tego samego dnia robiły zakupy w Springfield. Po kilku minutach wymiany uprzejmości i przymierzeniu kilku par rękawiczek panna Beemer zadała w końcu to pytanie jak najbardziej swobodnym, naturalnym tonem, starając się tak je wpleść w rozmowę, by wydawało się mniej ważne, niż było.

Sięgnęła po parę szarych rękawiczek, włożyła je i nie spuszczając z nich wzroku, zapytała:

– Jak się pani podobają, pani Tildholme? Nie wiem, co myśleć o tych guziczkach. Och, a co słychać u Gustava? Odzywał się ostatnio? – Ponownie spojrzała na rękawiczki. – Nie, te są zbyt wyszukane. – Ściągnęła je i z bijącym sercem czekała na odpowiedź.

Pani Tildholme uważniej przyjrzała się rękawiczkom i orzekła:

– Tak, racja... za dużo guziczków. A mój Gustav... – Westchnęła i pokręciła głową. – Cóż... Pojechał aż do Oregonu, ścina tam drzewa za jakieś duże pieniądze, ale ja bym wolała, żeby wrócił do domu, choćby tylko w odwiedziny. – Nagle w jej oczach pojawił się błysk nadziei. – Ojej, panno Beemer, czy mogłabym panią o coś prosić? Gustav świata poza panią nie widział. Mogłaby pani do niego napisać, żeby wrócił?

Może pani posłucha. Teraz młodzi żyją inaczej. Nie słuchają rodziców, ale może zdanie nauczycielki jeszcze coś znaczy. Zechce pani? O, tu mam jego adres.

Następnego ranka Lucille usiadła przy biurku w swoim pokoju, chwyciła za pióro, zanurzyła stalówkę w kałamarzu i zaczęła pisać.

Drogi Gustavie,

pozdrowienia z Elmwood Springs. Mam nadzieję, że u Ciebie wszystko dobrze. Wiem od Twojej mamy, że jesteś teraz drwalem. To brzmi fantastycznie, jak z powieści Jacka Londona. Podziwiam Twoją determinację. Mam nadzieję, że nadal czytasz...

Zmięła kartkę i zaczęła od nowa.

Mój Drogi Gustavie!

Pozdrowienia od dawnej przyjaciółki. Twoi rodzice bardzo za Tobą tęsknią i ja...

Najdroższy Gustavie,

ten list to spóźnione pozdrowienia od Twojej dawnej nauczycielki, Lucille Beemer...

Drogi Gustavie!

Wiem, że upłynęło sporo czasu od naszej ostatniej rozmowy, ale często o Tobie myślę i zawsze z dużą sympatią. Ciekawa jestem, czy...

Drogi Gustavie,

*przepraszam, że nasza ostatnia rozmowa tak bardzo
Cię wzburzyła, ale musisz zrozumieć, że z racji mojego
zawodu...*

Nagle przerwała pisanie. O Boże, co ona robi? Gustav nie
jest dzieckiem. Teraz to już dorosły mężczyzna. Przecież nie
powinna pisać do dorosłego mężczyzny, że jego matka chce,
by wrócił do domu. Zresztą, on teraz wiedzie takie ciekawe
życie, że może nawet jej nie pamięta. Pisanie tak intymnych
słów do byłego ucznia wydało jej się bardzo niestosowne.
Gustav pewnie poczułby się zażenowany, gdyby dostał taki
list od jakiejś zdziwaczałej starej panny, która kiedyś była jego
nauczycielką. Może nawet pokazywałby go wszystkim, żeby
wspólnie się pośmiać.

Ta próba bezpośredniego wyrażenia swoich uczuć sprawiła, że panna Beemer zrozumiała, w jak beznadziejnej sytuacji się znajduje i że robi z siebie kompletną idiotkę. Gustav
najwyraźniej ułożył już sobie życie i ona nic na to nie mogła poradzić. Dotarło do niej, że dotąd towarzyszyło jej złud-
ne przekonanie, iż on któregoś dnia wróci do domu i powie,
że nadal ją kocha.

Wtem usłyszała pukanie do drzwi.

– Panno Beemer, to ja, Sonia, sprzątaczka. Ma pani jakieś
śmieci do zabrania?

– Ach tak, Soniu, minutkę... wejdź. – Lucille zgniotła ostatnią zapisaną kartkę, wrzuciła ją do niemal pełnego małego
wiklinowego kosza i podała go wchodzącej kobiecie. – Proszę.

Przesypując śmieci, Sonia zapytała:

– Poprawianie klasówek?

– Co? A... tak.

– Jak to mówią, praca nauczyciela nigdy się nie kończy. Wciąż rodzą się nowe dzieci, prawda? Ale niech panią Bóg błogosławi za to, co pani robi. Moja mała pójdzie do szkoły w przyszłym roku.

– Wiem, z wielką chęcią ją poznam.

– Do jutra – powiedziała Sonia, zamykając za sobą drzwi.

Panna Beemer pozostała sama przy biurku, z pustym koszem w ręku. Spoglądała w okno i myślała o tym, że pora pogodzić się z rzeczywistością. Czeka ją samotne życie. Dobrze chociaż, że uczniowie nie pozwalają jej się nudzić.

Czwarty lipca

1909

Jak zwykle czwartego lipca, kiedy kobiety były zajęte przygotowywaniem potraw na duży piknik, wszyscy mężczyźni i chłopcy grali w podkowy. Nagle rozległ się gromki ryk. Katrina przerwała pracę i zdumiona spojrzała przez okno w stronę grupki grających i obserwatorów. Jej córka, Ingrid, jedyna dziewczyna w tym towarzystwie, właśnie wykonała kolejny idealny rzut.

Ingrid była inna niż Katrina w jej wieku, taka niezależna. Nie dało się przewidzieć, co zrobi ze swoim życiem. Była pierwszym pokoleniem Amerykanek, a świat wciąż się zmieniał. Krążyły nawet pogłoski o tym, że kobiety będą mogły głosować, co Lordor w pełni popierał. Zwykł mawiać: „Jeśli byle pijaczyna z mózgiem jak orzeszek może głosować, to czemu nie kobiety?".

O ile Lordor bardzo się cieszył z posiadania córki, o tyle Henry Knott nie był zachwycony tym, że w jego domu są same dziewczynki. Często mówił Lordorowi, że chciałby mieć syna, który kiedyś przejąłby po nim farmę.

Lordorowi także marzyło się, że jego syn w przyszłości przejmie po nim gospodarstwo, ale Teddy nie chciał być farmerem. Bardziej przypominał matkę i lubił piec ciasta. Myślał o otwarciu własnej cukierni. Lordor nie miał nic przeciwko temu; w Szwecji wielu najlepszych piekarzy i cukierników było mężczyznami. Kupił nawet Teddy'emu białą czapkę piekarza. Dla niego liczyło się tylko to, żeby dzieci były szczęśliwe. Kiedyś powiedział Katrinie:

„Albo kocha się krowy, albo nie".

Z upływem lat mleczarnia prosperowała coraz lepiej. Dlatego kupili więcej krów i zbudowali cztery nowe obory. Sami nie wiedzieli, co było tego przyczyną. Mogło to być coś w glebie w tej części Missouri albo w koniczynie, którą żywiły się zwierzęta. A może to, że Lordor hodował szczególny gatunek krów. Tak czy inaczej wszyscy byli zgodni: mleko i sery od krów Lordora były najsłodsze. Dlatego nazwano jego mleczarnię Słodką Koniczyną.

O ile Teddy nie wykazywał najmniejszego zainteresowania mleczarstwem, o tyle piętnastoletni sąsiad Nordstromów, Ander Swensen, wprost przeciwnie. Uważał Lordora za najlepszego mleczarza w całym stanie i chciał w przyszłości być taki jak on.

Jako przyjaciel Lordora Lars Swensen zapytał go, czy nie zechciałby wziąć Andera pod swoje skrzydła i nauczyć go mleczarstwa od podstaw. Lordor przyjął tę propozycję z radością. Lubił Andera. Chłopiec był uczciwy, zdolny i pracowity. Ander wprowadził się więc do Nordstromów i bardzo mu to odpowiadało. Z przyjemnością pracował u Lordora. Miał ku temu jeszcze jeden powód – ładniutką dziewczynę o imieniu Ingrid.

Chicago

Następny list, jaki Katrina otrzymała od Anny Lee, zawierał zaskakującą wiadomość – czegoś takiego nigdy by się nie spodziewała.

Droga Katrino,

piszę, żeby Ci donieść o zmianach w moim życiu.
Poznałam mężczyznę o nazwisku Karl Johanssen.
Jest wielkim, małomównym Szwedem i ma farmę
w Wisconsin. Ze wszystkich tych szykownych facetów,
których poznałam w Chicago, dlaczego musiałam się
zakochać akurat w nim? Możesz się śmiać, proszę bardzo.
Nie zdziwię się, jeśli wypomnisz mi całe to moje gadanie
o farmerach.

W każdym razie poprosił mnie o rękę, a ja się zgodziłam.
Dziewczyna z wielkiego miasta jedzie pod koniec miesiąca
do Wisconsin.

Całuję
Anna Lee

Oregon

Wysoki, przystojny mężczyzna w wieku około dwudziestu
pięciu lat, pracujący w obozie drwali gdzieś w okolicach Port-
landu, właśnie dostał list od matki. Minął prawie miesiąc, zanim list odnalazł go w tym odległym leśnym zakątku.

Kochany Gustavie,

*Twój ojciec i ja bardzo Ci dziękujemy za ostatni przekaz
pieniężny. Jesteś bardzo dobry dla swoich starych rodziców.
Tęsknimy za Tobą. Żałuję, że nie widzisz, jak się tu u nas
zmieniło. Centrum miasteczka zajmuje niemal cały kwartał,
a chodzą słuchy, że wkrótce zbudują lożę masońską i kościół
metodystów.*

*U nas jest teraz naprawdę piękne lato. Kupiliśmy kolejnego
cielaka i bardzo się z tego cieszymy. Ta stara farma
Lindquistów, o którą pytałeś, wciąż jest na sprzedaż.
Cieszę się, że lubisz to, co robisz, i że tak dobrze sobie
radzisz. Wszyscy tutaj o Ciebie pytają. Nawet Twoja dawna
nauczycielka, panna Beemer, którą tak lubiłeś, wciąż pyta
o Ciebie, gdy tylko ją spotkam. Birdie Swensen mówiła
mi kiedyś, że panna Beemer się zaręczyła. Ucieszyła
mnie ta wiadomość. Zawsze była taka miła. Mówi się też*

w miasteczku o budowie nowej szkoły, ale ja zawsze będę
wspominała tę starą. Wracaj do nas. Nie młodniejemy.

Całuję
Mama

PS Naprawiliśmy dach.

Tej nocy jeden z drwali zapytał innego z sąsiedniej pryczy.
– Co się stało Tildholme'owi? W kółko czyta ten sam list.
Birdie Swensen nie rozsiewała plotek. Ona tylko usłyszała
nieprawdziwą informację o pannie Beemer. Autorem jej był
jubiler z miasteczka, który widział, jak pan Glen Early ogląda
pierścionki zaręczynowe. Później Molly Ballantine wyjaśniła
Birdie sytuację:
– Nie, Birdie. Lucille się nie zaręczyła. Wiem na pewno, że
odrzuciła zaloty pana Early'ego, i to dwa razy.
Birdie posmutniała.
– Oj, szkoda. To pewnie były moje pobożne życzenia.
Pan Early poślubił swoją daleką kuzynkę, Iris Loveless,
i przeniósł się wraz z nią do Summit Falls, Missouri, gdzie
oboje zostali duszpasterzami Kościoła unickiego.
Pani Tildholme nie przyszło do głowy, żeby poinformować
o tym Gustava. Nie wiedziała, że to ma jakieś znaczenie.

Smutny czas

Wszyscy, którzy go znali, mówili, że Lordor Nordstrom ma złote serce. Dwa razy omal nie stracił swojej farmy, bo często spłacał długi tych, którzy byli w potrzebie. Jednak ostatnie badanie lekarskie wykazało, że jego serce powoli słabnie. Katrina była zdruzgotana, że może stracić męża, i niemal na krok go nie odstępowała. Starali się ukrywać to przed dziećmi, ale Lordor robił się coraz słabszy i coraz trudniej było mu chodzić do pracy. Wkrótce większość czasu spędzał w łóżku.

Lordor wiedział, że jego dni są policzone, a chciał pozostawić rodzinę w dobrej sytuacji finansowej. Mleczarnia rozrosła się tak, że ani Katrina, ani Ted nie daliby rady jej prowadzić. Ingrid też nie mogła im pomóc, bo wybierała się na studia. Po naradzie rodzinnej postanowili sprzedać farmę.

Kiedy wśród mleczarzy rozeszła się wieść, że mleczarnia Słodka Koniczyna jest na sprzedaż, z najdalszych zakątków przybywali chętni z hojnymi ofertami.

Młody Ander Swensen zaciągnął pożyczki z banku i od ojca. Zaproponował dużo mniej niż inni i wiedział o tym, ale to była górna granica jego możliwości.

Dzień po dniu potencjalni nabywcy tłumaczyli Lordorowi ze szczegółami, jakie nowe metody zastosują, żeby z każdej krowy uzyskać jak najwięcej mleka.

Pewnego ranka Lordor krzyknął z sypialni do Teddy'ego, który był w kuchni:

– Synu, pobiegnij do mleczarni i sprowadź tu Andera!

– Się robi.

Teddy odszukał Andera i powiedział mu, że Lordor chce się z nim widzieć.

– O co chodzi? – zapytał chłopak.

– Nie wiem.

Pięć minut później Ander wszedł do domu, prosto z obory – w gumowcach i stroju roboczym. Zdjął kapelusz i zbliżył się do sypialni chorego. Zapukał.

– Wejdź i zamknij za sobą drzwi.

– Tak jest. – Chłopak podszedł do łóżka i usiadł na krześle przy wezgłowiu. Zauważył bladość twarzy Lordora.

Lordor podniósł się nieco i powiedział:

– Widzę, jak ludzie teraz prowadzą mleczarnie, i nie podoba mi się to. To nie jest dobre.

Ander skinął głową.

– Zgadzam się.

– Dlatego postanowiłem sprzedać farmę tobie.

Zaskoczony Ander nie wierzył własnym uszom.

– Co? Ale, panie Nordstrom...

Lordor podniósł rękę.

– Nie... żadnych sprzeciwów. Tylko tobie ufam, że poprowadzisz ją tak jak należy. Poza tym zasłużyłeś na to.

– Ale, panie Nordstrom. Pan mnie nauczył wszystkiego...

– I dobrze się stało, ale teraz chcę, żebyś mi coś przyrzekł. Tak między nami... rozumiesz?

– Co takiego?

– Przyrzeknij, że farma i krowy zawsze pozostaną w naszych rodzinach. Nigdy nie sprzedaj farmy nikomu obcemu. Zgadzasz się?

– Tak.

– Umieścisz to kiedyś w swoim testamencie... na przyszłość?

Ander odparł z powagą:

– Przysięgam na własne życie.

Lordor uśmiechnął się i opadł na poduszkę.

– Dobrze. Teraz idź i powiadom wszystkich.

Cała rodzina ucieszyła się z decyzji Lordora. Birdie i Lars Swensen byli ich przyjaciółmi, a Ander był dla Teddy'ego i Ingrid niczym brat, a dla Katriny jak syn.

Mieszkańcy miasteczka także odetchnęli z ulgą. Nie byli zachwyceni perspektywą, że farma Lordora trafi w obce ręce. Zbyt ciężko pracował na to, co osiągnął. W ciągu wielu lat mleczarnia Słodka Koniczyna stała się częścią życia ich wszystkich.

Dwa tygodnie później, jak przystało na prawdziwego pioniera, Lordor jako pierwszy zajął swoje miejsce na Spokojnych Łąkach. Tak jak zaplanowano przed laty, spoczął w samym środku, pod wielkim, rozłożystym dębem.

LORDOR NORDSTROM

1852–1911

Dobry i uczciwy człowiek

Błogosławieństwo na drogę

Zmiana adresu

Rodzina bardzo boleśnie odczuła tę stratę. Odejście Lordora pozostawiło też ogromną pustkę w całej społeczności. Od zawsze był ich burmistrzem i teraz czuli się zagubieni. Większość osad organizowała wybory burmistrzów, jednak mieszkańcy Elmwood Springs zgromadzili się i zadali sobie pytanie: „Po co zawracać sobie głowę wyborami?". Po prostu poinformowali syna Lordora, Teddy'ego, który niedawno skończył dwadzieścia lat, że teraz on przejmie tę funkcję po ojcu. Wszyscy przywykli już mówić „burmistrz Nordstrom" i nie mieli zamiaru tego zmieniać. Wystarczająco ciężko było pogodzić się ze stratą Lordora. Mieszkańcy tłumnie stawili się na jego pogrzebie, lecz wciąż nie mogli uwierzyć, że ich opuścił. W pewnym sensie mieli rację.

Niedługo po pogrzebie stało się coś niezwykłego. Lordor Nordstrom się obudził. I dokładnie wiedział, kim jest. Wciąż był w stanie myśleć i pamiętać. Widział niebo i chmury nad sobą, latające po niebie ptaki. Do tego czuł się lekki jak piórko i znowu mógł oddychać bez najmniejszego wysiłku czy bólu. Wszystko wokół pachniało świeżością. Ziemia, trawa, kwiaty. Czuł prawdziwy spokój.

Gdzie się znajdował? W niebie? Żywy czy martwy? Spojrzał jeszcze raz w górę i zobaczył stary dąb. Wtedy zrozumiał.

Leżał na wzgórzu we własnej kwaterze na Spokojnych Łąkach. Owszem, martwy, ale nadal był tutaj.

Co za miła niespodzianka. Gdyby ktoś mu wcześniej powiedział, że doczeka takiej zmiany, nie uwierzyłby, a tu proszę, stało się. Nie miał pojęcia, w jaki sposób ani dlaczego. Wiedział tylko, że w całym swoim życiu nie czuł się lepiej. Głęboko wciągnął powietrze i zapadł w kolejną długą drzemkę.

Po śmierci Lordora Ander zaproponował rodzinie Nordstromów, żeby pozostali na farmie, lecz Katrina i dzieci postanowili za pieniądze ze sprzedaży mleczarni kupić nowy dom w centrum miasteczka. Wzrok Katriny się pogarszał, a gospodarstwo bez Lordora nie było już dla nich tym samym. Za bardzo odczuwali jego brak. Zwłaszcza Katrina ciężko to znosiła. Z farmą łączyło się zbyt wiele wspomnień. Jakaś część Katriny wciąż liczyła na to, że pod koniec dnia Lordor jak zwykle wejdzie do domu. A kiedy to nie następowało, jej ból jeszcze się pogłębiał. Strata męża skłoniła Katrinę do napisania listu do córki, póki wzrok jej na to pozwalał.

Kochana Ingrid!

Gdyby coś mi się stało, chcę, żeby ta chusteczka przeszła w Twoje ręce. Należała do Twojej babci i przebyła daleką drogę, więc dbaj o nią. Niewiele rzeczy pozostało nam ze starego kraju. Mam nadzieję, że któregoś dnia pojedziesz tam i zobaczysz, gdzie się wychowałam.

Przepisy mojej matki pozostawiam Twojemu bratu. Myślę, że nie masz nic przeciwko temu. Jak mawiał Wasz tata: „Albo się lubi piec ciasta, albo nie", a Teddy lubi.

Wiesz chyba, jak ojciec szczycił się Tobą i że dla mnie
też jesteś powodem do dumy. Jesteś moją amerykańską
dziewczyną. Załączam też kilka ubranek dziecięcych,
które Birdie Swensen zrobiła na drutach dla Ciebie i Twojego
brata. Są mi bardzo drogie i nie mogłabym ich nikomu oddać.

Kochająca
Mama

Kiedy skończyła, zawinęła wszystko i umieściła w bezpiecznym miejscu.

Lordor już od pewnego czasu spoczywał na Spokojnych Łąkach i odnajdował coraz większe ukojenie. Z tego nowego punktu obserwacyjnego mógł podziwiać wspaniałe widoki. Istotnie, wybrał idealne miejsce. Zapragnął jak najprędzej podzielić się tym pięknem z innymi. Oczywiście, jako starszy od Katriny, rozumiał, że będzie musiał trochę na nią poczekać, a tymczasem mógł słuchać porykiwania krów na odległym pastwisku, piania kogutów, warkotu traktorów na polach w dole i dzwonów kościelnych rozlegających się w niedzielę. Wszystkich dźwięków domu.

Odkrył, jaka to ulga nie musieć się już martwić o farmę, podobało mu się też, że może tylko odpoczywać i kontemplować. Nie czuł się samotny. We wszystkie święta odwiedzało go wielu gości. Bardzo się cieszył, kiedy przychodzili do niego Katrina, Teddy i Ingrid i mógł obserwować, jak jego córka rośnie. Na początku próbował z nimi rozmawiać, ale zorientował się, że go nie słyszą. Na szczęście on słyszał ich, a oni zawsze opowiadali mu o czymś ciekawym. Miło było wiedzieć, że ludzie o nim nie zapomnieli.

W zeszłym tygodniu Ander Swensen przyszedł do niego, usiadł i opowiedział mu o wszystkim, co robi w mleczarni, z nadzieją, że Lordor to pochwali. Pochwalił. Ander był porządnym człowiekiem.

Życie toczy się dalej

1915

Centrum Elmwood Springs stale się rozwijało. Dwaj bracia z Grecji o nazwisku Morgan otworzyli dom towarowy, w którym sprzedawano najmodniejsze stroje męskie i damskie. W dziale obuwniczym znalazł zatrudnienie brat Katriny, Olaf.

Aby nadążyć za zmianami na świecie, dawną salę teatralną przekształcono w kino. Zatrudniono operatora kinematografu i wstawiono pianino, na którym grała Birdie Swensen, kościelna organistka, zapewniając podkład muzyczny do niemych filmów. Jej specjalnością była muzyka do scen miłosnych i pościgów.

Filmy otworzyły okno do zupełnie nowego świata wyobraźni. Wkrótce wszystkie młode dziewczęta chciały wyglądać jak Mary Pickford albo jak wamp Theda Bara. Kiedy do miasta dotarł film *The Perils of Pauline* z Pearl White w roli głównej, Ingrid Nordstrom błagała matkę o takie bryczesy i buty, jakie nosiła Pauline.

Chłopcy, zachwyceni przygodami gwiazdy niemego kina, Toma Mixa, zwanego „królem kowbojów", jeździli na mułach swych ojców, udając, że na grzbiecie Tony'ego Cudownego Rumaka przemierzają świat w poszukiwaniu czarnych charakterów.

Po pierwszych uniesieniach związanych z kinem wszystko wróciło do normy. Uczniowie kończyli szkołę, młodzi się pobierali, rodziły się dzieci.

Elner Knott i bratanica Katriny, Beatrice Olsen, właśnie poszły do pierwszej klasy. Elner, najstarsza z córek Knottów, duża jak na swój wiek, była serdeczną, pogodną dziewczynką. Pierwszego dnia w szkole zjawiła się w płóciennym ubraniu uszytym przez mamę, z dużą białą puszką pod pachą.

Beatrice była drobna i delikatna. Miała na sobie nowiuteńką, kupioną w sklepie sukienkę z koronkowym kołnierzykiem i białe skórzane buciki. Olaf zaprowadził ją tego dnia do szkoły i osobiście przekazał pannie Beemer. Dziewczynka jednak wciąż była przerażona i zdenerwowana, bo po raz pierwszy znalazła się bez rodziców w obcym miejscu.

Na przerwie śniadaniowej podbiegła do drewnianej ławki, usiadła tam samotnie i się rozpłakała. Chciała już wracać do domu. Kiedy Elner ją zauważyła, chwyciła swój pojemnik i usiadła obok niej. Po chwili powiedziała:

– Jak na mnie nie naskarżysz, coś ci pokażę... to będzie nasza tajemnica. Ale najpierw musisz przestać płakać.

– Co to jest? – zapytała Beatrice przez łzy.

– Obiecaj, że nikomu nie powiesz – zastrzegła Elner.

Beatrice pociągnęła noskiem.

– Nie powiem.

Elner ostrożnie uniosła wieczko z małymi dziurkami.

– Patrz.

Beatrice nachyliła się i zajrzała do środka. Zobaczyła puchate żółte kaczątko siedzące w małej niebieskiej miseczce.

– Nazywa się Pete, możesz go pogłaskać, jak chcesz.

Beatrice wsunęła rączkę i pogłaskała małą delikatną główkę.

– Jaki słodki – westchnęła.

– Mamy w domu dużo więcej kaczuszek i kurczaczków. I kilka małych króliczków – powiedziała Elner.

– Naprawdę?

– No. Chcesz ciasteczko? Mam ich pięć pod tą ściereczką. Jestem Niemką, my lubimy dużo jeść. – Wyciągnęła ciasteczko i podała Beatrice. – Masz. Mam też trochę dżemu.

Gdy zjadły wszystkie ciasteczka i jeszcze raz pogłaskały małe kaczątko, Elner powiedziała:

– Umiem zrobić fikołka. Chcesz zobaczyć?

– Tak.

Zrobiła. A kiedy sukienka opadła jej na głowę, odsłaniając długie białe pantalony, Beatrice parsknęła śmiechem.

Po dzwonku na lekcję dziewczynki razem wróciły do klasy. Beatrice już się nie bała. Obie jeszcze nie wiedziały, że ten dzień będzie początkiem przyjaźni na całe życie.

Wszystko toczyło się w zasadzie jak zwykle, lecz wiosną 1916 roku mężczyźni w Elmwood Springs zaczęli odczuwać dziwne napięcie, choć nie bardzo wiedzieli, z jakiego powodu. Wydawało im się, że ich żony jakoś dziwnie na nich patrzą i nader często poszeptują między sobą.

Wkrótce kobiety zaczęły się spotykać w biały dzień na tyłach apteki. Zamykały drzwi na klucz, a Hattie Smith, żona aptekarza, pełniła straż na zewnątrz. Kiedy jej mąż Robert grzecznie pytał, co one tam robią, Hattie odpowiadała:

– To nie twoja sprawa.

Mężczyźni nie wiedzieli jeszcze, że w tej niewielkiej salce odbywały się zebrania Klubu Sufrażystek.

Birdie Swensen, prenumeratorka czasopisma „The Missouri Woman", przekazała innym do przeczytania i przedyskutowania artykuł na temat praw wyborczych. Dowiedziały się z niego, że w tej sprawie toczy się walka, i chociaż Elmwood Springs było małym miasteczkiem, jego mieszkanki chciały brać w niej czynny udział.

Birdie korespondowała z prezeską Stowarzyszenia Sufrażystek z St. Louis, która poinformowała ją o ważnym zdarzeniu planowanym na czerwiec. Ostrzegła, że to może być niebezpieczne, ale one ślubowały, że kiedy zajdzie potrzeba, staną ramię w ramię z innymi. Nie było ich wiele, lecz pragnęły odcisnąć swój ślad w historii, bez względu na konsekwencje.

Dni mijały, a mężczyźni po powrocie do domu zastawali swoje żony pozamykane w pokojach, gdzie zajmowały się czymś, co ich nie dotyczyło i w zasadzie nie obchodziło. Martwiło ich tylko to, że na stole nie czekała kolacja. Zwłaszcza Henry Knott nie był zadowolony z takiego obrotu spraw. Chciał punktualnie o szóstej dostać kluski ze sznyclem.

Czternastego czerwca 1916 roku w Koloseum w St. Louis, największej sali zgromadzeń w kraju, miała się odbyć Krajowa Konwencja Demokratów. W mieście panował świąteczny nastrój. Budynki przystrojono czerwono-niebiesko-białymi płótnami. Wszędzie roiło się od delegatów z całego kraju.

Pierwszego dnia konwencji, gdy wszyscy delegaci opuścili swoje pokoje w hotelach i kierowali się w stronę sali obrad, na Locust Street czekała ich wielka niespodzianka. Po obu stronach ulicy stały setki kobiet, młodych i starych, z żółtymi parasolkami w rękach, w długich białych sukniach, z jaskrawożółtymi szarfami, na których widniał napis: PRAWO WYBORCZE DLA KOBIET. Kobiety z całego kraju stały ramię w ramię w milczącym proteście, który określały jako niema i nieruchoma demonstracja solidarności.

Ten widok zrobił swoje. Nim mężczyźni dotarli do Koloseum, mijali rzesze niewiast, które mogłyby być ich żonami

111

lub matkami. Część delegatów zrewidowała swoje poglądy w kwestii prawa wyborczego kobiet. A dokonało się to bez najmniejszego dźwięku.

Tego dnia dwanaście pań z Elmwood Springs stało dumnie wśród demonstrantek z całego kraju, trzymając zrobione własnoręcznie parasolki i prezentując żółte szarfy na długich białych sukniach.

Były wśród nich Birdie Swensen, Nancy Knott ze swoją córką Elner, a także Katrina Nordstrom, której wzrok już znacznie się pogorszył i trzeba ją było prowadzić. Katrina zabrała ze sobą Ingrid. Wiedziała, że Lordor byłby z nich dumny.

Przybyły tu w szlachetnej sprawie, ale skoro już znalazły się w St. Louis, kobiety z Elmwood Springs postanowiły też nieco się rozerwać. Po demonstracji poszły wszystkie do kina, gdzie wyświetlano *The Whirl of Life* z Irene Castle i Vernonem Castle'em. Wszystkie oszalały na punkcie krótkiej fryzury Irene Castle. Następnego dnia rano sześć z nich udało się do fryzjera w hotelu, żeby ściąć włosy. Pierwsza odważyła się na to Nancy Knott, następna była Ingrid, a po niej siedemdziesięciodwuletnia matka Lilly Tildholme, która twierdziła, że już się nie może doczekać, kiedy nauczy się tańczyć ragtime.

Gdy Nancy Knott wróciła do domu, jej mąż omal nie zemdlał.

– A niech mnie, gdzie twój kok?

– Został w St. Louis, z innymi kokami. A co?

Po jej spojrzeniu poznał, że nie powinien brnąć dalej.

– A nic, tak tylko pytam – powiedział.

Następnego dnia u golibrody Henry oświadczył ponuro:

– Koniec z nami, chłopaki. Kobiety się zbiesiły jak jałówki w śnieżycy. Kto wie, co im jeszcze przyjdzie do głów. Psiakrew, ja mam ich w domu aż cztery. Mogą mnie zabić we śnie dla moich złotych zębów.

Oczywiście, Henry nie miał żadnego złotego zęba. Lubił tylko trochę przesadzać.

Nareszcie razem

Katrina Nordstrom, która niestety w ostatnich miesiącach życia całkiem straciła wzrok, zmarła nagle na suchoty i w grudniu 1916 roku spoczęła obok męża.

KATRINA OLSEN NORDSTROM
1865–1916
Przybyła jako obca,
zmarła wśród przyjaciół

Gdy otworzyła oczy, usłyszała znajomy głos:
– Katrino, słyszysz mnie?
– Lordor? Czy ja śnię?
– Nie, kochanie, to ja.

Po długo oczekiwanym szczęśliwym spotkaniu Katrina westchnęła.
– Ojej, Lordorze, nie mogę w to uwierzyć. Tutaj jest tak cudownie... Znowu widzę... i wszystko jest takie śliczne. Niebo, chmury, gwiazdy. Nawet piękniejsze niż pamiętam.
– Czyli podjąłem dobrą decyzję? To miejsce jest odpowiednie?
– O tak.
– To dobrze. Bardzo się cieszę, że jesteś tu ze mną.

– Ja też.

– Tęsknię za dziećmi, ale wiesz, czego mi brakowało najbardziej?

– Nie wiem. Czego?

– Twoich opowieści. Mógłbym całą wieczność słuchać, jak mówisz.

To była wspaniała chwila. Ich dwoje, znowu razem, szczęśliwych i zadowolonych. Nagle ktoś się odezwał:

– Witojcie!

– A to kto? – zapytał zaskoczony Lordor.

– Zmarły Evander J. Chapman – odpowiedział mu chropawy głos.

– Gdzie pan jest? – dociekał Lordor.

– Tutej... na górze, na lewo.

– O Boże, jak długo pan tu jest?

– Od cyrwca pińdziesiuntego czwortego. Ile to już bedzie?

– Długo. Dlaczego wcześniej pan się nie odzywał?

– Hm, tyś nic nie godoł, tom i jo się nie odzywoł. Co prowda, tom nawet nie wiedzioł, co mogę godoć, dopiro jakem usłyszoł, że się witocie. Miło mi panium poznoć – rzekł uprzejmie.

– Miło mi, panie Chapman – odparła Katrina. – Nazywam się Katrina Nordstrom, a to mój mąż Lordor.

– Uszanowanie, panie Nordstrom.

– Miło mi.

– No tak, przejeżdżoł żem tędy w pińdziesiuntym czwortym, polowoł żem na bobry i piżmoszczury, a tu mnie dopod Indianiec. Od tamty pory tu leżym i pewnie, że lepij w kompaniji. A wos co tu sprowadzo? Jom był przebity strzałum, prosto w wuntrobe.

– O nie, panie Chapman. To musiało być okropne – westchnęła Katrina.

– Nie inaczy. Ten Indianiec podkrod się ku mnie i nad ranem mnie ubił, i zostowił, a tyn story Kanadiec z Quebeku, z którym żem polowoł, znaloz mnie, potrzy, a jo leżym, ustrzylon i oskalpowan, i godo, że wróci za dzień czy dwa, jak już będym całkiem martwy, i mnie pogrzybie. Com się na nim psów nawieszoł, bom myśloł, że podkulił ogon pod siebie i uciek, zostawił mnie na pastwę sępów. Już wcześni niezbyt żem mu ufoł, bo lubił se golnąć gorzołki z kukurydzy. Ale w końcu ten story Kanadiec pogrzeboł mnie po chrzescijańsku, jak trza. Dotrzymoł słowa, wrócił i pochowoł mnie na tym wzgórzu jak należy, nawet powiedzioł kilka słów. Co prowda po froncusku kanadyjsku, i przez to żem nic nie rozumioł, ale... no, żałowoł-żem tych przekleństw, com go nimi obrzucił.

Gdy Lordor i Katrina otrząsnęli się już z szoku, że nie są sami, dowiedzieli się, że pan Chapman pochodził z Kentucky i był dalekim kuzynem Johna Chapmana, znanego jako Johnny Appleseed[*]. Dużo im opowiadał o życiu trapera. Dowiedzieli się od niego, że w 1854 roku, kiedy przemierzał tę część Missouri, lasy były tu tak gęste, że musiał torować sobie drogę nożem.

– Spotykał pan niedźwiedzie? – zapytała Katrina.

– Jokżeby nie, pewno ze dwa dziennie.

– A lwy górskie?

– Jedyn taki roz na mnie skoczył, alem się zwinął w kłębek i to go zmyliło. Ale zanim se poszed, capnoł mnie zębami i podrapoł.

– Dużo Indian tu mieszkało?

---

[*] Johnny Appleseed – otoczony legendą pionier, misjonarz i sadownik, podróżował po Środkowym Zachodzie, zakładając sady jabłoniowe.

116

– Nie wim na pewno. Jom tylko spotkoł tego jednego, co to zabroł mi futra, konia i pół skalpu.

Jakiś czas później Lordor powiedział:

– Panie Chapman, chyba jestem panu winien przeprosiny. Nie wiedziałem, że już ktoś był tutaj pochowany. Możliwe, że przydzieliłem komuś pańską kwaterę. Nie jestem pewien, ale chyba ten teren należy do rodziny Lindquistów.

– Oj, ni mo o czym godoć, panie Nordstrom. Cieszym się, że ktoś do nos dołunczy. Mom nadziem, że bedom wśród nich jakieś damy. Jużem tu wcześniej widzioł takom przystojnom niwiostę. Przychodzi tu cięgiem i przycino drzewka.

– O, to była Birdie Swensen – zauważyła Katrina.

– Zawsze lubiłżem niwiosty. Pewno, że mi się do nich ckni.

– Ile miał pan lat w chwili śmierci? – zapytał Lordor.

– Niech no policzym. Nie byłżem młodzieniaszkiem, no to tera miołbym jakieś sto albo i wincej.

Później, kiedy Lordor i Katrina opowiadali mu o obecnym Missouri, pan Chapman nie mógł w to wszystko uwierzyć.

– Wozy bez koni, co mogum jechać wiele kilometrów, i światło, co się zapolo jakimś guzikiem? Żartujeta se ze mnie, panie Nordstrom, tak?

– Ależ nie.

– I te wozy to niby tak se jeżdżum bez konia, muła czy byka?

– Właśnie tak.

– A czym się toto żywi?

– Benzyną.

Pan Chapman zadumał się przez chwilę, a potem rzekł:

– To się w głowie nie mieści.

Lordor próbował, jak umiał, wytłumaczyć działanie elektryczności, ale bez powodzenia.

– Słyszym, słyszym... tylko jakoś nie pojmujem. To dlo mnie zbyt uczone.

Lordor uznał, że nawet nie będzie próbował opowiadać panu Chapmanowi o samolotach, bo to by go pewnie śmiertelnie przeraziło.

Katrinie żal się zrobiło mężczyzny, więc wtrąciła:

– Oj, panie Chapman, niech się pan nie smuci. Ja też nie rozumiem, jak działa elektryczność.

– A kto tera jest prezydentym? – pan Chapman zmienił temat.

– Nie wiem. Zapomniałem spytać – odparł Lordor. – Kto? – zwrócił się do Katriny.

– Woodrow Wilson – powiedziała.

– Dobry z niego prezydent? – zapytał pan Chapman.

– Chyba jak wszyscy, czas pokaże. Czas pokaże.

– Ostatnio głosowołżem na starego Franklina Pierce'a... I jak mu poszło?

– Nie wiem. Wtedy jeszcze mnie tu nie było.

– Aha.

Nie wiedzieli, że na Spokojnych Łąkach było ich czworo. Nieco wyżej leżał stary Indianin z plemienia Osagów, którego przyniosła tu fala podczas powodzi w 1715 roku. Kiedy usłyszał ich rozmowę, nie wiedział, w jakim mówią języku. Pomyślał, że to jakaś kłótnia ptaków, odwrócił się i znowu zasnął.

W ciągu następnych kilku miesięcy ta trójka często odbywała wspólne pogawędki. Katrina i Lordor z przyjemnością słuchali opowieści o traperskich przygodach pana Chapmana. Nie wiedzieli, czy był tak dobrym gawędziarzem, czy rzeczywiście doświadczył tego wszystkiego, o czym mówił, ale tak czy inaczej stanowiło to dla nich wspaniałą rozrywkę. Pewnego dnia powiedział:

– Pewno mi nie uwierzyta, ale wędrowołżem z samym Kitem Carsonem*. Konus był z niego, ale trudno o lepszego człeka. – Potem, jak to miał w zwyczaju, zmienił temat. – Hej, coś wom opowim. Wyście Szwedy, tak?

– Tak, oboje.

– No to jak już żem mówił, sporo żem widzioł w swoim życiu. Alem nigdy nie widzioł ani nie słyszoł nic tak cudownego, jak tego szwedzkiego słowika, pannę Jenny Lind. Przyjechoła we własny osobie do Tennessee. Pomintom to, jakby było wczora. To był kwicień pińdziesiuntego drugiego i wszystkie chłopy z okolicy zjechoły się, coby jum zoboczyć. Musiołżem strzelić jednemu takiemu w stopę, żeby zdobyć bilet, alem go zdobył. Miołżem miejsce daleko na balkonie, ale i tak było warto. Śpiwoła jak ptoszek... i te jej złote loki. Takie to było czyste, aż oczy boloły od patrzynia. Była niby anioł z nieba, ciągle jum widzym. Ta... to był nojlepszy wieczór w moim życiu. I powim wom coś jeszcze... jakem umieroł, to wspomnienie osłodziło mi ostatnie chwile.

Katrina często się zastanawiała, czy pan Chapman naprawdę widział Jenny Lind, i jak sama śpiewaczka by się czuła, gdyby wiedziała, że jeden z mężczyzn siedzących wówczas na widowni będzie po siedemdziesięciu latach wspominał ten wieczór jako najpiękniejszy moment w swoim życiu.

Któregoś dnia bez żadnej zapowiedzi, bez słowa pożegnania, pan Chapman zniknął. Wołali go jeszcze nieraz, lecz on nie odpowiadał. Odszedł, pozostawiając Katrinę i Lordora w niewiedzy i niepewności, co się z nim stało.

---

* Kit Carson – amerykański podróżnik, badacz Dzikiego Zachodu, jego przygody stały się podstawą wielu tanich powieści.

Nancy Knott

Jako osoby w pewnym wieku Lordor i Katrina dość szybko doczekali się towarzystwa. W 1918 roku dołączyli do nich inni spośród pierwszych osadników. Najpierw przybyła Nancy Knott i jak zwykle nie owijała w bawełnę.

– Po waszej śmierci mieliśmy wojnę.

– O nie – westchnęła Katrina. – Tego się obawiałam.

– Tak, ale szybko się skończyła. Jankesi przeszli w jedną stronę, a jakiś czas później z powrotem.

Zaniepokojony Lordor wtrącił:

– Straciliśmy jakichś chłopców z Elmwood Springs?

– O nie. Chłopak Eggstromów poszedł na wojnę, ale wrócił cały i zdrowy. Och, a wasz Teddy wciąż się nie żeni, ale jak znam mężczyzn, nie potrwa to długo.

– Mam nadzieję, Nancy.

– Ja też. On się podoba mojej Gercie, średniej córce.

– A Ingrid? Czy ma jakiegoś zalotnika? – zapytała Katrina.

– Hm... Ona jest zbyt bystra jak na chłopców z okolicy i wszyscy mówią, że coraz bardziej podobna do ciebie.

– Naprawdę?

– To dobrze – stwierdził Lordor. – Lepiej, niż gdyby była podobna do mnie. A pozostali jak tam, wszystko w porządku?

– O tak – rzekła Nancy. – Tylko mój Henry nie bardzo. Ma problemy z chodzeniem, no i wciąż kaszle. Aż dziw bierze, że to ja pierwsza tu trafiłam.

– Masz rację – przyznała Katrina. – A właściwie co ci się stało?

Po długim namyśle Nancy odpowiedziała:

– Za dużo piwa.

Katrina nie była pewna, czy dobrze usłyszała.

– Za dużo piwa?

– Aha.

Myśleli, że powie coś więcej, ale się nie doczekali. Nie pytali, bo nie chcieli być wścibscy. Nie bardzo jednak rozumieli, jak piwo może zabić człowieka.

Chwilę później Katrina powiedziała:

– Głupio mi o to pytać, ale jak się miewa Kartofelka?

– O, ta świnia. Co za marnotrawstwo, ciągle żyje.

Katrina odetchnęła z ulgą.

Jak można się było spodziewać, po Nowym Roku na Spokojnych Łąkach zjawił się Henry Knott. Zaraz po przywitaniu z żoną powiedział do Katriny i Lordora:

– Hej, czy moja żona już wam mówiła, jak się upiła i spadła z wozu w drodze powrotnej z tańców do domu?

– Ucisz się, Henry – syknęła Nancy.

– Znaleźliśmy ją następnego dnia w rowie blisko farmy Tildholme'ów, zamarzniętą.

– Henry! – krzyknęła Nancy – Cicho!

– Oj.

Później, chcąc się wytłumaczyć, Nancy powiedziała Katrinie:

– Mówiłam mu setki razy, że ta deska jest obluzowana, ale on nie słuchał.

Lordor i Katrina bardzo się ucieszyli z towarzystwa starych przyjaciół, ale wciąż nurtowało ich nagłe i tajemnicze zniknięcie Evandera Chapmana. Postanowili nie wspominać Nancy i Henry'emu o panu Chapmanie, żeby ich nie wystraszyć. Nie byli też pewni, czy to się nie powtórzy. Wciąż się zastanawiali, dokąd pan Chapman odszedł i czy kiedykolwiek wróci.

Sprawy sercowe

Młody Ted Nordstrom, nowy burmistrz Elmwood Springs, miał rękę do interesów tak samo jak jego ojciec. Za swoją część pieniędzy ze sprzedaży mleczarni kupił kilka budynków w centrum. A ponieważ w okolicy wciąż było wielu Szwedów, otworzył Szwedzką Cukiernię Nordstroma, w której wykorzystywał przepisy matki, przywiezione przez nią przed laty ze starego kraju. Nie trzeba chyba dodawać, że odniósł spory sukces. Szwedzi czy nie, kto nie lubi pysznych wypieków?

Po śmierci matki Ted spotykał się z kilkoma dziewczętami. Z jedną z Joplin, a później z asystentką dentysty, która właśnie sprowadziła się do miasta. Jednak zgodnie z przewidywaniami Nancy w końcu poślubił Gertę Knott. Wszyscy twierdzili, że to idealna para. Ted uwielbiał piec, a Gerta, pulchna jak cała rodzina Knottów, kochała jeść. Byli szczęśliwi jak dwa pączki w maśle.

Natomiast sercowa sytuacja siostry Teda, Ingrid, wyglądała zupełnie inaczej. Wszyscy liczyli na to, że dziewczyna kiedyś poślubi Andera Swensena, lecz oni byli dla siebie jak brat i siostra, bo wspólnie spędzili całe dzieciństwo.

Choć Ingrid była tak ładna jak niegdyś jej matka i interesowało się nią wielu chłopców, nikomu nie okazywała szczególnych względów. Gdy nie była w szkole, to albo się uczyła, albo pomagała w pracy miejscowemu weterynarzowi.

Zaczęto wątpić, czy Ingrid w ogóle wyjdzie za mąż. Wyglądało na to, że woli zwierzęta od ludzi.

Rzeczywiście, kiedy chłopak o nazwisku Morris Shingle obchodził się ze swoim koniem nie tak, jak według niej powinien, przyłożyła mu pięścią w nos.

Kolejni przyjaciele

1919

Następnym, który wylądował na Spokojnych Łąkach, był pan Lindquist. Pochowano go wraz ze skrzypcami, a pierwsze jego słowa brzmiały:

– A niech to, gdybym wiedział, że trafię na to wzgórze, powiedziałbym im, żeby mnie tak nie stroili. Hej, Lordor, jak tu jest?

– Hm, nie wiem właściwie, jak to opisać. Oj, po prostu... Katrino, ty lepiej umiesz się wysławiać. Ty mu powiedz.

– Dziękuję, Lordorze, ale obawiam się, że w tej sytuacji żadne słowa nie będą odpowiednie. Na pewno nie wystarczą określenia „piękny" ani „euforyczny". Może „wzniosły" i „cudowny" są najbliżej, ale one też nie oddają tego stanu. Mogę tylko powiedzieć: to takie uczucie, o jakim nawet nie marzyłeś, i ono nie ustaje.

– No właśnie! – przytaknął jej Lordor.

Kilka miesięcy później, gdy na Spokojne Łąki dotarła Birdie Swensen, również ona, jak wszyscy przed nią, była zaskoczona. Nawet odkładając na bok typowe błędne wyobrażenia o tym, co czeka ludzi po śmierci, można było przypuszczać, że na pewno będzie nudno, tymczasem okazało się, że nie. Wszyscy twierdzili, że niezależnie od tego, jak długo przebywali na Spokojnych Łąkach, ani przez chwilę się nie nudzili. Owszem, nie potrafili się ruszać jak za życia, ale mogli ze

125

sobą rozmawiać do woli. Wystarczyło tylko wymówić czyjeś imię. Niezależnie od pory dnia, zawsze znalazł się ktoś do pogawędki.

Co jednak najważniejsze, kiedy zabrakło tego wszystkiego, co ich rozpraszało w codziennym życiu, mogli podziwiać bezkresne piękno natury. Wschody i zachody słońca, deszcz, śnieg, pochmurne i słoneczne dni, a także wiele niespodziewanych, fascynujących zjawisk: spadającą gwiazdę, nagły przebłysk słońca po burzy, tęczę, srebrne błyskawice przeszywające niebo. No i księżyc. Już sam księżyc stanowił nie lada widowisko. Czasami duży i pomarańczowy, innym razem półkolisty, bywał w kształcie białego dysku lub cieniutkiego rogalika. Do tego każda pora roku przynosiła inne przyjemności. Jesienią na niebie pojawiały się klucze kaczek i gęsi, wiosną kwitły drzewa. Latem w ciepłe noce powietrze pachniało wiciokrzewem i glicyniami, a zimą, gdy unosił się dym z palonego drewna, niektórzy starsi mężczyźni potrafili rozpoznawać gatunki palonych drzew i wykrzykiwali: „cedr, dąb, hikora!". Zima miała tyle uroku. Bywały dni, kiedy Spokojne Łąki pokrywał śnieg, ale im zawsze było ciepło i przytulnie. Czy się nudzili? Ależ w żadnym razie. Birdie powiedziała do Katriny:

„Już się nie mogę doczekać, kiedy się obudzę i zobaczę te wszystkie cuda, które przyniesie przyszłość".

Te wszystkie cuda, które niesie przyszłość

Elmwood Springs spogląda w górę

Dzięki wysiłkom młodego burmistrza i rady miejskiej ku zadowoleniu prawie wszystkich w miasteczku zbudowano ogromną wieżę ciśnień, na której wielkimi czarnymi literami napisano: ELMWOOD SPRINGS, MISSOURI. Widać ją było w promieniu wielu kilometrów. Nie wiadomo dlaczego, ale gdy mieszkańcy podnosili głowy, by na nią spojrzeć, czuli się ważniejsi.

Coraz więcej młodych przenosiło się z okolicznych farm do miasta, gdzie otwierali zakłady i warsztaty. Obok kina powstał bar Tramwaj, a w 1920 roku panna Dixie Cahill wynajęła dużą salę nad apteką, gdzie rozpoczęła działalność Szkoła Tańca Dixie Cahill. Niedługo potem zapisano do niej wiele małych dziewczynek i kilku niezbyt z tego zadowolonych chłopców.

W kinie rozśmieszali Charlie Chaplin i Buster Keaton. Wszyscy młodzi w miasteczku zakochiwali się bez pamięci w wybranych gwiazdach i gwiazdorach. Pani Eggstrom nawet któregoś dnia w holu kina twierdziła, że Greta Garbo jest jej kuzynką ze strony ojca poprzez małżeństwo. Było to dość naciągane, ale udało jej się zdobyć darmowy bilet i torbę popcornu.

W Elmwood Springs pamiętano o Lordorze Nordstromie. Dzień 22 maja, jako datę założenia miasta, nazwano oficjalnie Dniem Założyciela. Co roku tego dnia przedstawiciele rady miejskiej i miejscowej szkoły szli na Spokojne Łąki i składali olbrzymi wieniec na grobie Lordora Nordstroma. Następnie mieszkańcy gromadzili się wokół sceny w parku, na której co roku odgrywano dzieje miasteczka.

Lucille Beemer napisała, wyreżyserowała i wystawiła musical:

Ze Szwecji do Missouri
Saga Lordora Nordstroma

Inspirująca, opowiedziana śpiewem i tańcem historia o tym, jak w 1880 roku dwudziestoośmioletni Szwed opuścił swoją ojczyznę, przywędrował w te strony i zagospodarował teren nazywany dzisiaj Elmwood Springs.

Spektakl przedstawiał Lordora i inne rodziny pierwszych osadników, którzy po kolei przybywali w to miejsce, przywożąc ze sobą zwierzęta i narzędzia. Mężczyźni byli ubrani w robocze ogrodniczki, kobiety w długie suknie i czepki.

Przedstawienie, po raz pierwszy wystawione w 1920 roku, wypadło bardzo dobrze, tyle że niektóre ze zwierząt gospodarskich, obsadzone w tym spektaklu, nie przestrzegały założeń scenariusza. W późniejszych latach zastąpiono je dużymi kartonowymi figurami owiec, świń, krów i mułów. Nie było to aż tak autentyczne, ale jak mawiała Lucille Beemer: „Lepiej się zabezpieczyć niż żałować".

Dział obuwniczy

Kiedy młodszy brat Katriny, Olaf Olsen, został szefem działu obuwniczego w domu towarowym braci Morgan, sklep zaczęło odwiedzać coraz więcej klientów. Wszystkie dzieci uwielbiały, jak mierzył im stopy za pomocą srebrno-czarnego przyrządu. Po wykonaniu tej czynności zawsze udawał zaskoczonego i mówił im, że wyrosną na ponaddwumetrowych olbrzymów, po czym częstował je miętówkami. Poza tym, że był sympatyczny, miał też ujmujące maniery i nienaganny wygląd – starannie uczesane czarne włosy i czysty biały kołnierzyk – a to budziło zachwyt wszystkich kobiet i dziewcząt. Wiele klientek przychodziło przynajmniej raz w tygodniu i spędzało około godziny na przymierzaniu butów. Nie przeszkadzało mu to. Wiedział, że w końcu kupią którąś parę.

Była sobota w maju 1921 roku. Olaf obsługiwał trzy damy, które z zapałem omawiały ulubiony temat: Ingrid Nordstrom. Kiedy wyjmował z pudełka ósmą parę butów dla pani Bell, ta powiedziała:
– Och, Olafie, a jak tam twoja córeczka... mała Bertha?
– Beatrice – poprawił ją z uśmiechem.
– Racja, Beatrice.
– Dobrze, pani Bell. Poszła właśnie do kina ze swoją szkolną koleżanką Elner Knott. Powinny wrócić lada moment.

– Ile ma teraz lat?

– Dziesięć, prawie jedenaście.

– No to jeszcze jakiś czas nie będziesz musiał myśleć o znalezieniu dla niej męża.

Olaf poszedł na zaplecze po kolejne pary butów, a kobiety wróciły do rozmowy o Ingrid Nordstrom.

– Była ukochaną córeczką tatusia. Chyba nie znajdzie nikogo, kto by dorównał Lordorowi Nordstromowi – powiedziała pani Bell.

– Tak, on był jedyny w swoim rodzaju. Takich mężczyzn już nie ma – zauważyła Mabel Whooten. – Cóż, nawet jeśli nie znajdzie nikogo... panna Beemer też nie wyszła za mąż, a wydaje się dość szczęśliwa.

– Tak, wydaje się – stwierdziła pani Gumms – ale wiecie, że żadna kobieta nie jest naprawdę szczęśliwa bez męża i dzieci.

– Nie jestem taka pewna – wtrąciła pani Bell. – Och, to nie znaczy, że nie kocham Lloyda i dzieci, ale jednak... to może być przyjemne mieć chwilę dla siebie raz na jakiś czas. – Westchnęła. – No ale tak czy siak mam nadzieję, że Ingrid znajdzie kogoś miłego.

W końcu, po przymierzeniu sześciu par, pani Bell znalazła buty, które uznała za wygodne. Oburzyła się jednak, kiedy je zdjęła i spojrzała na rozmiar.

– Ależ Olafie, ja noszę rozmiar pięć. A to jest siódemka!

Olaf spojrzał na buty i powiedział:

– Ach tak, pani Bell, ma pani rację. Ta marka zawsze jest o dwa rozmiary za mała. Tak naprawdę to jest piątka.

– Aha, rozumiem. W takim razie wezmę je.

Kiedy kobiety opuściły sklep i Olaf zbierał mierzone przez nie buty, uśmiechał się do siebie. Wyraźnie zapomniały, że

Ingrid Nordstrom jest jego siostrzenicą. Znał ją dobrze i ani trochę się o nią nie martwił.

W tym momencie wbiegła jego córka Beatrice, ciągnąc za sobą Elner Knott.

– Tatusiu, Elner chce, żebyś jej zmierzył stopy!

– Dobrze... chodź tutaj, słonko. Zdejmij buciki i postaw tutaj nóżkę. – Elner zdjęła buty i postawiła stopę na urządzeniu. – Teraz wyprostuj się i stój bez ruchu. – Olaf pociągnął za dźwignię, aż dotknęła palców dziewczynki, po czym zanotował rozmiar. Elner miała dość duże stopy jak na swój wiek. Nie powiedział jej jednak tego. Udał zdumienie i zawołał: – Ojej... popatrz tylko... Elner... masz taką samą stópkę jak szwedzka księżniczka Margaret. Na pewno płynie w tobie błękitna krew. – Następnie spojrzał na Beatrice z udawaną powagą. – Beatrice, od teraz musimy robić wszystko, co Elner nam każe.

Beatrice zachichotała i poprosiła:

– Teraz zmierz moje stopy, tatusiu.

Elner spędziła tę noc u Beatrice, co jej się często zdarzało. Kiedy już się położyły, zaczęły snuć plany na przyszłość. Beatrice miała jasno określoną wizję.

– Ja chcę mieć przystojnego męża i troje dzieci, dwóch chłopców i dziewczynkę. Nazwę ją Hanna Marie, po mojej babci ze Szwecji. A ty, Elner? Ile dzieci chcesz mieć?

Elner zastanowiła się, a potem powiedziała:

– Ojej, nie wiem. Mama mówi, że urodzenie dziecka boli. Chyba wolałabym mieć małe kotki.

Beatrice się roześmiała.

– Nie możesz urodzić kotków, głuptasie!

– Dlaczego nie?
– Bo jesteś człowiekiem. Musisz urodzić ludzi.
– Tak?
– Aha.
– No to szkoda. Wolałabym mieć kocięta.

Ingrid Nordstrom

1922

Ku zaskoczeniu wszystkich córka Lordora i Katriny, Ingrid, jako pierwsza kobieta poszła na studia do słynnego Koledżu Weterynaryjnego stanu Iowa. Nie przyszło jej to jednak łatwo.

Na egzaminie wstępnym uzyskała największą liczbę punktów spośród wszystkich kandydatów, ale gdy okazało się, że student pierwszego roku I. Nordstrom jest kobietą, pan Richard Livermore, dziekan wydziału, doznał szoku.

Nigdy wcześniej nic takiego się nie wydarzyło. Szybko zwołał zebranie wykładowców, żeby uzgodnić, jak naprawić ten błąd i jak najdelikatniej pozbyć się dziewczyny. Kiedy jednak żona pana Livermore'a dowiedziała się o Ingrid, wmaszerowała na owo zebranie i zwróciła się do męża:

– Panie Livermore, niech pan lepiej przyjmie tę pannę, bo inaczej nasłucha się pan od każdej kobiety w Iowa... zaczynając ode mnie!

Nikt nie chciał zadzierać z panią Livermore. Dziekan zauważył:

– Jeśli ją wyrzucimy, trzeba będzie się liczyć z konsekwencjami.

Pozwolili jej więc zostać.

Ingrid zdawała sobie sprawę, że na studiach czeka ją ciężka praca i spotka się z niechęcią ze strony innych studentów. Była jednak podobna do swojej matki: odważna i zdeterminowana. Na szczęście znalazł się przynajmniej jeden młodzieniec, który był zadowolony z jej obecności na uczelni.

Tego roku zdarzyła się jeszcze jedna zaskakująca rzecz, tyle że na Spokojnych Łąkach. Późnym popołudniem Nancy Knott śpiewała jedną ze swoich ulubionych piosenek biesiadnych, gdy nagle urwała w pół słowa. Wszyscy czekali na dalszy ciąg zwrotki, lecz zapanowała zupełna cisza. Po chwili daremnych nawoływań zrozumieli, że Nancy nie ma wśród nich. To był już drugi taki wypadek.

Lordor i Katrina opowiedzieli pozostałym o zniknięciu pana Chapmana, a wtedy lekko poirytowany Henry Knott stwierdził:

– To takie w stylu Nancy: zostawić mnie samego w połowie piosenki. Mówię wam, ta kobieta zawsze robiła, co chciała. A teraz prysnęła bez słowa pożegnania. Psiakrew!

Przyjemności Spokojnych Łąk

Mimo iż niektórzy twierdzili, że złego licho nie bierze, stary Hendersen w końcu dokonał żywota i trafił na Spokojne Łąki. Jak można się było spodziewać, kiedy już wszyscy na wzgórzu się z nim przywitali, dał im do zrozumienia, że nie ma ochoty wdawać się w żadne rozmowy.

– Cieszę się, że wy się cieszycie – powiedział – ale jak, u diabła, mam spoczywać w pokoju, jeśli wszyscy o czymś ględzicie? Muszę się wyspać. Dobranoc!

Lordor wybuchnął śmiechem.

– Jak dobrze wiedzieć, że pewne rzeczy nigdy się nie zmieniają. Niech sobie śpi.

Zostawili go więc w spokoju.

W ciągu następnych kilku lat na Spokojne Łąki dotarli: pani Tildholme, Lars Swensen, pani Lindquist i Eggstromowie. Przyjemnie było znowu być razem.

Przyjemnie też było odkryć, że wszyscy nadal mogą się śmiać. Na Spokojnych Łąkach mieli wiele powodów do radości. Co roku w Halloween kilku chłopców z miasteczka chwaliło się przed kolegami, że spędzą noc na cmentarzu, by udowodnić swoją odwagę.

W ubiegłym roku około północy dwóch śmiałków właśnie ułożyło się do snu, gdy nagle z gałęzi sfrunęła sowa z głośnym pohukiwaniem. Obaj zapiszczeli jak małe dziewczynki i pognali do domu, aż się za nimi kurzyło. Nie wrócili nawet po śpiwory. No i, oczywiście, była jeszcze wieża ciśnień. Chłopcy zawsze próbowali się na nią wspinać, lecz na ogół w połowie drogi oblatywał ich strach. Mężczyźni na Spokojnych Łąkach robili zakłady o to, komu się uda dotrzeć na szczyt.

We wrześniu 1923 roku jako ostatnia z pierwszych osadników na Spokojne Łąki trafiła pani Hattie Smith. Ledwie dołączyła do starych znajomych, natychmiast podzieliła się z Katriną dobrą wiadomością:

– Zdobyłyśmy prawo wyborcze! Ustawa została przyjęta!

– Ojej, Hattie! To wspaniale. Słyszałeś, Lordorze? Kobiety mogą głosować.

Nim Lordor zdążył się odezwać, Hattie dodała:

– To jeszcze nie wszystko. Trzymajcie się kapeluszy. Ty i Lordor zostaliście dziadkami. Duży, śliczny chłopak, Gene Lordor Nordstrom po dziadku.

– Chłopak? Jak wygląda? Widziałaś go?

– A jak myślisz? Wypisz wymaluj, cały Lordor. Blondyn, niebieskie oczy... poczekajcie trochę. Na pewno przyjdą was odwiedzić w Boże Narodzenie. Sami zobaczycie.

Hattie Smith miała rację. W Boże Narodzenie, kiedy Ted i jego żona, Gerta, przyszli udekorować grób, Katrina i Lordor zobaczyli swojego wnuczka, dziewięciomiesięcznego Gene'a Lordora. Tak jak Hattie mówiła, był blondynem z niebieskimi oczami i wyglądał zupełnie jak jego dziadek.

W Elmwood Springs, jak wszędzie indziej, jedno pokolenie się starzało, a następne już wkraczało na scenę. Nie tylko Katrina i Lordor zostali dziadkami. Jedna z córek Lindquistów, Hazel, wyszła za mąż za Clarence'a Goodnighta i mieli już ośmioletnie bliźniaczki o imionach Bess i Ada oraz trzecie dziecko w drodze.

Wesele

W 1927 roku Charles Lindbergh zadziwił świat swoim lotem nad Atlantykiem i w całym kraju śpiewano i tańczono w takt melodii *Lucky Lindy*.

W Elmwood Springs wszyscy żyli zbliżającym się ślubem Ingrid Nordstrom. Hazel Goodnight powiedziała do Gerty w cukierni:

– Tyle lat się nie odzywała, a tu nagle wraca do domu i wychodzi za kogoś zupełnie obcego.

– Mało tego – odparła Gerta, podając jej duże ciastko z kremem w małym różowym kartoniku. – On jest z Teksasu!

Narzeczony Ingrid, Ray Wallace, był bardzo podobny do jej ojca. Cenił mądre kobiety i zakochał się w Ingrid, gdy tylko ją poznał. Zalecał się do niej przez całe pierwsze dwa lata studiów, a ona nie zwracała na niego uwagi. Jednak pewnego dnia w środku zajęć, nagle ni z tego, ni z owego stwierdziła, że go kocha, i obiecała, że wyjdzie za niego zaraz po uzyskaniu dyplomu. Ray omal nie zemdlał z radości, a ona wróciła do sekcji zwłok ogromnego byka, zafascynowana jego układem rozrodczym.

Młodzi wraz z rodzicami, braćmi i siostrami pana młodego przybyli do miasteczka na dzień przed uroczystością. Do obsługi ślubu zaangażowana była głównie rodzina. Brat Ingrid, Ted, nie tylko upiekł tort weselny, ale też prowadził pannę młodą do ołtarza. Jej szwagierka Gerta była starościną weselną, a siedemnastoletnia Beatrice Olsen druhną. Nie mniej ważną funkcję pełnił czteroletni wnuk Katriny i Lordora, Gene Nordstrom, który podawał obrączki. Wszyscy ubolewali, że Lordor i Katrina tego nie dożyli.

Na wesele przyszło całe miasteczko, z wyjątkiem Morrisa Shingle'a. On wciąż bał się Ingrid, po tym jak kiedyś przyłożyła mu w nos, ukrył się więc w krzakach i zaglądał przez okno. Wysłał jednak swojego syna Lestera, by wykradł z przyjęcia kawałek tortu.

Następnego dnia wcześnie rano Lordor Nordstrom spojrzał w górę i ze zdumieniem zobaczył nad sobą swoją córkę Ingrid.

– Katrino, obudź się! – zawołał.

Ingrid położyła swój ślubny bukiet na grobie i powiedziała:

– Mamo, tato. To jest doktor Ray Wallace, mój mąż. Właśnie wzięliśmy ślub i chcę, żebyście go poznali. – Skinęła na stojącego obok niej mężczyznę, żeby podszedł bliżej. – Ray chce wam coś powiedzieć.

Młodzieniec w nowym granatowym garniturze chrząknął i zaczął mówić:

– Hm, dzień dobry. Bardzo żałuję, że nie mieliśmy okazji się poznać, ale chcę, żebyście wiedzieli, że bardzo kocham waszą córkę. Ingrid to najwspanialsza dziewczyna na świecie i chcę wam za nią podziękować... i powiedzieć, że nic musicie się o nią martwić. Będę się nią opiekował.

Ingrid chwyciła go za rękę i dodała:

– Możecie mu wierzyć. Zgadnijcie, dokąd zabiera mnie w podróż poślubną. Do Szwecji! Zobaczymy, gdzie dorastaliście wy i wujek Olaf. Wciąż mam tę chusteczkę od ciebie, mamo. Trzymałam ją przy sobie podczas ślubu, żeby mieć coś starego. No więc... na razie żegnajcie. Kocham was.

Kiedy odeszli, Katrina westchnęła.

– Oj, Lordorze, pomyśl tylko, nasza córeczka jest już mężatką. Prawda, że pięknie wyglądała? Widać, że jest szczęśliwa. A ten chłopiec sprawia wrażenie porządnego, nie sądzisz?

– Chyba tak.

To była typowa reakcja. Katrina wiedziała, że zdaniem każdego ojca nikt nie jest dość dobry dla jego córki, więc chwilę później dorzuciła:

– Wiesz, Lordorze, ten młodzieniec przypominał mi trochę ciebie.

– Tak myślisz? – Lordor nieco się rozchmurzył.

– O tak. Wydaje się bardzo silny i solidny. I mądry. Tak jak ty.

Lordor nie powiedział już nic więcej, ale poczuł się lepiej. Skoro chłopak podobał się Katrinie, nie mógł być aż tak zły.

Ander Swensen nie tylko przejął mleczarnię Nordstroma, lecz odziedziczył też sąsiednią farmę po swoich rodzicach, i teraz był liczącym się producentem mleka. Rzadko miał czas na rozrywki, ale oczywiście wybrał się na wesele swojej przyjaciółki Ingrid.

Ten rok wyraźnie sprzyjał miłości. Ander znał Beatrice Olsen, odkąd była dzieckiem, lecz jakimś cudem tamtego dnia, kiedy ujrzał tę prawie dorosłą pannę kroczącą przez środek kościoła w ładnej różowej sukni druhny, coś się wydarzyło. Strzała Kupidyna trafiła biednego Andera prosto w serce i zakochał się w jednej chwili. Śluby mają taką moc.

Co do Ingrid, to zaraz po miesiącu miodowym ona i Ray przeprowadzili się do jego rodzinnego Mansfield w Teksasie, niedaleko Dallas, i wspólnie otworzyli praktykę weterynaryjną. Leczyli wszystkie zwierzęta, ale Ingrid oczywiście najbardziej lubiła krowy. Kochała też rozległe przestrzenie Teksasu i codziennie nosiła kowbojskie buty.

Małe białe pudełeczko

Wkrótce po tym, jak Ander Swensen ujrzał Beatrice Olsen na ślubie Ingrid, zaczął spędzać z nią coraz więcej czasu. Zdawał sobie sprawę, że jako trzydziestodwulatek jest nieco starszy od większości jej kolegów i to może wprawiać ją w zakłopotanie. Dlatego jego zaproszenia zawsze dotyczyły także Elner, której to bardzo odpowiadało. Tego lata odbyła wiele przejażdżek nowym samochodem Andera, bywała w eleganckich restauracjach i obejrzała sporo dobrych filmów. Wszyscy troje świetnie się bawili. Jak się okazało, Ander potrafił być tak samo zwariowany jak Elner. Któregoś dnia przyjechał po nie w peruce z kręconymi blond włosami. Innym razem jechali aż do Springfield i z powrotem z odkrytym dachem.

15 sierpnia po południu w parku miejskim odbyła się duża impreza z okazji osiemnastych urodzin Beatrice. Mnóstwa uciechy dostarczył wszystkim wyścig z jajkiem na łyżce. Jak zwykle wygrała Elner. Biegła boso, jedną ręką podtrzymując spódnicę, a drugą łyżkę z jajkiem. Jak na tak dużą dziewczynę poruszała się naprawdę szybko.

Później Ander i Beatrice wspólnie wzięli udział w wyścigu w workach, ale dwaj ośmiolatkowie wyprzedzili ich o prawie półtora metra. Ander dostarczył wszystkie produkty spożywcze i lody na tę imprezę, a dodatkowo sprowadził z Joplin męski kwartet wokalny, który śpiewał a cappella serenady dla solenizantki. Po pokrojeniu tortu Beatrice rozpakowała wszystkie prezenty. Ander kupił jej damską skórzaną torbę, którą wcześniej zauważyła w Springfield. Elner dostała taką samą, choć to nie były jej urodziny. Kiedy przyjęcie dobiegło końca, Ander dyskretnie wręczył Beatrice małe białe puzderko, mówiąc:

„Otwórz dopiero w domu, dobrze?".

Tej nocy Elner spała u Beatrice. Kiedy znalazły się w sypialni, Beatrice usiadła na łóżku i potrząsnęła prezentem od Andera.

– Ciekawe, co to jest.

– Otwórz, to zobaczysz.

Gdy to zrobiła, ku swemu zdumieniu ujrzała duży pierścionek z brylantem i karteczką: „Uwielbiam Cię. Wyjdziesz za mnie?".

– Elner, patrz! Ander chce się ze mną ożenić. O nie. Wiedziałam, że mnie lubi, ale nie przypuszczałam... To znaczy, bardzo go lubię... ale... co ja mam zrobić?

– No, mogłabyś wyjść za niego.

– Ale Elner, on ma takie rude włosy i tyle piegów. Co jeśli nasze dzieci będą takie piegowate?

– Mnie by tam piegi nie przeszkadzały. Miałam kiedyś nakrapianą kurę. Wolałam ją od innych. Ale znasz mnie. Ja tam lubię Andera.

Beatrice uśmiechnęła się i przytaknęła:

– Jest słodki... prawda?

– Jak cukierek.

– Nie byłabym zadowolona, gdyby jakaś inna dziewczyna za niego wyszła. Chyba nie chcę mu odmówić, ale nie jestem gotowa, żeby się zgodzić. Zamierzałam iść do college'u.

– To może mu o tym powiedz. Ale na razie zatrzymałabym ten pierścionek.

– Ojej, nie mogłabym. To by nie było w porządku – powiedziała Beatrice.

– On nie będzie go chciał z powrotem. Wiem o tym.

– Skąd wiesz?

Elner spojrzała w niebo.

– Ptaszki o tym ćwierkały.

– O ty diablico, cały czas wiedziałaś, tak? – Beatrice rzuciła w Elner poduszką.

Elner roześmiała się i osłoniła głowę.

– Nie mówię, że tak, i nie mówię, że nie.

Wiedziała jednak. Pomagała Anderowi wybrać pierścionek.

Beatrice usłuchała rady przyjaciółki i powiedziała Anderowi prawdę – że jeszcze nie jest gotowa z nikim się związać. Zapytała go, jak długo zechce czekać na jej odpowiedź.

On zamyślił się na chwilę, po czym rzekł:

– Och, tylko całe życie. Czy to dość?

We wrześniu, tak jak planowała, Beatrice wyjechała do St. Louis do dwuletniego college'u, ale za namową Andera zatrzymała pierścionek.

Gdy opuszczała Elmwood Springs, Ander liczył się z tym, że może ją stracić, lecz jej szczęście było dla niego najważniejsze.

Pod nieobecność pani Knott

Po tym, jak jego żona nagle zniknęła ze Spokojnych Łąk, Henry Knott czuł się bardzo samotny. Na szczęście jednak jego trzy córki, Elner, Gerta i Ida, często go odwiedzały. Ostatnim razem, gdy przyszła do niego Elner, towarzyszył jej Will Shimfissle. Henry roześmiał się i powiedział do Katriny:

– Co ona robi z tym chuchrem? Mam nadzieję, że nie myśli go poślubić.

– Przecież Will to bardzo miły chłopiec i pracowity gospodarz – odparła Katrina.

– Racja. A co tam. Ktokolwiek ożeni się z Elner, nie będzie żałował.

Oczywiście, parę miesięcy później Elner, wysoka, dobrze zbudowana dziewczyna, zaskoczyła wszystkich, poślubiając drobnego, chudego biednego pomocnika rolnego nazwiskiem Will Shimfissle, który był od niej niższy o głowę. Ktoś jednak zauważył:

– Każda skarpeta ma drugą do pary, a mały Will Shimfissle to taka druga połowa Elner.

W następne Boże Narodzenie, kiedy Beatrice wróciła do domu na święta, zgodziła się wyjść za Andera Swensena, co uradowało wszystkich zainteresowanych. Ślub zaplanowano na wiosnę.

Tego ważnego dnia Elner przybyła do miasta wystrojona jak przystało na starościnę weselną najlepszej przyjaciółki.

Ślub był piękny, jedyną skazą na tym idealnym obrazie stał się moment, kiedy pan młody, ku własnemu wielkiemu zażenowaniu, szlochał, wypowiadając słowa przysięgi małżeńskiej.

Później, już na przyjęciu weselnym, Elner w nowych szpilkach przykuśtykała do młodej pary i powiedziała:

– Teraz, jak już wreszcie jest po wszystkim, musicie mi obiecać, że zostaniecie razem, bo drugi raz nie przeżyję takich tortur. Nigdy w życiu nie czułam się tak sztywno, wystrojona jak stróż w Boże Ciało. Stopy zaraz mi chyba odpadną. Już się nie mogę doczekać, kiedy wrócę na farmę i zrzucę ten gorset. Potem każę Willowi wynieść go na podwórze i zastrzelić na śmierć.

Państwo młodzi wybuchnęli śmiechem.

– Oj, Elner... co ja bym zrobiła, gdybyś mnie nie rozbawiała.

– Chyba musiałabyś przejść przez życie jako ponurak.

W tym samym roku zdarzyło się coś przyjemnego i nieoczekiwanego. Zbudowano nowiutką szkołę po stronie Spokojnych Łąk i kiedy wiatr wiał w odpowiednim kierunku, wszyscy na wzgórzu słyszeli głosy bawiących się dzieci i dzwonek wzywający na lekcje. Były to takie radosne, beztroskie dźwięki.

Minęło już wiele lat, odkąd Katrina dołączyła do męża na Spokojnych Łąkach. Teraz wśród tych bawiących się dzieci był jej wnuk Gene. W jeden z takich dni powiedziała:

– Ojej, Lordorze, czy jesteśmy w niebie? Bo tak mi się zdaje.

Lordor się uśmiechnął.

– Hm, nawet jeśli nie, to na razie nam w zupełności wystarczy.

LATA TRZYDZIESTE

Życie toczy się dalej

Tańczące krowy

Przed rokiem 1930 cały kraj poważnie ucierpiał w wyniku wielkiego kryzysu. Elmwood Springs, nadal będące miasteczkiem rolniczym, zniosło ten trudny okres dużo lepiej niż inne miejscowości. Dzięki szwedzkiej mleczarni dzieci miały mleko, nie brakowało też kukurydzy, pszenicy i lucerny do wyżywienia krów i świń. Mieszkańcy uprawiali warzywa, w wielu ogrodach rosły drzewa owocowe. Figi i jabłonie dawały dobre plony i prawie wszyscy hodowali kurczaki. Wiedzieli, że mają szczęście. Nie doznali głodu, jaki dotknął inne części kraju. Szkoła tańca wciąż organizowała recitale, a wystawiane co roku w Dzień Założyciela przedstawienie upamiętniające Lordora Nordstroma cieszyło się niesłabnącą popularnością.

„Tradycja to podstawa cywilizowanych społeczeństw" – zauważyła Lucille Beemer.

Jak to zwykle bywa, w Elmwood Springs odbywały się coraz to nowe śluby i rodziły się dzieci; na szczęście w tej kolejności. W 1930 roku w rodzinie Warrenów, którzy prowadzili sklep z narzędziami, urodził się chłopczyk o imieniu Macky, a w 1931 Beatrice i Ander Swensen wprowadzili się do domu w mieście z zamiarem jak najszybszego powiększenia rodziny.

W tym samym roku siostra Elner, Ida, wyszła za mąż za syna bankiera, Herberta Jenkinsa, i przeniosła się z farmy

Knottów do miasta. Jedenaście miesięcy później urodziła dziewczynkę i nadała jej imię Norma.

Ida, która od dzieciństwa miała skłonności do zadzierania nosa, ogłosiła wszem wobec, że nazwała córkę nie na cześć popularnej gwiazdy filmowej Normy Shearer, lecz imieniem tytułowej bohaterki opery *Norma*. Odkąd poślubiła syna bankiera, robiła, co mogła, by stać się częścią sfer, o których czytała w kolorowych magazynach.

Ku jej wielkiemu zgorszeniu jej siostra Elner słuchała programu radiowego z muzyką country *The Grand Ole Opry* z Nashville, w dodatku wciąż mieszkała na wsi i nie zamierzała tego zmieniać.

W odróżnieniu od Idy, Elner potrafiła cieszyć się życiem niezależnie od okoliczności.

Dobrze gotowała, co nie pozostało bez wpływu na jej sylwetkę. Stała się teraz postawną, pulchną młodą gospodynią, która upinała włosy w kok i, mimo że była dorosła, wciąż miała słodką, okrągłą twarz dziecka. Kochała wszystkie zwierzęta i ludzi. „Lubię wszystko, co żyje" – twierdziła.

Śmierć Lucille Beemer z powodu raka piersi w grudniu 1932 roku była wielką stratą dla miasteczka i corocznego musicalu. Wówczas pałeczkę po niej przejęła Dixie Cahill. Rozbudowała warstwę muzyczną spektaklu i w następnym roku w scenie finałowej kartonowe zwierzęta trzymane przez jej uczennice wykonały imponujący taniec. Wnuk Lordora, dziesięcioletni Gene Nordstrom, w szwedzkim stroju i dużym czarnym kapeluszu, grał własnego dziadka. Wszyscy twierdzili, że ze względu na jasne włosy i niebieskie oczy idealnie nadawał się do tej roli.

Kilka miesięcy później, kiedy w kinie w Elmwood Springs wyświetlano film *Ulica szaleństw* z Ruby Keeler w roli głównej, całe miasteczko nagle oszalało na punkcie stepowania.

To wówczas Dixie Cahill założyła Stepowniczki, grupę młodych dziewcząt, które nosiły charakterystyczne niebieskie stroje z cekinami i występowały na każdej paradzie, festynie, każdej lokalnej uroczystości i witały wszystkich dygnitarzy. Jak na razie jeszcze nie trafił się w miasteczku żaden ważny dostojnik, ale one nie traciły nadziei.

Coraz prężniej rozwijał się przemysł filmowy. W każdy czwartek wieczorem w kinie odbywał się seans specjalny, któremu towarzyszył tani popcorn. Wśród młodzieży zachwyt wzbudzała pyskata Jean Harlow z tlenionymi na platynowy blond włosami.

Podczas południowego seansu z panną Harlow w roli głównej dwie starsze, stateczne matrony, pani Bell i jej przyjaciółka pani Hazel Goodnight, doznały prawdziwego szoku. Kiedy pochodząca z Kansas City blond seksbomba pokazała się na ekranie w długiej białej satynowej sukni, pani Bell szepnęła tak głośno, że słyszeli ją wszyscy w sali:

– O Boże, Hazel... ona nie ma na sobie bielizny!

Później, gdy już siedziały przy stoliku w aptece Rexall i jak co tydzień jadły deser lodowy z sosem karmelowym, pani Bell wciąż była w szoku.

– W dodatku to dziewczyna z Missouri. Co ludzie sobie pomyślą? Ja za żadne skarby nie pokazałabym się publicznie bez gorsetu, a ty? A już tym bardziej paradując na ekranie, gdzie cały świat cię ogląda. Mówię ci, Hazel, jeśli obyczaje upadną jeszcze niżej... to nie wiem, co będzie. Co się stało z naszą skromnością? Hm, pan Bell jeszcze nigdy nie widział mnie bez niczego.

Siedemnastoletni sprzedawca, słysząc to, lekko się skrzywił. Wolałby, żeby mu oszczędziła takich szczegółów.

Nieoczekiwani goście

Tego ranka Elner Shimfissle kręciła się po podwórzu w różowej podomce w kwiatki, ściskając pod pachą niebiesko-biały garnek pełen karmy dla kur, którą sypała ptactwu, podśpiewując:
– „W tej uroczej błękitnej sukience, tyś na zawsze skradła mi serce...".*

Elner zawsze w ten sposób umilała czas swoim kurom. Wierzyła, że dzięki temu znoszą większe jajka. Poza tym lubiła śpiewać. Niestety, czasami nie znała słów i zawsze trochę fałszowała, ale kurom najwyraźniej to nie przeszkadzało.

Kilka minut później Elner dostrzegła swojego męża Willa na traktorze na polu. Pomachała do niego i krzyknęła:
– Hej ho!

On odpowiedział jej machnięciem.

Gdy już nakarmiła kury, powiesiła garnek na gwoździu na ścianie domu. Wtedy usłyszała samochód podjeżdżający od frontu. Pomyślała, że to może być Ida lub Beatrice.

Szybko otarła dłonie w fartuszek w niebieską kratkę i poszła zobaczyć, kogo wiatry przywiały. Był to mężczyzna, którego nigdy wcześniej nie widziała. Siedział w dużym czarnym ubłoconym samochodzie pochylony nad mapą.

---

* *Alice Blue Gown* – popularny utwór z musicalu *Irene* z 1919 roku. Elner przekręca słowa (podobnie jak w innych piosenkach).

– Dzień dobry – powiedziała. – Mogę w czymś pomóc?

Nieznajomy podniósł głowę, zaskoczony jej widokiem.

– Oj, dzień dobry. Chyba zabłądziliśmy. Czy tędy dojedziemy do Joplin?

Elner się roześmiała.

– A niech mnie! Oj nie, kochaniutki. – Podeszła bliżej, oparła nogę na stopniu i pochyliła się, żeby pokazać mu trasę. – Musisz zawrócić i pojechać z powrotem, potem skręcić w prawo do głównej drogi na pierwszym skrzyżowaniu.

– Aha, rozumiem.

Wtedy Elner zauważyła dziewczynę siedzącą obok kierowcy. Miała na sobie uroczy kaszkiet w szkocką kratę. Sądząc z ich wyglądu, Elner uznała, że są nowożeńcami, powiedziała więc:

– Przykro mi, że zabłądziliście, ale skoro już tu jesteście, wejdźcie do środka. Napijecie się herbaty albo kawy przed dalszą jazdą.

Para spojrzała po sobie ze zdumieniem, a dziewczyna wzruszyła ramionami. Mężczyzna odparł:

– To bardzo miłe. Jesteśmy dość długo w podróży... więc... jeśli to nie kłopot...

– O nie, cieszę się, że mam towarzystwo. Tutaj nieczęsto ktoś zagląda. – Otworzyła frontowe drzwi. – Proszę. Mam nadzieję, że koty wam nie przeszkadzają. Jestem Elner Shimfissle. Mój mąż Will orze tam na polu i będzie żałował, że was nie poznał. A wy jak się nazywacie?

– Clyde. A to Bonnie.

– Bardzo mi miło.

Kiedy szli przez dom do dużej kuchni, z której dochodził zapach bekonu, wszędzie krążyły koty – chyba ze sześć. Elner wskazała gościom stół pokryty białą farbą olejną i cztery drewniane krzesła.

– Siadajcie. Założę się, że jesteście głodni. Jedliście już śniadanie?

– Właściwie to nie – przyznał mężczyzna. – Mieliśmy zamiar zjeść coś w Joplin.

Elner spojrzała na dziewczynę.

– Aleś ty chudziutka. Musisz coś zjeść, żeby cię wiatr nie porwał. Nie wypuszczę was stąd z pustymi żołądkami. Zawołam, jak śniadanie będzie gotowe. Tymczasem rozgośćcie się. – Zwróciła się do Bonnie. – Pewnie chcesz skorzystać z łazienki, nie krępuj się, złotko. Mam nawet kostkę mydła ze sklepu. Wcześniej sama robiłam, ale już mi się nie chce.

Jakieś dziesięć minut później Elner postawiła przed gośćmi talerze z jajkami na bekonie, świeżymi maślanymi bułeczkami i konfiturą domowej roboty.

– Zjedzcie wszystko, póki gorące – powiedziała.

Gdy tylko usiedli, do kuchni powoli wtoczył się duży tłusty szop, będący najwyraźniej zwierzątkiem domowym, i podszedł do wyjścia. Elner bez słowa wstała od stołu i otworzyła mu drzwi.

– Pa, Richard – powiedziała, po czym wróciła do gości. – A więc jedziecie do Joplin? Wiem, że to niedaleko, ale nigdy tam nie byłam. Mój tato hodował świnie, więc nie bardzo lubię duże miasta. Moja siostra tam była i jej się podobało.

Pogryzając smaczne bułeczki i bekon, młodzieniec dosyć się rozgadał. Dziewczyna na początku mówiła niewiele, ale po jakimś czasie i ona dołączyła do rozmowy. Powiedziała, że kiedyś pracowała jako fryzjerka w rodzinnym Teksasie. To zrobiło na Elner wrażenie:

153

– O, naprawdę? No, to nie lada umiejętność... dobrze umieć coś takiego. Teraz już choćby nie wiem co, zawsze masz fach w ręku. Tu w miasteczku jest taka młoda dziewczyna, nazywa się Tot, chodzą do niej Ida i Beatrice... ona czesze je na werandzie swojego domu, ale chyba nie ma licencji. A ty, Clyde, czym się zajmujesz?

– Yyy... bankowością – odrzekł, smarując masłem kolejną bułeczkę.

– Co za zbieg okoliczności. Moja siostra Ida, ta, o której już wam mówiłam, ma męża bankiera. Nazywa się Herbert Jenkins. Znasz go?

Clyde pokręcił przecząco głową.

– Nie... chyba nie.

– No, w każdym razie, jego ojciec jest właścicielem banku w Elmwood Springs. Musicie tam wpaść i przekazać mu pozdrowienia. Będziecie przejeżdżać przez Elmwood Springs w drodze do Joplin. To naprawdę ładne miasteczko. Moja siostra Gerta i jej mąż Ted prowadzą tam cukiernię. Mieszka tam też moja przyjaciółka Beatrice z mężem. Ander, jej mąż, to właściciel tej mleczarni, którą minęliście.

Po wysłuchaniu jeszcze wielu informacji o jej dziesięcioletnim siostrzeńcu, który należy do skautów i zdobył już wszystkie odznaki, obejrzeli stare zdjęcie rodziców Elner, Nancy i Henry'ego Knottów, stojących obok zdobywczyni wielu nagród, świni Pierożek numer 3.

– Oboje już nie żyją – powiedziała Elner. – Leżą na Spokojnych Łąkach. Mama wypadła z wozu i zamarzła, a tata miał suchoty. Bardzo mi ich brakuje.

Prawie trzy kwadranse później, kiedy goście zaczęli się zbierać do wyjścia, Elner zawołała:

– Hej, poczekajcie! Mam coś dla was. Poszła do spiżarni i z półki pełnej przetworów zdjęła dwa słoiki konfitur figowych własnej roboty. Podała je dziewczynie.

– Weź, złotko. Wczoraj zrobione, prosto z naszego drzewa. Mam nadzieję, że będą wam smakować.

– Dziękuję – powiedziała obdarowana, idąc do drzwi.

– Powodzenia. A jeśli jeszcze kiedyś będziecie w okolicy, wpadnijcie znowu, dobrze?

– Na pewno – obiecali.

– Och, i nie zapomnijcie zajrzeć po drodze do banku. Nie da się go nie zauważyć. Jest na głównej ulicy. Powiedzcie, że przysyła was Elner.

Myjąc naczynia, Elner z zadowoleniem myślała o przyjemnej wizycie takich miłych gości.

Póki nie zobaczyła ich podobizny w gazecie, nie miała pojęcia, że owa para to słynni przestępcy: Clyde Barrow i Bonnie Parker.

Kiedy policja osaczyła ich w Joplin, udało im się zbiec, ale pozostawili w kryjówce niewywołaną kliszę. Zdjęcia opublikowano w „The Joplin Globe". Bonnie pozowała z bronią w ręku i cygarem w ustach. Mąż Elner nie krył przerażenia, gdy usłyszał, że to ta sama para, którą Elner poczęstowała śniadaniem.

– Nie poznałaś, że to bezwzględni zabójcy?

– Nie. Nie wiedziałam nawet, że ona pali. Wyglądali na miłych ludzi, a już naprawdę nic nie rozumiem, dlaczego ta dziewczyna miałaby rabować banki i zabijać, skoro mogła zarabiać na życie czesaniem. – Po chwili spojrzała na męża z przerażeniem. – Ojej, Will, myślisz, że policja znajdzie mnie po tych konfiturach i pomyślą, że byłam ich wspólniczką?

– No nie wiem. To możliwe, bo nikt nie robi takich konfitur figowych jak ty.

Oczy Elner rozszerzyły się ze strachu.

– Żartowałem. Jasne, że nie.

Elner nie wiedziała też, że tamtego dnia owa para planowała napaść na bank w Elmwood Springs po drodze do Joplin, gdzie mieli się spotkać z bratem Clyde'a, Buckiem. Jednak po wizycie u Elner zmienili zamiar.

Kolejną rzeczą, której Elner nie wiedziała, było to, że Bonnie okłamała ją w sprawie fryzjerstwa. To żona Bucka, Blanche, była fryzjerką. Nigdy nie podano do wiadomości, że w kryjówce w Joplin policja znalazła do połowy opróżniony słoik konfitur figowych. Elner miała szczęście, że nie sprawdzono odcisków palców, bo inaczej na pewno odwiedziłby ją szeryf.

Sprawy idą coraz lepiej

1934

W 1934 roku, głównie dzięki stałemu rozwojowi mleczarni Słodka Koniczyna, Elmwood Springs zyskało stację kolejową. Pociąg przejeżdżał tędy raz dziennie z głośnym gwizdem, który przyjemnym echem niósł się po okolicy. U niektórych spoczywających na wzgórzu ten dźwięk przywoływał wspomnienia. Kiedy Katrina usłyszała go pierwszy raz, powiedziała do Birdie Swensen:

– Ciągle pamiętam ten dzień, kiedy wyszliście po mnie na stację w Springfield.

– Ja też to pamiętam. Zupełnie jakby to było wczoraj – odparła Birdie. – Wyglądałaś tak wytwornie. Wtedy nawet nie śmiałam marzyć, że zostaniemy przyjaciółkami na całe życie.

– I jeszcze dłużej – dodała Katrina.

– Racja... i jeszcze dłużej – powtórzyła Birdie ze śmiechem.

Tego samego roku wnuk Katriny, Gene Nordstrom, i jego przyjaciel Cooter Calvert założyli się, że wejdą na wieżę ciśnień. Gene, z kieszenią pełną czerwonych balonów, wdrapał się na szczyt pierwszy. Nie przyznał się Cooterowi, że był śmiertelnie przerażony. Ponieważ działo się to w lipcu, im wyżej wchodzili, tym bardziej upał dawał im się we znaki. Kiedy dotarli do platformy, obaj byli wyczerpani, zarumienieni, spoceni, ale szczęśliwi. Nadmuchali balony i przywiązali je do barierki na dowód swojej obecności w tym miejscu, a potem rozejrzeli się po okolicy, pełni nadziei i marzeń o wspaniałej przyszłości, która leżała u ich stóp.

– Powiem ci, co chcę robić w życiu – rzekł Gene. – Zostanę reporterem gazety i będę podróżował po całym świecie. – Właśnie czytał książkę *Billy Banyon, młody reporter*.

Cooterowi wyraźnie to zaimponowało.

– Łoo... mogę się przyłączyć?

– Pewnie. Potem założę własną gazetę, jak „The Joplin Globe", tylko większą! Może nawet zrobię wywiad z Babe Ruth... albo z prezydentem. To by było dopiero!

– Wiesz co, Gene, jak się nad tym zastanowić, to przecież właściwie już pracujesz w branży gazetowej, co nie?

Gene, który w tym czasie roznosił gazety, spojrzał na przyjaciela i odparł:

– No tak, masz rację. Jakoś nigdy o tym nie pomyślałem. Już jestem jakby pracownikiem gazety.

Na Spokojnych Łąkach stary Hendersen, który pierwszy dostrzegł czerwone balony powiewające na wietrze, zawołał:

– Patrzcie no! Jakiś idiota znowu wlazł na wieżę ciśnień!

Wieczorem Gene i Cooter mieli odciski na palcach, a skórę tak spieczoną słońcem, że ledwie mogli się ruszać. Gene, którego cera była wyjątkowo jasna, przez dwa dni nie włożył na siebie nic poza cienką bawełnianą piżamą. Mimo to rozpierało go szczęście. On i Cooper zdali egzamin z odwagi, o czym świadczyły wciąż powiewające balony.

Parę miesięcy później, kiedy Hazel Goodnight dowiedziała się, że jej córka Ada wdrapała się na czubek wieży ciśnień, jej oburzenie nie miało granic. Powiedziała Adzie, że to „hańba", żeby dziewczyna robiła coś równie niebezpiecznego i niekobiecego. Babcia Ady natomiast skomentowała to tak:

„Ojej, pohamuj się, Hazel! Jeśli moja matka mogła urodzić dziecko pod płótnem wozu o świcie, a już wieczorem gotować posiłek dla dziesięciu chłopa, to Ada powinna być w stanie dokonać takich rzeczy, o jakich nam się nie śniło".

Ten śmiały wyczyn był jedynie zapowiedzią tego, co miało nadejść. Ada robiła wiele innych, jeszcze bardziej niebezpiecznych i niekobiecych rzeczy, tak jak i jej idolka, Amelia Earhart. Bliźniaczka Ady, Bess, też miała ciekawe pomysły. Marzyła o tym, żeby wyjść za Tarzana i mieszkać na drzewie.

Rozwiązanie problemu

Do 1936 roku w Elmwood Springs otwarto wiele nowych firm i miasto stawało się, jak to ktoś określił, „prawdziwą metropolią". Choć była w tym lekka przesada, to jednak faktem jest, że centrum biznesowe zajmowało już obszar prawie dwóch kwartałów i wciąż się rozrastało. Merle i Verbena Wheelerowie otworzyli obok poczty pralnię chemiczną Błękitna Wstążka, a na rogu zbudowano z cegły nową lożę masońską, która służyła też jako sala zgromadzeń organizacji dobroczynnej Odd Fellows. Wiosną pojawił się nowiuteńki basen o nazwie Kaskada, a później jeszcze warsztat szewski Kocia Łapa z różowym neonowym butem na wystawie, usytuowany naprzeciwko Szwedzkiej Cukierni Nordstroma.

Cukiernia Teda i Gerty Nordstromów zajmowała już dwa sąsiednie lokale. Ich trzynastoletni syn Gene właśnie otrzymał odznakę młodego ratownika i wraz ze swoim przyjacielem Cooterem miał zamiar tego lata pracować na basenie. W sumie mieszkańcy wydawali się szczęśliwi i zadowoleni. Oprócz tych na Spokojnych Łąkach.

W ciągu minionych sześciu miesięcy pojawił się pewien nieprzewidziany problem. Pierwsi osadnicy osiągnęli już sędziwy wiek, a jeśli dodać do tego ofiary zawałów, wypadków, raka i tak dalej, cmentarz szybko się zaludniał... co powodowało wielki chaos.

Do tej pory, kiedy przybywał nowy rezydent, wszyscy jednocześnie zaczynali do niego mówić. Niektórzy witali go z takim zapałem, że zagłuszali innych. A dla biednego przybysza już samo obudzenie się na Spokojnych Łąkach było tak dziwnym przeżyciem, że wrzawa witających wcale mu nie pomagała.

W końcu Lordor Nordstrom postanowił się tym zająć. Powiedział:

– Słuchajcie, wiem, że cieszycie się ze spotkania z najbliższymi, ale to, że jesteśmy martwi, nie jest jeszcze powodem, żebyśmy nie mieli kilku zasad.

Poddano więc wniosek pod głosowanie. Mieli wybrać jedną osobę, która jako pierwsza oficjalnie witałaby nowo przybyłych. Wszyscy zgodzili się, że najlepiej nada się do tej roli panna Beemer, która niedawno dołączyła do przyjaciół na wzgórzu, a przywykła do radzenia sobie z nieposłusznymi uczniami. Lucille przez wiele lat uczyła angielskiego w szóstej klasie i szczególną uwagę zwracała na piękną wymowę. Była przy tym uprzejma i miała kojący głos.

Ustalono, że Lucille będzie witać przybyszów i wprowadzać ich w sytuację. W razie potrzeby pozwolą nowemu odpocząć i dopiero potem pozostali będą mogli po kolei spokojnie zabierać głos. Najpierw bliska rodzina: matki, ojcowie, dziadkowie i tak dalej, potem mężowie, żony i dzieci. Następnie sąsiedzi i przyjaciele, a po nich znajomi, którzy zechcą się przywitać. Ci, którzy chcieliby zawrzeć znajomość z nowo przybyłymi, będą się odzywać na końcu.

Oczywiście ten plan nie był idealny. Zdawali sobie sprawę, że nie wszyscy chcą najpierw rozmawiać z krewnymi, ale wydawało się, że to jedyny sposób, by utrzymać jakiś porządek. Na szczęście system działał bez zarzutu, a właściwie działałby, gdyby nie stary Hendersen, który wtrącał się, kiedy miał ochotę.

161

Pułapka

Chociaż krążyły słuchy o przestępstwach w Kansas City i innych miejscach, Elmwood Springs nie miało własnego posterunku policji. Jeśli nie liczyć sporadycznych drobnych wykroczeń, nie było tu nigdy poważnych problemów z przestępczością aż do 1937 roku, kiedy to zauważono Podglądacza. W ciągu jednego dnia wiadomość rozeszła się po całym mieście i postawiła na nogi wszystkich mieszkańców. Podglądacza widziano, jak ukrywał się w krzakach w okolicy kilku domów, w których mieszkały młode dziewczęta. Zawsze działał po ciemku, a zauważony szybko się oddalał, nikt więc nie widział jego twarzy. Ci, którzy mieli nastoletnie córki, żyli w ciągłym strachu, wiedząc, że gdzieś tam w ciemnościach może się czaić ktoś, kto im się przypatruje. Niektórzy ojcowie obchodzili nawet w nocy swoje domy, uzbrojeni w strzelby, z nadzieją, że na ich widok intruz ucieknie.

4 lipca zauważono go w dzień, jak zaglądał przez szkolne okno do szatni, w której przebierały się Stepowniczki po zakończonej paradzie. Mary Childress, która dostrzegła jego sylwetkę, wrzasnęła i spłoszyła go.

Po upływie niemal roku Hazel Goodnight na zebraniu rady miejskiej przedstawiła plan. Podejrzewała, że Podglądacz kilka razy był przed jej domem i zaglądał do pokoju jej córek, a jego bezczelność wskazywała, że to może się powtórzyć.

Dlatego Hazel zaproponowała, żeby zastawić na niego pułapkę: położyć na ziemi pod oknem nową lśniącą monetę dwudziestopięciocentową i liczyć na to, że ją podniesie.

Ćwierćdolarówka, o której wiedzieliby sklepikarze w miasteczku, miała być oznaczona kroplą czerwonego lakieru do paznokci. Wszyscy uznali, że to dobry pomysł. Mieszkańcy wstrzymali oddech w oczekiwaniu na schwytanie podglądacza.

Minęło kilka tygodni, i nic. Aż pewnej soboty rano do cukierni wszedł piętnastoletni Lester Shingle i płacąc za tuzin pączków, położył na ladzie dwadzieścia pięć centów z czerwoną plamką. Gerta podniosła monetę, zauważyła lakier i krzyknęła:

– To ta moneta!

Wtedy jej syn, czternastoletni Gene, wybiegł niczym błyskawica z pokoju na zapleczu, gdzie pomagał ojcu, rzucił się za uciekającym Lesterem i dopadł go przed pralnią chemiczną. Ludzie powychodzili ze sklepów akurat w momencie, kiedy Gene podniósł wrzeszczącego, miotającego się Lestera i uderzył go w nos. Wściekłość Gene'a miała swoje uzasadnienie. Wśród podglądanych w szatni Stepowniczek znajdowała się jego dziewczyna, dlatego postępek Lestera był mu szczególnie wstrętny.

Po schwytaniu Lester Shingle twierdził, że znalazł monetę na chodniku przed pocztą. Nikt w to nie wierzył, chociaż nie dało się mu niczego udowodnić. Wszyscy byli przekonani, że w końcu schwytali Podglądacza, i na tym sprawa się zakończyła.

Sen Elner

Podglądacz został schwytany, ale nie wszystko układało się tak dobrze. Beatrice Swensen, która od dłuższego czasu próbowała zajść w ciążę, w końcu była przy nadziei, lecz po miesiącu straciła dziecko.

Oboje rodzice ciężko to przeżywali, ale rozpacz Beatrice była tak głęboka, że Ander poprosił Elner, by dotrzymywała jej towarzystwa, gdy on wychodził do pracy.

Codziennie Elner siadywała przy łóżku płaczącej Beatrice i trzymała ją za rękę.

– Oj, Elner... tak bardzo chciałam tego dziecka.

– Wiem, kochana. Wiem. – Przyjaciółka klepała ją po dłoni.

– Czemu to się stało? Byłam taka ostrożna.

– Nie wiadomo. Ale jeszcze jesteś młoda. Jeszcze macie z Anderem dużo czasu, żeby mieć całą gromadkę dzieci.

– Nie sądzę. Doktor mówił, że ja...

Elner przerwała jej w pół zdania.

– Och, nie słuchaj tego starego doktora. On nic nie wie. Zresztą, wczoraj miałam sen. Śniło mi się, że byłam w kuchni na farmie, obierałam ziemniaki, a tu zadzwonił telefon. To byłaś ty, cała przejęta, i powiedziałaś: „Elner, nie zgadniesz, jaką mam nowinę. Znowu spodziewam się dziecka".

– Naprawdę?

– Tak! A znasz mnie, moje sny się zawsze sprawdzają. Pamiętasz, jak mi się śniło, że ty i Ander weźmiecie ślub? Nie przewidziałam tego?

– Tak... pamiętam – przyznała Beatrice.

– No więc nie trać nadziei. Poczekaj trochę, a się przekonasz.

Następnego dnia rano wdzięczny Ander Swensen przywitał Elner przed drzwiami.

– Nie wiem, co jej powiedziałaś, ale wczoraj wyraźnie się jej poprawiło.

– To dobrze. Cieszę się.

Idąc na górę z biało-czarnym kociątkiem na rękach, którego przyniosła dla Beatrice, wołała:

– Hej, hej... mam tu małego przyjaciela, który chce cię poznać!

Elner nigdy w ten sposób tego nie ujęła, ale wierzyła, że czasem żywa istota, którą trzeba się opiekować, to najlepsze lekarstwo na złamane serce.

Tylko swing

Przez kraj przetaczała się fala swingu. Zgodnie z życzeniem mieszkańców burmistrz Ted Nordstrom zbudował nad jeziorem altanę do tańca dla młodzieży.

Pan Warren ze sklepu z narzędziami rozwiesił lampki i zainstalował cztery głośniki. Już pierwszego dnia po otwarciu miejsce zapełniło się ludźmi. Okazało się, że wszyscy, młodzi i starzy, uwielbiają tańczyć i podrygiwać w rytm takich zespołów, jak orkiestry Glenna Millera, Benny'ego Goodmana, Tommy'ego Dorseya i innych. Ted i Gerta występowali w roli opiekunów młodzieży, a szesnastoletni Gene sprzedawał spragnionym tancerzom zimne napoje. Stara pani Gravely tak się wyginała, że tego wieczora zwichnęła sobie staw biodrowy.

Na wzgórzu na Spokojnych Łąkach, gdy pionierzy po raz pierwszy usłyszeli dobiegającą z altany muzykę, zaniepokoili się głośnymi dźwiękami perkusji. Pozostali jednak na ogół z przyjemnością słuchali tych rytmicznych dźwięków w letnie wieczory, spoglądając na gwiazdy.

Lordora i Katrinę wyjątkowo rozbawiła piosenka *Little Brown Jug* Glenna Millera, a prawie wszyscy uwielbiali The Andrews Sisters. Birdie Swensen szczególnie podziwiała to, w jaki zgrany sposób śpiewały *Bei mir bist du schön*.

– Te dziewczyny wykonują to idealnie – stwierdziła.

Lucille Beemer najbardziej lubiła *I'm Getting Sentimental Over You* Tommy'ego Dorseya. Przy tej piosence zawsze myślała o Gustavie.

W 1939 roku wielki hit kinowy *Przeminęło z wiatrem* sprawił, że wszystkie dziewczęta wzdychały do Clarka Gable'a. Dwudziestodwuletnia Tot Hagood, fryzjerka, nawet wyszła za Jamesa Dwayne'a Whootena (przyszłego malarza pokojowego), uznała bowiem, że jest do niego podobny. Jej matka wprawdzie twierdziła, że James tak samo przypomina Clarka Gable'a jak wiewiórka słonia, ale Tot nie dała się przekonać. Serce nie sługa.

Mieli piękny ślub, mimo że ojciec Tot się upił i nie mógł poprowadzić jej do ołtarza, a Jamesowi utknęło w uchu ziarnko ryżu, przez co pierwszą noc małżeństwa spędzili w szpitalu. Jednak jeśli nie liczyć tych i innych drobnych potknięć, była to całkiem pomyślna dekada.

Świat przyśpiesza

Dobre nowiny

1940

Starsi mieli wrażenie, że świat przyśpiesza w oszałamiającym tempie. Taniec jitterbug, który tak podobał się młodym, dla seniorów był zdecydowanie zbyt energiczny. Pani Childress powiedziała kiedyś: „Boję się przejść przez ulicę, bo wszystkie młodziki szaleją bez opamiętania w tych swoich rozklekotanych gruchotach".

Ogólnie jednak ludzie byli w dobrych nastrojach. Franklin Delano Roosevelt miał szanse na bezprecedensową trzecią kadencję, kraj wychodził z kryzysu i znowu zaczynała świtać nadzieja.

W Elmwood Springs pojawił się przystanek firmy autobusowej Greyhound oznaczony tablicą na słupie, wszystko jak należy. Sklep z narzędziami rozkładał płatności na raty i nim nadeszło lato, prawie każde dziecko w miasteczku miało parę wrotek i nowy biało-niebieski rower marki Schwinn. W czerwcu dziesięcioletni syn Warrenów Macky wspiął się na wieżę ciśnień, czym śmiertelnie przeraził swoją matkę Olę. Wyszedł z tej przygody zwycięsko tylko po to, by tydzień później omal nie utopić się w basenie, kiedy spadł z trampoliny. Na szczęście ratownik, którym był Gene Nordstrom, zauważył go w porę i zdążył wyciągnąć z wody za włosy.

W tym samym miesiącu fryzjerka Tot Hagood-Whooten, o dziwo, dostała pożyczkę z banku i otworzyła własny salon piękności. Nie wiedziała, że znacznie pomogła jej w tym żona bankiera, Ida Knott Jenkins, będąca jej klientką, która uważała, że czesanie się na werandzie domu Whootenów nie licuje z jej pozycją społeczną. Pewnego wieczoru przy kolacji wycelowała w męża łodyżkę selera i powiedziała: „Herbercie, nie obchodzą mnie wasze kalkulacje. Wy, mężczyźni, macie swojego golibrodę, więc nie widzę powodu, żeby nasze miasto nie miało salonu piękności".

Herbert wiedział, że będzie musiał udzielić Tot pożyczki, bo inaczej żona nigdy nie przestanie mu wiercić dziury w brzuchu. Zawsze gdy Ida kierowała seler w jego stronę, mówiła poważnie.

Dwa tygodnie później Ida Jenkins z włosami w wałkach siedziała w salonie piękności pod nowiuteńką suszarką i czytała artykuł w kobiecym magazynie:

Czy jesteś perfekcjonistką?

1. Jesteś wybredna?
2. Często się denerwujesz?
3. Brak ci cierpliwości?
4. Krytykujesz innych?
5. Niepewnie się czujesz, gdy wokół ciebie panuje nieład?
6. Martwisz się o przyszłość?

Takich pytań było dużo więcej. Po przejrzeniu wszystkich Ida nie znalazła ani jednego przypadku, z którym by się nie utożsamiała. To ją zachwyciło. Kto nie chciałby być idealny?

„Przecież nie wchodzi się do jubilera ze słowami: «Szukam brylantu, który nie jest idealny» ani nie mówi się lekarzowi:

«Och, zadowolę się słabym wzrokiem, dziękuję»" – mawiała. Od dzieciństwa nie mogła zrozumieć, dlaczego ludzie nie mieliby dążyć do perfekcji.

Ida zawsze się wyróżniała. W szkole, gdy dzieci bawiły się w kościół – jedno z nich było pastorem, inne żoną pastora, jeszcze inne kantorem, a reszta parafianami, którzy przyszli na mszę – powiedziała, że chce być Panem Bogiem, bo tylko ona wie, jak wszystko urządzić.

Oczywiście, to dążenie do zachowania wysokich standardów nie było bez wpływu na życie jej córki, Normy. W tym samym roku Norma Jenkins została obsadzona w roli jednego z tańczących tulipanów w wiosennym recitalu tanecznym Dixie Cahill. W dniu przedstawienia, kiedy pomyliła krok, zbiegła ze sceny zapłakana. Jej ciocia Elner Shimfissle, która była wtedy wśród publiczności, powiedziała do Gerty:

„Biedna Norma... ma dopiero dziewięć lat, a już jest kłębkiem nerwów".

Norma miała dwie ciocie: matkę Gene'a, Gertę, i ciocię Elner. Obie bardzo różniły się od Idy.

Ida zawsze była najładniejszą z sióstr Knott i niestety o tym wiedziała. Jej celem było wyjść za syna bankiera i awansować w hierarchii społecznej. Tak się też stało. Jej siostra Elner była zwyczajną wiejską gospodynią, która nadal nosiła wiązane buty starego typu, czarne zimą i białe latem.

Ida starała się nadążać za modą, więc czytała wszystkie pisma kobiece. Chciała się ubierać jak damy pokazywane w „McCall's" i „Glamour". Zaprzyjaźniła się z panną Howard, kierowniczką zaopatrzenia działu odzieży damskiej w domu towarowym braci Morgan, która dostarczała jej ubrania z najnowszych kolekcji.

Norma uważała, że jej mama nigdy nie była miła dla cioci Elner. Ida tłumaczyła to tak:

„Ja bym tylko chciała, żeby nie była taką wieśniaczką. Przecież ona pozwala kurom łazić po całym domu!".

Ida wstydziła się swojego wiejskiego pochodzenia i wyżywała się na biednej Elner. Chociaż ich rodzice, Henry i Nancy Knott, byli właścicielami dużej hodowli świń, Ida przez resztę życia zachowywała się, jakby o tym całkiem zapomniała. Norma nigdy nie widziała fotografii swoich dziadków. Ida ukryła je, tak samo jak rodzinną Biblię, w której zapisano wszystkie daty urodzenia. Niska, tęga niemiecka wieśniaczka w kuchennym fartuchu i chudy mężczyzna w ogrodniczkach stojący przed chlewikiem dla świń to nie był portret rodzinny, do którego Ida chciałaby się odwoływać. Często krytykowała Elner za to, że trzymała zdjęcie rodziców na widoku.

„– Nie dość, że się lepiej nie ubrali, to jeszcze musieli się sfotografować z tymi świniami w tle? To takie żenujące.

– Może i tak – odpowiadała Elner. – Ale nie zapominaj, że te świnie zapłaciły za twoje wesele".

Później Elner powiedziała do swojej siostrzenicy:

„Wiesz, Normo, kocham Idę... ale ona tak strasznie zadziera nosa".

To była prawda. Idealną kobietą według Idy była w tym czasie Eleanor Roosevelt. Owszem, brakowało jej stylu, ubierała się okropnie i miała koszmarne włosy, ale była w niej jakaś niezwykła energia. Ta kobieta zdobywała świat przebojem, dążyła do osiągnięcia swoich celów, nie siedziała z boku. Zupełnie jak Ida.

Ida miała polityczne ambicje związane z osobą jej męża: najpierw miał zostać gubernatorem stanu, a jakiś czas później dostać się do Białego Domu. Niestety, Herbertowi Jenkinsowi w zupełności wystarczało bycie bankierem w Elmwood Springs, czego jego żona nie mogła zrozumieć.

„Gdybym sądziła, że kobieta ma szanse, sama bym wystartowała w wyborach" – mówiła.

Biedna Ida. Za wcześnie się urodziła.

Tego roku zdawało się, że lato przeminęło jak mgnienie. Moda wciąż czerpała inspiracje z filmów i wszystkie kobiety chciały mieć figurę jak Claudette Colbert.

Zwłaszcza Gerta Nordstrom, po tym jak w październiku wybrała się na lokalny festyn i na domiar złego zajrzała do straganu „Sprawdź, ile ważysz". Mężczyzna bezceremonialnie zakrzyknął przy wszystkich:

„Ta panienka waży osiemdziesiąt jeden kilo!".

Ów festyn sprawił wielką frajdę wiejskim dzieciom, dla których organizacja młodzieżowa 4-H przygotowała różne edukacyjne atrakcje. Wielu mieszkańców zdobyło na festynie nagrody. Elner Shimfissle zajęła pierwsze miejsce w konkursie konfitur i dżemów, a Merle Wheeler został doceniony za wyhodowanie największego pomidora.

16 listopada syn Gerty i Teda, Gene Nordstrom, teraz już uczeń szkoły średniej w Elmwood Springs, zdobył rekordową liczbę punktów z przyłożenia, dzięki czemu drużyna futbolowa zakończyła sezon jako mistrz trzech okręgów. Zanim się obejrzeli, przyszedł grudzień.

Dom towarowy braci Morgan miał jak zwykle na Boże Narodzenie pięknie udekorowane wystawy, w tym roku z ruchomymi elementami. Wszyscy z zachwytem obserwowali, jak renifery potrząsają łbami. Mała Norma Jenkins dostała na święta lalkę Sparkle Plenty, a jej mama Ida wymarzone futro, dokładnie takie, jakie chciała, z plastikowymi oczami i nosami na mordkach lisów.

W Wigilię Bożego Narodzenia mąż Tot, James Whooten, upił się ajerkoniakiem i przewrócił choinkę, ale poza tym drobnym incydentem nic nie zakłóciło świątecznej atmosfery.

Nowy Rok

Kiedy kryzys dobiegł końca, cukiernia znowu działała pełną parą: długie szklane gabloty pełne były bułeczek cynamonowych, ciastek z kremem i babeczek – wszystkie wyglądały bardzo apetycznie. Kto nie lubi chodzić do cukierni? Unosił się tam cudowny zapach, a lśniąca podłoga z biało-czarnych płytek była tak czysta, że można by z niej jeść. Zresztą wiele dzieci tak robiło. Jeśli wypadł im jakiś kęs, podnosiły go i zjadały, a rodzicom to wcale nie przeszkadzało.

W kinie Clark Gable ustąpił miejsca nowemu pożeraczowi niewieścich serc, którym był Tyrone Power, a wszyscy chłopcy chcieli być jak John Wayne. Kobiety przestały się już wzorować na Claudette Colbert. Pewnego majowego popołudnia w 1941 roku, kiedy świeżo utworzona żeńska drużyna kręglarska z Elmwood Springs udawała się do nowej kręgielni Błękitna Gwiazda, Ada Goodnight, większa z bliźniaczek, oznajmiła, że chce zostać aktorką, tak jak Joan Crawford. Jej najmłodsza siostra Irene wyśmiała ją, ale ich matka powiedziała później:

„Kto wie? Może Ada nie ma do tego talentu, ale na pewno ma zapał".

Wciąż organizowano tańce nad jeziorem, a Birdie Swensen na Spokojnych Łąkach zauważyła:

– Zdaje się, że w tym roku jest więcej świetlików niż w ubiegłych latach.

Znowu nadszedł wrzesień i jak zwykle uczniowie najwyższych klas cieszyli się, że teraz już trzeba się z nimi liczyć, pierwszoklasiści się denerwowali, a ci z klas pośrednich tkwili w stanie zawieszenia i ciężko pracowali. Pod koniec listopada Irene Goodnight, która chodziła do przedostatniej klasy, przyszła do domu i padła na kanapę z westchnieniem:

– Mam już dość tych zajęć z prowadzenia gospodarstwa domowego. Jak będę musiała upiec kolejne ciasto, to chyba zwariuję.

Niedługo później, 7 grudnia, Japończycy uderzyli na Pearl Harbor i w jednej chwili świat tych wszystkich ludzi wywrócił się do góry nogami.

Nazajutrz wszyscy uczniowie ostatniej klasy szkoły średniej w Elmwood pojechali do Springfield i zaciągnęli się do wojska. Był wśród nich osiemnastoletni Gene Nordstrom, który wstąpił do piechoty morskiej. Wszędzie panowało niezwykłe napięcie. Ludzie nie mogli uwierzyć, że kraj został zaatakowany i tylu chłopców zginęło.

– Nie rozumiem... co myśmy im zrobili? – pytała Gerta.

Wszyscy się z nią zgadzali. Verbena Wheeler przysięgła, że do końca życia nie weźmie już do ust kurczaka z chow mein. James Whooten był tak wściekły, że trzeźwiał przez trzy dni, a potem próbował się zaciągnąć do wojska. Nie został jednak przyjęty.

Szok trwał dość długo. Wszystko wskazywało na to, że nagle, z dnia na dzień, całe miasteczko musi stawić czoło wojnie. Z czasem jednak, kiedy już wszyscy chłopcy porozjeżdżali się do różnych obozów szkoleniowych, mieszkańcy skupili się na tym, jak mogą się do czegoś przydać.

Hazel Goodnight organizowała grupy kobiet i uczennic, które jeździły do Springfield, by witać przejeżdżające tamtędy wojskowe pociągi. Rozkładały stragan i przez okna wagonów rozdawały żołnierzom kawę i kanapki. Wystraszeni chłopcy jadący nie wiadomo dokąd przekazywali im karteczki ze swoimi nazwiskami i adresami, licząc na to, że któraś z dziewcząt do nich napisze. Niektóre pisały i zawsze opatrywały taki list pocałunkiem.

W ciągu sześciu miesięcy Ander Swensen zmienił tryb pracy mleczarni w taki sposób, że działała niemal całą dobę, by zaopatrywać w mleko i sery wszystkie obozy szkoleniowe w okolicy.

Biedne krowy nie rozumiały, że trwa wojna. Wiedziały tylko, że ludzie są jacyś nerwowi.

Uczniowie zbierali gumę i złom. W czerwcu 1942 roku Beatrice Swensen została szefową lokalnego oddziału Czerwonego Krzyża. Kierowała kobietami, które zwijały bandaże i przygotowywały paczki do wysłania za ocean. Pomagała jej Elner. Z powodu obowiązku zaciemnienia wszystkie latarnie uliczne zostały pomalowane na niebiesko. W takim świetle białe domki wyglądały, jakby były na księżycu.

„To chyba działa, bo jeszcze nas nie zbombardowali" – zauważyła kiedyś Ruby Robinson.

Wszyscy w kraju byli dokładnie informowani o przebiegu wojny. Trzy razy dziennie nadawano przez radio aktualne wiadomości, a wtedy każdy rzucał to, czym się akurat zajmował, i chłonął z uwagą każde słowo. W niedzielę wieczorem gromadzono się przy odbiornikach radiowych, by słuchać prezydenckich „pogawędek przy kominku".

Przed końcem 1943 roku pojawiły się książeczki racjonowania żywności. Odbiło się to na działalności cukierni. Gerta i Ted wykorzystywali prawie cały przydział swojego cukru na pieczenie ciast i ciastek, które wysyłali synowi, Gene'owi, i jego przyjacielowi Cooterowi Calvertowi, a także innym chłopcom rozsianym po całym kraju. Cooter Calvert stacjonował aż w New Jersey, a Billy Eggstrom w Scott Field w Illinois.

Ida Jenkins, która zawsze szczyciła się swoim ogrodem z pięknymi kameliami i bukszpanami, mianowała się inspektorem ogródków warzywnych, zaopatrujących miasto w żywność. Nosiła nawet zielony mundur i czapkę ze złotą gwiazdą na otoku. Nie miało to żadnego znaczenia, ale Ida z lubością paradowała w tym stroju po ogrodach, wykrzykując rozkazy.

Była w tym naprawdę dobra i miasto w okresie wojennym dało wspaniałe plony. Verbena Wheeler stwierdziła:

„Ida potrafi dać w kość... ale jest naprawdę skuteczna".

Ktoś inny zauważył:

„Na Boga, gdyby Ida była mężczyzną, już dawno zostałaby generałem".

Ada Goodnight dzięki swojemu dawnemu chłopakowi, który był opryskiwaczem pól, umiała pilotować samolot, pojechała więc do Teksasu, żeby wstąpić do tworzonej właśnie kobiecej jednostki lotniczej, zwanej WASP. Pilotki były bardzo potrzebne do transportowania samolotów i dostaw na terenie Stanów Zjednoczonych, żeby mężczyźni mogli brać udział w walkach na froncie.

Ogromną rolę odgrywały listy. Jedna z matek w miasteczku po długim oczekiwaniu aż podskoczyła ze szczęścia, kiedy dostała wiadomość od syna, który brał udział w bitwie o Midway. Składało się na nią jedno słowo: „Żyję".

Następnego dnia Hazel Goodnight odebrała list od córki, który przysporzył jej wiele radości.

Sweetwater, Teksas

Kochana Mamo!

*Przepraszam, że tak długo nie pisałam. Mam wrażenie,
że nasze treningi trwają całą dobę. Czy wiedziałaś,
że w Teksasie jest GORĄCO? Chyba się tu upiekę...
ale poznałam naprawdę morowe dziewczyny. Dzielę
pokój z wystrzałową cizią z Wisconsin. Nazywa się Fritzi
Jurdabralinski. To tu najlepsza pilotka. Ja chyba jestem
druga. Dam ci znać po następnym egzaminie. Przekaż
pozdrowienia Bess i Irene. Pisz o wszystkim, co u Was.*

Ściskam
Ada

Elmwood Springs, Missouri

Najdroższa Córeczko!

*Najważniejsze, że bardzo za Tobą tęsknimy. Staramy się być
jak najbardziej przydatni. Byłabyś dumna ze swojej siostry
Irene. Pracuje po kilka godzin dziennie w mleczarni, a Bess
dobrze sobie radzi w biurze Western Union.*

*Pan Ericksen spadł z roweru i złamał nogę, więc teraz tele-
gramy dostarcza Macky Warren. Elner Shimfissle przyniosła
nam dwa tuziny jajek i pytała o Ciebie, jak wszyscy tutaj.
Omal bym zapomniała: w zeszłym tygodniu znowu przyła-
pałam tego paskudnego Lestera Shingle'a w krzakach pod
oknem Irene. Goniłam go, ale uciekł, a niech to!*

Całuję
Mama

San Francisco, Kalifornia

1943

Nie wiedzieli dokładnie, dokąd idą. To były ich ostatnie trzy tygodnie w San Francisco. Miasto pełne było takich żołnierzy jak oni, szukających dziewcząt, z którymi spędzą ten czas. Na potańcówki USO* przychodziło ich tylu, że na każdą dziewczynę przypadało około dziesięciu, więc Gene nie robił sobie dużych nadziei.

Tego popołudnia kręcił się ze swoim kumplem Beamisem w okolicach domu towarowego na Union Square. Szczęściarz Beamis umówił się z dziewczyną, która tu pracowała, i właśnie na nią czekał.

Gdy stali tam i gawędzili, ktoś wyszedł przez szklane drzwi obrotowe i w tej krótkiej chwili Gene dostrzegł dziewczynę stojącą za ladą perfumerii.

– To na razie, Beamis – powiedział i poszedł kupić perfumy dla matki.

W ciągu kilku następnych tygodni najpierw jego mama, potem ciocia Ida i ciocia Elner, a nawet kuzynka Norma – każda dostała pięknie zapakowany flakonik perfum z domu towarowego I. Magnin w San Francisco. Odwiedzanie perfumerii

---

* USO – United Service Organizations, organizacja wspierająca żołnierzy amerykańskich walczących za granicą i ich rodziny.

181

trwało dość długo, ale w końcu umówił się z tą dziewczyną. Miała na imię Marion.

Na pierwszej randce chciał zrobić na niej wrażenie, zabrał ją więc na kolację i tańce do ekskluzywnego klubu nocnego Top of the Mark, z którego rozciągał się widok na całe miasto. On był w granatowym mundurze, a ona w lawendowej sukience i z białą gardenią we włosach. Każdy, kto tego dnia widział tę parę siedzącą przy małym okrągłym stoliku przy oknie, od razu mógł poznać, że ten młodzieniec jest zakochany.

San Francisco

Kochani Rodzice! Kiedy dostaniecie ten list, będę już na morzu. Bardzo Was przepraszam, że nie było czasu, żebyście przyjechali na mój ślub. To była tylko szybka cywilna uroczystość. Ale nie martwcie się, kiedy wrócę, przyjedziemy do domu i zrobimy to porządnie. Już się nie mogę doczekać, kiedy poznacie Marion. Nie uwierzycie, jaka jest piękna. Przepraszam też, że nie napisałem wcześniej, ale w ostatnich dwóch tygodniach byłem bardzo zajęty, bo musiałem zadbać o to, żeby Marion dostawała rządowy zasiłek jako moja żona itd. Hu! Życie naprawdę się zmienia, kiedy człowiek się żeni. Jestem tak szczęśliwy, że aż nie mogę w to uwierzyć.

*Wyrazy miłości
od przepełnionego miłością syna*

PS Przekażcie cioci Elner podziękowania za konfitury.

Wojna

W drugiej połowie 1943 roku wojna nabierała rozpędu. Bess Goodnight przejęła obowiązki pracownika, który poszedł do wojska, i teraz prowadziła punkt Western Union.

Armia potrzebowała wszystkich mężczyzn, jacy tylko byli zdolni do służby. Nawet trzydziestodwuletni Snooky Pickens, operator kinematografu z bardzo słabym wzrokiem, otrzymał wezwanie i nakaz stawienia się w obozie szkoleniowym w ciągu dwóch tygodni. W ekspresowym tempie przygotował Jamesa Whootena do pracy w kinie, ale kiedy ten po przeszkoleniu obsługiwał projektor, obraz zamiast na ekran czasem trafiał na ścianę.

Tego lata odwołano potańcówki nad jeziorem, bo poza Lesterem Shingle'em i kilkoma starcami w mieście nie było już mężczyzn, z którymi można by tańczyć.

Codziennie około dziesiątej rano w oknie biura Western Union umieszczano nazwiska chłopców z Missouri poległych w walce. Bud Eggstrom, który brał udział w pierwszej wojnie światowej, miał syna gdzieś na Pacyfiku. Każdego dnia szedł do centrum, żeby, wstrzymując oddech, przeczytać tę listę, podobnie jak inni, których synowie pełnili służbę wojskową. Kiedy nazwisko Billy'ego Eggstroma nie pojawiało się na liście poległych ani zaginionych, Bud wstępował do kościoła, by za to podziękować.

W 1944 roku już całe Hollywood włączyło się do wojny. Nawet postaci z kreskówek, Królik Bugs i Kaczor Duffy, przypominały widzom, by nie marnowali cennej benzyny, tak potrzebnej wojsku. Niektórzy gwiazdorzy filmowi, jak Jimmy Stewart i Henry Fonda, zaciągnęli się do wojska, a inni jeździli z występami dla żołnierzy. Wielkie gwiazdy Hollywood zaczęły podróżować po kraju i sprzedawać obligacje wojenne.

W maju 1944 roku słynna aktorka filmowa pochodząca z Missouri, Ginger Rogers, w tym celu ruszyła w trasę po Środkowym Zachodzie. Kiedy rozeszła się wieść, że zatrzyma się w Elmwood Springs, mieszkańcy oszaleli z radości. Pan Warren i kilku mężczyzn ustawili na tę okazję podium przed kinem.

W dniu, w którym panna Rogers miała się pojawić, wszyscy z okolicy zgromadzili się w centrum. Napięcie w tłumie było nie do wytrzymania.

Przybyła około piętnastej. Wyglądała tak samo jak w filmach, a nawet ładniej. Ludzie piszczeli i wiwatowali, a szkolna orkiestra grała *Hooray for Hollywood*. Burmistrz Ted Nordstrom z dumą wręczył jej klucz do miasta. Zaraz po oficjalnym powitaniu Stepowniczki pod opieką Dixie Cahill wybiegły z kina wprost na scenę, żeby wykonać specjalny numer do melodii *Isn't It a Lovely Day*.

Trzynastoletnia Norma Jenkins bardzo przeżywała każdy występ. Tym razem wyjątkowo się denerwowała, bo Ginger Rogers była jej ulubioną aktorką. Kiedy dziewczynka podniosła głowę i pierwszy raz w życiu zobaczyła swoją idolkę na żywo, zemdlała w połowie numeru. Przerażona Dixie Cahill podbiegła do niej i ściągnęła ją ze sceny. Ciotka Normy, Elner, powiedziała później:

„Znaleźć się tak blisko wielkości to dla niej było za dużo".

List z Japonii

1945

*Kochani! Jestem pewien, że Marion już Wam napisała
o dziecku. Zostaliście dziadkami dziewczynki, która waży
3,8 kilo i ma 56 cm długości. Nazywa się Dena Katrina
Nordstrom. Uwierzycie, że jestem ojcem? Dostaliście już jej
zdjęcie? Jest wspaniała. Na pewno zostanie Miss America
1965. To kolejna przyczyna, żeby jak najszybciej skończyć
z tym bałaganem. Wszyscy, którzy mają żony i dzieci, myślą
tak samo, a to sprawia, że walczymy jak diabły.*

Gene

PS W zeszłym tygodniu straciłem przyjaciela Beamisa.

Iwo Jima, Japonia

1945

Wciąż słychać było pojedyncze wystrzały, kiedy sanitariusz czołgał się powoli w kierunku żołnierza. Gdy do niego dotarł, szybkim ruchem zdjął łańcuszek z jego szyi, wepchnął mu metalową blaszkę w usta pomiędzy zaciśnięte zęby... i ruszył dalej.

To było okropne zajęcie. Czasami zdarzało mu się złamać komuś ząb albo rozciąć wargę, ale przy takiej liczbie ofiar, których ciała były rozerwane, jelita, mózgi, ręce, nogi wszędzie porozrzucane, można było popełnić błąd. Usuwanie zabitych i rannych z pola bitwy odbywało się w pośpiechu, przez co nieśmiertelniki spadały i gubiły się, a to powodowało pomyłki. To, co sanitariusz teraz robił, było jedynym sposobem, by wysłać odpowiednie ciało do odpowiedniego miejsca. Zbyt wiele rodzin dostało już niewłaściwych poległych.

Czołgając się do następnego, sanitariusz miał nadzieję, że żołnierz, którego właśnie zostawił, bez problemów dotrze do domu. Wyglądał na miłego chłopca. Pewnie pochodził z sympatycznej rodziny.

Elmwood Springs

Przez całą wojnę w mieście organizowano próbne alarmy połączone z zaciemnianiem okien, wybrano też sąsiedzką straż pożarną, lecz w zasadzie nikt nie wierzył, by Elmwood Springs miało zostać zaatakowane. Słyszeli o wojnie, widzieli ją w kronikach filmowych, czytali o niej w gazetach, ale to wszystko działo się gdzieś daleko i mieli poczucie, że ich nie dosięgnie.

I oto pewnej niedzieli 1945 roku piętnastoletni Macky Warren, który pracował dla Bess w biurze Western Union, wsiadł na rower i dostarczył telegram, który miał na zawsze odmienić życie jednej rodziny. Dlaczego musiało się to stać w niedzielę?

San Francisco, Kalifornia

Gdy się obudził, było ciemno i słyszał tylko głośny turkot. Po wibracjach czuł, że się przesuwa. Ale gdzie się znajdował? W szpitalu? Nadal na plaży?

Dwudziestodwuletni starszy szeregowy Gene Lordor Nordstrom leżał, usiłując zrozumieć, co się dzieje. Ostatnią rzeczą, jaką pamiętał, był strach, bieg po plaży, a potem nagle nic. Dopiero kiedy zauważył, że nieśmiertelnik ma wsunięty między zęby, zorientował się, gdzie jest. O rany... był martwy. Był martwy i jechał pociągiem do domu.

Hm, w zasadzie ta wiadomość nie była najgorsza. Wiedział, że niektórzy nigdy się stamtąd nie wydostali. Po chwili jednak wpadł w panikę. Zaraz, zaraz, przecież jestem żonaty. Mam córeczkę. Co się z nią stanie? O Boże. Mam nadzieję, że moje ubezpieczenie będzie wystarczające. Potem pomyślał o swojej żonie Marion: Oj, Marion. Za mało czasu z tobą spędziłem.

Dwa dni później, kiedy pociąg zahamował z głośnym zgrzytem, rozległ się donośny głos:

– Elmwood Springs!

Wciąż było ciemno, lecz Gene słyszał trzask otwierania wagonów towarowych i zaczął się lekko niepokoić. Hej, tu jestem! W końcu doszli do jego wagonu. Usłyszał głośny szczęk odsuwanych metalowych drzwi i nagle do wnętrza wdarł się silny blask słońca. Dwóch mężczyzn weszło do środka i podeszło do Gene'a.

– Jesteś pewien, że to ten? – zapytał jeden z nich

– Tak, masz tu na identyfikatorze: Nordstrom, Elmwood Springs, Missouri. Ale Ed mówił, żeby go nie ruszać, dopóki rodzina nie przyjedzie.

Podczas oczekiwania jeden z nich zapalił papierosa. Boże, jak ten papieros cudownie pachnie – pomyślał Gene.

– No dobra, chłopaki, wynoście go!

Nagle Gene poczuł, że go podnoszą, a potem kładą na czymś płaskim. Potem zobaczył nad sobą rodziców i ciocię Elner. Tak się ucieszył na ich widok, że miał ochotę do nich krzyknąć, ale oni szli obok niego w całkowitym milczeniu. Wieziony na platformie, myślał: Powiedzcie coś, niech ktoś się odezwie... To ja. Wróciłem. Słyszał jednak tylko odgłos kroków i skrzypienie kół. Wszyscy, których mijali, stali milcząco i nieruchomo. Mężczyźni zdejmowali czapki, a Hazel Goodnight zasłoniła usta dłonią, a potem wyciągnęła rękę i na moment położyła ją na ramieniu Gerty.

To był wojskowy pogrzeb. Gene poczuł dumę, kiedy zdjęto z jego trumny amerykańską flagę i po starannym złożeniu wręczono ją jego matce. Po chwili jednak musiał odwrócić wzrok, gdyż widok matczynej twarzy był dla niego zbyt bolesny. Widocznie znowu przysnął, bo nagle poczuł, że opuszczają go do ziemi. Zaraz potem usłyszał znajomy głos:

– Dzień dobry, młodzieńcze. Witamy na Spokojnych Łąkach.

– Panna Beemer? To naprawdę pani? Pamięta mnie pani? Jestem Gene Nordstrom. Uczyła mnie pani w szóstej klasie.

– Mały Gene. Oczywiście, że pamiętam... ale co ty tu robisz?

– Zostałem zabity na wojnie.

– Och nie! No cóż, niech ci Bóg błogosławi. Twoi rodzice muszą bardzo to przeżywać.

– Tak, ma pani rację.

– Pamiętam, kiedy byłeś w szkole, powiedziałam twojej mamie... powiedziałam: „Pani Nordstrom, Gene to jeden z najmilszych chłopców, jakich uczyłam". Hm, bardzo mi przykro.

– Dziękuję pani. To miłe.

– Jak się to stało?

– Zastrzelono mnie, ale nie bolało.

– No cóż. Człowiek nie zna dnia ani godziny, prawda?

– Tak.

Gene usłyszał czyjeś chrapanie.

– Panno Beemer, kto to?

– To Eustus Percy Hendersen. Częściej udaje, że śpi. – Głośno zawołała: – Nie śpi pan, panie Hendersen?!

– Teraz już nie – odparł staruszek.

– Panie Hendersen, to jest Gene Nordstrom. Był kiedyś moim uczniem.

– Bardzo mi miło – powiedział Gene.

Pan Hendersen skinął głową.

– Co to za mundur?

– Służę w piechocie morskiej. A raczej służyłem.

– Został zabity na wojnie, panie Hendersen – wyjaśniła panna Beemer.

– Jakiej wojnie?

– Drugiej wojnie światowej.

– Drugiej? To znaczy, że była jeszcze jedna? Z kim walczymy tym razem?

– Z Niemcami i Japonią – odpowiedziała Lucille.

– Z Niemcami? – powtórzył pan Hendersen. – A niech to. Już raz daliśmy im radę. Dlaczego znowu z nimi walczymy? To znaczy... Co za wredni goście. A o kim to jeszcze mówiłaś?

– Japonia, panie Hendersen – rzekła Lucille. – Nie słyszał pan, jak wszyscy o tym rozmawialiśmy?

– Nie, ja nie słucham tych waszych pogaduszek. Japonia... hm... z tej strony nie ma się czym martwić. To kraj nie większy od przecinka.

– Owszem – wtrącił Gene – ale Japończyków jest bardzo dużo.

Lucille uznała, że trzeba zmienić temat.

– Mówiłam Gene'owi przed chwilą, że był jednym z najmilszych moich uczniów, a to dlatego, że ma takich sympatycznych rodziców. Uczyłam też jego ciocię Elner.

Pan Hendersen burknął.

– Chyba ta cała zgraja krewnych nie będzie tu przyłazić, co?

– Panie Hendersen, pozwólmy mu teraz odpocząć. Dopiero co do nas przybył.

Po upływie kilku minut Gene się odezwał:

– Panno Beemer?

– Tak?

– Wie pani, że się ożeniłem?

– Nie, nie wiedziałam. Czy to dziewczyna z Elmwood Springs? Znam ją?

– Nie, nie jest stąd. Ale spodobałaby się pani. Mam też córeczkę. Jeszcze jej nie widziałem, ale na pewno niedługo przyjdą mnie odwiedzić.

– Hm, w takim razie będziesz miał na co czekać.

– Racja.

– Spróbuj się trochę przespać. Pewnie jesteś zmęczony.

– O tak.

– Obudzę cię, jeśli ktoś do ciebie przyjdzie.

– Dziękuję. Jak już mówiłem, spodziewam się żony i córeczki, więc gdyby pani mogła...

– Nie martw się, mam czujny sen. Obiecuję. Dam ci znać, jak tylko się zjawią.

– Dziękuję.

Gene zamknął oczy, lecz zanim zasnął, zdążył jeszcze pomyśleć, że gdyby ktoś mu powiedział, że po śmierci spotka się ze swoją nauczycielką z podstawówki, za nic by nie uwierzył.

Śmierć Gene'a wstrząsnęła całym miasteczkiem. Cukiernia Nordstroma była nieczynna, flaga miejska opuszczona do połowy masztu. Gene był pierwszym chłopcem, którego miasto kiedykolwiek straciło na wojnie, i ta śmierć w jakiś sposób dotknęła niemal każdego. Wszyscy widzieli, jak dorastał. Kosił im trawniki, roznosił gazety i był rozgrywającym w drużynie futbolowej. Nawet młodsi, którzy nigdy go nie poznali, widzieli jego zdjęcie na wystawie cukierni i czuli panujący dokoła smutek. Nikt nie wiedział, jakimi słowami pocieszać Gertę i Teda. Najczęściej więc pozostawiano na ich werandzie liściki, żeby wiedzieli, że sąsiedzi o nich myślą. Elner czuła, że najlepiej będzie milczeć. Co można było powiedzieć?

Odkąd Gene wyjechał, Gerta niczego nie zmieniała w jego pokoju. Zachowała zdjęcia na ścianie, pozostawiła tę samą pościel. Zupełnie jakby liczyła na to, że jej syn lada chwila tu wejdzie.

Codziennie tam przesiadywała i oglądała wszystko, co zgromadził przez te lata. Mały metalowy samochodzik na biurku, model samolotu zawieszony pod sufitem, pudełko szklanych kulek, stare zepsute jo-jo. Wiedziała, że te przedmioty go nie przywrócą, ale przypominały jej czasy, kiedy Gene był z nimi.

Herbert Jenkins, prezes banku, odczekał kilka tygodni, aż wreszcie któregoś dnia wybrał się do swojej szwagierki, by odbyć z nią rozmowę, której wolałby uniknąć. Wiedział, że będzie bolesna dla Teda i Gerty.

Nie musiał tego robić, ale pozwolił sobie zamknąć rachunek oszczędnościowy Gene'a, który chłopiec założył jako dwunastolatek. Gene odkładał wszystkie pieniądze, jakie zarabiał latem i po szkole, i w sumie uzbierał prawie osiemset dolarów. Herbert poprosił ich oboje, żeby usiedli, a potem wręczył im czek.

– Pomyślałem, że to wam się przyda, żeby... do czegokolwiek.

Ted spojrzał na czek.

– Nie miałem pojęcia. Jesteś pewien, że to wszystko jego pieniądze? To dużo.

– O tak. Nie zapominaj, że przez te wszystkie lata naliczane były jeszcze odsetki.

Gerta popatrzyła na męża i powiedziała:

– Te pieniądze powinny trafić do Marion. Damy jej to, kiedy tu przyjedzie.

– Ma tutaj przyjechać?

– Tak, jak tylko dziecko będzie na tyle duże, żeby mogło podróżować.

– Dobrze, to powinno trochę ułatwić różne sprawy finansowe.

– Hm... naprawdę jesteśmy ci wdzięczni, Herbercie, że przyszedłeś.

– Oj, nie ma za co. Gdybyście czegoś potrzebowali, dzwońcie do nas. Ida przesyła pozdrowienia.

Nie poinformował ich o tym, że on i Ida wpłacili na ten rachunek dodatkowe dwieście dolarów. Mało kto wiedział, że Ida, mimo całego tego wywyższania się, potrafiła czasem okazać ludzką twarz.

Powitanie

Gdy Gene Nordstrom ponownie się obudził, Lucille Beemer radośnie go powitała:

– Dzień dobry. Jak się czujesz? Bardziej wypoczęty?

– Tak, proszę pani.

– Hm... jest tu parę osób, które chciałyby się z tobą przywitać.

– O?

– Tak. Proszę, Lordorze.

– Witaj, Gene. Jestem twoim dziadkiem. Nie mieliśmy okazji się poznać, bo zmarłem, zanim się urodziłeś. No, ale teraz witaj w domu, synu.

Gene był zaskoczony.

– Och, yyy... Dzień dobry. Miło mi. Grałem dziadka w przedstawieniu na Dzień Założyciela.

– Panna Beemer mi o tym mówiła. Podobno dobrze ci poszło.

– Słyszałem o dziadku dużo dobrego od taty... i od mamy też. Mówiła, że był dziadek bardzo miłym człowiekiem. Wciąż mają zdjęcie dziadka w salonie.

– Naprawdę? Które? – zapytał Lordor.

– Nie wiem. W ciemnym garniturze... i meloniku?

Nagle rozległ się śmiech kobiety.

– Dobrze pamiętam to zdjęcie. Dzień dobry, Gene, jestem twoją babcią.

– Babcia Katrina?

– Tak.

– Naprawdę? Nie wierzę. Nigdy bym nie przypuszczał, że się kiedyś poznamy.

– Domyślam się. Czy to nie wspaniałe?

– Tak. Hm, babciu... czy mogę o coś zapytać? To mi nigdy nie dawało spokoju.

– Proszę, pytaj.

– Czy naprawdę była babcia narzeczoną na zamówienie pocztowe? Czy tata to zmyślił?

– To najprawdziwsza prawda.

– Babcia mówi prawdę, Gene – potwierdził Lordor.

– Rany... jak to było?

– No cóż, w tamtych czasach musieliśmy odbywać zaloty listownie. A jak zobaczyłem zdjęcie twojej babci, od razu się zakochałem.

– Rozumiem. Zresztą nie dziwię się. Widziałem to zdjęcie, była babcia prawdziwą pięknością. A jak się babci podobało zdjęcie dziadka?

– Uznałam, że wygląda bardzo schludnie.

– I tak od razu wzięliście ślub?

– Nie, trochę to trwało – odpowiedział mu Lordor.   Musieliśmy się lepiej poznać.

– Za długo – dorzuciła Katrina ze śmiechem.

Przez resztę dnia Gene witał się z innymi krewnymi. Jego rozmówcy na ogół byli od niego starsi, tak jak jego dawny trener futbolu.

– Witaj, chłopcze. Tu trener Cready.

– Trener? Nie wiedziałem, że pan tu jest. Nikt mi nie powiedział...

– No cóż, stare serducho ni stąd, ni zowąd wysiadło. Znienacka, rok temu.

– Tak mi przykro, trenerze.

– Dzięki. Ale słuchaj, chłopcze: jestem z ciebie naprawdę dumny. Piechota morska, no, no. Semper fidelis. Byłem przy pożegnaniu, gdy wsiadałeś do autobusu, by wyruszyć do Quantico na szkolenie.

– Tak, pamiętam.

– I jak było? Ciężko?

– Tak jest.

– Ale dałeś radę.

– Tak jest.

– Poległeś w walce?

– Tak jest.

– Porządny chłop. No więc, Gene... jak myślisz? Według ciebie wygramy?

– Tak jest. Wiem, że tak będzie.

– To się nazywa duch zwycięstwa. – Po tych słowach trener z dumą ogłosił: – Słuchajcie wszyscy! Ten chłopiec był najlepszym rozgrywającym, jakiego miało Elmwood Springs, a potem był też diablo dobrym żołnierzem.

Gene był oszołomiony tym, że tylu ludzi go pamiętało i że poznał swoich dziadków. Słyszał o nich wiele opowieści, ale nigdy nie przyszło mu do głowy, że kiedyś ich spotka. Kto by przypuszczał? Jeszcze jedna rzecz go zaskoczyła – nikt mu nigdy nie powiedział, że jego dziadkowie mówili ze szwedzkim akcentem.

Kiedy już układali się do snu, Lucille Beemer powiedziała:

– Czy to nie wspaniałe? Tylu ludzi ucieszyło się na twój widok.

– Tak, proszę pani. Ale wciąż nie bardzo rozumiem, co się stało. To znaczy, zostałem zabity. Dlaczego nadal tu jestem? Dlaczego wszyscy tutaj jesteśmy? Przyznam, że jestem trochę skołowany.

– To normalne, skarbie. My wszyscy podzielamy podobne uczucie. Najlepiej to wyjaśnić tak, że twoje ciało jest martwe, ale ty, Gene, wciąż żyjesz. Czy to ma sens?

– Trochę... chyba.

– Kiedyś wątpiłam w takie wytłumaczenie – powiedziała Lucille – ale to już przeszłość. Nikt tak naprawdę nie wie, jak się tu znaleźliśmy. Dobrze, że tak się stało. Chłopcze, skoro już jesteś, muszę ci jeszcze coś powiedzieć o tym miejscu.

– Tak, proszę pani?

– Nie wiemy, dlaczego, ale niektórzy z nas po jakimś czasie znikają... dość nieoczekiwanie.

– Jak to?

– W jednej chwili tu są, a zaraz potem ich nie ma. Jakby się rozpływali w powietrzu... i nigdy nie wracają. W każdym razie jak dotąd nikt nie wrócił.

– Dziwne... – powiedział Gene.

– Nie chcę cię straszyć, mówię ci to tylko po to, żebyś był przygotowany na taką ewentualność. Dobranoc, Gene.

– Dobranoc.

Gene był zmęczony, ale nie zasnął od razu. Informacja o tym, że niektórzy znikają ze Spokojnych Łąk, trochę go zaniepokoiła. W tej chwili nie wiedział, czy to dobra, czy zła wiadomość. Ale tak czy inaczej bycie martwym wydawało się dużo ciekawsze, niż przypuszczał.

Dziecko

Kilka miesięcy później Marion, żona Gene'a, wsiadła wraz z dzieckiem w San Francisco do pociągu jadącego do Elmwood Springs, Missouri. Nareszcie przybywały.

Gerta, Ted, Elner, Ida z córką Normą mieli wchodzić w skład komitetu powitalnego. Wszyscy widzieli fotografie, ale już się nie mogli doczekać, kiedy poznają żonę i córkę Gene'a.

Chociaż Ida Jenkins nie była dla Marion bliską rodziną, skorzystała z okazji, aby kupić nowe stroje dla siebie i dla Normy. Powiedziała do męża:

„To ważne, żeby zrobić na niej dobre wrażenie. W końcu jest z San Francisco. Modlę się tylko, żeby Elner nie zjawiła się w tej starej bawełnianej sukience i sznurowanych butach".

Elner, oczywiście, ubrała się tak, jak przewidziała jej siostra.

Po długiej podróży z dwiema przesiadkami żona i córka Gene'a wreszcie dojechały. Pierwsze słowa, jakie wypowiedziała Elner na widok dziecka, brzmiały:

„Spójrzcie na te niebieskie oczka i jasne włoski. Wykapany Gene!".

Marion była tak ładna, jak Gene ją opisał, i niemal tak samo nieśmiała. Przez całą drogę do domu prawie się nie odzywała, uśmiechała się tylko, kiedy wszyscy po kolei chcieli potrzymać małą na rękach. Znała rodzinę Gene'a z jego opisów i nie mogła się nadziwić, jak trafnie ich przedstawił. Wszyscy byli tak mili i życzliwi, jak mówił. Opowiadał jej też o ciotce Idzie Jenkins. Wtedy Marion myślała, że Gene żartuje, ale jak się okazało, mówił poważnie. Idzie przez całą drogę usta się nie zamykały.

W niedzielę wszyscy wybrali się na Spokojne Łąki, żeby pokazać Marion, gdzie leży jej mąż. Elner szła przodem i kiedy dotarli do grobu Gene'a, powiedziała:

– To tutaj. – Po chwili dodała: – Przyszły do ciebie żona i córka... przyjechały aż z San Francisco, żeby cię odwiedzić!

Gene słyszał ją bardzo wyraźnie. Spojrzał w górę i pierwszy raz zobaczył swoje dziecko.

Jedenastomiesięczna Dena Katrina Nordstrom była za mała, by to rozumieć, ale kiedy Gerta i Ted spacerowali z nią po miasteczku, mieszkańcy czuli się lepiej, wiedząc, że jakaś część Gene'a wciąż jest wśród nich. Wkrótce cukiernia znowu zaczęła działać.

Sierpień 1945

Na Spokojnych Łąkach słychać było, że w miasteczku dzieje się coś niezwykłego – dźwięczą klaksony, dzwonią dzwony kościoła – lecz nikt nie wiedział, co jest tego przyczyną. Potem wszystko ucichło i na cmentarzu znowu zaczęto się martwić wojną. Tak się jednak złożyło, że już kilka dni po zwycięstwie nad Japonią dołączył do nich pan Albert Snavely, któremu pękł wyrostek robaczkowy. Kiedy przekazał im najświeższe wiadomości, wszyscy oniemieli.

– Co takiego? – niosło się echem.

– Bomba atomowa... największa bomba, jaką kiedykolwiek zbudowano. Niemcy się poddali, ale Japończycy walczyli nadal, więc zrzuciliśmy na nich bombę. Ciągle nie chcieli się poddać, no to Harry Truman mówi: „Ach tak? Trzeba coś z tym zrobić". I zrzucił jeszcze jedną... i bach... od razu akt kapitulacji podpisany, opieczętowany, wszystko jak trzeba.

– Czyli wojna się skończyła? Wygraliśmy?

– Tak!

Wszyscy na Spokojnych Łąkach odetchnęli z ulgą.

Po chwili Katrina zapytała:

– I chłopcy wracają do domu?

– Lada dzień.

– A co z Adą Goodnight? – zapytał ktoś. – Jeszcze lata na samolotach?

– Już wróciła i sprowadziła ze sobą męża.

– Naprawdę? O rany...

– Hej, Gene! – krzyknął trener Cready. – Miałeś rację! Wygraliśmy. Na Boga, wygraliśmy!

Kilka tygodni później Gene Nordstrom miał gościa. Poznali się z Cooterem T. Calvertem w piątej klasie, kiedy rodzice Cootera sprowadzili się do miasta. I oto teraz wysoki, szczupły dwudziestodwuletni Cooter, jeszcze w żołnierskim mundurze, przyszedł go odwiedzić.

Podszedł do grobu, postał chwilę, a potem kucnął, zsunął czapkę na tył głowy i powiedział:

– Cześć, brachu. Właśnie wróciłem i dowiedziałem się od twojej mamy, że jesteś tutaj. Niech to, Gene... z nas wszystkich... dlaczego akurat ty? Najlepszy z najlepszych. Wszyscy tutaj nie mogą się otrząsnąć. Twoja mama cały czas trzyma na wystawie sklepu twoje zdjęcie ze złotą gwiazdą. W każdym razie... chciałem ci podziękować za to, że byłeś takim dobrym kumplem. A niech to, cały czas do mnie nie dociera, że cię już nie ma. Psiakrew... to powinienem być ja. Ze mnie taka niedojda. Ale ty... myśleliśmy, że wrócisz z wojny i... jakoś... gdyby nie to, że przez te wszystkie lata pozwalałeś mi się za sobą włóczyć i wyciągałeś mnie z kłopotów, to nie wiem... ale powiem ci coś, Gene, teraz się postaram. Jestem ci to winien. Spędzę życie jak najlepiej potrafię... dla ciebie. Twój tata mówi, że dostaniesz medal... co ty na to, brachu? Słyszałem, że się ożeniłeś i że twoja żona jest bardzo ładna. Ty zawsze przyciągałeś te najładniejsze dziewczyny. No... nie wiem, co jeszcze powiedzieć. Tylko tyle, żebyś się nie martwił o swoją rodzinę. Zajmę się nimi. – Westchnął i pokręcił głową. – Niech cię, Gene, mam tylko nadzieję, że ta wojna była tego warta.

Ty... spośród wszystkich facetów na świecie... dlaczego akurat ty? Potem Cooter, myśląc, że nikt go nie widzi, rozkleił się i zaszlochał jak małe dziecko.

Kiedy Cooter odszedł, Gene myślał o tym, co od niego usłyszał. Czy ta wojna była tego warta? – zastanawiał się. Gdyby miał zrobić to jeszcze raz, czy postąpiłby tak samo? Co tu dużo mówić: bardzo by chciał dostać więcej czasu. Mieć szansę się sprawdzić jako mąż i ojciec. Żałował jak diabli, że został zabity, ale czy zrobiłby to jeszcze raz? Odpowiedź brzmiała: tak. Nie był historykiem ani filozofem, ale wiedział, że na świecie musi być przynajmniej kilka wolnych krajów, bo inaczej życie nie miałoby sensu. Zaskoczyła go jednak wiadomość o medalu. Był ciekawy, co to za medal i czy zasługuje na takie wyróżnienie. Nie przypominał sobie, żeby dokonał jakiegoś bohaterskiego czynu.

Dobre wiadomości

1946

Mleczarnia Słodka Koniczyna podczas wojny prawie potroiła swoją produkcję i teraz była największym producentem mleka w okolicy. Ander Swensen posiadał trzydzieści osiem ciężarówek dostawczych i zatrudniał ponad sto osób, a zakład wciąż się rozrastał. Swensenowie kupili piętrowy dom z cegły i nowy samochód. Mieli teraz wszystko, o czym para może marzyć, z wyjątkiem dziecka.

Pod koniec września Elner Shimfissle była właśnie w kuchni i myła fasolkę pod bieżącą wodą, kiedy zadzwonił telefon.
– Halo.
– Elner, obierasz ziemniaki? – W słuchawce odezwał się głos Beatrice.
– Nie, właśnie opłukiwałam fasolkę. A co?
– Pamiętasz ten sen, który kiedyś miałaś?
Elner musiała się chwilę zastanowić. Zaraz jednak sobie przypomniała.
– O nie, Beatrice... mówisz poważnie?!
– Tak. Właśnie wróciłam od lekarza.
Elner tak się ucieszyła z tej wiadomości, że odtańczyła wariacki taniec wokół kuchennego stołu.
Beatrice i Ander dawno już stracili nadzieję, że doczekają się potomka, kiedy więc nagle lekarz poinformował Beatrice,

że w wieku trzydziestu sześciu lat zaszła w ciążę, radość rodziców nie miała granic.

Tydzień później szczęśliwa para poleciała do Chicago do domu towarowego Marshalla Fielda, żeby zaopatrzyć się we wszystko, co będzie potrzebne maleństwu. Kupili najmodniejsze ubranka dziecięce, wiklinowy wózek, łóżeczko marki Mother Goose i niemal całkowicie wyczyścili dział z zabawkami. Cały personel miał wielką frajdę, obsługując tę szczęśliwą parę, która najwyraźniej przyjechała z małego miasteczka. Ander częstował sprzedawców cygarami, a sprzedawczyniom rozdawał szpilki do włosów z „bukietem róż". Wszystko kupili w dwóch wersjach, różowej i niebieskiej. To dziecko miało być kochane i rozpieszczane jak książę albo księżniczka. Jeszcze nie znali płci. To nie było ważne. Wiedzieli tylko, że zostaną rodzicami.

Tego samego dnia w Chicago w budynku czynszowym o rozpadających się drewnianych schodach inna kobieta oczekująca dziecka – tym razem szóstego – zastanawiała się nad przyszłością swojej rodziny. Jej myśli wypełniała nie radość, lecz rozpacz.

Była bardzo zmęczona. Nie mogła jednak zapobiec przychodzeniu dzieci na świat rok po roku. W dodatku kaznodzieja twierdził, że choćby myślenie o tym to grzech. Stojąc i spoglądając na pościel i pieluchy rozwieszone na sznurze, rozciągniętym między budynkami, nagle skrzywiła się z bólu. To będzie chłopak. Poznawała to po tym, jak kopał. Miał się urodzić dopiero za miesiąc, ale już przypominał ojca. Pomyślała, że będzie taki jak inni mężczyźni: wiecznie głodny i zły, szukający okazji, żeby kogoś uderzyć.

Na świecie miało się pojawić dwoje różnych dzieci. Dwa różne istnienia. Prawdopodobieństwo, że ich drogi kiedykolwiek się przetną, było bliskie zera.

To dziewczynka!

Po trudach porodu długo oczekiwane dziecko Swensenów wreszcie przyszło na świat. Była to piękna brązowooka dziewczynka, której rodzice nadali imię Hanna Marie. Ander i Beatrice nie posiadali się ze szczęścia. Wszyscy pracownicy mleczarni dostali z tej okazji po pięćdziesiąt dolarów premii, zaplanowano też huczną imprezę.

Ktoś zauważył: „Można by pomyśleć, że są pierwszymi ludźmi na świecie, którym urodziło się dziecko". Każdy mieszkaniec miasta otrzymał różowe zaproszenie z białą wstążką:

Przyjdź przywitać
PANNĘ HANNĘ MARIE SWENSEN
we wtorek po południu, 14.00–17.00

Rok później do wszystkich dzieci w miasteczku trafiły różowe kartki o treści:

Serdecznie zapraszamy na uroczystość z okazji
pierwszych urodzin
PANNY HANNY MARIE SWENSEN
Będą uciechy, rozrywki i tyle lodów, ile dasz radę zjeść!

Przyszły wszystkie dzieci. Nie interesowała ich solenizantka, tylko lody, którymi można się było raczyć do woli. A ich rodzice z przyjemnością je przyprowadzili. Wszyscy lubili Swensenów i chętnie odwiedzali ich dom. Był pięknie urządzony meblami ze sklepu i miał wspaniałe schody prowadzące na piętro. Ida Jenkins chodziła z pokoju do pokoju i wołała: „Na Boga, Beatrice i ja mamy identyczny gust!". Kiedy wróciła do domu, zapytała męża, dlaczego oni nie mają tak wspaniałych schodów jak Swensenowie.

– Bo nasz dom jest parterowy – odpowiedział Herbert.

– Nie moglibyśmy dobudować piętra?

– Moglibyśmy, gdybyśmy byli krezusami. To, że pracuję w banku, nie znaczy, że mam pieniądze.

– Przecież jesteś prezesem. Nie możesz przyznać sobie pożyczki?

Herbert westchnął. Kochał żonę, ale rozmowa z nią o finansach nie miała sensu.

Zanim Hanna Marie ukończyła roczek, jej uśmiechnięta buzia znajdowała się na wszystkich ciężarówkach rozwożących mleko Swensenów. Mieszkańcy oczekiwali zaproszenia na jej drugie urodziny, lecz na próżno.

Pierwszymi, którzy zauważyli coś dziwnego, byli ludzie spoza rodziny. Niektórzy nawet o tym plotkowali. Nie potrafili tego dokładnie określić, ale czuli, że Hanna Marie różni się od innych dzieci w jej wieku.

Jej rodzice z początku starali się tego nie zauważać, udawali, że wszystko jest w porządku, ale po jakimś czasie stało się to wyraźnie widoczne. Z ich córeczką coś było nie tak.

Klinika Mayo

Oczywiście, spodziewali się tego. Diagnoza miejscowego doktora była taka sama jak tego w klinice, ale mimo to ciężko im było tego słuchać. Specjalista w klinice Mayo siedział naprzeciwko Andera i Beatrice Swensenów.

– Wasza córka jest zupełnie głucha.

To była straszliwa wiadomość. Łudzili się jeszcze, że to tylko nieznaczne upośledzenie słuchu i da się to jakoś wyleczyć.

Ander powiedział:

– Pieniądze nie grają roli, panie doktorze. Nie ma jakiegoś sposobu... operacja albo coś?

– Nie. Przykro mi. Lekarz pokręcił przecząco głową.

Dziewczynka, widząc niepokój rodziców, pogłaskała mamę po twarzy.

– Czy nauczy się kiedyś mówić? – zapytał Ander.

– Nie. Kiedy dziecko jest głuche od urodzenia, nie zna dźwięku słów. Widzi, jak poruszają się nasze wargi, ale żyje w świecie ciszy. Proszę się jednak nie martwić. Pewnie już państwo zauważyli, jaka wasza córka jest bystra. Jej testy wypadły idealnie. Zresztą spójrzcie na nią. Jest urocza, kiedy tak się uśmiecha. Poza tym istnieje dużo szkół dla głuchoniemych. Uczą tam języka migowego, czytania z ruchu warg... po specjalnym przeszkoleniu powinna być w stanie prowadzić zupełnie normalne życie... wyjść za mąż, mieć dzieci... jak wiele innych głuchych osób.

– Naprawdę sądzi pan, że będzie mogła wyjść za mąż? – zapytała Beatrice.

– Nie widzę żadnych przeszkód – odparł doktor z uśmiechem. – Będziemy musieli poczekać i nie tracić nadziei.

Wiadomości prasowe

Kilka miesięcy po tym, jak Cooter Calvert wrócił z wojska, ożenił się, a później, z niewielką pomocą teścia, założył gazetę. Po długim namyśle nazwali ją „The Elmwood Springs News". Nie był to zbyt oryginalny tytuł, ale mieszkańcy i tak z entuzjazmem przyjęli pojawienie się lokalnej prasy i wszyscy obiecali umieszczać w niej ogłoszenia.

W dniu, w którym Cooter otworzył podwoje redakcji, przyszła do niego Ida Jenkins i powiedziała:

– Będziesz potrzebował kogoś, kto poprowadzi kolumnę towarzyską o życiu wyższych sfer, więc oto zgłaszam się do usług.

Cooter nie miał pojęcia, że w Elmwood Springs są jakieś wyższe sfery, ale przecież nie odmawiało się Idzie Jenkins. Ponadto przyniosła już napisany artykuł wraz z ilustrującym go zdjęciem.

Całe miasto o tym mówi

Ida Jenkins

Witam drogich czytelników! W tym tygodniu całe miasto mówi o wspaniałym przyjęciu wydanym przez państwa Swensenów, właścicieli naszej lokalnej mleczarni Słodka Koniczyna. Uroczystość odbyła się z okazji trzecich urodzin ich uroczej córeczki, panny Hanny Marie Swensen.

Jeśli chodzi o modę i styl, nikt nie może się równać z duetem pani i panny Swensen. Hanna Marie w różowej sukience z falbankami to idealny przykład tego, jak ubierać elegancką dziewczynkę. Matka Beatrice również wyglądała pięknie w błękitnej sukni z dzianiny, podkreślającej jej szczupłą sylwetkę. Jak zwykle na wspaniałych przyjęciach u Swensenów byli tam wszyscy, którzy liczą się w towarzystwie. Wśród gości znalazła się też Elner Shimfissle, wieloletnia przyjaciółka pani Swensen.

Dzień Pamięci Narodowej

1949

Około szóstej rano J.J. Ballantine, opiekun cmentarza, umieszczał amerykańskie flagi na wszystkich grobach weteranów. Były to małe chorągiewki, ale wiele znaczyły, zwłaszcza dla samych poległych. Uważali się za dorosłych, lecz wciąż byli na tyle młodzi, by takie wyróżnienie sprawiało im przyjemność.

Gene tego dnia obudził się wcześnie i z niepokojem wyczekiwał odwiedzin rodziny. Po położeniu słońca wnioskował, że musi być około wpół do dziesiątej. W ubiegłym roku rodzice przyprowadzili do niego Denę, jego córkę. Miał nadzieję, że i teraz ją zobaczy.

Niebawem rozległ się warkot nadjeżdżających samochodów. Gene natychmiast rozpoznał wśród nich dużego czarnego playmoutha z 1936 roku, którym od zawsze jeździł jego ojciec. Słyszał, jak auto wjeżdża na krawężnik, zatrzymuje się, potem ktoś otwiera i zatrzaskuje drzwi, i wreszcie ich zobaczył. Jak zwykle pierwsza zjawiła się mama. Ojciec na chwilę przytrzymał pozostałych, podczas gdy ona podeszła, położyła dłoń na białym krzyżu nad jego głową i powiedziała:

– Oto i moje dziecko.

Gene niemal czuł jej dotyk na swoim czole, tak jak w dzieciństwie. Tę chłodną dłoń, która łagodziła jego lęki, pomagała pokonać choroby, która jak żadna inna dawała mu poznać, że wszystko jest w porządku.

– Brakuje mi ciebie – powiedziała.

Mnie też ciebie brakuje, mamo, pomyślał.

Po niej podszedł tata. W tym roku wyglądał trochę starzej. Gene dostrzegł u niego zarysowujący się brzuszek, ale w końcu czy kogoś, kto jest właścicielem cukierni, można winić za coś takiego?

Przyszła też ciocia Elner. Niecierpliwie rozglądał się za Deną. Wiedział, że zawsze spędzała lato z dziadkami. Zaczynał się już denerwować, kiedy wreszcie ją zobaczył, jak biegnie z drugiej strony samochodu, ciągnąc za sobą kuzynkę Normę. Norma zajęta była rozmową z jakimś wysportowanym blondynem, którego Gene nie znał. Mała Dena wyrwała się jej i ruszyła w stronę grobu. Gene zdumiał się, jak bardzo urosła – od ostatniego roku na pewno kilka centymetrów – i jak bardzo była podobna do niego w tym wieku: miała takie same jasne włosy i niebieskie oczy jak on na zdjęciach z dzieciństwa. Ciocia Elner podeszła do dziewczynki od tyłu i powiedziała:

– To twój tatuś. Możesz z nim porozmawiać, jeśli chcesz.

Mała spoglądała w miejsce wskazywane przez ciocię Elner zdezorientowana.

– Dzie mam patseć?

– Nieważne. On cię i tak usłyszy.

Stała tam w milczeniu, a Gene usiłował jej pomóc.

No, śmiało – myślał. – Powiedz coś, słyszę cię, kochanie.

– Powiedz tatusiowi, jaka już jesteś duża – zachęcała ciocia Elner.

Dziewczynka spojrzała na grób, pokazała cztery palce i powiedziała:

– Mam tyle latek. – Zaraz dodała: – Mam kotka. – I po chwili: – Dlacego nie wrócis do domu?

Gene był zachwycony.

Ciocia Elner pogłaskała ją po główce.

– Wróciłby, gdyby mógł, malutka. Ale on cię kocha i codziennie cię oberwuje.

Właśnie – myślał Gene. – Powiedz jej, że chciałem wrócić.

– Dena, nie chcesz powiedzieć tatusiowi, że go kochasz?

– Tak.

– No to powiedz.

Wtedy dziewczynka pochyliła się i krzyknęła do grobu, jak najgłośniej potrafiła:

– Kocham cię, tatusiu!

Gene nie mógł się nie roześmiać. Potem usłyszał swoją mamę, jak pokrzykiwała z samochodu, żeby ktoś pomógł jej z kwiatkami i innymi rzeczami.

Katrina, która przypatrywała się im wszystkim z wielką radością, westchnęła:

– Ojej, Gene... jest taka ładna.

– Prawda? Chyba będzie wysoka.

– Tak, to widać.

Gene z przyjemnością zauważył, że kosz kwiatów, który postawili na jego grobie, był jeszcze większy niż w ubiegłym roku. W każdym razie nie był mniejszy. Ucieszyło go to, bo bał się jedynie tego, że zostanie zapomniany.

Dopiero po chwili zwrócił uwagę na swoją kuzynkę Normę i dostrzegł, jaka piękna dziewczyna z niej wyrosła. Zaraz też rozpoznał chłopaka, który jej towarzyszył. To był Macky Warren, syn właściciela sklepu z narzędziami, teraz już całkiem dorosły. Gene uczył go pływać, kiedy Macky był jeszcze mały i tak chudy, że ledwie trzymały się na nim spodenki kąpielowe. Po zachwyconym spojrzeniu, jakim Norma wpatrywała się w chłopaka, łatwo było się domyślić, że to jej „kawaler".

Gene zdrzemnął się na kilka minut w ciepłym słońcu, ale obudził się, słysząc dźwięk otwieranego bagażnika. Zobaczył nad sobą ojca, który z kocem w ręku rozglądał się za wygodnym miejscem, by w końcu usadowić się tam, gdzie zawsze, po prawej stronie grobu.

Gene'owi bardzo to odpowiadało. Wiatr wiał w jego stronę, przynosząc zapach jedzenia wydobywający się z otwartych koszy piknikowych. Najpierw sałatka ziemniaczana... smaczna, cierpka, chleb i ogórki, oliwki, gorąca świeża kukurydza w kolbach. A potem... och, co za zapach. Wystarczyło uchylić lnianą szmatkę, żeby łagodny wietrzyk przywiał znajomą woń pieczonego kurczaka ze złocistą skórką i... co to takiego? Och, świeże maślane bułeczki cioci Elner. Ktoś właśnie teraz smarował jedną z nich masłem. Po chwili rozległ się odgłos otwieranego słoika z konfiturami figowymi cioci Elner.

Z zadowoleniem zauważył, że jego rodzina jest bardziej rozmowna niż poprzednio. Pierwsze dwa czy trzy lata zachowywali się bardzo cicho. Tym razem jednak było inaczej i słuchanie ich sprawiało mu radość. Dowiedział się, że Tot Whooten znowu wyrzuciła męża z domu, a jego ciocia Ida, matka Normy, była w St. Louis na zjeździe jakiegoś klubu ogrodniczego. Zdaniem Elner wciąż zadzierała nosa. Gene uśmiechnął się na te słowa – pewne rzeczy nigdy się nie zmieniają.

Po skończonym posiłku ciocia Elner wstała i wylała resztkę mrożonej herbaty na jego stopy, a on zachichotał, kiedy zimny płyn schłodził ziemię. Czyżby naprawdę to poczuł? Czy tylko sobie wyobraził? Tak czy owak, było to przyjemne uczucie. Potem uprzątnęli koc i Gene znowu usłyszał otwieranie i zamykanie bagażnika. To był znak, że szykują się do odjazdu. Przykro było się z nimi rozstawać, ale słońce już chyliło się ku zachodowi i Gene wiedział, że o tej porze zaczynały kąsać komary i Dena powinna wracać do domu. Na pewno była już zmęczona, bo tego dnia miała sporo wrażeń.

Gdy wszyscy wsiedli do samochodu, jak co roku czekali jeszcze chwilę, podczas gdy ojciec Gene'a wrócił samotnie do grobu, zdjął kapelusz, stanął nieruchomo i zasalutował. Słysząc, jak samochód odjeżdża, Gene krzyknął za nimi:

– Do zobaczenia! Nie zapominajcie o mnie!

O zachodzie słońca zjawili się przedstawiciele VFW* i skaut Bobby Smith zagrał apel poległych, gdy opuszczano flagę na maszcie. Potem wszyscy odjechali i na cmentarzu znowu zapanowała cisza. Świetliki zaczęły już migotać i na niebo wypłynął sierp księżyca, kiedy pan Hendersen, który przez cały dzień milczał, skomentował:

– Hej, żołnierzu, twój staruszek trochę przytył.

Gene się uśmiechnął.

– Racja, dorobił się brzuszka. – Pomyślał, że gdyby dożył wieku, w którym teraz był jego tata, wyglądałby bardzo podobnie, i ta myśl nawet mu się spodobała. Wtedy pani Lindquist zawołała:

– Gene, przysięgam, że Gerta i Elner wyglądają tak samo jak w dniu mojej śmierci, wciąż są tak samo pulchniutkie i słodkie!

Mary Childress zaś stwierdziła:

– Wszystkie kobiety z rodziny Knottów są dobrze zbudowane, z wyjątkiem Idy, ale ona się głodzi.

---

* VFW – Veterans of Foreign Wars, organizacja zrzeszająca amerykańskich weteranów wojennych.

217

Po chwili odezwał się dziadek Gene'a:

– Miło było zobaczyć, że wszyscy tak dobrze się trzymają, prawda, synu?

– Tak, to prawda.

– Ogólnie to był naprawdę przyjemny dzień – podsumowała Lucille.

Kawaler

Macky Warren i Norma byli parą od czasów szkolnych. On nigdy nawet nie spojrzał na inną dziewczynę. Kiedy jednak wrócił do domu po tej uroczystości na cmentarzu spędzonej z jej rodziną, jedno pytanie nie dawało mu spokoju. Czy on i Norma powinni się pobrać już teraz, czy jeszcze poczekać? Oboje chcieli wziąć ślub, lecz jakimś sposobem ta wspólna wyprawa z Nordstromami na cmentarz w tym szczególnym dniu wzbudziła w nim wątpliwości. Mimo że to on cztery lata temu dostarczył telegram o śmierci Gene'a, wciąż nie mógł uwierzyć, że Gene Nordstrom naprawdę nie żyje.

Gene był jego bohaterem z dzieciństwa, podobnie jak dla wielu innych chłopców w miasteczku. Chcieli w przyszłości być tacy jak on: grać w bejsbol, koszykówkę i futbol, być ratownikami na basenie.

Nie tylko dla chłopców był idolem. Wszystkie dziewczęta całymi dniami kręciły się w pobliżu basenu, wpatrzone w niego, chichoczące, gdy się z nimi witał, ale Gene zdawał się nie dostrzegać, że jest obiektem tylu westchnień. Ostatnim razem Macky widział go na przystanku autobusowym, kiedy mieszkańcy żegnali wyruszających na wojnę. Gene był wtedy pełen energii, pełen życia. Teraz pozostała po nim tylko fotografia na wystawie w cukierni.

Śmierć Gene'a poważnie wstrząsnęła Mackym i innymi chłopcami w jego wieku. Przedtem czuli się bezpiecznie i pewnie. Ale to, że Gene Nordstrom zginął na wojnie, wszystko zmieniło. Na filmach zawsze umierali źli, a dobrzy żyli długo i szczęśliwie. Śmierć Gene'a sprawiła, że uświadomili sobie, jak wygląda prawdziwe życie. Skoro coś takiego mogło się przydarzyć Gene'owi Nordstromowi, to nikt już nie mógł być niczego pewien.

Życie okazało się nieprzewidywalne, a śmierć tak straszliwie ostateczna. Nie było mowy o drugiej szansie. Pozostawało jak najlepiej wykorzystać to, co jest tu i teraz.

Gdyby teraz się ożenił, co straci? – rozważał. Może tak jak jego ojciec będzie chodził tylko do pracy i z powrotem i każdy urlop spędzał w jednym i tym samym miejscu. Wejście w dorosłość oznaczało podejmowanie trudnych decyzji, które miały zmienić wszystko, i to na zawsze. Nie jest w porządku, że człowiek żyje tylko raz – myślał. On potrzebował trzech albo i czterech żyć, by osiągnąć wszystko, o czym marzył: grać zawodowo w futbol, łowić ryby na wędkę na Alasce, pojechać na rok do Australii. Dla niego lato powinno być dwa razy w roku. Pracował po szkole w sklepie narzędziowym ojca, żeby zarobić na tę wyprawę. Gdyby jednak teraz się ożenił, musiałby użyć tych pieniędzy na zaliczkę za dom. Kochał Normę, ale wiedział, że ona nigdy nie zarazi się żądzą przygód i nie będzie towarzyszyła mu w podróżach. Była zbyt nerwowa, żeby oddalić się od domu.

Jeśli jednak się z nią nie ożeni, co go wtedy ominie? Może ona wyjdzie za kogoś innego? W najbliższych miesiącach Macky będzie jeszcze zmieniał decyzję w tej sprawie ponad sto razy.

Tej nocy Gene po raz ostatni rozmawiał z dziadkiem. Następnego dnia Lordor zniknął ze Spokojnych Łąk. Wszystkich bardzo to zaskoczyło. Lordor był tutaj od samego początku. Wieść rozeszła się po cmentarzu lotem błyskawicy, wzbudzając typowe pytania. Dokąd się udał? Czy wróci? Te same pytania, które zadawali sobie ich bliscy po ich śmierci, teraz padały na Spokojnych Łąkach... pytania, na które nikt nie znał odpowiedzi.

WSPANIAŁE LATA PIĘĆDZIESIĄTE

Wszystko to i jeszcze Elvis

Szczególny dzień

1950

Tego lipcowego poranka słońce jakby dokładnie wiedziało, co to za dzień, i nie mogąc się go już doczekać, przebiło się przez poranną mgłę i zalało miasto jasnym blaskiem. Miało się wrażenie, że krzyczy do wszystkich entuzjastycznie: Wstawajcie, trzeba się przygotować, czeka was zabawa!

Lucille Beemer zawołała:

– Dzień dobry wszystkim!

Dwieście trzy osoby odpowiedziały rozespane:

– Dzień dobry. Albo coś w tym rodzaju.

Pan Hendersen tylko burknął pod nosem. Zawsze reagował w ten sposób, gdy próbował być uprzejmy, a tego dnia zdawał sobie sprawę, że choćby nie wiadomo jak się starał, i tak nie uniknie kontaktów z innymi przedstawicielami rasy ludzkiej.

4 lipca miał być dniem pełnym wrażeń, a na wieczór szykowano fajerwerki. Chociaż pan Hendersen nie był młody, wciąż pamiętał obchody tego święta z czasów swojego dzieciństwa: czerwono-biało-niebieskie petardy, zimne ognie, wiatraczki, arbuzy, wyścigi, parady i lody.

Później dobiegł ich zapach grillowanych hot dogów. Gene Nordstrom zauważył:

– Zjadłbym ich cały tuzin.

Dochodziła jedenasta i odgłosy z miasteczka świadczyły o tym, że wkrótce zacznie się parada. Słychać było orkiestrę, która na parkingu stroiła instrumenty – ciche trąbienie i popiskiwanie trąbek i puzonów, delikatny stukot bębnów.

Zaraz potem zawyły syreny i klaksony, co znaczyło, że przybyli Shrinersi w swoich dziwacznych samochodzikach*.

Kilka minut później, po gwizdku kapelmistrza, orkiestra ruszyła, wykonując porywającą interpretację marsza Johna Philipa Sousy *The Stars and Stripes Forever*. Uczestnicy parady przekazywali komunikaty przez megafony, wydawali głośne rozkazy, a tłum entuzjastycznymi okrzykami witał przesuwającą się flagę i oklaskiwał jadące za nią platformy. Grupa stepujących tancerek prowadzona przez Dixie Cahill prezentowała swoje układy.

Wszyscy z przyjemnością słuchali muzyki, tylko Birdie Swensen, która grała na organach i miała słuch absolutny, szepnęła do męża:

– O Boże, nie pojmuję, jak cała orkiestra może tak fałszować. John Philip Sousa pewnie przewraca się w grobie.

Na szczęście jednak większość ludzi w mieście była zbyt rozochocona, by to zauważyć, i wszyscy z przyjemnością oglądali występ Stepowniczek. Cóż to był za widok! Dwadzieścia cztery dziewczyny w skąpych jaskrawoniebieskich strojach obszytych cekinami i w białych wysokich butach żonglowały pałeczkami, maszerując ulicą. Niejedno chłopięce, a czasem i męskie serce zabiło wtedy mocniej.

Dixie Cahill towarzyszyła swoim dziewczętom, czuwając nad wszystkim i bacząc, by żadna nie pomyliła kroku. Glenn Warren, właściciel sklepu z narzędziami, prowadził traktor

---

* Shriners – bractwo masońskie, którego członkowie tradycyjnie biorą udział w paradzie, jadąc w miniaturowych jednoosobowych samochodach.

ciągnący platformę, na której odtworzono scenę z obrazu *Waszyngton przeprawia się przez rzekę Delaware*, a jego syn Macky jako wolontariusz szedł w niewielkiej odległości za nim z kublem i łopatką, sprzątając po zwierzętach uczestniczących w paradzie, wśród których były: dwie kozy, cztery kucyki oraz krowy, świnie i owce należące do klubu 4-H, wszystkie udekorowane wstęgami w barwach flagi.

Lions Club, Rotary Club, Optimists oraz Izba Handlowa – w tym roku wszyscy oni mieli swoje platformy. Największa, pięciometrowa, należała do Izby Handlowej. Na niej z jednej strony siedziała Hazel Goodnight przebrana za Betsy Ross szyjącą amerykańską flagę, pośrodku znajdował się Wuj Sam, a po przeciwnej stronie Ida Jenkins jako Statua Wolności. Za nimi w dwóch wózkach dziecięcych jechały psy przebrane za niemowlęta.

Po paradzie wszyscy udali się na piknik na błonia przy szkole. Na Spokojnych Łąkach słychać było wesoły gwar, śmiech biegających dzieci i odgłosy piłki odbijanej o kije bejsbolowe podczas meczu. Najlepsze jednak miało dopiero nastąpić. Kiedy zrobiło się ciemno, niebo rozjaśniły gwałtowne wybuchy różowych, białych, czerwonych i zielonych świateł opadających długimi kaskadami na ziemię, gdzie gasły. I kolejne eksplozje: złoto, purpura ze złotem, srebro – co jedna, to większa i głośniejsza od poprzedniej.

Wreszcie nastąpił wielki finał. Bum! Bum! Bum! Potem potężna eksplozja na niebie wyczarowana z dziesięciu wybuchów wystrzelonych jednocześnie. A kiedy wszystkie już zbladły, jeszcze ostatni, przedstawiający amerykańską flagę. Co za widok!

Gdy widowisko dobiegło końca, było już późno. Wszyscy na wzgórzu czuli się zmęczeni i szczęśliwi, łącznie z tymi, którzy przyszli na cmentarz, by tu rozłożyć koce i oglądać fajerwerki. Rzeczywiście widok stąd nie miał sobie równych. Wśród osób, które znalazły się wtedy na wzgórzu, byli Macky i Norma. Macky jednak myślał o czymś innym niż pokaz sztucznych ogni – o czymś, co planował od wielu tygodni. Przed samym finałem wyjął coś z kieszeni i zwrócił się do Normy:

– Wyjdziesz za mnie?

Nie usłyszał odpowiedzi, bo zagłuszył ją hałas fajerwerków, ale widział jej twarz, a ta wyrażała entuzjastyczne „Tak!"

Szczęśliwe czasy

Rok 1950 był dla Elmwood Springs szczęśliwy. W sklepie narzędziowym Glenna Warrena pojawiły się telewizory Moto-
rola i Sylvania i prawie każda rodzina w mieście się w któryś
zaopatrzyła. Wszystkie dzieci oglądały program z Howdym
Doodym i Buffalo Bobem. Merle Wheeler wciągnął się w oglądanie wrestlingu ze Wspaniałym George'em, a jego żona, Verbena, zachwycała się występami Liberacego. Wszyscy uwielbiali oglądać show Wuja Miltie. Tot Whooten stwierdziła:
„Nie ma nic śmieszniejszego od mężczyzny przebranego
za kobietę".
    Prawie każde amerykańskie dziecko chciało jeść na śniada-
nie płatki zbożowe. Ktoś, kto nie jadł płatków, nie miał szans
wyrosnąć na sławnego bejsbolistę ani gwiazdę futbolu. Wszyscy zajadali się lodami na deser. A zarówno płatki śniadanio-
we, jak i lody wymagały mleka, coraz więcej mleka. To dobrze
wróżyło miejscowej mleczarni.

    Ander i Beatrice Swensen wciąż czuli się szczęśliwymi ro-
dzicami małej Hanny Marie i chcieli podzielić się tą radością
z mieszkańcami miasta. Dlatego Ander sprowadził profesjo-
nalnego architekta krajobrazu, by zaprojektował i stworzył
piękny park miejski z małym stawem pośrodku, z alejkami,

ławkami, fontanną i latarniami. Nazwał go Parkiem imienia Lordora Nordstroma, na cześć swojego przyjaciela i mentora.

Żeńska drużyna kręglarska z Elmwood Springs zakończyła sezon jako pierwsza w lidze, stając się mistrzem okręgu. W kinie założono nowiuteńką klimatyzację, dzięki czemu w upalne, duszne dni zarówno dzieci, jak i dorośli godzinami przesiadywali w chłodnej sali. Było tam tak zimno, że z ust widzów wydobywała się para, a dziewczyna sprzedająca słodycze nosiła szalik i rękawiczki. Jedna z matek narzekała, bo jej syn wrócił z kina tak zziębnięty, że miał sine wargi.

Tego lata w związku z gwałtownym wzrostem liczby widzów w kinie sprzedano mnóstwo popcornu z masłem i setki pudełek słodyczy, takich jak Sugar Babies, Raisinets, Goobers, Good & Plenty, Junior Mints.

Chociaż rodzice bardzo się o nią martwili, mała Hanna Marie zdawała się nie rozumieć, że różni się od innych dzieci i nie umie mówić. Była życzliwa wobec wszystkich. Kiedy towarzyszyła mamie podczas spacerów po mieście i wizyt u znajomych, traktowano ją niczym kochane przez wszystkich zwierzątko domowe. Wystarczyło wyciągnąć do niej ręce, a już witała się serdecznym uściskiem. Sprzedawcy częstowali ją cukierkami albo – jak w wypadku Gerty Nordstrom – ciastkami. Uwielbiali jej uśmiech. Szybko jednak stało się to problemem. Beatrice musiała prosić, by nie dawano jej więcej słodyczy. Powiedziała do Gerty: „Jak tak dalej pójdzie, przy tych wszystkich lodach, które przynosi jej Ander, zanim skończy dwanaście lat, nie będzie miała ani jednego zęba".

229

Biedna Tot

1951

Teraz w miasteczku były już cztery kościoły i kiedy ich dzwony odzywały się wszystkie naraz, na Spokojnych Łąkach traktowano to jak ucztę dla uszu. Jednak poza chwilami, gdy rozlegały się dzwony kościelne i raz na jakiś czas warkot kosiarek, na ogół na wzgórzu panowały cisza i spokój.

Zupełnie inaczej działo się w samym mieście, na First Avenue North w domu Tot Whooten 12 sierpnia po południu.

W każdej społeczności zdarza się ktoś, kto zawsze ma pod górkę. W Elmwood Springs taki los przypadł biednej Tot Whooten. Ponieważ w jej rodzinnym domu się nie przelewało, już jako szesnastolatka zaczęła zarabiać usługami fryzjerskimi, które świadczyła na własnej werandzie. Jej ojciec był pijakiem i jak to często bywa, ona sama poślubiła alkoholika. Jej mąż James Dwayne Whooten nie potrafił długo się utrzymać w żadnej pracy.

Tot nie została fryzjerką z powołania, może nawet nie miała do tego talentu. Stało się tak dlatego, że był to jedyny znany jej sposób zarabiania na życie. A teraz miała na utrzymaniu dwoje małych dzieci – Dwayne'a juniora i Darlene – a do tego męża i matkę, z którą nie wszystko było w porządku. Większość kobiet w miasteczku czesała się u niej ze współczucia. Oczywiście, potem w domu układały włosy od nowa, ale uważały za swój chrześcijański obowiązek wspomóc biedną Tot. Tot była chuda, rudowłosa i paliła za dużo, ale czy można mieć jej to za złe? Najpierw musiała znosić ojca, potem Jamesa, a teraz jeszcze jej matka zupełnie zbikowała.

Ona jednak nie skarżyła się na swój los. Była w stanie dużo znieść, ale kiedy już wybuchała, to drżyjcie narody! Ostatni taki jej wybuch opisano nawet w „The Elmwood Springs News”.

Sprzeczka rodzinna
14 sierpnia

Zastępcy szeryfa aresztowali na First Avenue North kobietę, która podczas sprzeczki rodzinnej drapała, okładała pięściami i obrzucała swojego męża butelkami po whiskey. W stronę uciekającego z domu mężczyzny poleciały też wyrwane z ziemi kwiaty i krzewy, a wreszcie betonowy ogrodowy krasnal. Gdy jej małżonek próbował odjechać, kobieta złapała się maski i została przeciągnięta kilka metrów, póki nie upadła, odnosząc obrażenia w postaci otarć na skórze. Po opuszczeniu szpitala została zatrzymana pod zarzutem napaści z bronią w ręku.

W artykule nie wymieniono żadnych nazwisk, lecz wszyscy wiedzieli, że chodzi o Tot. Jej ogród i podwórko wyglądały jak pobojowisko. Usłyszawszy przed sądem zarzuty o napaść z bronią w ręku, powiedziała do sędziego:

„Pewnie, że go napadłam. Ten skurczybyk mnie zdradzał!”.

Została wypuszczona po udzieleniu upomnienia.

Całe miasto o tym mówi
Ida Jenkins

W tym tygodniu całe miasto mówi o niedawnym ślubie panny Normy Jenkins z panem Mackym Warrenem. Gdybyście nie wiedzieli, to wyżej podpisana jest szczęśliwą matką panny młodej! Nie wiem, jak inne matki radzą sobie z presją wyboru właściwego stroju. Panna Howard z działu odzieży damskiej w domu towarowym braci Morgan okazała mi ogromną pomoc. Po kilku dniach wybrałyśmy sukienkę z koronkowym obszyciem i bladoróżowy żakiet, do tego buty, kapelusz i rękawiczki. Panna młoda wyglądała uroczo w białej satynowej sukni. Małżonkowie obecnie są w podróży poślubnej, z której wrócą w przyszłym tygodniu.

Inne tematy rozmów w tym tygodniu: Stratford-upon--Avon nie może się z nami równać. Dzięki Anderowi i Beatrice Swensenom zakupiono piękną parę łabędzi, które obecnie pływają dostojnie po stawie w naszym parku miejskim. Miejmy nadzieję, że ta para jest małżeństwem. Przyjemnie byłoby zobaczyć małe łabędziątka. Podobno młode mają szary kolor, stąd określenie „brzydkie kaczątko".

Drobne przypomnienie: trawnik przed domem świadczy o tych, którzy mieszkają wewnątrz. Co mówi twój trawnik? Czy odzwierciedla twoją osobowość? Wskazówka: przycięte krzewy i czyste zasłony w oknach to zawsze oznaka zadbanego domu.

Lester Shingle

W kwietniu 1952 roku, kiedy rozeszła się wieść o śmierci Lestera Shingle'a, co najmniej cztery kobiety w miasteczku ani trochę go nie żałowały. Nie powiedziały tego na głos, ale tak czuły. Trzy z nich poszły na pogrzeb, lecz Tot Whooten nie była typem osoby, która udawałaby smutek. Nabożeństwo odbywało się w niedzielę, kiedy jej salon był zamknięty, więc ona w tym czasie wybrała się na kręgle. Zbliżał się duży turniej drużyn kobiecych i chciała jak najlepiej się przygotować.

Poprzedni rok był kolejnym udanym rokiem dla drużyny kręglarek z Elmwood Springs. Zajęły pierwsze miejsce w mistrzostwach stanowych.

Zarówno bliźniaczki Goodnight, jak i ich młodsza siostra Irene, zwana też Irene Dobranocka, bo potrafiła wielokrotnie położyć wszystkie kręgle pierwszą kulą, były wytrawnymi kręglarkami. Jednak gdy przychodziło co do czego, wygrywały głównie dzięki Tot Whooten, którą inne drużyny nazywały Straszliwą Tot, Leworęczną Piekielnicą, z powodu jej niezwykłego talentu do tego sportu. Mimo że Tot była chuda i żylasta, używała trzynastofuntowej kuli i zawsze trafiała w obrany cel. Wśród kręglarzy ta jej zdolność stała się niemal legendą. Tot potrafiła wykonywać takie rzuty, że kula przebywała nieprawdopodobną trasę, strącając nawet najbardziej porozrzucane kręgle.

„Ten ruch podkręcania kuli wyrobiłam sobie przy nawijaniu włosów na wałki przez tyle lat" – mawiała.

Kiedy Lester Shingle obudził się na Spokojnych Łąkach i zorientował się, gdzie jest, pierwszą rzeczą, jaką powiedział do Lucille Beemer, było:

– Niech pani zgadnie, co mi się przytrafiło.

– Nie mam pojęcia – odparła.

– No, niech pani zgadnie. Jak się tu znalazłem?

– Hm, choroba? Jakaś grypa?

– Nie. Zostałem zamordowany z zimną krwią.

Lucille tak to zaskoczyło, że po raz pierwszy, odkąd sprawowała funkcję witającego, niemal odebrało jej mowę. Wprost nie mieściło jej się w głowie, że coś takiego mogło się zdarzyć w Elmwood Springs. Powiedziała jedynie:

– Ojej... przykro mi. To musiało być nieprzyjemne. – Wiedziała, że nie jest to odpowiednia reakcja, ale co można powiedzieć w takiej sytuacji?

Oczywiście, pamiętała Lestera. Zawsze miał problemy z cerą. A teraz jeszcze taka historia. Lucille zdawała sobie sprawę, że nigdy nie był zbyt lubiany... ale mimo wszystko ta wiadomość była wstrząsająca.

Miała nadzieję, że Lester więcej o tym nie wspomni. Już sama myśl o czymś takim była przerażająca, a co dopiero rozmowa o szczegółach. Ale oczywiście, kiedy zjawiła się następna osoba, pani Carrie Uptick, za sprawą chorej wątroby, Lester natychmiast zasypał ją pytaniami:

– Aresztowali już morderczynię?

– Przepraszam? – zdziwiła się pani Uptick.

– Kobietę, która mnie zamordowała.

– Ojej... nie słyszałam o żadnym aresztowaniu za morderstwo.

A niech to – pomyślał Lester. Kimkolwiek ona była, wciąż przebywała na wolności i mogła znowu kogoś zabić. Najwyraźniej ta sprawa przerastała organa ścigania w Elmwood Springs. Tymczasem morderczyni mogła opuścić stan.

Podejrzewał cztery kobiety, lecz nie wiedział, która z nich to zrobiła. Możliwe, że działały wspólnie. Każda z nich w którymś momencie groziła, że go zabije. I wszystkie cztery były wtedy w kręgielni. Widział je.

Zapomniał, że środa to wieczór kobiet, a kiedy je zobaczył, obrócił się na pięcie i ruszył ku wyjściu. Jedna z nich musiała go chyba zauważyć, bo ostatnią rzeczą, jaką pamiętał, było uderzenie w tył głowy ciężkim okrągłym przedmiotem. Zaraz potem obudził się na Spokojnych Łąkach. Nie miał najmniejszych wątpliwości. Jedna z tych kobiet zabiła go kulą do kręgli.

Wizyta na farmie

Norma i Macky byli małżeństwem niecały rok, kiedy on został powołany do wojska i wysłany do Korei. Tydzień później Norma siedziała na werandzie na farmie cioci Elner.

– Nie znoszę zmian. Chciałabym, żeby wszystko ciągle było takie samo.

– Cóż, słonko, wiele rzeczy się nie zmienia – odparła Elner. – Choćby człowiek nie wiem co robił, słońce wzejdzie rano, a wieczorem zaświecą księżyc i gwiazdy. My, ludzie, przychodzimy i odchodzimy, a natura jest wciąż taka sama. Czy nie czujesz się pewniej, wiedząc, że co roku nastanie wiosna?

– Chyba tak.

– Musisz sprawić sobie kotka, żeby ci dotrzymywał towarzystwa. To ci pozwoli zapomnieć o kłopotach.

– Ciociu, jeśli Macky zginie tak jak Gene, to naprawdę tego nie przeżyję. Ja... nie wiem, co zrobię.

– Na razie przestań się tym zamartwiać. Mały Macky nie zginie, a poza tym musisz myśleć o dziecku. Nie wolno ci mieć złych myśli. Trzeba myśleć o wesołych rzeczach, żeby dziecko nie urodziło się nerwowe. Mówiłam twojej mamie, mówiłam: „Ida... przez to, że tak się wszystkim przejmujesz, twoja Norma będzie nerwowa".

– Wiem, że za bardzo się martwię tym wszystkim.

– Oj, kochanie, zawsze byłaś nerwowym dzieckiem. Uważaj więc na to, co myślisz. Przecież nie chcesz, żeby twoje dziecko było znerwicowane, prawda?

– Nie chcę.

– Poza tym od trosk robią się zmarszczki. Popatrz na mnie. Jestem stara, a nie mam żadnych zmarszczek. Dlaczego? Bo się nie martwię.

W drodze do domu Norma uświadomiła sobie, że ostatnio coraz częściej myśli o nieżyjącym Genie Nordstromie. Jego rodzice nigdy nie przeboleli utraty syna. Przypomniało jej się, jak przyszedł na jeden z jej występów tanecznych. Była tulipanem i pomyliła kroki. Oczywiście, jej mama była zawiedziona, za to Gene po spektaklu objął ją, powiedział, że była „najładniejszym tulipanem", i w drodze do domu wsunął jej w rękę batonik czekoladowy. W wieku sześciu lat była nim tak zauroczona, że marzyła o wyjściu za niego za mąż. Gdy mu to powiedziała, roześmiał się i odparł: „Kuzyni nie mogą brać ślubu, ale poczekaj, a zobaczysz, że pojawi się jakiś chłopak i cię ukradnie. A jak nie będzie dla ciebie dobry, już ja się z nim policzę".

Żałowała, że nie dożył jej ślubu. Gdyby jej dziecko okazało się chłopcem, miało otrzymać imię Gene.

Śmierć Gene'a była ciężkim ciosem dla wszystkich. Rodzina jest jak układanka, a teraz brakowało w niej jednego dużego kawałka. To miejsce zawsze już miało pozostać puste.

Siedem miesięcy później Norma urodziła dziewczynkę, której dali na imię Linda. Maleństwo nie było nerwowe, a Macky wrócił do domu cały i zdrowy.

Całe miasto o tym mówi
Ida Jenkins

Obecnie całe miasto mówi o pięknych nowych telewizorach szafkowych, które można zobaczyć na wystawie u braci Morgan.

Z przyjemnością donoszę również, że doroczne poszukiwanie jaj wielkanocnych było w tym roku wyjątkowe ze względu na udział Wielkanocnego Króliczka, który sprawił dzieciom wielką radość.

Dziękuję wszystkim, którzy przyszli wcześniej i poukrywali jajka.

Wiele ładnych wiaderek w kropki i paski dostarczył sklep Warrenów.

Przypominam, że w przyszłym tygodniu przybywa do nas fotograf z kucykiem, nie zapomnijcie o zdjęciach swoich pociech na koniku. Ja wciąż mam zdjęcie Normy, na tym samym kucyku, jak sądzę.

Teraz, kiedy Wielkanoc już za nami, czas pomyśleć o Dniu Matki. W przyszłym tygodniu klub ogrodniczy będzie się przygotowywał do wykonania bukiecików dla naszych mam i babć w domu seniora Szczęśliwe Akry.

Nie chcę być malkontentką, ale... widziałam nowy western pod tytułem *W samo południe* z Garym Cooperem jako szeryfem i piękną Grace Kelly w roli jego wieloletniej małżonki, chociaż panna Kelly powinna grać jego córkę. Zapytam więc: kto ostatnio odpowiada za obsadę filmów hollywoodzkich? Według mnie są to starsi mężczyźni, zaślepieni pobożnymi życzeniami. Z tego powodu nie polecam tego filmu.

Przykro mi kończyć smutnym akcentem, ale w ubiegłą środę opuścił nasz padół kochany Olaf Olsen. Kondolencje dla jego żony, Helgi Olsen, i córki, Beatrice Swensen. Młodsi czytelnicy mogą go nie pamiętać, lecz tym wszystkim, którzy dorastali, widząc jego życzliwą twarz w dziale obuwniczym braci Morgan, będzie go brakowało.

Ida nie wspomniała, że Wielkanocnym Króliczkiem była jej siostra, Elner Shimfissle, przebrana we własnoręcznie uszyty strój z dużymi puchatymi uszami i stopami.

Przybywa sprzedawca obuwia

W listopadzie 1952 roku młodszy brat Katriny, Olaf Olsen, trafił na Spokojne Łąki, gdzie z wielką radością znowu spotkał się z Katriną.

– Katrino, nie poznałabyś już teraz mleczarni. Jest taka wielka.

– A co u mojej bratanicy Beatrice? Wciąż jest szczęśliwa?

– O tak. Ona i Ander świetnie sobie radzą. Mleczarnia też kwitnie. Chyba są najbogatszą rodziną w mieście. Mieszkają w dużym piętrowym domu z cegły. Wyobrażasz sobie, Katrino? Byliśmy tacy biedni, a teraz ktoś z naszej rodziny posiada największy dom w mieście z ogrzewaniem i bieżącą wodą, zimną i gorącą. Mama byłaby dumna. I nie uwierzysz... gdy przeszedłem na emeryturę, Helga chciała się przenieść na wieś i zamieszkaliśmy w waszym starym domu.

– Oj, Olafie, tak się cieszę. Bałam się, że ktoś go zburzy.

– O nie... on nigdy nie zostanie zburzony. Wiesz, jak Ander kochał ciebie i Lordora. Musiał pociągnąć za wiele sznurków, ale w końcu udało mu się wpisać budynek na listę zabytków państwowych. Powiedział, że przeżył w tym domu tyle szczęśliwych chwil, że nie mógłby go stracić.

– Jaki kochany chłopiec.

– Racja. A wiedzieliście, że macie już cioteczną wnuczkę o imieniu Hanna Marie?

– Tak, to wspaniałe.

– Tak... Smutne tylko jest to, że urodziła się głucha.

– Tak słyszałam, biedactwo.

– Ale muszę przyznać, że mimo to bardzo dobrze sobie radzi. Wiem, że to moja wnuczka, więc może nie jestem obiektywny, ale Katrino, myślę, że ta dziewczynka to prawdziwy anioł. Naprawdę. Jest w niej coś takiego, że nie można jej nie kochać.

Wtedy rozległ się głos Gene'a Nordstroma:

– Hej, wujku Olafie! Niech wujek zgadnie, kto to?

Olaf odkrzyknął:

– Nie oszukasz mnie! To mój cioteczny wnuk Gene Nordstrom, z olbrzymimi stopami...

– Tak, to ja. Cieszę się ze spotkania, wujku Olafie.

To, co Olaf mówił o Anderze, było prawdą. Ander podziwiał i szanował Lordora, od którego nauczył się wszystkiego, co wiedział o krowach. Któregoś dnia, gdy miał szesnaście lat i szedł wraz z Lordorem wydoić krowy, usłyszał od swojego mistrza:

– Anderze, zdradzę ci sekret dobrego mleczarza.

Ander nadstawił uszu.

– Co to takiego?

– Jesteś gotów?

– Tak.

– Jeśli twoje krowy będą szczęśliwe, to i ciebie uszczęśliwią.

– Aha... ale co robić, żeby były szczęśliwe?

– To jak z kobietami. Mów im codziennie, że są piękne. Patrz. – Lordor podszedł do dużej czerwonej krowy pasącej się na łące. – O, tutaj jest moja piękna Sally. Ślicznie dziś wyglądasz, kochana.

241

Krowa podniosła łeb, zamrugała i ruszyła za Lordorem do obory, wymachując ogonem. Bez dwóch zdań Lordor miał rękę do krów.

Ander nigdy tego nie zapomniał. Kiedy przejął mleczarnię, nakazał wszystkim pracownikom, by zwracali się do krów po imieniu i codziennie mówili im, że są piękne. Nawet kiedy musieli zastosować automatyczne dojarki, Ander zainwestował więcej, by były one jak najwygodniejsze dla krów. Kazał też pracownikom stać obok krowy i rozmawiać z nią podczas dojenia. To widocznie działało, bo wydajność mleczarni stale rosła.

W 1950 roku Ander wprowadził logo dla wszystkich swoich produktów. Był to kolorowy portret ładnej czerwonej krowy z długimi podkręconymi rzęsami, z białym czepkiem na głowie. Pod rysunkiem widniał napis:

SZWEDZKA KROWA SALLY MÓWI:
„TEN SMAK PRZYPOMINA STARY KRAJ"
(*Tylko najlepsze mleko i sery, dostarczane bezpośrednio do klientów, dzięki uprzejmości szczęśliwych krów z Elmwood Springs, Missouri*)

Czas iść dalej

1952

Robert Smith, farmaceuta z apteki, miał syna o imieniu Bobby. A Bobby, jak chyba wszystkie inne dzieci w mieście, uwielbiał słodycze, więc gdy tylko miał jakieś drobne, biegł do cukierni i kupował pączki, jednego z syropem klonowym i drugiego z czekoladą.

Cukiernia wróciła już do normalnego funkcjonowania, ale w domu Nordstromów pokój Gene'a wciąż wyglądał, jakby jego mieszkaniec lada moment miał wrócić. Pewnego letniego wieczora, gdy siedzieli na werandzie po kolacji, Ted powiedział:

– Wiesz, mały Bobby Smith znowu był dzisiaj w sklepie. To naprawdę urocze dziecko.

– Tak. Przypomina mi naszego Gene'a w tym wieku – odparła Gerta.

– Tak... jakoś... pomyślałem sobie, że mógłby dobrze wykorzystać starą rękawicę bejsbolową Gene'a i może piłkę do koszykówki. Zmarnują się, leżąc w szafie bezużytecznie.

W oczach Gerty pojawiły się łzy na myśl o rozdaniu rzeczy Gene'a. Ale mąż wziął ją za rękę i powiedział łagodnie:

– Już czas, kochanie... i myślę, że Gene by tego chciał.

Skinęła głową.

– Dobrze... skoro tak uważasz.

– Tak właśnie uważam.

Następnego dnia w drodze do pracy Ted wstąpił do domu Smithów z dużym kartonowym pudłem. Kiedy Dorothy Smith podeszła do drzwi, powiedział:

– Przyniosłem trochę rzeczy, które mogą się przydać Bobby'emu.

Dorothy otworzyła zewnętrzne drzwi i zawołała:

– Oj, dziękuję. Bob na pewno się ucieszy.

Bobby na widok tego pudła wpadł w zachwyt. Najpierw chwycił metalowe autko.

– Ojej, popatrz! – zawołał do mamy. – Ma opony z prawdziwej gumy!

Mijało kolejne lato i na Spokojnych Łąkach unosił się przyjemny zapach świeżo koszonej trawy. Gene Nordstrom zauważył:

„Ten zapach jest o wiele przyjemniejszy, kiedy to nie my kosimy".

Wszyscy, na wzgórzu i w dolinie, kochali lato. Na wzgórzu mogli podziwiać chmury, które wyglądały jak płynące duże kłęby białej bawełny.

W takie piękne ciepłe dni Beatrice często zabierała małą Hannę Marie w odwiedziny do Elner. Elner hodowała na podwórku duże, tłuste kury, którym dogadzała ziarnami kukurydzy i mlekiem, tak że Hanna Marie zawsze mogła oglądać małe pisklęta.

Tego dnia, gdy Beatrice i Elner siedziały na dużej werandzie na tyłach domu i przyglądały się roześmianej, biegającej po podwórku Hannie Marie, Beatrice powiedziała:

– Oj, Elner, bardzo się o nią martwię. Tutaj u ciebie jest taka szczęśliwa, ale gdy zabieramy ją do parku, tak bardzo się stara rozmawiać z innymi dziećmi i nie może. Po chwili ją zostawiają, a ona nie rozumie dlaczego. W dodatku ja nawet nie mogę jej tego wytłumaczyć.

Witaj w domu, Harry

Styczeń 1953

Dwight D. Eisenhower został właśnie zaprzysiężony na nowego prezydenta USA, a jego poprzednik Harry S. Truman wraz z żoną Bess wracał pociągiem z Waszyngtonu do Missouri.

Kilka dni później grupka kobiet z Elmwood Springs pojechała do Independence i dołączyła do półtora tysiąca wiwatujących, którzy zjawili się przed domem Trumanów przy North Delaware Street 219, by powitać byłą pierwszą parę.

Chociaż Ida była republikanką i głosowała na Thomasa E. Deweya, pojechała z nimi. Nie podobało jej się, że ludzie w Waszyngtonie nazywali Trumana wieśniakiem i wyśmiewali jego akcent z Missouri.

„To oni mają dziwny akcent" – mówiła.

Kiedy tak stała w tłumie, czekając na powrót Trumanów, myślała: „Dzięki Bogu jest styczeń i Elner włożyła długi zimowy płaszcz. Nie ma wątpliwości, co się kryje pod nim. Ale na co jej ten stary czarny kapelusz? O t e j p o r z e kapelusz!". Ślub Normy odbywał się wieczorem i Elner była wtedy jedyną kobietą bez kapelusza. Ona nigdy nie umie się ubrać stosownie do okazji – myślała Ida. Często się zastanawiała, czy łączą je więzy krwi... A może ona była adoptowana?

W futrze z lisów, z nową torebką z aligatora, w butach ze skóry węża i długich brązowych skórzanych rękawiczkach Ida była od stóp do głów odziana w szczątki martwych zwierząt i czuła się pewnie i elegancko. Ta niewolnica mody zarzuciłaby sobie na ramiona nawet kangura, gdyby to zobaczyła w „Glamour" albo „Harper's Bazaar". Beatrice natomiast, choć mogła sobie pozwolić na wszystko, w kwestii stroju pozostawała konserwatywna. Tego dnia była w prostym czarnym kostiumie z białym satynowym kołnierzykiem. W odróżnieniu od Idy nie wstydziła się też siwiejących kosmyków na skroniach.

Wreszcie długie oczekiwanie dobiegło końca. Trumanowie przybyli. Szli pośród wiwatującego tłumu w stronę ganku swojego domu, tam zatrzymali się i jeszcze chwilę machali do zebranych. Bess Truman osłoniła oczy przed błyskami fleszy, zwróciła głowę w stronę grupki z Elmwood Springs i krzyknęła:

– Czy widzę tam Elner Shimfissle?!

Elner odkrzyknęła:

– Cześć, Bess! Witamy w domu!

Bess szturchnęła Harry'ego w żebro.

– Patrz, Harry, to Elner Shimfissle.

Były prezydent spojrzał we wskazanym przez żonę kierunku i uśmiechnął się:

– Elner, miło cię widzieć.

– Ciebie też, Harry! – wrzasnęła Elner. – Witajcie z powrotem w Missouri!

Ida zaniemówiła z wrażenia. Wpatrywała się w Elner, jakby zobaczyła ją pierwszy raz w życiu. W końcu, kiedy odzyskała mowę, zapytała:

– Skąd znasz Bess i Harry'ego Trumanów?

Elner, wciąż wymachując białą chusteczką, odpowiedziała:

– Och... zatrzymali się kiedyś na naszej farmie.

– Jak to? Po co mieli przyjeżdżać na waszą farmę?

Elner spojrzała jej w oczy i odparła:

– A czemu nie?

Gdy już znalazły się w samochodzie, Ida zwróciła się do siostry nieco poirytowana:

– Dlaczego nigdy mi nie powiedziałaś, że znasz Trumanów?

Elner wzruszyła ramionami.

– Nigdy nie pytałaś.

Przez całą drogę do domu Ida siedziała nieruchomo i w milczeniu, co bardzo odpowiadało Elner. Nie powiedziała Idzie, że Harry i Bess odwiedzili ją z tego samego powodu, co wiele innych osób. Zabłądzili. Dzięki źle oznakowanemu skrętowi w stronę Joplin, Elner poznała sporo bardzo miłych osób.

Prawdę mówiąc, Elner nawet nie przypuszczała, że Trumanowie w ogóle ją pamiętają. Ich wizyta zdarzyła się dawno, jeszcze zanim Harry został prezydentem. Nie wzięła jednak pod uwagę, jak niewiele osób znanych Trumanom miało ślepego oposa o imieniu Calvin Coolidge, który siedział przy stole i jadł lody z talerza, oraz koguta o trzech łapach. Dochodziły do tego konfitury figowe, które Elner wysyłała im co roku. Harry był farmerem i w okresie trudnej służby w Białym Domu ten smakołyk przywoływał miłe wspomnienia o rodzinnych stronach.

Elner nie powiedziała też siostrze o wizycie Bonnie i Clyde'a. Ani że wskazała im drogę do banku Herberta i prosiła, żeby się na nią powołali. Na szczęście tam nie pojechali, bo inaczej nie wytłumaczyłaby się z tego do końca życia.

Niezależnie od tego, jak bardzo Ida była wściekła na Elner, jej następny artykuł brzmiał entuzjastycznie.

Całe miasto o tym mówi
Ida Jenkins

W tym tygodniu w całym mieście mówi się o niedawnym wyjeździe do Independence na powitanie wieloletnich przyjaciół naszej rodziny, byłego prezydenta Harry'ego Trumana i jego żony Bess, którzy wrócili ze służby w Waszyngtonie. Była pierwsza para usłyszała nasze podziękowania za dobrą robotę.

W swojej cotygodniowej kolumnie Ida przedstawiła to tak, jakby wszystko było w najlepszym porządku, ale wciąż czuła złość na Elner. Pożaliła się mężowi:

– Moja jedyna okazja, żeby się poobracać wśród notabli, a ona nawet nie wspomniała, że zna Trumanów. Gdybym o tym wiedziała, już po tygodniu siedziałabym w Białym Domu i popijała z nimi herbatkę.

– Jak byś to zrobiła?

– Po prostu. Znasz mnie. Pojechałabym do Waszyngtonu, zapukałabym i powiedziałabym, że jestem siostrą Elner i wpadłam się przywitać.

– Och, Ido. – Herbert się roześmiał.

– Możesz się śmiać, ale zapewniam cię, że przed wyjściem od nich załatwiłabym ci jakieś wysokie stanowisko, może w rządzie albo gdzieś w ambasadzie. Ale nie! Elner miała mi do powiedzenia tylko: „Nie pytałaś"! No i tkwimy tu, w tym Elmwood Springs, a mogliśmy zajść nie wiadomo jak daleko. Chętnie udusiłabym ją własnymi rękami.

Herbert spojrzał na żonę i potrząsnął głową z podziwem.

– Kochanie, jesteś cudowna. Szalona, ale cudowna.

Z dzieckiem do pracy

1954

Ośmioletnia Hanna Marie Swensen dwa razy w tygodniu jeździła do Springfield na naukę języka migowego. Beatrice i Ander często siedzieli na lekcjach i uczyli się wraz z nią.

Miganie było trudniejsze dla Andera, bo miał duże, pulchne dłonie, ale mimo to bardzo się starał. Ćwiczył niestrudzenie i w ósme urodziny córki powiedział do niej w świeżo opanowanym języku: „Jesteś najpiękniejszą dziewczynką na świecie". Ander nie wiedział, że błędnie wymigał: „Jesteś najpiękniejszą wiewiórką na świecie". Hanna Marie zachichotała i objęła go za szyję. Bardzo kochała swojego tatusia.

Ander dużą wagę przywiązywał do nauki młodych ludzi, podobnie jak niegdyś Lordor. Co roku latem uczył członków klubu H-4 odpowiedniego podejścia do krów i ich pielęgnacji. Wielu z nich później pracowało w jego mleczarni.

Kilka lat wcześniej Ander ustanowił „Dzień pracy z dziećmi" w pierwszy poniedziałek każdego maja. Uważał, że nawet małe dzieci powinny zobaczyć, czym zawodowo zajmują się ich rodzice, i wierzył, że w ten sposób już u najmłodszych kształtuje się szacunek do pracy i coś, co można by nazwać etyką zawodu. Poza tym użytkowym aspektem ów dzień był po prostu przyjemny. Dzieci z radością biegały po całej mleczarni, głaszcząc krowy i obserwując funkcjonowanie przedsiębiorstwa na wszystkich etapach: od dojenia przez butelkowanie

i produkowanie serów po prace biurowe, obejmujące wysta-
wianie faktur i realizację zamówień.

Hanna Marie uwielbiała tego dnia towarzyszyć ojcu. On
zaś z przyjemnością zabierał ją do różnych działów i przedstawiał pracownikom. Dziewczynka ściskała dłonie wszystkim
poznawanym osobom, a Ander pękał z dumy.

Tego roku pracująca w biurze panna Davenport, zwana
przez wszystkich „małą panną Davenport", zdumiała się, jak
Hanna Marie wyrosła. Spojrzała na Andera i powiedziała:

– Ohoho, Hanna Marie jest już niemal taka wysoka jak ja.

Pod koniec dnia odbywało się duże przyjęcie na świeżym
powietrzu. Hanna Marie i Ander pomagali rozdawać dzieciom
lody.

Co roku, gdy wracali do domu, całe ich ubrania były popla-
mione lodami, ale Beatrice nie miała o to pretensji. Wiedziała,
że ten dzień wiele znaczył dla nich obojga.

Hanna Marie nie mogła chodzić do szkoły z innymi dziećmi w miasteczku, więc Beatrice i Ander zatrudnili prywatnego
nauczyciela, który specjalizował się w pracy z głuchoniemymi.
Wkrótce dziewczynka zaczęła czytać i pisać, co sprawiało jej
wiele radości.

Kilka miesięcy później Elner zajrzała do skrzynki poczto-
wej i ze zdumieniem znalazła w niej list napisany dziecięcym,
lecz całkiem czytelnym pismem.

CIOCIA ELNER SHIMFISSLE
COTTONWOOD FARM
RURAL ROUTE 216
ELMWOOD SPRINGS, MISSOURI

Droga Ciociu Elner,

to ja, Hanna Marie, piszę do Cioci ten list. Co słychać?
U mnie wszystko dobrze. Mama i Tatuś też Ciocię
pozdrawiają. Niech Ciocia też czasem do mnie napisze.
Pan nauczyciel mówi, że bardzo dobrze czytam. A to pan
nauczyciel:

Bardzo Ciocię kocham.
Hanna Marie Swensen

Mimo że Elner nie była jej prawdziwą ciocią, Hanna Marie
szczerze darzyła ją miłością. Znała ją całe swoje życie. Często
nocowała u Elner i Willa, a oprócz tego prawie w każdą sobotę rano Norma zawoziła ją do nich na farmę wraz ze swoją
córką Lindą.

Pewnego ranka w czerwcu Norma i Elner siedziały na werandzie i popijały mrożoną herbatę, podczas gdy dziewczynki
bawiły się z małym króliczkiem. Odkąd Hanna Marie naczy-
ła się czytać i pisać, zawsze miała przy sobie notes i ołówek
i tego dnia jak zwykle z zapałem pisała kolejne z wielu pytań.
Elner spojrzała na notes i przeczytała:

„Czy to dziewczynka?".

Elner podniosła króliczka, obejrzała, podała jej go z powrotem i skinęła potakująco głową. Wtedy Hanna Marie szybko zapisała następne pytanie:

„Skąd ciocia wie?".

Elner spojrzała na Normę w poszukiwaniu pomocy.

– Ojej, Normo, nie mogę tego napisać.

Norma się roześmiała.

– Niech ciocia napisze cokolwiek, bo inaczej jej pytania nie ustaną.

Elner wzięła notes i napisała:

„Króliczki dziewczynki mają krótsze uszka".

Oczywiście, było to kłamstwo, ale widocznie zadowoliło Hannę Marie, bo kolejne pytanie brzmiało:

„Ciociu Elner, możemy pójść do małych kózek? Proszę!".

Elner odstawiła herbatę i się podniosła.

– Pewnie, kochanie. Chodź, Normo, obejrzymy kozy.

Norma pokręciła przecząco głową.

– Nie, wy idźcie, mnie kozy nie bardzo interesują. Śmierdzą. Wolę tu posiedzieć i popatrzeć z daleka.

– Dobrze, pilnuj gospodarstwa, póki nie wrócimy.

Kiedy schodziły po schodach, Norma krzyknęła:

– Lindo, trzymaj ciocię Elner za rękę!

Uśmiechnęła się, patrząc, jak Hanna Marie i Linda przejęte maszerują przez podwórze z ciocią. Pamiętała, że gdy ona była w ich wieku, czuła takie samo podniecenie, przyjeżdżając na tę farmę. Od tamtej pory w jej życiu tyle się zmieniło. Właściwie wszystko, tylko nie Elner. Ona wciąż była tą samą kochaną osobą co zawsze. Nawet wyglądała tak samo.

Całe miasto o tym mówi
Ida Jenkins

Ostatnio całe miasto mówi o różowych kuchenkach i lodówkach, które trafiły do sklepów. Co za radość! W końcu kuchnia nie musi być taką biało-czarną nudą, do jakiej wszyscy przywykliśmy.

Spore zamieszanie wywołała też informacja o planowanym nowym osiedlu przy drodze międzystanowej. Ponieważ jesteśmy tak blisko Joplin, Małżonek Herbert mówi mi, że w ciągu roku powstanie ponad siedemdziesiąt pięć domów z cegły w przystępnych cenach dla tych, którzy będą dojeżdżać do pracy do centrum. Tak wiele młodych małżeństw potrzebuje domów. Małżonek Herbert uważa, że będzie to znaczący impuls do rozwoju naszych przedmieść i szkół.

Niektórzy twierdzą, że wierzba płacząca przynosi nieszczęście. Cóż, muszę zadać temu kłam, informując, że pod jednym z tych uroczych drzew otaczających nasz staw panna Edna Bunt powiedziała „tak", gdy pan Ralph Childress poprosił ją o rękę. A tak na marginesie: czy wiedzieliście, że wierzba pochodzi z Chin? Nie zgadzamy się z ich komunistyczną polityką, ale kochamy ich drzewa.

Czy już zrobiliście świąteczne zakupy? Ja jeszcze nie. W centrum miasta wszystkie ozdoby i światła nadają głównej ulicy tak odświętny i radosny charakter, że zakupy na pewno będą przyjemnością. A jaka wspaniała muzyka rozlega się w sklepach. Czy widzieliście Rudolfa Czerwononosego na wystawie sklepu z narzędziami? Tak, tak... jego nos naprawdę świeci!

Przy okazji, gałązka albo dwie ostrokrzewu na kominku czy świątecznym stole to naprawdę piękna dekoracja... prawda?

Wybory

1956

Na zebraniu rady miejskiej w maju, kiedy dyskutowano o tym, czy miasto potrzebuje posterunku policji, Merle Wheeler trafnie zauważył:

– Chyba nie jest dobrze dla miasta, kiedy nie ma kto stać na straży prawa i porządku. To tak wygląda, jakby nam na tym nie zależało.

– Zgadzam się – dorzucił Glenn Warren. – Nie chcemy dzwonić na policję w Joplin z każdą drobną sprawą. Poza tym musimy myśleć o przyszłości. Podobno ten cały rock and roll to spisek komunistów, żeby zdeprawować naszą młodzież. Widzieliście tego Elvisa Presleya? Kto wie, co jeszcze będą wyczyniać? Musimy się przygotować.

Wniosek został poddany pod głosowanie i przyjęty.

Na tym samym zebraniu burmistrz Ted Nordstrom wystąpił z inną propozycją:

– Słuchajcie, skoro już tu jesteśmy, nie sądzicie, że czas zorganizować nowe wybory? Ja pełnię już tę funkcję od dawna, a może ktoś inny chciałby kandydować.

Szybko odezwał się Herbert Jenkins:

– To by była tylko strata czasu i pieniędzy. Ted, nikt nie wystąpi przeciwko tobie... i na miłość boską, nawet nie podsuwaj tego pomysłu mojej żonie. Już i tak nigdy nie ma jej w domu.

Cooter Calvert, właściciel i redaktor naczelny gazety, zamieścił wzmiankę o odbytym zebraniu, w której poinformował czytelników o pozytywnym wyniku głosowania w sprawie posterunku policji, lecz ani słowem nie wspomniał o możliwości wyborów burmistrza. Wiedział, że to zatajanie informacji, ale Ida Jenkins i bez tego doprowadzała wszystkich do szału swoimi idiotycznymi pomysłami, a gdyby została burmistrzem, mogłaby wyczyniać rzeczy, o których lepiej było nawet nie myśleć.

Czy to ty?

Lucille Beemer była już na Spokojnych Łąkach od kilku lat i wciąż lubiła swoje zajęcie. Przyjemnie było obserwować najróżniejsze reakcje tych, którzy tu przybywali, zwłaszcza jeżeli za życia byli ciężko chorzy, a tu nagle ból znikał i pojawiało się poczucie lekkości. W dodatku każdy dzień był wielką niewiadomą. Nie dało się przewidzieć, kto zaraz się zjawi.

Lucille Beemer jeszcze o tym nie wiedziała, ale za kilka dni sama miała przeżyć wielkie zaskoczenie.

Właśnie skończyła witać panią Koonitz. Ledwie ją wprowadziła na Spokojne Łąki, gdy pojawił się kolejny przybysz.

– Dzień dobry, witamy na Spokojnych Łąkach – powiedziała Lucille. – Bardzo nam miło pana powitać, postaramy się, żeby czuł się pan tu jak w domu. Czy mogę spytać, z kim mam przyjemność?

– Co? – zapytał mężczyzna, który wciąż był lekko zdezorientowany.

– Z kim mam przyjemność? – powtórzyła.

– Och. Jestem Gustav... Gustav Tildholme.

Gdyby Lucille nie była martwa, w tym momencie straciłaby przytomność, a tak tylko odebrało jej mowę.

Po dość długiej chwili Gustav powiedział:

– Hej, jest tam kto? Halo?!

– Gustavie, to ja, Lucille Beemer. Zapomniałeś? Byłam twoją nauczycielką. – Czekała, lecz on nie odpowiadał. Widocznie

257

jej nie pamiętał, więc mówiła dalej, próbując ukryć rozczarowanie. – Cóż, to było dawno temu. Chcę cię tylko poinformować, że znalazłeś się na Spokojnych Łąkach, bezpieczny, i jest tu wielu twoich bliskich i przyjaciół, którzy z radością się z tobą przywitają. Mam powiedzieć twojej mamie, że przybyłeś, czy wolisz najpierw odpocząć?... Gustavie?

– Czy cię pamiętam? Nigdy, ani na chwilę, o tobie nie zapomniałem. Pamiętam nawet, w co byłaś ubrana, kiedy widziałem cię ostatnim razem.

– Och. – Lucille była zaskoczona. – Naprawdę?

– Tak. O mój Boże, to naprawdę ty?

– Tak, to ja.

Nagle zalała ją gwałtowna fala wspomnień. Gustav znowu był silnym, przystojnym, dobrze zbudowanym szesnastolatkiem, a ona tą ładną młodą osiemnastoletnią nauczycielką z rumieńcami na policzkach.

On nigdy jej nie widział jako słabowitej starej panny z siwymi włosami i okularami na nosie. Ona nigdy nie widziała go jako łysego starego człowieka z pomarszczoną twarzą. Dla siebie nawzajem byli wiecznie młodzi.

Oboje mieli wiele pytań, które chcieli zadać, lecz rodzice Gustava nie mogli się już doczekać, by z nim porozmawiać. Zawołali:

– Dzień dobry!

Po chwili odezwali się inni, którzy również pragnęli się z nim przywitać.

Katrina zwróciła się do Lucille:

– Pewnie się cieszysz z obecności Gustava. Pamiętam, że go lubiłaś.

– O tak – odparła Lucille. – Zawsze.

Całe miasto o tym mówi
Ida Jenkins

Strzeżcie się, przestępcy! W tym tygodniu całe miasto mówi o pierwszym w dziejach naszej miejscowości stróżu prawa, panu Ralphie Childressie, który niedawno ukończył Akademię Policyjną w Kansas City. Jestem przekonana, że gdy Ralph rozpocznie służbę, wszyscy będziemy dużo bardziej bezpieczni. Jeśli więc go zobaczycie w nowiuteńkim czarno-białym policyjnym aucie, pomachajcie do niego życzliwie.

À propos, urocza młoda żona Ralpha, Edna, nie jest osobą znikąd. Jak może pamiętacie, ubiegłej jesieni dostała się do finału konkursu cukierniczego, w którym zaprezentowała jedyną w swoim rodzaju słodko-kwaśną szarlotkę z podwójną warstwą śmietany. Pycha. Ralph jest synem Mary i Richarda Childressów. Edna to córka państwa Nobblit z Second Avenue South.

Ze smutkiem informujemy o śmierci pana Gustava Tildholme'a, pochodzącego z Elmwood Springs. Pan Gustav, którego kilku kuzynów wciąż mieszka w okolicy, w ubiegłym tygodniu został pochowany na miejscowym cmentarzu. Arvis i Neva Oberg, właściciele domu pogrzebowego Gwarantowany Spoczynek, którzy zajmowali się organizacją pochówku, informują, iż z całego świata nadeszły dziesiątki kondolencji. Podobno pan Tildholme odnosił sukcesy w branży importu i eksportu i prowadził przedsiębiorstwa w wielu różnych krajach.

PS Nie zapominajcie o podlewaniu róż. I uwaga na mszyce. Warto pamiętać, że biedronki to najlepsi przyjaciele naszych kwiatów.

Nadrabianie zaległości

Jakiś czas później, kiedy Gustav już ze wszystkimi się przywitał, wrócił do przerwanej rozmowy z Lucille.

– Zawsze o tobie myślałem, zawsze się zastanawiałem, co robisz. Już po wyjeździe miałem taki szalony pomysł, żeby przyjechać z mnóstwem forsy, kupić starą farmę i...

– Oj, Gustavie, szkoda, że nie napisałeś.

– Powinienem był. Ale gdy się dowiedziałem, że się zaręczyłaś, zrezygnowałem.

– Ale... jak to?... Ja nigdy nie byłam zaręczona.

– Nie?

– Nie, Gustavie, to jakaś pomyłka.

– Słyszałem, że... no więc wtedy ruszyłem w świat. Wsiadłem na statek handlowy i podróżowałem. Japonia, Chiny, Ameryka Południowa, byłem chyba wszędzie.

– Och, jakie egzotyczne miejsca. No tak, przecież zawsze byłeś dobry z geografii.

– Tak, to był chyba jedyny przedmiot, który naprawdę lubiłem. A więc... nigdy nie wyszłaś za mąż?

– Nigdy.

– A ja przez te wszystkie lata myślałem, że jesteś mężatką. Ale byłem głupi, że tak uciekłem! Chyba za dużo dumy. Straciłem tyle czasu. Zawsze szukałem kogoś takiego jak ty. Raz nawet się ożeniłem. Z bardzo miłą kobietą w Rio de Janeiro.

Ale ona nie była tobą. Trzeba było po prostu wrócić do domu... Jak mogłem być taki głupi?

– Oj, Gustavie, to nie twoja wina. Mogłam do ciebie napisać i poprosić, żebyś wrócił... Chyba bałam się, co ludzie powiedzą. Ale już i tak nie zmienimy przeszłości. Teraz jesteś tutaj i tylko to się liczy... Poza tym nie wiadomo... Gdyby wszystko ułożyło się inaczej, może nie zwiedziłbyś świata.

– Pewnie racja... a co z tobą, Lucille?

– Hm... bywały chwile, kiedy czułam się samotna. Na szczęście miałam uczniów. I wiesz co, do dzisiaj jeszcze niektórzy z nich przychodzą mnie tu odwiedzać. Wyobrażasz sobie?

– Tak. Byłaś wspaniałą nauczycielką.

– Och, dziękuję. Twoje zdanie naprawdę dużo dla mnie znaczy.

Mówił prawdę. Lucille rzeczywiście była znakomitą nauczycielką. Jej życie upłynęło samotnie, lecz czuła się spełniona. Z przyjemnością obserwowała, jak jej uczniowie stają się dorośli. Potem uczyła ich dzieci, a później wnuki i to dawało jej poczucie zadowolenia.

Nie zdawała sobie z tego sprawy, ale wpłynęła na wiele ludzkich losów przez sam fakt, że niezmiennie trwała na swoim posterunku i mówiła to, co należało, w najbardziej odpowiedniej chwili.

Jeden z uczniów, słabowity chłopiec, z którego inni czasem się naśmiewali, został uznanym dramatopisarzem w Nowym Jorku i napisał jej coś, o czym dawno już zapomniała:

Nawet kiedy oblałem matematykę i inne przedmioty i czułem się beznadziejnie, Pani usiadła przy mnie i powiedziała: „Kochanie, jedni dobrze sobie radzą z matematyką, a inni, jak ty, mają kreatywny umysł i wspaniałą wyobraźnię. Jestem pewna, że dokonasz wielkich rzeczy". Nie ma Pani pojęcia, jak bardzo te słowa zmieniły moje życie.

Niestety Lucille nie dożyła chwili, kiedy tenże uczeń zdobył Nagrodę Tony w kategorii „najlepszy dramat roku". Swoje podziękowania zakończył w ten sposób: „I jako ostatniej, ale nie mniej ważnej, pragnę podziękować mojej nauczycielce ze szkoły podstawowej, która wierzyła we mnie, kiedy nikt inny nie wierzył". Następnie uniósł nagrodę, spojrzał w górę i powiedział: „To dla pani, panno Beemer".

Lucille Beemer z upływem lat nauczyła się jednego: że ludzie mogą nie rozumieć, czemu ich życie przebiega tak, a nie inaczej, ale ostatecznie zazwyczaj wszystko układa się, jak powinno. Ona straciła Gustava na jakiś czas i było jej z tym ciężko, ale teraz miała go już na zawsze, a może... jeszcze dłużej.

Po kilku latach pobytu na Spokojnych Łąkach Gustav powiedział:

– Lucille, słuchaj. Gdybym któregoś dnia zniknął stąd przed tobą, pamiętaj, że nieważne, dokąd pójdę... czy gdziekolwiek się znajdę... będę na ciebie czekał. Nie stracę cię drugi raz. Choćby nie wiem co, odszukam cię.

Wtedy odezwał się stary Hendersen.

– Dobry Boże, jak długo jeszcze będziecie uskuteczniać te ckliwe gadki?

Gustav roześmiał się i odkrzyknął:

– Wiecznie, ty stary głupcze! Wracaj do spania.

W dolinie tymczasem życie toczyło się bez większych zawirowań. Ludzie śmiali się z *Ukrytej kamery* i *The Red Skelton Show*, oglądali *The Garry Moore Show* z zabawną Carol Burnett.

Elner Shimfissle, która niedawno zainstalowała w domu telewizor, nie przegapiła ani jednego odcinka *The Lawrence Welk Show*. Jej matka grała na akordeonie, więc Elner z przyjemnością słuchała gry Lawrence'a Welka i oglądała, jak tańczy z „szampańską damą". Wszystkie młode dziewczęta kochały się w Tabie Hunterze.

LATA SZEŚĆDZIESIĄTE

Odpowie ci wiatr…

Dalsze zmiany

W 1960 roku produkty mleczarni Słodka Koniczyna docierały już aż do sześciu stanów. Farma nie tylko zapewniała pracę lokalnym mieszkańcom, ale była dumą całego miasta.

Kiedy Glenn Warren pojechał na zjazd sklepikarzy Środkowego Zachodu w Cincinnati, zapytał pana Sockwella z Little Rock w stanie Arkansas, czy słyszał o maśle Słodka Koniczyna.

– Oczywiście – odparł pan Sockwell. – Zaopatrują wszystkie sklepy w mojej okolicy. Moja żona też kupuje ich mleko i sery... A dlaczego pan pyta?

– Bo to firma z mojego rodzinnego miasteczka.

– Naprawdę?... Ho, ho...

– Tak, założycielem był Szwed o nazwisku Nordstrom. Mój ojciec się z nim przyjaźnił.

Ander i Beatrice zrobili bardzo dużo dla lokalnej społeczności. W 1948 roku ufundowali stypendium dla studentów, zbudowali też miejscowy szpital.

Ander wielokrotnie wpłacał też kaucje, by wyciągnąć z więzienia męża Tot Whooten, Jamesa. Kiedy przywiózł go do domu po raz bodaj pięćdziesiąty, Tot powiedziała:

– Dziękuję, Anderze, ale trzeba było zostawić go tam na jakiś czas... On i tak zrobi to znowu.

Oczywiście, miała rację.

Córka Normy, Linda, chodziła do Szkoły Stepowania Dixie Cahill. Na te same zajęcia zapisała się też Darlene, córka Tot Whooten. Pewnego dnia Dixie poradziła Tot, żeby więcej jej nie przyprowadzała:

– Tot... Darlene nie będzie tancerką. Szkoda, żebyś wydawała ciężko zarobione pieniądze na coś, co nigdy się nie zwróci.

W październiku 1963 roku, kiedy zmarł burmistrz Ted Nordstrom, na pogrzebie stawiło się ponad dwieście osób. Przyjechała też jego siostra, Ingrid, co bardzo ucieszyło Katrinę, bo mogła znowu zobaczyć swoją córkę. Mieszkańcy miasta z wielkim smutkiem przyjęli śmierć Teda, za to na Spokojnych Łąkach jego przybycie wywołało powszechne zadowolenie. Dużo osób chciało z nim porozmawiać, a i on sam tęsknił za spotkaniem z wieloma z nich. Pierwszego dnia powiedział do swojej dawnej nauczycielki:

– Pomyśleć tylko, panno Beemer, mogłem się przywitać z mamą i synem niemal jednocześnie.

W tej sytuacji Gene poczuł się pewniej. W chwili przybycia ojca na Spokojne Łąki sam zdał sobie sprawę, że nigdy nie zostanie zapomniany.

Później powiedział do Teda:

– Tato, dawno już nie widziałem Marion ani Deny. Czy u nich wszystko w porządku?

– O tak, synu. Mają się dobrze. Nie widziałeś ich, bo Marion musiała na jakiś czas wrócić do domu. Zdaje się, że ktoś z jej rodziny zachorował. A potem pojechała do Nowego Jorku i tam znalazła bardzo dobrze płatną pracę w jakimś dużym, eleganckim sklepie. Nazywa się... oj, zapomniałem... twoja mama będzie wiedziała. Deny już byś teraz nie poznał. Marion niedawno przysłała nam jej zdjęcie. Było w czasopiśmie „Seventeen". To już dorosła dziewczyna.

Gene uśmiechnął się na myśl o tym, że jego córka jest już nastolatką, która zajmuje się sprawami nastolatek, tak jak on w jej wieku.

Na następnym zebraniu rady miejskiej nowym burmistrzem mianowano Glenna Warrena.

– Ojej, ludziska. Nie wiem. To duża odpowiedzialność. Lepiej by było zorganizować wybory – powiedział.

– No co ty, Glenn – odparł Merle Wheeler. – Byłeś przyjacielem Teda. Musisz się zgodzić.

Nie miał wyjścia.

Gdy Glenn poszedł do domu na obiad i chciał poinformować o tym swoją żonę Olę, ta zaskoczyła go głośnym powitaniem w drzwiach:

– Witam, burmistrzu Warren.

– Skąd wiesz? To się zdarzyło dopiero przed chwilą.

Zaśmiała się.

– Verbena Wheeler dzwoniła do mnie.

– Aha. Nie mogła już wytrzymać?

– Ano nie.

To była prawda. Taka informacja parzyła Verbenę Wheeler niczym gorący kartofel, którego trzeba się czym prędzej pozbyć. Przed drugą po południu wszyscy w mieście wiedzieli, że teraz burmistrzem Elmwood Springs jest Glenn Warren.

Dla leżących na Spokojnych Łąkach natura urządzała niezwykłe spektakle. Pewnej nocy z drzewa poderwał się ogromny jastrząb, którego skrzydła w intensywnym blasku księżyca zdawały się białe jak śnieg, gdy szybował ponad wzgórzem i zlatywał w dolinę.

Kiedy na niebie pojawiły się duże odrzutowce, one także stały się częścią tych widowisk. Nie do wiary, ile samolotów widywali w ciągu nocy; dużych, małych, z czerwonymi i białymi światłami migającymi na czarnym niebie.

Pewien stary norweski farmer, gdy pierwszy raz ujrzał odrzutowiec, powiedział do swojego wnuka:

– Chyba mi nie powiesz, że w tym czymś są żywi ludzie?

– Są, dziadku. Leciałem już takim odrzutowcem z St. Louis do Nowego Jorku.

– I co? Jakbyś siedział w brzuchu ptaka?

– Nie. Za duży tam hałas. I skrzydła się nie ruszają.

– Jak to działa?

– No... Wchodzi się do takiej rury, która wygląda jak długi, chudy autobus. Siada się na swoim miejscu i przypina do fotela, a potem włączają wielkie, głośne silniki. Maszyna się rozpędza i nie wiadomo kiedy człowiek odrywa się od ziemi. Patrzysz w dół i widzisz, że grunt się coraz bardziej oddala i jesteś wysoko w chmurach.

– Ale klawo! – westchnął nastoletni chłopak, który zmarł w 1923 roku.

– Potem ładna dziewczyna częstuje orzeszkami i drinkiem i zanim się człowiek obejrzy, już jest z powrotem na ziemi, setki kilometrów od miejsca startu.

– Jak wysoko się leci?

– Och... tysiące metrów.

– Dobry Boże. Czego to jeszcze ci głupcy nie wymyślą?

Wyjazd z domu

Tego dnia Beatrice sama poszła odwiedzić Elner, bo Hanna Marie przygotowywała się do wyjazdu do specjalnego college'u dla głuchoniemych w Bostonie.

– Tak się o nią martwię, Elner – westchnęła Beatrice. – Nigdy wcześniej nie opuszczała domu. A Boston jest tak daleko. Będę za nią strasznie tęskniła.

– Wiem, że ci ciężko – odparła Elner – i będzie ci jej brakowało. Jak nam wszystkim. Ale spójrz na to z innej strony. Skoro już musi jechać, to przynajmniej stać was na najlepszą szkołę. Co by było, gdyby się urodziła w biednej rodzinie?

– Wiem. I jestem wdzięczna losowi. Ale gdyby to zależało tylko ode mnie, nigdy bym się z nią nie rozstawała.

– Kiedy wyjeżdża?

Beatrice westchnęła ciężko.

– Za kilka tygodni... Och, boję się tego, ale wszyscy twierdzą, że musi się nauczyć samodzielności... i wiem, że mają rację. Tylko bardzo się martwię. Ona jest taka naiwna i niewinna, taka ufna wobec świata.

– To chyba dobrze.

– Tak myślisz?

– Tak.

Beatrice się uśmiechnęła.

– Wiem, że pewnie sobie poradzi, ale nie tylko szkoła mnie martwi, chodzi mi w ogóle o jej przyszłość. Co jeśli nie wyjdzie za mąż? Ander i ja nie jesteśmy już młodzi. A jeśli coś nam się stanie? Kto się nią zajmie?

– Ojej, Beatrice. Nic się nie stanie ani tobie, ani Anderowi.

– Wiem, wiem. Ale obiecaj mi, Elner, że gdyby coś się stało, zaopiekujesz się nią... będziesz miała na nią oko, dobrze?

Elner poklepała dłoń przyjaciółki.

– O to nawet nie musisz prosić. Wiesz, że tak będzie. Póki żyję, nie pozwolę nikomu skrzywdzić tego słodkiego aniołka. A nie zapominaj, że jestem dużą, silną babą. Zresztą w całym mieście nie ma nikogo, kto myślałby inaczej.

2 września 1965

Najdroższa Ciociu Elner,

pozdrowienia z Bostonu! Przepraszam, że nie napisałam wcześniej, ale bardzo dużo się tu działo, musiałam się zagospodarować w akademiku, zapisać na zajęcia itd. Trudno mi znaleźć wolną chwilę. Bardzo dziękuję za konfitury figowe. Zawsze, kiedy je jem, myślę o Cioci. Proszę, niech Ciocia zagląda do moich rodziców. Wyglądali na bardzo smutnych, kiedy się żegnaliśmy.

Niech im Ciocia tego nie mówi, ale bardzo za nimi tęsknię. Czasami w nocy tak mi smutno, że aż płaczę. Jednak uczę się tu wielu nowych rzeczy, na przykład matematyki. Brr! Rozumiem, że to mi będzie potrzebne, żeby pomagać tatusiowi w działalności charytatywnej.

Ściskam jak zawsze
Hanna Marie

28 listopada 1965

Droga Ciociu Elner,

*mam nadzieję, że u Cioci wszystko w porządku. Ja radzę
sobie coraz lepiej. Oczywiście wciąż tęsknię za domem,
ale muszę przyznać, że przyjemnie jest przebywać z ludźmi,
którzy są tacy sami jak ja. Mam wielu nowych przyjaciół
z różnych stron świata. Jedna z dziewcząt jest aż z Afryki
Południowej. Ona miga po hiszpańsku! Zabawne! Chodzimy
razem na naukę jazdy na łyżwach, to bardzo przyjemne
zajęcia. Gdy przyjadę na Boże Narodzenie, pokażę Wam
zdjęcia, ile tu śniegu. W każdą niedzielę chodzę na mszę
dla głuchoniemych. W przyszłym tygodniu w kółku
teatralnym wystawiamy Romea i Julię. Niżej podpisana
gra Julię. Ale proszę, niech Ciocia nie mówi moim rodzicom.
Dobrze ich znam i pewnie chcieliby tu przyjechać, a ja
byłabym jeszcze bardziej zdenerwowana, niż będę bez tego.*

Ściskam

Hanna Marie

*PS Jeszcze jedna wiadomość: w przyszłym semestrze będę
miała lekcje tańca towarzyskiego!*

30 stycznia 1966

Droga Hanno Marie!

*Dziękuję za list. Nie martw się o rodziców, naprawdę.
Wszystko u nich w porządku. Wybiłam im z głów
przeprowadzkę do Bostonu i zamieszkanie w pobliżu Ciebie.
Tak więc ucz się, baw się dobrze, a Beatrice i Andera zostaw*

mnie. *Znasz mnie. Mam swoje sposoby. Norma gorąco Cię pozdrawia, tak jak i ja. I uważaj w tym śniegu, żebyś nie złapała zapalenia płuc czy jak się to nazywa.*

Ciocia Elner

PS Czy jest coś takiego jak fasolka bostońska? Czy jest inna niż normalna fasolka? Jeśli tak, przywieź mi taką, dobrze?

18 lutego 1966

Najdroższa Ciociu Elner,

dziękuję, dziękuję, po tysiąckroć dziękuję! Kocham ich oboje całym sercem, ale gdyby się tu przenieśli, na pewno większość czasu martwiłabym się o to, czy mają się czym zająć w ciągu dnia. Kiedy przyjadę na wakacje, od razu pójdę do Cioci na farmę i spędzę z Ciocią cały dzień i noc. Mam Cioci tyyyyle do opowiedzenia. Pozdrowienia dla wujka Willa, Normy, Macky'ego i Lindy.

Całuję
Ja

Cześć, Cooter

Cooter Calvert, przyjaciel Gene'a Nordstroma, przybył na Spokojne Łąki w dość młodym wieku, z powodu raka prostaty.

Z radością zauważył, że Gene jest tym samym wspaniałym chłopakiem, wciąż pełnym entuzjazmu i zainteresowanym tym, co Cooter porabiał. Wiele się wydarzyło przez ponad dwadzieścia lat od śmierci Gene'a, więc przyjaciele mieli sporo do nadrobienia.

– Po powrocie z wojny ożeniłem się z Thelmą. Mamy córkę Cathy. No i musisz wiedzieć, brachu, że założyłem gazetę. Pamiętasz, że zawsze o tym marzyliśmy?

Gene był zachwycony tą wiadomością.

– Dobrze się spisałeś, Cooter. I jak, gazeta odniosła sukces?

– O tak. Co jeszcze... moja mama jest teraz w domu seniora Szczęśliwe Akry... A wiesz, że Macky i Norma mają córkę o imieniu Linda?

– Tak, słyszałem.

– Zaraz... co jeszcze... O... twoja ciocia Elner ciągle dobrze się trzyma. Niedawno słyszałem, że wciąż ma całą gromadę kotów.

Gene zachichotał.

– Cała ciocia Elner. A ciocia Ida?

– O Boże, co mogę powiedzieć? Ida to Ida. – Roześmiał się. – Teraz prowadzi kolumnę w gazecie.

– Żartujesz! O czym?

– No wiesz, takie ple-ple dla snobów.

Gawędzili jeszcze chwilę. Gene dopytywał o sukcesy drużyny futbolowej i podobne rzeczy.

Głównie żartowali i rozmawiali o tym, co ich bawiło i zadziwiało.

– Pamiętasz, jak chodziliśmy do kina? – zapytał Cooter.

– Jasne... spędziliśmy tam tyle godzin.

Cooter starał się poruszać tylko lekkie i przyjemne tematy. Odkąd Gene przeniósł się na Spokojne Łąki, na świecie wydarzyło się wiele różnych rzeczy. Nie wspomniał o tym, że teraz chłopcy palą wezwania do wojska i odmawiają służby w armii. Jak mógł powiedzieć coś takiego komuś, kto oddał życie za swój kraj?

Tymczasem Lester Shingle z zaciekawieniem wsłuchiwał się we wszystkie wiadomości. Wciąż czekał na kogoś, kto po przybyciu na Spokojne Łąki powie mu, że wreszcie schwytano jego zabójczynię. Na razie jednak nikt taki się nie trafił. Nikt nawet nie wspominał o tym morderstwie. A przecież można by myśleć, że w takim małym miasteczku podobne zdarzenie stanie się tematem wielu rozmów. Z czasem zaczął się zastanawiać. Czyżby miało jej to ujść na sucho? Czy nie było żadnych świadków? Parking przed kręgielnią był wtedy pusty. Czy sprawdzono ślady krwi na kuli? Czy zdjęto odciski palców? Oczywiście, to może być trudne, bo każdej kuli używa wiele osób. Mimo wszystko na pewno da się znaleźć jakiś dowód. To po prostu nie było w porządku. Zdrowy mężczyzna w kwiecie wieku został zabity przez mściwą babę i nikt nic z tym nie zrobił.

Wyjątkowy chłopak

1967

Hanna Marie Swensen wyrosła na uroczą młodą damę – szczupłą, z pięknymi jedwabistymi włosami i dużymi piwnymi oczami. Była przy tym serdeczna i towarzyska, więc nie narzekała na brak przyjaciół – zarówno niesłyszących, jak i słyszących. W dodatku po mamie odziedziczyła dobry gust, co wyrażało się w jej zawsze eleganckim stroju. Mimo to kiedy na początku ostatniego roku poinformowała rodziców w liście, że poznała wspaniałego młodzieńca, było to dla nich zaskoczeniem. Beatrice wiedziała, że jej córka zawarła wiele przyjaźni, lecz wiadomość o tym wyjątkowym chłopcu była czymś zupełnie nieoczekiwanym. Jak można się było spodziewać, Beatrice bardzo się tym przejęła. Nie wiedziała, czy ów młodzieniec także jest głuchy, czy nie... w zasadzie nic o nim nie wiedziała.

Kochana Córeczko! Tak się cieszę, że dobrze sobie radzisz i korzystasz z przyjemności studenckiego życia. Twój przyjaciel Michael wydaje się miłą osobą. Nie chcę być wścibska, ale czy on jest głuchy?

To nie ma znaczenia, tak tylko się zastanawiam. Jeżeli chcesz, możemy go kiedyś zaprosić do nas. W każdym razie, pamiętaj, Słonko, że mama i tata Cię kochają i bardzo za Tobą tęsknią.

Mama

Ojciec Hanny Marie wyraziłby to nieco inaczej. On napisałby: „Sprowadź tego pajaca do domu, żebym mógł mu się przyjrzeć". Na szczęście to Beatrice zajmowała się korespondencją.

Mężczyźni inaczej niż kobiety traktują chłopców zainteresowanych ich córkami. Kiedy Linda Warren zaczęła spotykać się z chłopcami, Macky'emu nie podobał się żaden z nich. Powiedział do Normy:

„Nieważne, jak uprzejmi się wydają, sam kiedyś byłem takim wyrostkiem i wiem, o co tym draniom chodzi".

Całe miasto o tym mówi
Ida Jenkins

W tym tygodniu całe miasto mówi o tym, jak dobrze sprawuje się nasz nowy burmistrz Glenn Warren. Godnie zastępuje swojego poprzednika, a to nie byle co. Gratulacje należą się też paniom z komitetu matek przy szkole średniej w Elmwood Springs. Zorganizowana przez nie aukcja wypieków okazała się wielkim sukcesem. Sama ze wstydem przyznaję, że kupiłam dwie szarlotki Edny Childress, dla których złamałam dietę, ale czy można mnie winić? Swoją drogą, jak to się dzieje, że mąż Edny, Ralph, zachowuje tak szczupłą sylwetkę? W każdym razie aukcja miała szlachetny cel. Z radością powitamy nową tubę w szkolnej orkiestrze. Pan kapelmistrz Ernest Koonitz twierdzi, że stara już się wysłużyła!

Jak zawsze o tej porze roku wszyscy zastanawiamy się, co zanieść naszym bliskim na cmentarz. Wiadomo, że na Dzień Matki dobrym pomysłem są róże. Dla mamy lub babci nadają się też kwitnące gardenie, ale często zadajemy sobie pytanie: Co będzie odpowiednie dla taty albo dziadka w ich szczególnym dniu? Powiedziałabym, że każdy kwiat w doniczce, który mówi „Kocham cię", a przy tym nie kojarzy się zbytnio z kobiecą zwiewnością. Wybór jest duży. Gdy następnym razem staniecie przed tym dylematem, rozważcie geranium, begonię albo bluszcz. Równie piękne są wielobarwne, czerwone czy zielone ozdobne papryczki. Czyż nie jesteśmy szczęściarzami, że natura dostarcza nam tylu skarbów?

Skoro mowa o kwiatach: czy ktoś już zauważył, że tulipany posadzone przez klub ogrodniczy przy fontannie zaczynają kwitnąć? Co za widok! Przespacerujcie się tam, a poczujecie się jak w Holandii.

Piękno jest ważne, a kosztuje tak niewiele.

Kwiaty to sposób, w jaki natura mówi nam: Uśmiechnij się, już wiosna!

Ten młody człowiek

Hanna Marie zaprosiła Michaela Jamesa Vincenta do domu w Elmwood Springs, żeby przedstawić go rodzicom. Wszyscy ulegli jego urokowi. Beatrice i Ander wydali duże przyjęcie, by znajomi Hanny Marie mieli okazję go poznać.

Tego dnia Ander i Beatrice siedzieli w salonie, przyglądając się, jak młodzież się bawi, gdy Beatrice powiedziała:

– Och, Anderze, jestem taka szczęśliwa. To taki miły chłopiec. Nie sądzisz?

Ander rzucił okiem na młodzieńca stojącego w sąsiednim pokoju.

– Może, ale i tak myślę, że powinniśmy go sprawdzić.

Beatrice zmarszczyła czoło.

– Jak to „sprawdzić"?

– Po prostu wykonam kilka telefonów. Prawie go nie znamy. Nie wiemy nawet, z jakiej rodziny pochodzi.

– Anderze Swensen, nie waż się tego robić. Nie obchodzi mnie jego pochodzenie. Hanna Marie go kocha. Gdyby się kiedyś dowiedziała, że posunąłeś się do czegoś takiego, nigdy by ci nie wybaczyła... ja też!

Ander wbił wzrok w sufit. Beatrice znała to spojrzenie.

– A jeśli uważasz, że uda ci się to zrobić za moimi plecami, wiedz, że wcześniej czy później i tak się dowiem.

Ander westchnął ciężko i pomyślał: O Boże, to straszne żyć z kimś, kto zna wszystkie twoje zamiary. A niech to. Oczywiście, miała rację. Dowiedziałaby się w taki czy inny sposób. Ta kobieta była przebiegła. Nie dalej jak w zeszłym tygodniu Ander zjadł dwa batoniki w drodze z biura, mając nadzieję, że ona się nie dowie, a tu jak na złość następnego dnia odkryła papierki w schowku na rękawiczki.

Chłopak wydawał się w porządku, ale mimo to Ander poczuł się pewniej, gdy pomyślał o klauzuli, którą Lordor kazał mu umieścić w testamencie. Dobrze było wiedzieć, że nawet po jego śmierci nikt nie będzie w stanie odebrać mleczarni jego córce. Brakowało mu Lordora. Coraz bardziej się przekonywał, że to był najmądrzejszy ze znanych mu ludzi.

W Boże Narodzenie, jakby w odpowiedzi na modlitwy Beatrice, ów młody człowiek się oświadczył. Ślub miał się odbyć wiosną. Pierwszą osobą, do której zadzwoniła rozentuzjazmowana Beatrice, była Elner:

– Elner, nasza dziewczynka się zaręczyła!

Wszyscy w mieście cieszyli się szczęściem Hanny Marie. Jej narzeczony był bardzo przystojny – miał kręcone czarne włosy i niebieskie oczy – i najwyraźniej do szaleństwa zakochany. Nie był głuchy, ale dla niej nauczył się języka migowego.

Ślub jak z bajki

Ten ślub był największym wydarzeniem towarzyskim w dziejach Elmwood Springs. Hanna Marie podawała obrączki na ślubie Normy, a teraz Norma pełniła honory starościny na jej weselu. Dawna nauczycielka, która uczyła Hannę Marie języka migowego, tłumaczyła dla niej słowa przysięgi małżeńskiej wypowiadane przez kapłana. Kiedy młodzi spojrzeli sobie w oczy i językiem migowym powiedzieli: „Tak", w całym kościele nie było nikogo, kto nie byłby bliski płaczu.

Na weselu pierwszy taniec należał do młodej pary. Pan młody był wobec Hanny Marie bardzo czuły i delikatny.

– Moje biedactwo – westchnęła Beatrice – nawet nie słyszy muzyki na swoim własnym przyjęciu ślubnym.

– Och, ale popatrz, jaka jest szczęśliwa – powiedziała Elner, która siedziała obok Beatrice i Andera. – Chyba nigdy nie widziałam szczęśliwszej panny młodej.

Ander wyglądał na zadowolonego.

– Masz rację, Elner. I tylko to się liczy. Chcę, żeby moja córka była szczęśliwa.

Ida odnotowała później w swojej kolumnie w gazecie: „Ten ślub był niczym idealne zakończenie baśni, w której księżniczka poślubia księcia, a potem żyją długo i szczęśliwie".

Zaraz po ślubie, dzięki hojnemu prezentowi od ojca Hanny Marie, młodzi wybrali się w podróż poślubną do Europy. Kupując bilety, Ander pomyślał, że to wspaniała okazja do wycieczki rodzinnej, ale gdy wspomniał o tym Beatrice, ona się nie zgodziła.

– Nie, Anderze, nie możemy jechać z nimi w ich podróż poślubną.

– Dlaczego? Będziemy mieli osobne pokoje.

Ostatecznie w drodze kompromisu ustalili, że pojadą z młodymi do Nowego Jorku, by tam ich pożegnać. Kiedy zawyły syreny ogromnego statku gotowego do odpłynięcia, Ander i Beatrice stali na brzegu obsypani konfetti, machając na pożegnanie, i jak zwykle to Ander wzruszył się do łez.

Trzeciego dnia na morzu w obszernej jadalni przy jednym ze stolików siedziała zamożna wdowa i pięciokrotna rozwódka, która już wiele razy odbywała tę podróż. Obserwowała salę, słuchając orkiestry. Gdy dostrzegła Michaela i Hannę Marie, zwróciła się do swojej przyjaciółki, która wiedziała wszystko o wszystkich:

– Cóż to za urocza para na parkiecie? Nigdy wcześniej ich nie widziałam.

– Ja też – przyznała zapytana kobieta. – Nazywają się Vincent. Krążą plotki, że jej ojciec jest właścicielem dużej mleczarni gdzieś na Środkowym Zachodzie.

– Aha... A on?

– Po prostu jej mąż, o ile mi wiadomo. Ale ktoś słyszał, jak mówił do stewarda, że jego żona jest głucha i żeby ze wszystkim zwracać się do niego.

– Biedactwo. A taka ładna.

– I najwyraźniej bogata – dodała jej przyjaciółka.

Kobieta przez chwilę się im przyglądała, po czym powiedziała:

– Zaraz, Claudio... Jak ona może tak dobrze tańczyć, jeśli jest głucha?

– Nie wiem. Chyba on prowadzi, a ona tylko go naśladuje. Popatrz na nią. Ma tyle wdzięku, jest szczupła i taka elegancka. Może i są ze Środkowego Zachodu, ale jej strój wcale o tym nie świadczy.

– Racja. Zobacz tylko, jak ona na niego patrzy... jakby dał jej gwiazdkę z nieba.

Rozwódka nabrała kolejną łyżeczkę deseru lodowego.

– Szybko jej przejdzie, wierz mi. Nie zna się mężczyzny, dopóki się z nim nie pożyje. Kto jak kto, ale ja to wiem.

W tym momencie piosenkarz w smokingu podszedł do mikrofonu i zaśpiewał:

– Czy lśnią gwiazdy na niebie,
Wiatr czy chmury, ja nie wiem,
Bo, kochana, widzę tylko ciebie.

Aż przykro wspominać o ukochanym Hanny Marie. Gdyby Ander Swensen posłuchał intuicji i zasięgnął języka, dowiedziałby się, że Michael Vincent istotnie wychowywał się w Lake Forest w stanie Illinois i uczęszczał na Uniwersytet Northwestern. Jednak mężczyzna, którego poślubiła jego córka, nie był t y m Michaelem Vincentem. „Michael Vincent" to nie było nawet jego prawdziwe imię i nazwisko. Wybrał je sobie z uniwersyteckiej księgi pamiątkowej.

Całe miasto o tym mówi
Ida Jenkins

W tym tygodniu, tak jak w ubiegłym, całe miasto mówi o planach budowy centrum handlowego naprzeciwko domu seniora. Krążą plotki, że niektórzy właściciele sklepów już myślą o przeniesieniu się do tej nowej „galerii". Tak dużo wokół nas się zmienia.

Ponieważ osiedle przyczep kempingowych jest już gotowe, wielu z nas zastanawia się, czy nie będzie przyciągać tornad. Małżonek Herbert mówi mi, że to zwykły zabobon. Mam nadzieję, że się nie myli. Ja tylko pytam: dlaczego wszystko nie może zostać bez zmian? Lubię nasze miasto właśnie takie, jakim jest. Małżonek Herbert twierdzi, że postęp jest dla wszystkich dobry, ale ja czasami mam wątpliwości.

Zbliżają się długie, chłodne zimowe dni. Przypominam, że rośliny doniczkowe to wspaniały sposób na wprowadzenie do domu odrobiny zieleni. Begonie, azalie czy hortensje rozpromienią barwami każde pomieszczenie. A czy ktoś jeszcze pamięta te cudowne skrzypce z błękitnego szkła, w których Dorothy Smith prezentowała kwitnące bluszcze we wszystkich oknach? O Boże, chyba na starość robię się sentymentalna.

Czy to tylko moje wrażenie, czy czas rzeczywiście tak szybko płynie? Zdaje mi się, że zaledwie wczoraj moja córka Norma była maleńka, a tu już ona sama ma córkę.

Tak przy okazji, podczas ostatniej podróży z Małżonkiem Herbertem do doktora w Chicago byłam pod wrażeniem nowych dopasowanych granatowo-białych kostiumów, które noszą stewardesy. *Très chic!*

Ida nie mogła tego napisać, ale martwiła się nie tylko o to, że domy na kółkach będą przyciągać tornada. Niepokoiło ją również, że w przyczepach znajdowali schronienie ludzie pewnego pokroju. Miała na myśli szczególnie jedną rodzinę. Widziała bowiem matkę (bez trzech przednich zębów), która okładała pięściami swojego pięcioletniego synka o imieniu Luther. Owszem, on ją kopnął w sklepie spożywczym, gdy odebrała mu czekoladowy batonik, ale język, jakiego używała, i wyzwiska, którymi go obrzucała, nie były czymś, co by często słyszano w Elmwood Springs. Może z wyjątkiem Tot Whooten, lecz jej ostre wypowiedzi nie padały pod adresem dziecka. Poza tym używanie przez nią pewnych słów można było zrozumieć i wybaczyć, wziąwszy pod uwagę okoliczności.

Biedna Tot, tyle lat wytrzymywała z mężem pijakiem. W końcu przetrzeźwiał i rok później uciekł z młodszą, niejaką Jackie Sue Potts. Tot była tak wściekła, że przez kilka miesięcy wszystkie wychodzące spod jej ręki fryzury stanowiły obraz nędzy i rozpaczy. Zrobiła Verbenie taką trwałą, że nie dało się wsunąć we włosy grzebienia.

Chyba żartujesz

Mieszkańcy Elmwood Springs zawsze lubili dobre żarty i zmyślone historie opowiadane dla kawału. Ponieważ w każdej chwili można było paść ich ofiarą, wszyscy mieli się na baczności.

Dlatego kiedy w 1969 roku na Spokojne Łąki przybył pan Clayborn i poinformował, że Amerykanin Neil Armstrong niedawno wylądował na Księżycu, nikt mu nie uwierzył.

– Gadaj zdrów, Willardzie. Może i jesteśmy martwi, ale nie głupi – stwierdził stary Hendersen.

– Kiedy mówię wam, że to prawda! Widziałem w telewizji. I nawet się odezwał. Powiedział: „To mały krok dla człowieka, ale olbrzymi skok dla ludzi". A może: „dla ludzkości"? Coś takiego. Uwierzcie mi, mówię prawdę. Nie żartuję. Przysięgam.

– Tak, tak, Willardzie. A moja babcia ma trzy głowy.

Choć podejrzewali, że Willard sobie z nich żartuje, wszyscy tej nocy spojrzeli na księżyc i zastanawiali się, czy to w ogóle możliwe, żeby człowiek dotarł tak daleko i postawił tam stopę.

Kilka tygodni później, kiedy dołączył do nich Jack Look po zawale serca, natychmiast zadano mu pytanie:

– Czy to prawda, że człowiek poleciał na Księżyc?

– O tak. Widziałem w telewizji. Neil Armstrong.

– I powiedział coś?

– Tak.

– Mówiłem wam, pacany – wtrącił Willard.

Gdy ta niewiarygodna informacja okazała się prawdziwa, ci, którzy przebywali tu od dawna, przestali się już nawet zastanawiać, co jeszcze ludzie wymyślą. Po wyprawie na Księżyc o czym jeszcze można było marzyć?

Gorączka sobotniej nocy

Wietnam

Setki worków z ciałami upchnięto na ciężarówkach, by prze-
transportować je do odpowiednich miejsc. Nastał kolejny
upalny dzień. Część żołnierzy odczytujących nieśmiertelniki
już była odurzona narkotykami, a pozostałym zmęczenie tak
dawało się we znaki, że równie dobrze mogli być na haju jak
ich koledzy. Tkwili tu już za długo i popełniali błędy.

Jak zwykle przybysza powitała Lucille Beemer:

– Witamy na Spokojnych Łąkach. Jestem Lucille Beemer.
Z kim mam przyjemność?

Chłopiec wyglądał na zdezorientowanego.

– Hm, Jackson. C.J. Gdzie jestem?

– Spokojne Łąki. Cmentarz Spokojne Łąki.

– To w New Jersey?

– Nie, w Missouri.

– Żartuje pani...

– Nie.

– Ale nie tutaj miałem się znaleźć. To inny stan. Jestem
z Elmwood Hills w New Jersey.

– Ojej, nie wiem, co powiedzieć. Ale jeśli to cokolwiek
zmieni, czujemy się zaszczyceni twoją obecnością wśród nas.

Rusty Hagood, inny z niedawno przybyłych, pochowany
w kwaterze numer 431, zrozumiał, co się stało, i wtrącił się
do rozmowy:

– Cześć, kolego. Ja też prosto z Wietnamu. Jak zginąłeś? Gdzie cię dopadli?

– Phnom Penh – odpowiedział C.J.

Ucięli sobie długą pogawędkę, podczas której Rusty przedstawił nowo przybyłego innym weteranom, wliczając Gene'a Nordstroma.

C.J. szybko zmęczył się rozmową z tyloma osobami i zasnął. Przed snem myślał o swojej kłopotliwej sytuacji. Nie przepadał za stanem New Jersey, a w każdym razie za okolicą, z której pochodził. Miał tam tylko jedną krewną – starszą przyrodnią siostrę, która zresztą nigdy go zbytnio nie lubiła – uznał więc, że nie trafił źle. Ludzie tutaj wydawali się w porządku. Równie dobrze mógł leżeć tu, jak gdzie indziej. Zawsze chciał pojechać na Środkowy Zachód. Jedna sanitariuszka z Iowa była dla niego bardzo miła. Bardzo. W sumie więc nie miał powodów do narzekań.

Ida Jenkins

1971

Następna osoba, która przybyła na Spokojne Łąki, nie czekała na powitanie. Sama odezwała się pierwsza:

– Dzień dobry wszystkim. To ja, Ida Jenkins! Znalazłam się tu przedwcześnie, ale to inna historia. Chciałam tylko powiedzieć, że skoro już jestem, śmiało możecie mnie pytać o nasze ostatnie projekty.

– O czym ona mówi? – zapytała Bertha Gumms. – Jakie projekty?

Pani Bell odpowiedziała:

– Oj, była prezeską klubu ogrodniczego. Chyba chodzi jej o jakieś sprawy z tym związane.

– Nie wiem nawet, kto to jest.

– Ciesz się, że nie miałaś z nią do czynienia. Rządziła tym klubem żelazną ręką. Jak jej się nie podobał czyjś ogród, potrafiła przyjść i sama przystrzyc żywopłot.

– Nie!

– O tak. Kiedyś, jak wyjechałam z miasta, wykopała mi cztery krzewy kamelii i przesadziła tam, gdzie według niej wyglądały lepiej.

– A wyglądały?

– Tak, ale chodzi mi tylko o to, że nie zapytała.

– Och.

Wtedy rozległ się głos Idy:

– Czyżbym słyszała panią Bell?

– Tak, to ja. Witaj, Ido.

– Och... dzień dobry... Powiem pani tylko, że pani kamelie trzymają się bardzo dobrze. Odbyłam krótką rozmowę z nową żoną pani męża... tą pani przyjaciółką, jak jej tam? Nie podlewała ich odpowiednio, ale ją postawiłam do pionu.

– Onzelle Deasen?

– Tak. Poza tym pani mąż trzyma się bardzo dobrze, chociaż muszę przyznać, że wszyscy byliśmy trochę zaskoczeni, kiedy ożenił się tak szybko po pani śmierci, ale cóż począć... wie pani, jacy są mężczyźni. Cieszę się, że mój Herbert odszedł pierwszy. Nie chciałabym być na pani miejscu i wiedzieć, że inna kobieta tak szybko wprowadziła się do mojego domu. Nie zdziwiło to pani? Pani Bell?

– Nie wiedziałam, że się drugi raz ożenił.

– Och... yyy... miło było pogawędzić.

Chwilę później mąż Idy, który pożegnał się z życiem kilka miesięcy wcześniej, zapytał:

– Ido, czy ty nigdy się nie zastanawiasz, zanim coś powiesz? Teraz tylko niepotrzebnie zdenerwowałaś panią Bell.

– Nie wiem, czemu miałaby się denerwować. Przecież nie ożenił się z nikim o b c y m ani nic takiego.

To była prawda. Kobieta, którą poślubił pan Bell, nie była obca. Mimo to kiedy kilka lat później i on zawitał na Spokojne Łąki, pierwsza pani Bell przyjęła go raczej chłodno. Nie przypuszczał, że jeszcze kiedyś ją zobaczy, a tym bardziej że ona dowie się o jego drugim małżeństwie. Ups. W dodatku wykupił miejsce po swojej drugiej stronie dla Onzelle. To zwiastowało spore kłopoty. Po jej śmierci miał utknąć na wieczność między dwiema żonami. Panie, miej go w opiece.

Nieco później tego samego dnia Ida powiedziała do męża:

– Herbercie, cieszę się, że znowu jesteśmy razem, ale trochę się martwię.

– O Normę?

– Nie. O swoją kolumnę w gazecie. Teraz, gdy jestem tutaj, kto będzie informował mieszkańców o tym, co dzieje się w mieście?

Niepotrzebnie się martwiła. Córka Cootera Calverta, Cathy, która teraz prowadziła „The Elmwood Springs News", przejęła po niej to zadanie i pisała pod pseudonimem „Katka Literatka".

Elner przenosi się do miasta

1972

Norma, jako jedynaczka, bardzo ciężko przeżyła stratę rodziców. Najpierw odszedł ojciec, a niecały rok później matka, która zapadła na rzadką postać białaczki. Norma bardzo tęskniła za mamą, mimo że ta za życia doprowadzała ją do szału.

Teraz była bardzo zmęczona. Spadło na nią przytłaczające zadanie sprzedaży starego domu rodziców i opróżnienia wszystkich czterech magazynów z rzeczami matki. Trwało to wieczność. Po co komu dziewiętnaście zestawów talerzy i siedemdziesiąt sześć porcelanowych figurek – nie była w stanie pojąć.

Po śmierci wuja, Willa Shimfissle, Norma zaczęła naciskać na ciocię Elner, żeby ta sprzedała gospodarstwo i przeniosła się do miasta. Ida ukryła Biblię, w której zgodnie z tradycją zapisywano daty urodzenia wszystkich w rodzinie, więc nikt nie wiedział, ile naprawdę Elner miała lat, ale stanowczo była za stara, by mieszkać sama. Norma chciała mieć ją bliżej, żeby móc jej regularnie doglądać. W końcu ciocia Elner się zgodziła:

„Dobrze, kochana, jeśli przez to poczujesz się lepiej".

Sprzedała farmę przyjacielowi, ale zatrzymała niektóre stare meble, jednego rudego kota i kilka ulubionych kurczaków. Norma wolałaby, żeby tego wszystkiego nie było. Nikt w mieście nie hodował już kur i obawiała się skarg sąsiadów.

Norma proponowała cioci kupno jednego z nowych ceglanych domów w niedawno powstałej dzielnicy, niedaleko galerii handlowej, Elner jednak wolała dom Warrenów w starej części miasta, z drzewem figowym na podwórzu.

„Nie byłabym szczęśliwa bez werandy, na której mogę sobie posiedzieć, i bez podwórka dla moich kurek" – wyjaśniła.

Okazało się, że sąsiedzi nie mieli nic przeciwko kurom. W zasadzie sprawiało im niemałą frajdę słuchać, jak Elner im śpiewa. Pierwszego ranka zafundowała im porywające wykonanie *When You and I Were Young, Maggie*, co wszystkich rozbawiło. Mimo przeprowadzki do miasta nioski świetnie się spisywały. Dzięki Elner nikt z sąsiadów nie musiał już kupować ani jajek, ani konfitur figowych.

Dla Normy oznaczało to dłuższy dojazd do cioci, ale dla samej Elner zamieszkanie w tej okolicy miało tę zaletę, że nowi sąsiedzi byli jej starymi znajomymi. Merle i Verbena Wheelerowie, którzy prowadzili pralnię chemiczną Błękitna Wstążka, mieszkali teraz naprzeciwko niej. Po prawej miała emerytowaną pielęgniarkę Ruby Robinson z mężem Johnem. Po drugiej stronie mieszkała Tot Whooten z matką, która skończyła już dziewięćdziesiąt dwa lata. Wszyscy oni chętnie się spotykali. Za ich domami rozpościerało się duże pole kukurydzy, więc przy ładnej pogodzie wynosili plastikowe krzesełka, siadywali u Elner na podwórzu i obserwowali zachód słońca, popijając mrożoną herbatę albo piwo, wedle uznania.

Nie potrzebowali znaku STRAŻ SĄSIEDZKA. Wystarczyło, że Verbena była wścibska i wszyscy pilnowali się nawzajem, a żaden włamywacz na tej ulicy nie miał najmniejszych szans. Dlatego Elner nigdy nie zamykała drzwi na klucz, co niepokoiło Normę.

„Kochana, włamywacz wyrządziłby mi tylko przysługę. I tak mam za dużo rzeczy" – uspokajała ją Elner.

To była prawda. Magazynowała w domu najróżniejsze szpargały i oczywiście nie utrzymywała ich w takim porządku, jaki marzyłby się Normie.

Pewnego dnia, niedługo po tym, jak Elner się przeprowadziła, Norma zauważyła u niej na stole dużą puszkę po kawie wypełnioną piaskiem.

– Ciociu Elner, co to jest? Jakaś roślina zwiędła?

– Nie, to moje robaczki. – Staruszka roześmiała się. – Przywiozłam je ze sobą. To moi przyjaciele, chociaż o tym nie wiedzą... są takie słodziutkie. Co jakiś czas jeden wystawia główkę i macha nią na wszystkie strony. Mam z nimi nie lada ubaw.

– Trzyma ciocia w domu robaki?

– Tak, nie sprawiają kłopotów... wystarczy rzucić im trochę okruszków i nalać odrobinę kawy raz na jakiś czas i to im wystarcza do szczęścia. Oj, kochana, a skoro już o tym mowa... zgadnij, co dla ciebie mam. Znalazłam dzisiaj rano na podwórzu.

– Chyba nie ślimaka albo robaka?

– Nie, to czterolistna koniczyna. Powiedziałam do Merle'a: „Dam ją Normie". Poczekaj, włożyłam ją do lodówki.

Norma usiadła przy stole i wpatrywała się w puszkę.

– Ciociu Elner, czy zdarza im się wychodzić z puszki?

– Czasami, ale zbieram je i wkładam z powrotem.

– Nie boi się ciocia zarazków?

– Wcale. Stół jest czysty.

Jadąc do domu, Norma dziękowała Bogu, że jej mama tego nie dożyła. Gdyby Ida wiedziała, że jej siostra trzyma na stole w kuchni puszkę z robakami, na pewno padłaby trupem z oburzenia i wstydu. Norma była tylko średnio przerażona. Miała za to bzika na punkcie czystości. Jeśli ktoś u niej w domu palił papierosa, opróżniała popielniczkę, zanim jeszcze gość skończył. Starała się tego nie robić, próbowała odwracać wzrok, ale to było silniejsze od niej. Któregoś dnia zapytała córkę:

– Lindo, czy myślisz, że mam nerwicę natręctw?

– Oj, nie wiem, mamo. Czy wszyscy czyszczą żaluzje patyczkami higienicznymi dwa razy dziennie?

Norma westchnęła.

– No cóż, to wina twojej babci. Jeśli mój pokój nie był idealnie wysprzątany, mówiła: „Chcesz, żeby ludzie myśleli, że wychowałaś się w chlewie? Tylko prostacy żyją w brudnych domach, Normo!".

Kiedyś wpadł jej w ręce artykuł w „Psychology Today" na temat takiej potrzeby perfekcyjności. Najwyraźniej jej matka miała kompleksy, które przekazała córce.

Znała przyczyny swojego zachowania i zdawała sobie sprawę, jakie jest dziwaczne, ale przecież gdyby ona nie wyczyściła tych żaluzji, kto by to zrobił? Nie piła, nie zażywała narkotyków i nie napadała na banki, miała jedynie słabość do cloroksu.

Dobrze chociaż, że potrafiła z tego żartować... czasami... No, raz na jakiś czas... może. Chociaż w zasadzie nie widziała nic śmiesznego w brudnym domu. Zresztą dzięki sprzątaniu zawsze miała zajęcie. Nie rozumiała, dlaczeo Macky i Linda robili z tego taką aferę. Inni mieli hobby, jej wystarczało sprzątanie. Co w tym takiego strasznego? I skąd brały się te odciski palców na drzwiach lodówki? Gdy wycierała uchwyt po raz czwarty tego dnia, przyszło jej na myśl, że może istotnie powinna udać się do psychologa. Z drugiej strony, wszyscy mają jakieś drobne dziwactwa. Ciocia Elner trzymała robaki jako zwierzątka domowe. Oczywiście Macky uważał, że to najzabawniejsza rzecz, o jakiej kiedykolwiek słyszał. Ale ciocia Elner jego zdaniem nie mogła zrobić nic złego. Kochał ją na zabój. Codziennie przed pracą zaglądał do niej i wspólnie wypijali kawę. O czym rozmawiali, było dla Normy tajemnicą, lecz ciocia Elner dzwoniła do nich w dzień czy w nocy i zawsze prosiła o Macky'ego. A nie miała zupełnie poczucia czasu. Zdarzało jej się telefonować o wpół do szóstej rano, żeby go o coś zapytać albo opowiedzieć mu świeżo usłyszany głupi żart.

Tego dnia Macky o świcie podniósł słuchawkę i powiedział:

– Nie wiem, ciociu. No to dlaczego pancernik przeszedł przez ulicę? – Zaraz potem się roześmiał i od razu zasnął, ale Norma już nie.

I nie interesowało jej, dlaczego pancernik przeszedł przez ulicę.

Rocznica

1974

Michael J. Vincent pojechał do Chicago na spotkanie biznesowe z agencją reklamową pracującą dla mleczarni jego teścia.
Po południu miał wrócić do Elmwood Springs, lecz wcześniej
musiał jeszcze kupić coś dla żony. Następnego dnia była ich
szósta rocznica ślubu i wiedział, że teść będzie go obserwował
niczym jastrząb.

Przed ślubem z Hanną Marie założył, że jej ojciec zbuduje
dla nich dom. Tymczasem teść praktycznie zmusił go do za-
mieszkania w dużej rezydencji z całą rodziną.

– Któregoś dnia to wszystko będzie wasze, ale teraz chcemy spędzić czas, który nam pozostał, z naszą córką.

Tak więc Michael czekał cierpliwie, prowadząc swoją grę.
Hanna Marie i jej matka były łatwe do ogrania. Zadowolić starego było coraz trudniej.

Wszedł do sklepu, otrzepał śnieg z ramion, zatrzymał się
przy kontuarze z biżuterią i skinął na ładną ekspedientkę.

– Hej, złotko, podejdź no tu. Wybierz coś z tego i zapakuj.

Dziewczyna była wyraźnie skonfundowana.

– Ale, proszę pana, nie chce pan sam czegoś wybrać? Woli
pan rubiny czy szmaragdy, czy?...

– To nieważne, po prostu coś wybierz. Zaraz po to przyjdę.
Gdzie kupię spinki do mankietów?

– Dwa stoiska dalej.

Naprawdę nie miało dla niego znaczenia, co kupi tej kobiecie. Na ogół nie wychodziła ze swojego pokoju, gdzie zajmowała się dobroczynnością i tymi głupimi kotami od starej Shimfissle. Ona niczego nie potrzebowała. To on potrzebował wielu rzeczy.

Urodzili się w tym samym roku. Jej ojciec dawał jej wszystko, czego zapragnęła. On zaś wychowywał się w południowej części Chicago w brudnym jednoizbowym mieszkaniu bez ciepłej wody, jako szóste z ośmiorga wiecznie płaczących i wrzeszczących dzieci. Jedynym, co kiedykolwiek dostał od ojca, był cios w twarz i kopniak za drzwi, gdy miał piętnaście lat. Gdy opuszczał dom, poprzysiągł sobie dwie rzeczy: po pierwsze, że nigdy nie będzie miał dzieci, i po drugie – że jego stopa nigdy więcej nie postanie w tym domu, i tego się trzymał. Kilka lat wcześniej, kiedy przejeżdżał obok budynku, w którym spędził dzieciństwo, spojrzał na szare chwiejne drewniane schody i zastanawiał się, czy ktoś z jego rodziny jeszcze żyje. Miał nadzieję, że nie. Gdyby się dowiedzieli, że ma pieniądze, próbowaliby coś uszczknąć dla siebie, a do tego nie chciał dopuścić. Zbyt wiele wysiłku go to kosztowało.

Zaczął pracować w wieku trzynastu lat – stał na czatach, kiedy handlowano losami nielegalnej loterii. Nieźle na tym zarabiał, ale to mu nie wystarczało. Czuł się, jakby od urodzenia przyciskał twarz do szyby, przez którą oglądał życie innych i marzył, by w nim uczestniczyć. Był gotów to osiągnąć wszelkimi sposobami. Kłamstwem, oszustwem, kradzieżą... nawet przez małżeństwo.

Michael nie lubił wracać do Chicago. Jego przeszłość związana z tym miejscem nie była chlubna. Zdobył pracę w agencji reklamowej i nieźle sobie tam radził. Gdy więc koleżanka z biura powiedziała mu, że jest w ciąży, wściekł się nie na

żarty. Potem zaczęła napomykać o małżeństwie. A była tylko
zwykłą sekretarką! Umówił się z nią na spotkanie w małej restauracji w pobliżu miejsca pracy, żeby o tym porozmawiać.
Dwie godziny później dziewczyna siedziała przy stoliku
samotnie, wpatrując się w kartkę z adresem. Nigdy wcześniej
nie była w tej dzielnicy. Sam lokal znajdował się na tyłach ta-
niego schowka magazynowego. Gdy zapukała, drzwi otworzył
niski, gruby mężczyzna. Zobaczył ładną młodą kobietę, drżą-
cą ze strachu przed tym, co miało się stać. Bardzo podobną do
tej, którą Sardino przysłał mu ostatnio.
Tego wieczora około siódmej trzydzieści Hershie Abrams
trząsł się z przerażenia. Od kilku godzin ciężko pracował.
W końcu wykręcił numer Sardino i szepnął do słuchawki:
– To ja... Nie przeżyła.
– Co?
– Nie żyje. Nie wiem, co się stało. Nie mogłem tego po-
wstrzymać...
– Kto nie żyje? O czym ty mówisz?
– Dziewczyna... ta, którą do mnie przysłałeś. Wykrwawiła
się. Musisz tu przyjść i ją stąd zabrać.
– Nie wiem, o czym mówisz. Nie wysyłałem do ciebie żad-
nej dziewczyny.
– Blondynka. Mówiła, że od ciebie.
– Nie znam żadnej blondynki.
Teraz pot już zalewał twarz Abramsa.
– Musisz mi pomóc. Ona nie żyje.
– Mówiłem ci już, że nie znam żadnej blondynki.
– Co mam zrobić?
– Nie wiem, Hershie. Zawsze możesz wezwać policję – od-
powiedział i zaraz się rozłączył.

Hershie osłupiał. Miał do czynienia z wieloma łajdakami, ale ten bił ich wszystkich na głowę i w jednej sekundzie zwrócił się przeciwko niemu.

Anthony Sardino był pewien, że nie da się go powiązać z tą śmiercią, ale i tak uznał, że najlepiej będzie wynieść się z miasta. Głupie baby. Postanowił sobie więcej się z nimi nie zabawiać, chyba że miałby z tego jakąś korzyść.

Boston, Massachusetts

1967

Anthony Patrick Sardino, który teraz przedstawiał się jako Michael James Vincent, był w połowie Irlandczykiem, w połowie Włochem, a w stu procentach łajdakiem. Miał jednak ujmujący wygląd, dużo uroku i silną wolę. Teraz mieszkał w Bostonie i pracował w agencji reklamowej.

Uważnie przyglądał się bogatym studencikom – jak się poruszają i ubierają. To nie było trudne. Umiał obchodzić się z ludźmi. Tego dnia załatwił sobie wstęp na imprezę organizowaną przez bractwo, w którym miał kumpla. Podobały mu się dziewczyny z uczelni. Rozglądał się po sali i nagle ją zauważył. Zwrócił się do jakiegoś studenta z pytaniem, kim jest ta głucha. Chłopak spojrzał we wskazanym kierunku.

– A... to Swensenówna. Jej ojciec ma dużą mleczarnię gdzieś na Środkowym Zachodzie. Chyba w Missouri.

Wiedział co nieco o krowach. Jego ojciec i wujowie pracowali przy bydle w Chicago. To była brudna, śmierdząca robota, z którą nie chciał mieć nic wspólnego. Ale nie miałby nic przeciwko temu, żeby być właścicielem dużej, czystej farmy mleczarskiej. Jeszcze raz spojrzał na dziewczynę. Wyglądała nieźle. Nawet całkiem ładna, w typie niewiniątka z dużymi oczami. Co z tego, że głucha? Małżeństwo z kobietą, która

nie mówi, może mieć swoje plusy. Uśmiechnął się do niej i skinął głową. Zauważył, że jest nieśmiała. Nawet się zaczerwie-
niła. Tak, zdecydowanie była ładna. Odstawił piwo i ruszył
w jej stronę.

Dzień Matki

Na Spokojnych Łąkach wszyscy byli w dobrych humorach. Wiosna zawsze poprawiała nastroje. Najpierw przychodziła Wielkanoc, co oznaczało wielu gości, i zwykle całe wzgórze pełne było koszy z wielkanocnymi liliami.

Teraz nadszedł Dzień Matki. Nie wszystkie kobiety były matkami, ale każdy miał matkę i tego dnia o niej myślał. Ted Nordstrom mógł osobiście złożyć życzenia swojej mamie.

Katrina powiedziała:

– Tak się cieszę, że jesteś przy mnie. To najlepszy Dzień Matki, o jakim mogłabym marzyć.

Tego ranka Macky i Norma pojechali po ciocię Elner i przywieźli ją na cmentarz. Ciocia Elner przyniosła kwiaty swojej matce, tak jak robiła to od ponad sześćdziesięciu lat. Macky i Norma złożyli kwiaty na grobach swoich mam.

W nocy nad całym wzgórzem unosił się zapach róż. Ida przed snem zauważyła:

– Miło jest być pamiętanym, prawda?

– O tak – odpowiedziała jej Katrina. – A tobie się poszczęściło, że twoja córka to taka miła dziewczyna.

– Tak. – Ida uśmiechnęła się. – Zawsze była kochana. Nerwowa, ale kochana.

W domu Tot Whooten Dzień Matki nadszedł i minął nie-zauważenie. To nigdy nie było dla niej szczególne święto. Jej córka Darlene przez jakiś czas pracowała wraz z nią w salonie fryzjerskim, póki nie ufarbowała włosów pastorowej na jaskrawopomarańczowo. Stało się tak dlatego, że nie umiała przeczytać etykiety. Potem zostawiła zapalonego papierosa na półce z papierami, wywołując pożar na zapleczu. Sprawiała same kłopoty, więc Tot musiała ją zwolnić. A wtedy Darlene miała czelność zażądać wypłaty za cały miesiąc. Od własnej matki.

Ani Darlene, ani jej brat Dwayne junior nie ukończyli szkoły średniej. Jakże przykro było Tot patrzeć na samochody, które miały na zderzakach nalepki z napisem: „Moje dziecko jest prymusem w liceum Elmwood". Jej dzieci zamiast prymusami były raczej pijakami. Sama dobrze rozumiała, że tego należało się spodziewać. Ona i ich ojciec nie dawali im dobrego przykładu. Spoglądając wstecz (za późno), doszła do wniosku, że mogła rzucić Jamesa dużo wcześniej, a nie narażać dzieci na oglądanie tych okropnych sprzeczek. I nie powinna była rozwalać telefonu na jego głowie. Doktor powiedział, że gdyby James nie był taki pijany, mogło go to zabić. Zresztą, wiele innych rzeczy teraz zrobiłaby inaczej.

Przede wszystkim urodziłaby się jako kto inny i gdzie indziej. Właśnie przeczytała artykuł o tym, że człowiek wybiera sobie takich rodziców, jakich potrzebuje, żeby otrzymać od życia lekcje tego, co będzie mu potrzebne. Nie wierzyła w ani jedno słowo. Gdyby tak było, kto przy zdrowych zmysłach wybrałby sobie ojca pijaka i zwariowaną matkę? Jej ojciec tak się zalał w dniu jej ślubu, że musiała sama iść do ołtarza, a kiedy pastor zapytał: „Kto oddaje tę kobietę temu mężczyźnie?", odpowiedziała mu cisza. Kilka lat później jej matka postradała zmysły. Wczesna demencja – mówiono, ale Tot wiedziała, że to raczej ucieczka od świata na własne życzenie. Czy można ją było za to winić? Tak czy owak, opieka nad nieszczęsną staruszką, która nieustannie gdzieś znikała, nie należała do łatwych.

Ostatnim razem zgubiła się w galerii handlowej. Tot odwróciła się na pięć sekund, a ona w tym czasie dosłownie się rozpłynęła. Tot podbiegła do ochroniarza z informacją, że matka od niej odeszła, a ten odparł: „Ojej, Tot, bardzo mi przykro. Kiedy zmarła?". Musiała mu wyjaśnić, że nie odeszła z tego świata, tylko błąka się gdzieś po galerii. Dwie godziny później w końcu się zjawiła. Okazało się, że poszła do kina i obejrzała cały film.

Po tym zdarzeniu Tot przyczepiła jej tabliczkę z napisem: „Jeśli się zgubię, proszę mnie zaprowadzić do salonu fryzjerskiego Tot Whooten".

Biedna Tot była przedstawicielką pokolenia kanapkowego, na długo zanim zaczęto używać tego terminu. Uwięziona między dziećmi a matką wiedziała, że ludzie jej współczują, i zdawała sobie sprawę, że tylko z tego powodu wiele klientek pozostaje jej wiernych. Nie chciała być ofiarą, ale potrzebowała pieniędzy. Szamocząc się, nie była w stanie nic odłożyć. W nocy, kiedy wszyscy już spali, siadywała w ciemnościach w salonie, paliła papierosy i wyobrażała sobie życie bez męża i dzieci.

Ostateczna sprzedaż

Kiedy Ida Jenkins odeszła, dyscyplina w klubie ogrodniczym stopniowo ulegała rozluźnieniu, co nie było dobrą wiadomością dla Spokojnych Łąk. Przez jakiś czas Norma i jej przyjaciele sprzątali cmentarz raz w miesiącu, ale z czasem wiele osób się wyprowadziło lub zrezygnowało i w końcu poszczególne rodziny zajmowały się tylko swoimi grobami.

Po zamknięciu miejscowego banku zarządzanie funduszami Spokojnych Łąk spadło na przedsiębiorcę pogrzebowego Arvisa Oberga. Dwanaście lat później miał już tego dość. Wiązało się to z czasochłonną pracą papierkową, a większość jego klientów i tak już chowano na nowym cmentarzu. Omówił to z żoną i postanowili po prostu sprzedać ostatnie działki, żeby pozbyć się kłopotu.

Gdy następnego ranka Cathy Calvert przyszła do redakcji, przeczytała ogłoszenie, które Arvis chciał umieścić w piątkowej gazecie.

GDZIE SPĘDZISZ WIECZNOŚĆ?

Nie wiesz, co kupić Tacie na Dzień Ojca?
Mamie z okazji Jej święta?
Zastanawiasz się, co kupić swojej drugiej połowie
    na najbliższą rocznicę?
Brylanty są na całe życie, ale kwatera na cmentarzu
    na wieczność.

Ostatnia okazja, by wykupić działki na Spokojnych
   Łąkach.
Pośpiesz się... zostały już tylko 54.
Tylko w tym tygodniu oferta dla par: dwie w cenie jednej.
Jeszcze dziś zadzwoń lub odwiedź Dom Pogrzebowy
   Gwarantowany Spoczynek!

Cathy nie podzielała opinii, że działka na cmentarzu będzie dobrym prezentem, ale Arvis był jednym ze stałych ogłoszeniodawców, więc nie mogła mu odmówić.

Kolejna rocznica

Zbliżała się dwudziesta czwarta rocznica ślubu Normy i Macky'ego, a bardzo trudno było znaleźć dla niego jakiś prezent. Większość kobiet kupowała mężom jakieś narzędzia, ale gdy mąż jest właścicielem takiego sklepu, to nie takie proste. W końcu Norma zdecydowała się na piżamę z motywem przynęt wędkarskich.

Macky również nie miał pomysłu. Nigdy nie wiedział, co kupić Normie, a data rocznicy zbliżała się wielkimi krokami. Kiedy więc zobaczył w gazecie ogłoszenie o wolnych działkach na Spokojnych Łąkach, uznał to za rozwiązanie swojego problemu. Następnego dnia poszedł do domu pogrzebowego i dobrze, że to zrobił. Dostał ostatnie miejsca z oferty „dwie w cenie jednej". Arvis powiedział mu, że od chwili kiedy otworzył drzwi, parcele sprzedawały się jak świeże bułeczki.

Norma była jeszcze w szlafroku, kiedy zadzwoniła ciocia Elner.

– Wszystkiego najlepszego z okazji rocznicy! – zawołała.

– Dziękuję, ciociu.

– Jak zamierzacie uczcić tę okazję? Idziecie gdzieś na kolację?

– Myślę, że tak – westchnęła Norma.

– Dokąd?

– Nie wiem. Powiedział, że mnie zaskoczy.

– O co chodzi, kochanie? Nie wydajesz się szczęśliwa.

– Hm... nie wiem. Chyba nie jestem. Nie uwierzy ciocia, co Macky podarował mi na naszą rocznicę.

– Co takiego?

– Lepiej niech ciocia usiądzie. Kwaterę dla dwóch osób na Spokojnych Łąkach. Powiedziałam mu, że to niezbyt romantyczny prezent.

– Ho, ho, według mnie to bardzo rozsądne z jego strony.

– Może, ale wolałabym coś, z czego mogę korzystać już teraz. Co za przyjemność z miejsca na cmentarzu? Nawet nie dożyję chwili, kiedy mogłabym się tym cieszyć.

Ciocia Elner zachichotała.

– Może się ciocia śmiać, ale naprawdę nie myślę, żeby w śmierci było coś zabawnego.

– Oj, złotko, nie powinnaś tracić poczucia humoru. Śmierć to część życia.

– Poważna i straszna część życia, nienawidzę jej.

– Tak, to poważna sprawa. Strata bliskich to najtrudniejsza rzecz, przez jaką musimy przechodzić jako ludzie. Pewnie dlatego dobry Pan dał nam poczucie humoru. Bo bez tego chyba wszyscy zmarlibyśmy ze smutku, nie sądzisz?

– No może, ale... to i tak silniejsze ode mnie. Już sama myśl o tym mnie przeraża.

– No cóż, wszyscy kiedyś umrzemy.

– Tak, ale ja nie chcę. I nie chcę myśleć, że ja i Macky umrzemy, zwłaszcza w dniu naszej rocznicy.

– To normalne, mało kto o tym myśli, ale to i tak się stanie. Jeżeli o mnie chodzi, jestem gotowa odejść, kiedy tylko Pan mnie wezwie.

– Ciociu... przysięgam, że jeśli ciocia umrze, to po tym, co przeszłam po śmierci mamy i taty, nigdy cioci nie wybaczę. W dodatku każę Tot Whooten ciocię uczesać.

Elner parsknęła śmiechem.

– Oj, to już muszę się trzymać. Nie chcę wyglądać jak Ida.

Norma nie była w stanie powstrzymać śmiechu.

– O mój Boże, ciociu. Musi mi ciocia przypominać, co Tot zrobiła z włosami mamy? Jak je nastroszyła z jednej strony?

– Dobrze, że Ida nie żyła, bo inaczej zabiłaby nas obie.

– Biedna Tot. Do tego według niej mama wyglądała bardzo ładnie. Przez cały czas czuwania byłam przerażona. Te miny żałobników...

– Wiem, byłam tam. Ale nasza poczciwa Tot ma swoje mocne strony, tylko akurat fryzjerstwo do nich nie należy.

– O tak, na pewno – Norma przytaknęła z rozbawieniem.

– O Boże, módlmy się tylko, żeby przeszła na emeryturę, zanim umrzemy, bo inaczej wyśle nas w ostatnią drogę z szopami na głowach.

Po tej rozmowie Norma otarła oczy i poczuła się lepiej. Ciocia Elner miała rację. To było miłe ze strony Macky'ego, że kupił piwniczkę na cmentarzu. Im więcej o tym myślała... to było nawet zabawne. Niektóre kobiety dostają perły i rubiny. Ona dostała miejsce na pochówek.

Ratuj się, kto może!

1975

Była dwunasta w południe, dzień po Wielkanocy, gdy rozległ się dźwięk syreny. Kilka minut później błękitne kwietniowe niebo nagle zmieniło barwę na brzydką zgniłą zieleń i zerwał się wiatr, który zaczął gwałtownie krążyć w niektórych miejscach. Merle Wheeler pierwszy dojrzał wirujący stożek i krzyknął:

– Tornado!

Niebawem wszyscy usłyszeli głośny ryk, który zbliżał się coraz bardziej, gdy wicher pędził w szaleńczym tańcu przez miasto, wyrywając dachówki, rozrzucając kurniki i meble ogrodowe po całej okolicy, a potem przeleciał nad ich głowami, porywając ze sobą kosze lilii wielkanocnych i odłamki starej drewnianej bramy cmentarnej. Następnie zapanowała niezwykła cisza, po której rozległy się dźwięki syren strażackich i helikopterów.

Wszyscy na Spokojnych Łąkach czekali niecierpliwie, martwiąc się o członków swoich rodzin. Po tych straszliwych odgłosach tornada mogli sądzić, że w ciągu najbliższych dni dołączy do nich wiele osób. Will Shimfissle bardzo niepokoił się o swoją żonę.

– O Boże, mam nadzieję, że zdążyła zejść do piwnicy.

Na szczęście jej sąsiadka Verbena w porę ostrzegła Elner i ta ukryła się w piwnicy wraz z kotem i małą wiewiórką, trzymaną w pudełku po butach.

Po kilku tygodniach, kiedy nie przybył do nich nikt nowy, wszyscy odetchnęli z ulgą.

– Chyba wszyscy przeżyli ten kataklizm. To dobrze – rzekł Gene.

Miał rację. Nie było ofiar śmiertelnych, ale huragan zniszczył starą drewnianą wieżę ciśnień i całkowicie zrównał z ziemią osiedle przyczep kempingowych. Nie pozostało tam nic poza trzydziestoma czterema cementowymi płytami na pustym polu, po którym poniewierały się butle z gazem.

Mieszkańcy natychmiast zaoferowali pomoc rodzinom pozostawionym bez dachu nad głową. Oczywiście, był to bardzo serdeczny sąsiedzki gest, ale każdy, kto się na to decydował, robił jedno zastrzeżenie: „Z radością pomożemy, jeśli nie będzie to rodzina Griggsów".

Rodzice to jedno, ale tym, który najbardziej wszystkich odstręczał, był syn. Jedenastoletni Luther Griggs znajdował się na dobrej drodze do zostania młodocianym przestępcą. Już dwa razy próbował podpalić szkołę.

W następnym tygodniu wszystkie rodziny miały już zapewnione miejsca pobytu. Pozostała tylko ta jedna. Rodzice Luthera postanowili wrócić do Wirginii Zachodniej, uznali jednak, że dla ich syna lepiej będzie, gdy skończy rok szkolny tu, gdzie go zaczął.

– Nie będę mieszkał z jakąś staruchą – biadolił, kiedy ciągnięto go po schodach do drzwi Elner Shimfissle z papierową torbą pełną darowanych ubrań.

Zdenerwowany Merle Wheeler, który przewodził Komitetowi Pomocy Poszkodowanym, odparł:

– Niestety, to jest jedyna osoba, która zgodziła się tobą zaopiekować, więc się zamknij.

Elner wyszła ich przywitać.

315

– Cześć, Luther. Wejdź i się rozgość.

Chłopak nie drgnął, więc Merle wepchnął go do środka.

– Powodzenia, Elner! – zawołał i szybko się oddalił.

Luther spojrzał na Elner gniewnie.

– I tak tu nie zostanę.

– W porządku, kochanie. Ale zanim się wyniesiesz, zrobię ci coś do jedzenia i może przepiorę te rzeczy.

– No... ale i tak nie zostanę. I nie zmusi mnie pani.

– Pewnie, że nie.

Rozejrzał się.

– Zresztą to i tak paskudny stary dom... i pani jest stara i brzydka. – Po tych słowach skrzywił się, przekonany, że zaraz zostanie uderzony w twarz, ale Elner zgodziła się z nim.

– Racja, dom nie jest piękny. Ja też nie jestem ślicznotką – rzekła, patrząc w lustro. – No, chodź, pokażę ci, co mam w kuchni. Jest bekon, ciastka, miód... a lubisz lody truskawkowe? Możemy się nimi poczęstować, zanim sobie pójdziesz.

Stał w miejscu niezdecydowany i wreszcie po chwili ruszył za nią do kuchni.

Gdy Norma się dowiedziała, że Elner przygarnęła Luthera Griggsa, natychmiast do niej zadzwoniła.

– O Boże, ciociu, jak ciocia mogła dać się namówić na coś tak głupiego? Trzeba było najpierw do mnie zadzwonić.

Elner znała Normę i spodziewała się tego telefonu.

– Wiem – powiedziała – ale przecież ktoś musiał go przygarnąć. Zresztą, to tylko na chwilę.

– Tylko niech się ciocia nie zdziwi, jak spali cioci dom... albo zamorduje ciocię we śnie. – Odłożyła słuchawkę, lecz wciąż była niespokojna. – Dobry Boże. Już i tak miała sporo zmartwień na głowie, bo Linda wyjechała do college'u tak daleko od domu, a teraz jeszcze to. Jak mogłaby się uspokoić? Jej ciocia Elner była w poważnym niebezpieczeństwie.

Następnego dnia burmistrz Smith zjawił się w domu Elner z pudełkiem pod pachą.

– Elner, znalazłem te rzeczy Bobby'ego w szafie i pomyślałem, że mogą się przydać Lutherowi.

Po jego wyjściu chłopiec zajrzał do pudełka i natychmiast złapał metalowy samochodzik, który kiedyś należał do Gene'a Nordstroma, pobiegł z nim do pokoju i zamknął za sobą drzwi. Okazało się, że ten dzieciak kochał wszystko, co miało koła.

Cztery tygodnie później, gdy rok szkolny dobiegał końca, Elner i Luther jedli wspólnie śniadanie.

– Na pewno już bardzo tęsknisz za rodzicami – powiedziała Elner.

Chłopiec podniósł głowę i między jednym a drugim kęsem naleśników ociekających syropem klonowym odparł:

– Nie, nie tęsknię.

– Nie cieszysz się, że znowu ich zobaczysz?

– Nie. Oni się w ogóle mną nie przejmowali. Już wolałbym zostać z panią.

– Ojej, kochanie. To na pewno nie jest prawda.

W tym przypadku jednak to była prawda. Luther był niechcianym dzieckiem i słyszał to od matki wielokrotnie: „Gdyby nie ty, ja i twój tata nie musielibyśmy gnić w tej mieścinie. Moglibyśmy jechać do Las Vegas albo gdzie indziej, i wreszcie zabawilibyśmy się trochę ".

Elner zadzwoniła do rodziców Luthera i zapytała, czy może jeszcze na jakiś czas go zatrzymać. Jego ojciec odpowiedział:

– Jasne. Może go pani trzymać, ile pani chce.

Tak też zrobiła.

W sierpniu, gdy Hazel Goodnight przybyła na Spokojne Łąki, wszyscy chcieli się dowiedzieć czegoś o tornadzie.

– Och, to było straszne. W centrum tyle zniszczeń... mnóstwo szyb porozbijanych. Sklep z narzędziami i pralnia chemiczna straciły szyldy, ale przynajmniej wciąż stoją. Najbardziej ucierpiała okolica po drugiej stronie drogi 289. Zniszczyło całe osiedle przyczep kempingowych.

Ida Jenkins zwróciła się do męża:

– Widzisz? A nie mówiłam? Jak tylko zezwoliliśmy na tę budowę, mówiłam ci, że to będzie przyciągać tornada. I miałam rację!

Stary Henry Knott, który zmarł w 1919 roku, zapytał:

– A co to takiego, to osiedle przyczep kempingowych?

– Oj, tato, nawet nie chcesz wiedzieć – odpowiedziała mu Ida. – Teraz ludzie mieszkają w metalowych puszkach.

– Dlaczego?

– Żebym to wiedziała. Świat stracił cały swój dawny wdzięk i urok. Cieszę się, że wychowywałam się w tamtych czasach i w tamtym miejscu. Dziwne wyznanie z ust kogoś, kto dorastał na farmie świń.

Coś trapi Andera

Na początku zaproszenie zięcia pod swój dach wydawało się Anderowi Swensenowi dobrym pomysłem. Jednak po kilku latach wspólnego mieszkania nie był taki pewien, czy podjął słuszną decyzję.

Ander był odnoszącym sukcesy przedsiębiorcą i miał do czynienia z wieloma ludźmi, ale nigdy nie spotkał nikogo takiego jak Michael Vincent. Niezależnie od pory dnia czy nocy Michael zawsze wyglądał tak, jakby przed chwilą zszedł z billboardu reklamującego koszule. Każdy włosek ulizany i idealnie przycięty. Buty zawsze na wysoki połysk. Każdy element garderoby wykrochmalony i wyprasowany. Nawet pachniał przyjemnie. O tak, z pewnością potrafił zawracać w głowach kobietom.

Ten wieczór nie był wyjątkiem. Kiedy rodzina zebrała się w jadalni przy kolacji, Ander obserwował, jak Michael odsuwa krzesła dla Beatrice i Hanny Marie, a potem siada między nimi. I jak zwykle na początku zwrócił się do Beatrice z komplementem:

– Pięknie mama dzisiaj wygląda. Ta broszka jest bardzo ładna. Podkreśla niebieski kolor oczu.

Beatrice sięgnęła do zapinki w kształcie rogu obfitości i odparła:

– Och, dziękuję, Michael.

Ander widział, że na zewnątrz wszystko wygląda dobrze, ale coś nie dawało mu spokoju. Już od jakiegoś czasu czuł się rozdarty: z jednej strony cieszył się z małżeńskiego szczęścia córki, a z drugiej miał ochotę roztrzaskać temu facetowi talerz na głowie. Nie wiedział, czy Michael po prostu jest zbyt ulizany jak na jego gust, czy chodzi o coś innego, ale za każdym razem gdy tamten zwracał się do niego „tato", Andera irytowało to jak diabli.

Tego dnia, kiedy Bridget podała zupę, Michael uśmiechnął się i powiedział:

– Tato – wziął Hannę Marie za rękę i spojrzał jej w oczy – jeśli tata nie ma nic przeciwko temu, chciałbym zabrać nasze kobiety w niedzielę na piknik. Czy mogę pożyczyć duży samochód?

W wielkich brązowych oczach dziewczyny błyszczała nadzieja, kiedy czekała na odpowiedź ojca. Ander miał inne plany na niedzielę. W interesach potrafił odrzucić każdą ofertę, która mu się nie podobała, ale córce nie umiał niczego odmówić. Wciąż była jego małą dziewczynką i dostawała wszystko, czego chciała.

Po deserze, gdy kucharka wróciła do pokoju, Michael powiedział:

– Możesz już posprzątać. Kawę wypijemy w salonie.

Anderowi już wcześniej nie podobało się to, że zięć zaczyna wydawać służbie rozkazy, ale nie protestował. Tego dnia jednak, gdy Bridget sięgnęła po jego talerz, podniósł rękę i powiedział:

– Nie, jeszcze nie, Bridget. Jeszcze nie skończyłem.

– Ojej, przepraszam. Myślałem, że tata już zjadł – szybko wtrącił Michael.

Ander spojrzał na niego i powiedział tonem, który brzmiał niemal jak ostrzeżenie:

– Nie, Michael, jeszcze nie zjadłem.

Hanna Marie jako osoba głucha nie usłyszała zmiany w głosie ojca, lecz wiedziała, że coś się stało. Czuła to. Spojrzała na ojca, a potem na Michaela, który uśmiechnął się do niej, jakby wszystko było w porządku. Beatrice nie zauważyła napięcia między mężczyznami, ale Michael odebrał cenną lekcję. Odtąd będzie ostrożniejszy.

Wizyta

1976

– Gene, obudź się, ktoś do ciebie! – zawołała Lucille Beemer.
Gene ujrzał piękną blondynkę stojącą nad jego grobem. Nie miał pojęcia, kim ona jest. Nie wyglądała na kogoś z okolicy. Była w brązowej zamszowej kurtce, czarnym golfie i czarnych spodniach. Zupełnie jakby zeszła z planu filmowego. Wtem obok niej pojawiła się ciocia Elner.

– Widzę, że go znalazłaś – powiedziała.

– Tak.

Obie stały przez chwilę w milczeniu. Potem ciocia Elner zapytała:

– Pamiętasz, jak przychodziłaś tu w dzieciństwie?

Blondynka wyglądała na zaskoczoną.

– Nie... Byłam już tutaj?

– O tak. Dwa, trzy razy. Przyprowadzaliśmy cię tu w Dzień Pamięci. Rozmawiałaś ze swoim tatusiem i w ogóle.

– Rozmawiałam?

Ciocia Elner skinęła głową.

– Szkoda, że go nie znałaś. Był takim słodkim chłopcem... i mądrym. Zawsze myślałam, że jak dorośnie, zostanie pisarzem.

– Naprawdę?

– O tak. Jeszcze jak chodził do szkoły, kiedy do nich zaglądałam, często siedział w pokoju i coś pisał na maszynie... tap, tap, tap. Bawiłaś się tą starą maszyną, kiedy byłaś mała.

– Hm, nie pamiętam. A kto jeszcze tu leży? – zapytała, wsuwając ręce do kieszeni.

– Wszyscy. Twoi pradziadkowie, twoja babcia i dziadek, a któregoś dnia dołączę do nich i ja. – Nagle Elner spojrzała na nią z niepokojem. – Oj, kochanie, masz już swoją kwaterę?

– Nie.

– Radzę ci kupić. Wiem, że jeszcze jesteś młoda, ale dobrze jest wiedzieć, dokąd się zmierza... to daje poczucie bezpieczeństwa.

Kiedy odeszły, Gene pozostał w stanie lekkiego szoku. Ta piękna kobieta to jego córka. Ostatni raz widział ją prawie trzydzieści lat temu. Teraz była już dorosła, starsza niż on w chwili swojej śmierci. Był pewien, że ona o tym nie wie, ale z tymi jasnymi włosami i niebieskimi oczami bardzo przypominała jego babcię Katrinę ze starego zdjęcia.

Dena przyjechała tylko na kilka dni, więc po wizycie na cmentarzu Norma zawiozła ją i Elner na wieś, do dawnego domu Nordstromów. Pierwszą rzeczą, która rzuciła się Denie w oczy, było duże pole słoneczników obok gospodarstwa.

– Ojej, jakie piękne kwiaty! Uwielbiam słoneczniki.

Elner się roześmiała.

– Nic dziwnego. Masz to we krwi. Twoja prababcia zasadziła je prawie osiemdziesiąt lat temu... i kwitną tutaj co roku.

– Tak?

– O tak. Pamiętam, jak moja mama mówiła, że Katrina Nordstrom kocha słoneczniki. Żałuję, że jej nie znałam; zmarła, gdy byłam mała. Ale wszyscy ją kochali, to wiem na pewno. Szkoda, że nie może zobaczyć, jaka jesteś ładna. Na pewno byłaby bardzo dumna.

Nie mogły tego wiedzieć, ale Katrina zobaczyła Denę i w tej samej chwili rozmawiała o niej z Gene'em.

– Wyrosła na taką piękną kobietę.

– Prawda? – przytaknął Gene. – Myślę, że jest bardzo do babci podobna.

Birdie Swensen, która się im przysłuchiwała, wtrąciła:

– Gene ma rację, Katrino. To cała ty, kiedy byłaś w tym wieku... tylko wyższa.

– Dziękuję, ale ja nigdy nie byłam taka ładna.

– Właśnie że byłaś! – upierała się Birdie.

– Ale nosiłam okulary.

– Nawet w okularach zawsze byłaś ładna. Tylko o tym nie wiedziałaś.

Kiedy Dena odlatywała z powrotem do Nowego Jorku, żałowała, że nie wróciła do Elmwood Springs wcześniej. Tak wiele lat mieszkała w dużym mieście, że prawie zapomniała, skąd pochodzi. Wsiadając do samolotu, ściskała słoik konfitur figowych i czterolistną koniczynę, które podarowała jej cioteczna babcia Elner.

Ją na to stać

1978

Tot Whooten zdawała się już pogodzona z faktem, że jej mąż James uciekł z osiemnastoletnią Jackie Sue Potts.

Tego ranka Norma jak co tydzień była umówiona na wizytę fryzjerską. Między jednym pociągnięciem papierosa a drugim Tot opowiadała jej o swojej nowej filozofii życia.

– Wiesz, Normo, wszyscy narzekają na pokolenie „ja", że to takie samoluby, ale mnie to pasuje. I odtąd zamierzam myśleć o sobie. Całe życie myślałam o innych i co z tego mam? Cholera, dwadzieścia lat zajmowałam się mamą, a ona nawet mnie nie poznawała. Przez ostatnie pięć lat życia mówiła do mnie „Jeanette".

– Kto to taki?

– Nie mam pojęcia. Przykro mi, że zmarła, ale teraz dla odmiany będę mogła robić, na co tylko przyjdzie mi ochota.

Kolejną rzeczą, która poprawiała Tot nastrój, było to, że salon piękności prosperował coraz lepiej. Dzięki Farrah Fawcett i serialowi telewizyjnemu *Aniołki Charliego* przyszła moda na jak najbardziej rozwichrzone włosy. Teraz każdy, kto nie miał włosów cieniowanych, modelowanych, tapirowanych i tak nastroszonych, że można by w nich ukryć całe dziecko, a do tego spryskanych lakierem, był uważany za staroświeckiego. Tego dnia Tot wytapirowała i wylakierowała włosy Normy tak, że ich wysokość zwiększyła się o kilkanaście centymetrów.

Odkąd Tot obejrzała film *Gorączka sobotniej nocy*, zmieniła się nie do poznania. Nagle zaczęła nosić buty na platformach i poliestrowe kombinezony ze spodniami typu dzwony i co tydzień wychodziła na dyskotekę w Disco City.

„Znasz tę piosenkę *I Will Survive*? – powiedziała kiedyś do Verbeny. – Mam wrażenie, że to o mnie. Jak mówi Mary Tyler Moore: «Myślę, że jednak mnie na to stać»".

Tot z wielkim entuzjazmem poddała się trendom lat siedemdziesiątych. W 1973 powiesiła w salonie plakat z Billie Jean King[*]. W sypialni miała lampę lawa, w salonie miękkie pufy, kupiła sobie nawet pierścionek zmieniający barwę pod wpływem nastroju. Wyjaśniła Normie:

„Codziennie rano, kiedy się budzę, patrzę na pierścionek i jeśli mówi, że jestem w złym humorze, odwołuję umówione wizyty. To pozwala zaoszczędzić sporo nerwów mnie i moim klientkom".

---

[*] Amerykańska tenisistka, która w 1973 roku jako jedna z pierwszych sportowców publicznie ujawniła, że jest lesbijką.

LATA OSIEMDZIESIĄTE

Świat się zmienia

Wyluzowani na maksa

Syn Tot, James Dwayne Whooten junior, zawsze trzymał z największymi luzakami. Zaczęli palić trawkę i pić piwo już w wieku około dwunastu lat.

W szkole średniej nie grali w futbol ani w koszykówkę, nie założyli żadnego zespołu, jak inne mięśniaki czy kujony, i oczywiście nie uczyli się i nie mieli dobrych stopni.

Nie spotykali się też z dziewczynami, ale to nie miało znaczenia, bo przecież byli „wyluzowani na maksa, ziom", z długimi włosami jak strąki, w koszulkach z zespołem Grateful Dead. Jeśli przed ósmą rano ktoś nie był naćpany czy nawalony, dla nich był to „totalny frajer". Większość z nich zrezygnowała ze szkoły albo, jak Dwayne junior, została z niej wyrzucona.

Żeby zarobić na piwo, Dwayne junior wieczorami sprzątał w salonie matki, a jego koledzy, Weezer i Buck, w tygodniu pracowali w myjni samochodowej. W weekendy natomiast imprezowali. Dla większości z nich imprezowanie nigdy się nie skończyło.

Mając trzydzieści jeden lat, Dwayne junior był już po trzech rozwodach i mieszkał z matką, pod nadzorem kuratora, dwa razy zatrzymany za prowadzenie po pijanemu i dwa razy za posiadanie narkotyków. Weezer wciąż pracował w myjni, a reszta paczki siedziała za handel narkotykami. Najlepszy kumpel Dwayne'a, Buck, zaczepił się w Kansas City, gdzie sypiał na ulicach, a od jedenastej do drugiej żebrał przy drodze, prezentując kartonowy napis: „Bezdomny weteran, proszę o wsparcie". Nie była to prawda. Buck nie był weteranem, ale taki napis sprzyjał zarobkom. Dzięki życzliwym ludziom, którzy dali mu czasem dolara, a czasem więcej, zazwyczaj uzbierał tyle, że wystarczało, by naćpać się na całą noc. Nie musiał pracować dla jakiegoś „frajera" ani płacić czynszu. To dopiero było życie na pełnym luzie.

Ukryte marzenia

Jedną z najbardziej ujmujących rzeczy w każdym człowieku są jego drobne ukryte marzenia. Edna Childress, żona Ralpha Childressa z policji w Elmwood Springs, marzyła o tym, by pewnego dnia pojechać na zakupy do Mall of America, a Cathy Calvert pracująca w gazecie marzyła o przeprowadzeniu wywiadu z kimś sławnym.

Luther Griggs, teraz siedemnastoletni, pragnął, aby Bobby Jo Stash, która pracowała w Tastee-Freez w galerii handlowej, zwróciła na niego uwagę. Ernest Koonitz, niegdyś miejscowy chłopiec, potem student konserwatorium Uniwersytetu Missouri w klasie tuby, a obecnie dyrektor orkiestry w szkole średniej, miał marzenie, aby jego orkiestra została wybrana do uczestnictwa w paradzie z okazji Święta Dziękczynienia w Nowym Jorku.

Tot Whooten natomiast marzyła o dniu, kiedy jej dzieci, Dwayne junior i Darlene, na dobre opuszczą dom i przestaną wracać.

Nawet Lester Shingle na Spokojnych Łąkach miał swoje marzenia. Stracił już wszelką nadzieję na jakąkolwiek sprawiedliwość ze strony policji w Elmwood Springs. Skoro do tej pory nikogo nie aresztowano, było jasne, że w ogóle nie prowadzono dochodzenia w sprawie tego morderstwa. Ktokolwiek to zrobił, pewnie teraz siedział sobie spokojnie w Elmwood

Springs, przekonany, że popełnił zbrodnię doskonałą. Może nawet śmiał się, zajadając lody. No cóż... Lesterowi się nie śpieszyło. Kiedyś przeczytał kilka książek o detektywie Perrym Masonie i miał już pewien plan. Jeśli stróże prawa nie schwytają mordercy, on to zrobi. Poczeka, aż wszystkie cztery kobiety znajdą się na Spokojnych Łąkach i wtedy skonfrontuje je ze sobą, przedstawi swoją sprawę, przesłucha bez litości. Któraś z nich na pewno pęknie... albo zdradzi nazwisko mordercy. A może ktoś, kto był tej nocy w kręgielni, nagle coś sobie przypomni, jakiś szczegół, dzięki któremu morderczyni zostanie skompromitowana wobec wszystkich na Spokojnych Łąkach. Tam, w Elmwood Springs, mogło im to ujść na sucho, ale tutaj się nie uda. Już on tego dopilnuje. Na razie był zmęczony. Całe to planowanie bardzo go utrudziło. Uznał, że prześpi się kilka lat. Zawołał do swojego sąsiada:

– Hej, Jake... obudź mnie, jak tu przybędzie któraś z kobiet od Goodnightów albo Tot Whooten!

– W porządku.

Lester zapadł w sen i śnił o dniu sądu, kiedy w końcu wyrówna rachunki.

Marzenie się spełnia

Czasami w życiu marzenia się spełniają. W 1986 roku, po wielu próbach, muzycy ze szkoły średniej w Elmwood Springs wygrali konkurs i stali się pierwszą w dziejach orkiestrą z tej części stanu, która została zaproszona do udziału w paradzie Macy's z okazji Święta Dziękczynienia w Nowym Jorku. Był to wielki zaszczyt i wszyscy w mieście wprost pękali z dumy.

Powszechnie uważano, że ich orkiestra szkolna jest o niebo lepsza od wszystkich innych w okolicy. Jej wykonanie *Brazil* było porywające, przynajmniej dla mieszkańców Elmwood Springs. Co powiedzieliby na to Brazylijczycy, nie wiadomo, ale ten utwór doprowadził zespół do finałów stanowych i otworzył im drogę do sławy na skalę krajową.

Córka Normy i Macky'ego, Linda, była mażoretką, a Norma pełniła funkcję opiekunki orkiestry i zajmowała się organizowaniem funduszy. Wszyscy w mieście zbierali pieniądze na nowe uniformy, stroje dla mażoretek i wymianę niektórych starych instrumentów. Organizowali aukcje wypieków, pikniki, wyprzedaże garażowe i kiermasze starych książek. W weekendy uczniowie starszych klas myli samochody. Codziennie po szkole i w soboty orkiestra ćwiczyła, maszerując Main Street. Chcieli wyglądać i brzmieć jak najlepiej. Spoczywający na Spokojnych Łąkach nie wiedzieli, co się dzieje, skąd nagle tak częste próby.

Merle Wheeler, niegdyś właściciel pralni chemicznej, zauważył:

„Lubię posłuchać dobrej orkiestry... ale mam już dość tej *Brazil*. Nie wiem, jak długo jeszcze wytrzymam".

Październik

1986

Grupka sąsiadów obserwowała zachód słońca nad polem kukurydzy.

– Uwielbiam zachody słońca jesienią. Czasem są piękniejsze niż te latem – powiedziała Elner.

– Dłużej trwają. Potem, koło Święta Dziękczynienia, słońce zaczyna szybko się obniżać – stwierdziła Verbena.

Tot zauważyła:

– Czy to nie wspaniałe, że dzieciaki wygrały ten wyjazd do Nowego Jorku?

– Ciężko na to pracowały... Mogą być z siebie dumne.

– Ja też kiedyś wygrałem nagrodę – oznajmił Merle.

– Tak? A za co? – zapytała Elner.

– Wyhodowałem największego pomidora w okręgu... ważył ponad sześć kilo. Chyba jakiś mutant.

– Zastanawiam się, czy Luther Griggs nie jest mutantem – wtrąciła Verbena. – Nigdy jeszcze nie widziałam, żeby ktoś rósł tak szybko... ani żeby zjadał tyle naraz.

Elner się roześmiała.

– Tak, ma niezły apetyt.

Luther z trudem skończył szkołę średnią. Miał dwóje z wszystkiego oprócz techniki, z której zawsze miał najlepsze stopnie. Jakiś genetyczny przypadek sprawił, że Luther wykazywał niezwykły talent do tego, co było wyposażone w silnik i koła. Nie było pojazdu, którego nie umiałby naprawić. Wielu chłopców w jego wieku wieszało na ścianach pokojów zdjęcia dziewcząt, on wolał fotografie samochodów, ciężarówek i czołgów. Odkąd skończył dwanaście lat, pracował na stacji benzynowej, a jako siedemnastolatek zajmował się już naprawami.

Elner była z niego bardzo dumna, a to go niezwykle cieszyło. Uważał ją za jedyną osobę na świecie, której na nim zależało. Kto by pomyślał, że ten mały, chudy chłopak, który był niczym zdziczały kot, wyrośnie na wielkiego, krzepkiego mężczyznę, ważącego ponad sto kilo?

Elner nie przypisywała sobie żadnych zasług w tym względzie.

– On tylko potrzebował kogoś, kto poświęciłby mu trochę uwagi.

Ups!

Po wyjątkowo przyjemnie spędzonym niedzielnym wieczorze Norma obudziła się rano i zobaczyła liścik, który Macky zostawił jej na poduszce:

„Dzień dobry, seksowna ślicznotko. Porozmawiamy później. Miłego dnia".

Uśmiechnęła się. Po tylu latach małżeństwa Macky wciąż uważał, że jest seksowna. Dotąd zawsze myślała, że gdy osiągną pewien wiek, ich związek utraci tę pikantniejszą warstwę romantyzmu.

Piła właśnie kawę w kuchni, gdy zadzwonił telefon. Podniosła słuchawkę i powiedziała zmysłowym szeptem:

– Dzień dobry, wspaniały seksowny przystojniaku.

Po krótkim milczeniu w słuchawce odezwał się głos:

– Yyy... Dzień dobry, pani Warren. Tu Emmett z warsztatu Olivera, dzwonię w sprawie wyceny.

Norma w popłochu próbowała odzyskać równowagę.

– Rozumiem – odparła najbardziej naturalnym głosem, jaki była w stanie z siebie wydobyć.

– Mój szef mówi, że możemy to wszystko zrobić, zderzak i dach, za siedem dwadzieścia pięć.

– Aha, dziękuję – odrzekła i się rozłączyła.

Emmett odłożył słuchawkę i pomyślał: O rany, świat się kończy! Pani Warren była atrakcyjna jak na swoje lata, ale przecież musiała mieć koło pięćdziesiątki. Uznał, że to widocznie jedna z tych kobiet, które w pewnym wieku zaczynają się interesować młodszymi mężczyznami.

Norma natychmiast zadzwoniła do Macky'ego.

– O Boże. Tak mi wstyd. Dlaczego do mnie nie zadzwoniłeś?

– Właśnie miałem zamiar. A co? Kiedy opowiedziała mu, co zrobiła, Macky tylko się roześmiał.

– No, na pewno go nieźle rozbawiłaś.

– Chyba zapadnę się pod ziemię ze wstydu!

– Ojej, kochanie, nie przejmuj się tym. Pewnie takie rzeczy zdarzają się cały czas.

– Ale nie mnie! Masz do niego zadzwonić i powiedzieć mu, że nie chodziło mi o niego.

– A czemu tak ci zależy, co Emmett sobie pomyśli?

– A jeśli on powie o tym żonie i rozejdzie się plotka, że miałam zamiar uwieść jej męża?

– Och, Normo...

– Nie, nie. Nie rozumiesz. Nie mogłabym mieszkać w tym mieście, gdyby tak o mnie myślano. Musisz do niego zadzwonić, i to jak najszybciej!

– Dlaczego sama nie zadzwonisz?

– Nie mogę. Oj, Macky, proszę. Proszę!

Jak zwykle Norma histeryzowała z byle powodu. Macky jednak zadzwonił.

W warsztacie samochodowym rozległ się głos w interkomie:

– Emmett... telefon... na trójce.

Emmett wytarł dłonie i podniósł słuchawkę.

– Halo.

– Emmett, tu Macky Warren.

– Tak, psze pana?

– Czy masz romans z moją żoną?

337

– Ależ nie, na Boga, nie!

– Żartowałem.

– Och.

– Słuchaj... wiesz, ona myślała, że to ja do niej dzwonię, rozumiesz?

– Tak.

– Trochę się speszyła, więc chciałem wyjaśnić całą sytuację. Nie gniewasz się?

– Ależ nie. Nie ma sprawy.

– To dobrze. Aha, a ta wycena jest do przyjęcia.

– Dobrze.

Gdy Emmett odłożył słuchawkę, słyszał głośne bicie swego serca. Wiedział, że Macky był w zielonych beretach, i wystraszył się nie na żarty.

Dwie minuty później Norma zadzwoniła do męża.

– Dzwoniłeś?

– Tak, nic się nie stało. Śmiał się z tego. Możesz już przestać o tym myśleć. Dobrze?

– Dobrze, ale będziesz musiał odstawić do nich samochód. Ja nie spojrzę mu w oczy.

– Rozumiem.

– To wszystko twoja wina. Nie powinieneś być taki seksowny.

– Spróbuję. Och, a przy okazji, Emmett uważa, że szczęściarz ze mnie, bo mam taką ponętną żonkę.

– Nieprawda! Naprawdę tak powiedział?

– Nie, ale założę się, że tak pomyślał.

– Oj, Macky!

– Muszę kończyć. Pa.

Norma odłożyła słuchawkę i pokręciła głową. Macky bywał taki niepoważny.

Parada

Trzy dni przed Świętem Dziękczynienia całe miasto zebrało się przed szkołą średnią, żeby pożegnać orkiestrę, odjeżdżającą dużym żółtym autobusem do Nowego Jorku. Na pokładzie było kilka opiekunek, a także Tot Whooten, która przed paradą miała ułożyć włosy mażoretkom. Tot powiedziała do Cathy Calvert:

– Cały kraj będzie nas oglądał, więc najpierw każdą z nich uczeszę, a potem skropię bardzo mocnym lakierem, żeby nasze dziewczęta niezależnie od pogody od pierwszej do ostatniej minuty wyglądały jak z żurnala.

Luther Griggs jechał z nimi, żeby pomóc przy załadowaniu i rozładowaniu autobusu.

Dwa dni później autobus pełny rozkrzyczanej i rozentuzjazmowanej młodzieży dotarł do motelu w Newark w stanie New Jersey, gdzie mieli nocować. Kiedy weszli do holu, powitał ich wielki baner zamówiony przez miasto: POWODZENIA JUTRO. JESTEŚMY Z WAS DUMNI.

W Święto Dziękczynienia około czwartej nad ranem, na kilka godzin przed momentem, w którym szkolna orkiestra z Elmwood Springs miała przejść do historii, Luther Griggs wyszedł wypakować bagaże, lecz autokaru na parkingu nie było. Został skradziony wraz ze wszystkimi uniformami i instrumentami, które znajdowały się w środku.

Na wieść o tym, co się stało, dzieciaki w stanie szoku rozbiegły się po motelu. Dziewczyny szlochały głośno, nie mogąc w to uwierzyć. Całe miasto ciężko pracowało, by umożliwić im ten wyjazd, wszyscy rodzice i dziadkowie z niecierpliwością wyczekiwali, by zobaczyć ich w telewizji; niektórzy nawet kupili na tę okazję nowe telewizory. Bez strojów i instrumentów orkiestra nie mogła wziąć udziału w paradzie. Policjanci przybyli na miejsce, odebrali zgłoszenie i oznajmili, że nic więcej nie mogą zrobić.

Tego dnia członkowie orkiestry wraz z panem Koonitzem i opiekunkami zasiedli w motelowym holu, żeby obejrzeć paradę w telewizji. Tak ciężko pracowali, doszli tak daleko, i wszystko na nic. Po południu dyrekcja szkoły wynajęła inny autokar, który zabrał ich do domu.

Kiedy wrócili, Merle Wheeler powiedział do Ernesta Koonitza:

– Można stracić wiarę w ludzi, nie? Jak złodzieje mogą patrzeć w lustro? Nie przyszło im do głowy, jak ta kradzież odbije się na dzieciakach?

Tot Whooten wysiadła z autokaru wściekła na cały świat.

– Dasz wiarę? – powiedziała do Verbeny, która przyszła ją powitać. – Zabrali moje lokówki, wałki, cały żel i lakier, jaki miałam.

Wśród oczekujących na dzieci byli też Macky i Norma Warrenowie. Pomogli uczniom się wypakować i porozchodzić do domów. Macky długo nie mógł zapomnieć widoku smutnych twarzy młodych ludzi.

Kiedy wieczorem kładli się spać, powiedział:

– Chciałbym złapać tych złodziei. Bóg mi świadkiem, że udusiłbym ich gołymi rękami.

Jak wszyscy w mieście, Macky był zły z powodu straty autobusu, instrumentów i strojów, ale wiedział, że te rzeczy można zastąpić nowymi. Tym, co budziło w nim prawdziwą wściekłość, był wpływ tej kradzieży na samych uczniów. To zdarzenie częściowo pozbawiło ich niewinności i wiary w ludzi. Tego nigdy już nie mogli odzyskać.

Oczywiście w Elmwood Springs, gdzie mieszkali głównie protestanci, w najbliższą niedzielę niemal wszystkie kazania dotyczyły wybaczenia w nawiązaniu do słów: „Wybacz im, Ojcze, bo nie wiedzą, co czynią". Macky'ego jednak to nie przekonywało. Według niego żałosny niegodziwiec, który ukradł autobus, dobrze wiedział, co robi. Niezależnie od wysłuchanych kazań, gdyby go spotkał, chętnie skręciłby mu kark.

Zła karma, czyli dwa złote łańcuszki

Kiedy dwaj złodzieje przenieśli wszystko ze szkolnego autobusu do piwnicy opuszczonego domu, w której ukrywali kradziony towar, wyjechali za miasto, pozdejmowali z autokaru oznakowania i zostawili go na parkingu.

Po powrocie do kryjówki zastali tam matkę jednego z nich i jej konkubenta, przeszukujących ubrania. Para zdążyła już poodrywać guziki i naszywki z napisem „Orkiestra Elmwood Springs".

Tydzień później guziki, kostiumy, białe buty i oficerki mażoretek zostały sprzedane do sklepu z używaną odzieżą w miejscowości Secaucus za dwieście dolarów.

Bębny, trąbki, puzony, saksofony, klarnety i tuby, na których kupno uczniowie tak ciężko pracowali, ostatecznie wylądowały w różnych lombardach na terenie New Jersey i Nowego Jorku. Nabywcy nigdy nie wiedzieli, skąd one pochodzą. Większości to nie obchodziło, interesowało ich tylko, że płacą korzystną cenę. Złodzieje nie zostali schwytani, a ta kradzież jeszcze umocniła ich pozycję w światku przestępczym.

Trzy lata później, kiedy w Newark grunt zaczął palić im się pod nogami, obaj przenieśli się do San Francisco, gdzie jeden z nich miał kuzyna. W październiku 1989 roku, w dniu rozgrywek World Series, wielkiego finału ligi bejsbolowej MLB, byli w parku Candlestick, ale nie po to, by oglądać mecz. Po kilku minutach wyjechali z parkingu nowiutkim czerwonym ferrari. Zaczęli przybijać sobie piątki i rechotać, pędząc na północ, przy muzyce włączonej na pełny regulator. Dwie sekundy później ziemia nad zatoką gwałtownie się zatrzęsła i estakada, pod którą właśnie przejeżdżało ferrari, w jednej chwili zamieniła się w kupę gruzu. Samochód i jego pasażerowie zostali sprasowani niczym naleśniki.

Podczas oczyszczania drogi, kiedy ogromny dźwig wyciągał spod gruzów to, co zostało z pojazdu, jakiś przypadkowy świadek zauważył:

– Niech mnie... to auto wygląda jak czerwone frisbee.

Właściciel ferrari zgłosił kradzież na policji. Kilka tygodni później zadzwonił jego telefon i męski głos w słuchawce oznajmił:

– Dzwonię w sprawie zgłoszenia kradzieży samochodu.

– Słucham.

– Otóż pragnę pana poinformować, że znaleźliśmy pańskie auto. Powinien się pan skontaktować z ubezpieczycielem.

– Czy jest zniszczone?

– Tak.

– Gdzie jest? Mogę je zobaczyć?

– Na pana miejscu nawet bym się nie fatygował. Nie ma wiele do oglądania.

– Och... a gdzie je odnaleziono?

– Na autostradzie do Nimitz. Wygląda na to, że podejrzani chcieli wyjechać z miasta i zaskoczyło ich trzęsienie ziemi. Zawaliła się na nich estakada. Obaj zginęli na miejscu.

– Rozumiem. Czy zidentyfikowano złodziei?

– Nie. Niewiele z nich zostało, tylko dwa złote łańcuszki.

– Ach tak... hm... czy mam coś zrobić... ścigać ich w jakiś sposób?

Policjant, który miał szczególne poczucie humoru, chciał odpowiedzieć, że dla nich wyścig już się skończył, ale ugryzł się w język.

Porzucony autobus znaleziono po tygodniu za magazynem w Newark. Był doszczętnie ogołocony – wyrwano z niego silnik, opony, radio, skórzane siedzenia – pozostała jedynie pusta skorupa, którą ktoś pomazał czarnym graffiti.

Cathy Calvert napisała w swojej cotygodniowej kolumnie:

Przybywa nowy autobus ze strojami i instrumentami
Katka Literatka

Rada miejska Elmwood Springs ogłosiła wczoraj, że dzięki szczodrej darowiźnie anonimowego darczyńcy autobus szkolnej orkiestry wraz z jego wyposażeniem zostanie zastąpiony nowym najpóźniej do 15 stycznia.

Oczywiście, wszyscy w mieście wiedzieli, że czek pochodził od Hanny Marie. Mimo iż teraz była panią Vincentową, wciąż należała do rodziny Swensenów i nie przestała być córką swojego ojca.

Ander kilka lat wcześniej przeszedł na emeryturę i przekazał swoje obowiązki kuzynowi Beatrice, Albertowi Olsenowi. Przedtem przez jakiś czas przygotowywał go do tej roli, aż w końcu uznał, że zostawia przedsiębiorstwo w dobrych rękach. Nadal jednak zaglądał do mleczarni, żeby zwyczajnie spotkać się z pracownikami.

Ander Swensen był zadowolony z Alberta Olsena na stanowisku dyrektora, lecz zupełnie inaczej widział to jego zięć, który teraz musiał słuchać poleceń krewniaka żony. Uważał, że jako mężowi Hanny Marie to stanowisko należało się jemu. W tamtym momencie jednak nic nie powiedział. Pomyślał, że cierpliwie przetrzyma Alberta. Stary Swensen nie pożyje długo, a kiedy już go nie będzie, wszystko się zmieni.

Starość

Zbliżały się urodziny cioci Elner, więc Norma spytała ją, co chciałaby dostać w prezencie.

– Oj, kochanie, niczego nie potrzebuję. Powinnam pozbyć się tego, co mam.

– Na pewno ciocia czegoś chce.

– Nie.

– Ale niech się ciocia zastanowi... Gdyby tak mogła ciocia dostać cokolwiek na tym świecie, co by to było?

– Ale złotko, naprawdę niczego nie chcę.

– Naprawdę?

– Och, gdybym była młodsza, to pewnie byłby miot kociąt. Nie ma na świecie nic przyjemniejszego niż patrzeć na bawiące się małe kotki. To takie słodziutkie stworzenia... te ich małe łapki... mogłabym je zacałować na śmierć.

– Wiem, ale potem rosną i już nie są takie urocze, a nie można się ich pozbyć. Nikt nie chce starego, wyliniałego kocura.

– Ojej, Normo, to nie ich wina. Wszyscy dorastamy. Co by było, gdyby nikt nas nie chciał, kiedy dorośniemy? To, że są starsze, nie znaczy, że już nie są urocze.

Tak się złożyło, że na Spokojnych Łąkach rozmawiano o tym samym. Lucille Beemer zapytała:

– Pani Bell, w jakim wieku zaczęła się pani czuć staro?

– Hm, kiedy ostatnio robiłam zdjęcie do prawa jazdy, omal nie padłam trupem z przerażenia. Litości – pomyślałam. – Kiedy to powieki tak mi opadły i pojawiły się dodatkowe podbródki? Lepiej nie robić sobie zdjęć i nie nagrywać głosu. To może naprawdę człowieka przybić. Myślałam, że ciągle jestem całkiem ładna, a tu takie rozczarowanie. Byłam starą kobietą z głosem starej kobiety. Wtedy straciłam resztki złudzeń.

– A ty, Birdie?

– Kiedy zaczęłam wyglądać jak moja babcia. Ale dziwne było to, że w środku wcale nie czułam się staro. Pamiętam, co myślałam na widok starych ludzi. Nie umiałam ich sobie wyobrazić jako młodych... ale kiedy się jest po drugiej stronie, wszystko wygląda inaczej.

– O tak – przyznała Ola Warren. – W końcu doszło do tego, że znienawidziłam swoje ciało. Zaczęłam się sypać, rozpadałam się jak stary samochód. Jak nie jedno, to drugie. Ledwie wytną woreczek żółciowy, a tu serce zaczyna się buntować, potem potrzebne nowe biodro, a chwilę później operacja na kataraktę, i wreszcie aparat słuchowy. I tak bez końca. Jak już wszystko jest naprawione i człowiek myśli, że teraz będzie łatwiej, nagle pojawia się łuszczyca. Większości nazw tych dolegliwości, które później mnie dopadły, nie umiałam nawet wymówić.

Popołudniowi goście

Lorene Gibble była tak samo nieodłącznym elementem wnętrza kawiarni na Main Street jak stoliki i krzesła. Zaczęła
tu pracować jako szesnastolatka i od tamtej pory nie zjawiła się za barem tylko trzy razy, kiedy rodziła dzieci, i nawet
wtedy trwało to zaledwie kilka tygodni. Gdy dzieci dorosły,
zaczęła pracować na popołudniowej zmianie. Te godziny jej
odpowiadały. Przychodziła o piętnastej, przygotowywała
się, zaczynała obsługiwać klientów o szesnastej trzydzieści
i o dwudziestej trzydzieści już była w domu, akurat w porę,
żeby obejrzeć ulubione programy w telewizji i pójść spać.

Dzisiaj ze smutkiem zauważyła brak pani Floyd przy stoliku numer 4 przy oknie, gdzie siadywała od 1966 roku. Potem
dowiedziała się, że kobieta zmarła poprzedniego dnia. Chociaż
od chwili udaru pani Floyd nie była w stanie mówić, zwykle
uśmiechała się serdecznie, lekko wykrzywiając wargi. Lorene
wiedziała, że będzie jej brakowało tego uśmiechu. Pani Floyd
zawsze zamawiała to samo: mrożoną herbatę, pieczoną pierś
kurczęcia z zielonym groszkiem i tłuczonymi ziemniakami,
a do tego pudding czekoladowy, jeśli akurat był w menu.

Lorene uwielbiała popołudniowych klientów – najczęściej
były to wdowy i jeden czy dwóch starszych wdowców. Ją jednak
najbardziej wzruszały kobiety. Wszystkie żyły ze skromnych
dochodów z papierów wartościowych i dla większości z nich

był to jedyny prawdziwy posiłek w ciągu dnia. Kiedy kończyły, Lorene starannie pakowała im resztki i dorzucała kilka bułek, wiedząc, że zjedzą je na śniadanie. Wszystkie były biedne jak myszy kościelne, a mimo to grzebały w portmonetkach, żeby wyłuskać dla niej napiwek. Lorene znała daty ich urodzin i zawsze pilnowała, żeby ten dzień w jakiś sposób wyróżnić. Darmowe ciasto i lody. To był drobiazg, ale tak wiele znaczył.

Od wielu lat jak w zegarku wszystkie te panie ustawiały się przed wejściem równo o szesnastej trzydzieści, elegancko ubrane, z makijażem, świeżo pachnące. Lorene wiedziała, że większość z nich wróci potem do pustego domu. Serce jej się krajało na myśl, że kobiety, które całe życie uczyły w szkole, wychowywały dzieci, pracowały w sklepach czy bibliotekach i regularnie płaciły podatki i kredyty hipoteczne, teraz musiały liczyć się z każdym centem.

To nie było w porządku. Jednocześnie istniała cała rzesza tych, którzy nigdy nic nie dali społeczeństwu. Mimo że mogli pracować, gdyby tylko chcieli, woleli żyć z rządowych zasiłków. Na przykład jej córka, która dostawała rentę inwalidzką tylko dlatego, że coś pobolewało ją w krzyżu i miała głupiego lekarza. Lorene całe życie pracowała, chociaż dokuczały jej haluksy i ból w kolanie. Zdarzało się, że była na strasznym kacu, ale szła do pracy, uśmiechała się, a nawet żartowała, by rozweselić gości.

Przez ostatnie czterdzieści dwa lata dzień w dzień, czy deszcz, czy słońce, czy czuła się dobrze, czy źle, dbała o to, żeby popołudniowi klienci zostali odpowiednio obsłużeni. Dla niektórych Lorene była jedynym promykiem rozjaśniającym pustkę całego dnia, dlatego kiedy wreszcie trafiła na Spokojne Łąki, wiele osób powitało ją z radością.

– Jest nasza Lorene – powiedziała pani Floyd, której nic już nie przeszkadzało w mówieniu.

Sieci Walmart i Supercuts

Dalsze zmiany

Elmwood Springs wyglądało coraz mniej atrakcyjnie. Odkąd na północnym krańcu miasta otwarto duży sklep sieci Walmart, prawie nikt nie robił zakupów w centrum. Po śmierci Dixie Cahill nie miał kto przejąć po niej szkoły tańca, więc ją zamknięto. Podobny los spotkał starą kawiarnię na Main Street i bar Tramwaj. Z miejsc, w których można było coś zjeść, pozostała jedynie kawiarnia na rogu, ale ona była otwarta tylko do trzeciej po południu. Mało kto bywał w centrum wieczorem.

Młodzież spotykała się w galerii handlowej, gdzie od niedawna było nowe kino typu multipleks i stoiska gastronomiczne. Nawet dom handlowy braci Morgan przeniósł się na teren galerii.

W pobliżu Walmartu pojawił się nowy sklep żelazny, z którym Macky'emu trudno było konkurować. Takie duże centrum handlowe miało też wpływ na salon Tot Whooten. Któregoś dnia pożaliła się Normie:

„Odkąd otworzyli ten salon sieci Supercuts, nikt z młodych już do mnie nie przychodzi... tylko dawne stałe klientki. Sama przeniosłabym się do tej galerii, ale wiele kobiet, które czeszę od lat, nie pojedzie tak daleko. Niektóre są ze mną od ponad pięćdziesięciu lat, więc mam zamiar wytrwać z nimi do końca".

I tak zrobiła.

W poniedziałki rano, choćby była bardzo zmęczona, wsiadała do samochodu i jechała do domu seniora, gdzie za darmo czesała wszystkie pensjonariuszki. Darlene nie mogła tego zrozumieć.

– Po co je czeszesz? Przecież i tak nigdzie nie wychodzą.

– Bo to im daje poczucie, że wciąż coś znaczą. I bardzo czekają na ten dzień... w końcu, Darlene, nie tylko pieniądze się liczą.

– Czyżby? To czemu w takim razie nie dajesz mi i Busterowi żadnych pieniędzy?

– Żebyście ty i Buster mogli kupić więcej tego białego świństwa do wciągania przez nos? Nie licz na to. Ciesz się, że nie ściągam na was Ralpha Childressa.

– Ty pijesz piwo.

– Owszem, i jak mi się zdaje, to jest legalne. Nie mam zamiaru trzymać przestępców pod swoim dachem.

– W takim razie się wyprowadzimy.

– Oj, Darlene, przestań gadać głupstwa. Wiesz, że póki możecie liczyć na darmowe posiłki, nigdzie się nie wyniesiecie.

Stare przysłowie: Dzieci będą podporą na starość, w wypadku Tot się nie sprawdzało, i to w żadnym wieku. Darlene i Dwayne junior wiązali się z samymi idiotami. Tot zapłaciła już za siedem rozwodów. Również i jej życie ulegało zmianom, z których wcale nie była zadowolona. Nie istniało już Disco City. Przed laty przekształcono to miejsce w lokal o nazwie Red Barn, gdzie królowała muzyka country. Nawet w radiu nadawano „mniej słów, tylko country, na okrągło”.

„Tęsknię za disco” – mawiała Tot.

W 1990 roku, kiedy osiemdziesięcioletnia Beatrice Swensen przybyła na Spokojne Łąki, natychmiast spotkała się z niecierpliwymi pytaniami ze strony rodziców.

– Co u mojej kochanej wnuczki, Hanny Marie? – zapytał jej ojciec Olaf.

– Oj, tato, wszystko wspaniale. Wyszła za miłego mężczyznę o imieniu Michael, który pracuje w mleczarni z Anderem. Jest teraz taka ładna. Wszyscy mówią, że to najelegantsza kobieta w mieście. Jestem z niej bardzo dumna.

Rok później Ander dołączył do żony. Pytany o zięcia, nie był zbyt rozmowny.

Mała panna Davenport

To zastanawiające, że pewne typy osób w małych miejscowościach zawsze są określane w ten sam sposób. Tot Whooten całe życie miała takiego pecha, że wszyscy mówili o niej „biedna Tot". Podobnie było z Dottie Davenport. Miała zaledwie półtora metra wzrostu, więc nazywano ją „małą panną Davenport". Była niezastąpionym pracownikiem, pracowała dla pana Swensena jako kierowniczka biura przez ponad trzydzieści pięć lat, zachowując wobec niego bezgraniczną lojalność. Nawet po przejściu pana Swensena na emeryturę pozostała na stanowisku, żeby czujnie obserwować jego zięcia. Nie ufała temu człowiekowi.

Zaraz po ślubie Michael Vincent został zatrudniony w firmie i wyglądało na to, że dobrze sobie radzi. Wszyscy, łącznie z małą panną Davenport, cieszyli się, że Hanna Marie poznała kogoś tak miłego. Jej mąż był niezwykle ujmujący i serdeczny dla swojej młodej żony, w każdym razie w towarzystwie. Po jakimś czasie jednak niektórzy zaczęli mieć co do niego wątpliwości. Jedną z takich osób był jego teść. On i mała panna Davenport zorientowali się, że Michael podbiera pieniądze z rachunku przedsiębiorstwa. A przecież nie było ku temu żadnych powodów. Wystarczyłoby poprosić, a dostałby wszystko, czego potrzebował. Ander nic nie powiedział żonie ani córce. Póki Hanna Marie była szczęśliwa i mąż dobrze ją traktował, nic innego nie miało znaczenia.

Po śmierci pana Swensena cała firma, dom i ziemia przeszły na własność Hanny Marie. Wkrótce wszyscy w mleczarni zauważyli zmianę w zachowaniu jej męża. Michael Vincent zaczął gburowatym tonem wykrzykiwać rozkazy pracownikom i podważał wszystko, czego wymagał od nich dyrektor Albert Olsen. Zapanowała powszechna konsternacja. Po kolejnej sprzeczce z Vincentem kierownik działu pakowania wpadł do biura małej panny Davenport.

– Dottie, jesteś pewna, że w testamencie nie ma wzmianki o Vincencie?

– Na sto procent – odparła panna Davenport. – Pan Swensen zapisał wszystko Hannie Marie. Ten facet może więc sobie paradować i udawać właściciela, ale na papierze nadal jest zwykłym pracownikiem, który podlega Albertowi.

– Sporo z nim kłopotów, bo podburza ludzi za plecami Alberta i grozi zwolnieniami. Trzech moich pracowników już zrezygnowało.

– Wiem.

– Przepraszam za wyrażenie, ale Hanna Marie powinna wywalić tego dupka na zbity pysk. Tyle że chyba ciężko byłoby zwolnić własnego męża.

– Niestety – westchnęła panna Davenport. – Mam wielką ochotę jej powiedzieć, co tu się dzieje. Nie chciałabym być tym kimś, kto pozbawi ją złudzeń, ale jak tak dalej pójdzie, to może się zdecyduję.

Klub Zachodzącego Słońca

1994

Późnym sobotnim popołudniem na podwórzu u Elner Shimfissle siedziała grupka sąsiadów. Obserwowali zachód słońca,
rozmawiali o życiu, rozważali, dlaczego niektórzy zachowują
się w taki czy inny sposób. Tot powiedziała:
  – Nie rozumiem, o co chodzi. Darlene jednego dnia mówi,
że nienawidzi życia, a potem poznaje kolejnego nieroba, wychodzi za niego i znowu odczuwa radość.
  – Zdaje mi się, że większość ludzi nie wie, co robić z życiem, bo to nie jest jedna rzecz do ogarnięcia – stwierdziła Elner. – To wiele różnych rzeczy, które dzieją się jednocześnie.
Życie jest i smutne, i wesołe, proste i skomplikowane, wszystko razem. Weźmy choćby moją siostrę Idę. Zawsze szukała
czegoś, dzięki czemu czułaby się lepiej... bogatego męża, dużego domu, idealnego dziecka, klubu ogrodniczego i tak dalej.
W rzeczywistości wszystko to miała, ale nigdy nie była szczęśliwa. Tylko kupowała coraz więcej rzeczy i je magazynowała.
Kiedyś powiedziałam jej: „Ido, wiesz, że przez dwadzieścia pięć
lat wydałaś ponad trzydzieści dwa tysiące dolarów na prze-
chowywanie rzeczy, na które nie masz miejsca?". Ale to jej nie
powstrzymało. Nadal kupowała, na wypadek gdyby w przyszłości chciała czegoś użyć. Mówię wam, ona miała niezmo-
żone siły, wszędzie było jej pełno. Nie pozwalała sobie nawet

na chwilę smutku. Nawet gdy Herbert zmarł. Dzień po pogrzebie już była na zakupach w sklepie meblowym. Tak, z Idy było niezłe ziółko, ale mimo jej różnych wad tęsknię za nią. Zresztą za Gertą też.

– I ja – stwierdziła Ruby. – Odkąd zamknęli cukiernię, nie ma już gdzie kupić dobrego ciasta. To, co sprzedają w supermarkecie, to straszny chłam. Kupiłam tam kiedyś kawałek tarty i była taka okropna, że wyrzuciłam ją ptakom.

– Powiem ci, kto piecze najlepsze ciasta w mieście – odparła Elner. – Edna Childress. I robi je od początku do końca własnoręcznie. Znacie mnie, uwielbiam dobrą szarlotkę, a szarlotka Edny nie ma sobie równych.

– Racja – przyznała Verbena. – Dlatego Ralph tak utył. Edna mówi, że on codziennie w czasie przerwy na lunch przychodzi do domu, zjada ciasto i popija kawą.

– Czy można go winić? – wtrąciła Tot. – Też bym tak robiła, gdyby Edna była moją żoną.

– Ona strasznie go rozpieszcza – stwierdziła Verbena.

– A może byś i ty mnie trochę porozpieszczała? – odezwał się mąż Verbeny, Merle.

– Słuchaj no, robię ci trzy posiłki dziennie, to wystarczy.

Tot Whooten zaciągnęła się papierosem i powiedziała:

– Hej, skoro mowa o nieobecnych, czy ktoś ostatnio widział Hannę Marie?

Elner pokręciła przecząco głową.

– Nie, odkąd umarł jej ojciec, rzadko wychodzi. Martwię się o nią. Mam nadzieję, że wszystko u niej w porządku.

– Ja też – oznajmiła Verbena. – Mała panna Davenport mówiła mi, że Hanna Marie kiedyś przychodziła do niej do biura, a teraz całymi dniami siedzi sama w tym wielkim, starym domu. Ale oczywiście widuję jej męża, jak się rozbija po mieście dużym samochodem Andera, cały napuszony. Mówię wam, współczuję Hannie Marie.

Elner zauważyła:

– Wiecie, to do niej niepodobne, żeby w ogóle do mnie nie przychodziła, nawet nie przysłała mi żadnej wiadomości.

– Pewnie jest zajęta działalnością charytatywną – powiedziała Ruby. – Prawdopodobnie niedługo się odezwie.

– Mam nadzieję. Trochę się o nią martwię – westchnęła Elner.

– Ja też – dodała Tot. – W dodatku nie można do niej zwyczajnie zadzwonić.

– No właśnie – skwitowała Ruby.

Hanna Marie nie była zajęta, o co podejrzewała ją Ruby. Ona była załamana. Niemal natychmiast po śmierci jej ojca mąż oznajmił, że nie życzy sobie, by nadal przychodziła do mleczarni. On sam bardzo rzadko zjawiał się w domu, zwykle tylko po to, by się przebrać i znowu wyjść. Nie wiedziała, co takiego zrobiła. Gdy próbowała go o to spytać, odparł, że coś sobie ubzdurała.

Przy tych rzadkich okazjach, gdy widywano ją w mieście, wyglądała na bardzo smutną. Któregoś dnia w listopadzie gospodyni Hanny Marie powiedziała Verbenie, że słyszała, jak jej pracodawczyni płakała w swoim pokoju. Elner, dowiedziawszy się o tym, uznała, że nie może dłużej stać z boku, i poszła ją odwiedzić. Gdy pokojówka otworzyła drzwi, Elner wparowała do środka i od razu ruszyła po szerokich schodach do sypialni Hanny Marie. Zastała ją siedzącą przy biurku. Młoda kobieta podniosła głowę. Zaskoczona widokiem gościa wstała, by się serdecznie przywitać.

– Dawno cię nie widziałam. Co u ciebie?

Hanna Marie uśmiechnęła się i napisała w notesie: „W porządku, a u cioci?".

– Och, znasz mnie. Wszystko po staremu.

Elner po raz pierwszy zauważyła, że Hanna Marie się postarzała. Brązowe włosy, które nosiła spięte z tyłu, były przyprószone drobinkami siwizny, a młodzieńczy blask w oczach wyraźnie zbladł.

– Na pewno wszystko dobrze? – zapytała.

Hanna Marie skinęła potakująco głową.

Wtedy Elner rozejrzała się po pokoju.

– Hej... a gdzie twój kotek?

Hanna Marie posmutniała i napisała:

„Uciekł".

– Ojej, szkoda. No cóż, kochanie, wiem, że jesteś już dorosła, ale obiecałam twojej mamie, że będę ci pomagać. Gdybyś czegoś potrzebowała, przyślij kogoś po mnie. Będę naprawdę zła, jeśli tego nie zrobisz.

Hanna Marie uśmiechnęła się i objęła Elner na pożegnanie.

Wychodząc, Elner minęła się z Vincentem. Gdy ją zobaczył, zamarł na chwilę.

– Czego tu szukasz? – zapytał.

– Odwiedzam przyjaciółkę – odrzekła Elner i zeszła po schodach.

– Nie radzę przynosić kolejnego parszywego kocura! – krzyknął za nią.

Roznosiciel mleka

Kuzyn Verbeny, Virgil A. Newton, pracował w mleczarni od ponad czterdziestu lat. Codziennie wstawał o trzeciej nad ranem, wkładał wykrochmalony biały uniform, czarną skórzaną muchę, czapkę, i już za dwadzieścia czwarta ładował swoją ciężarówkę, a o czwartej piętnaście był w drodze. Wszyscy jeszcze spali, gdy jechał pustymi ulicami. To był prywatny świat Virgila, świat istniejący przed przebudzeniem się miasta, zanim zacznie się zgiełk i ruch pojazdów, maszyn i ludzi. Tu i ówdzie zaszczekał pies, raz na jakiś czas zapiał kogut, lecz na ogół panowała cisza, a Virgil robił, co mógł, by jej nie zakłócić. Przed każdym domem jak najciszej podjeżdżał do krawężnika, zatrzymywał się, wnosił druciany koszyk z mlekiem na werandę i stawiał go ostrożnie, by nikogo nie obudzić. Podbił sobie nawet buty dodatkową podeszwą, by stąpać delikatniej. Podnosząc puste butelki, starał się nimi nie pobrzękiwać.

Parę godzin później ludzie otwierali drzwi i zabierali mleko, zupełnie nie myśląc o tym, kto je tu przyniósł. Virgil robił to dzień w dzień, słońce czy deszcz, skwar czy mróz, dużo wcześniej niż gazeciarz, zaopatrzenie piekarni czy listonosz.

Lata jednak mijały i jego trasa coraz bardziej się skracała. Sklep spożywczy A & P zaczął sprzedawać mleko i śmietanę w kartonowych opakowaniach, które okazały się dla wielu wygodniejsze od butelek. Wreszcie nadszedł dzień, kiedy mleczarnia przestała dostarczać mleko do domów, a Virgil został przeniesiony do magazynu. Teraz pracował od ósmej do szesnastej, ale i tak budził się przed trzecią nad ranem. Czasem po przebudzeniu wsiadał do samochodu i przed świtem krążył po mieście, wspominając czasy, kiedy rozwoził mleko.

Zwykle jechał swoją starą trasą i obserwował, jak około piątej zapalają się światła u starszych ludzi. Elner Shimfissle zazwyczaj była już w kuchni o piątej piętnaście, a jej sąsiedzi mniej więcej kwadrans później. Elner była jak on. Nigdy nie chciała przegapić wschodu słońca. Jej dom kiedyś należał do rodziny Warrenów. W tej części miasta dawniej było około siedemdziesięciu pięciu domów. Teraz pozostało tylko kilka z nich, ale Virgil dobrze pamiętał wszystkie te stare budynki i ich mieszkańców.

Bywało, że krążąc po mieście wczesnym rankiem, Virgil zaczynał śpiewać jedną ze swoich ulubionych piosenek:

– To, jak nosisz kapelusz,
Jak kawy sączysz łyk,
Wszystko dobrze pamiętam...
Nie, nie, tego nie odbierze mi nikt.

Virgil kochał swój zawód. Stary pan Swensen był takim miłym człowiekiem. Zmarł jednak, a wtedy interesami zajął się jego zięć. Kilka tygodni później zmarła mała panna Davenport. Wszystko ulega zmianom. Dla Virgila życie było szeregiem następujących po sobie zmian. Od szklanych butelek do kartonów, od rozwożenia mleka do inwentaryzacji stanu magazynu. Praca dla miłego człowieka, a potem dla łajdaka. Zanim ten drań się tu zjawił, mleczarnia zawsze była firmą rodzinną.

Praca w mleczarni nikomu już nie sprawiała przyjemności. Wcześniej było to radosne miejsce, lecz po tamtej atmosferze nie pozostał żaden ślad. Co ta miła dziewczyna widziała w tym człowieku? Virgil słyszał od pracownic biura różne rzeczy o Vincencie. Ktoś powinien jej to powiedzieć.

Zawód miłosny

1998

Prawie każdy ma jakąś tajemnicę, którą zabiera ze sobą do grobu, i Bonnie Gumms, która niedawno zjawiła się na Spokojnych Łąkach, nie była wyjątkiem.

Bonnie przez wiele lat uczyła grupowego tańca country w Red Barn, a że była to swoista forma zawodu artystycznego, uważała się za przedstawicielkę show-biznesu. Znała wszystkie piosenki country, kiedyś nawet spotkała Tammy Wynette. Chociaż była kimś w rodzaju lokalnej celebrytki, zawsze czegoś jej w życiu brakowało. Bonnie stale szukała nowych twarzy, nieznanych i mocnych wrażeń.

I oto pewnego wieczora to coś się wydarzyło. Kiedy demonstrowała grupie nowy ruch taneczny, podniosła głowę i wydało jej się, że dostrzegła słynnego piosenkarza Williego Nelsona, który wszedł po cichu tylnymi drzwiami. Teraz siedział samotnie przy barze. Słyszała, że czasem tak robił; wślizgiwał się do lokalu niepostrzeżenie i wychodził, nie mówiąc nikomu, kim jest. Serce biło jej mocniej, gdy między numerami przysunęła się bliżej, by lepiej mu się przyjrzeć. Tak, to był on. Ta sama stara, pomarszczona twarz, strzępiaste włosy i broda oraz charakterystyczna czerwona bandana na głowie. Bonnie chciała zostawić go w spokoju, pozwolić mu na odrobinę prywatności, lecz radość z tego, że znalazła się

364

tak blisko gwiazdy, była silniejsza. W końcu nie wytrzymała, usiadła obok niego jak najcichszej z nadzieją, że on doceni
jej dyskrecję. Poza tym gdyby zdradziła jego tożsamość, zaraz
otoczyłby go tłum ludzi i straciłaby okazję do przyjacielskiej
pogawędki z wielkim William Nelsonem. Po chwili pochyliła
się i powiedziała cicho, spoglądając w drugą stronę:

– Tak swoją drogą, wiem, kim pan jest. Ale bez obaw, nikomu nie powiem. Chcę tylko zaznaczyć, że jestem wielką fanką.

Spojrzał na nią, nieco zbity z tropu, lecz odezwał się tak
samo cicho:

– Dziękuję, naprawdę bardzo mi miło.

– Przejazdem? – zapytała, patrząc w sufit.

– Tak – skinął głową. – Ładnie tu macie. I nieźle się poru-
szasz po tym parkiecie, młoda damo – dodał z niebezpiecz-
nym błyskiem w oku. – Czego się napijesz?

Już samo to, że przespała się z dwa razy od siebie star-
szym William Nelsonem, nie było powodem do dumy, ale
później jeszcze się okazało, że to wcale nie był Willie Nelson.
O zgrozo! Nawet dwadzieścia cztery lata później, będąc już
w grobie, Bonnie wciąż utrzymywała to w tajemnicy.

Następną osobą, która przybyła na Spokojne Łąki, był nie
kto inny jak Bess Goodnight. Kolega Lestera Shingle'a zgodnie z obietnicą natychmiast zawołał:

– Hej, Lester, obudź się! Jest kobieta od Goodnightów!

Bess była jedną z czterech zawodniczek obecnych w kręgielni w noc zabójstwa Lestera, co również czyniło ją podej-
rzaną.

Zaledwie sześć miesięcy później los zrządził, że bliźniaczka Bess, Ada Goodnight, dołączyła do swojej siostry. Teraz na
wzgórzu były już dwie główne podejrzane!

Od tej pory Lester Shingle z uwagą nasłuchiwał wszelkich wzmianek o sobie. Jak na razie jednak nic takiego nie usłyszał. Siostry rozmawiały jedynie o narodzinach, weselach i innych takich bzdetach.

NOWE MILENIUM
Koniec epoki

Elner się przenosi

2006

Kilka lat wcześniej Elner Shimfissle spadła z drzewa figowego i została zabrana do szpitala. Jej sąsiadka Verbena Wheeler natychmiast rozgłosiła po mieście, że Elner nie żyje. Nie było to do końca prawdą, ale Cathy Calvert przekonała się o tym dopiero po zamieszczeniu nekrologu w gazecie. Kiedy Elner wróciła ze szpitala, miała z tego niezły ubaw.

Niestety, tym razem wiadomość, że Elner Shimfissle zmarła we śnie, była prawdziwa. Cathy wydrukowała ten sam nekrolog, który wcześniej tak rozbawił Elner. A ponieważ Elner tak długo była obecna w życiu miasta, Cathy poprosiła mieszkańców o jedno- lub dwuwyrazowe określenia zmarłej. Otrzymała takie opisy jak: „słodka", „jak dziecko", „mądra", „dobra kucharka", „szczodra", „zabawna", „wspaniała sąsiadka", „najlepsze na świecie konfitury figowe", „jedyna w swoim rodzaju", „kochała zwierzęta", „kochała robaki", „prawdziwa chrześcijanka", „wyjątkowa" i dwa razy „niezastąpiona". Lepiej być nie mogło.

Choć śmierć Elner Shimfissle była smutnym wydarzeniem dla miasta, na Spokojnych Łąkach okazała się radosną nowiną. Wiadomość rozeszła się szybko.

– Elner Shimfissle jest tutaj! Elner tu jest! – Lucille Beemer nie ukrywała radości.

Wiedziała, że wszyscy z przyjemnością porozmawiają z Elner, która miała ciekawe poglądy na różne tematy.

Poza tym była lubiana, a ponieważ żyła tak długo, znała bardzo wielu ludzi i miała już na Spokojnych Łąkach sporo krewnych. Witanie się z wszystkimi zajęło jej prawie cały tydzień, a potem powiedziała:

– Nie wyobrażacie sobie nawet, jaka jestem zaskoczona. Już się nie mogłam doczekać, kiedy was znowu zobaczę, ale myślałam, że będę podróżować gdzieś wśród chmur do nieba, a wy cały czas byliście tuż przy drodze!

Jej mąż Will się roześmiał.

– Chciałbym się dowiedzieć, co cię tam tak długo trzymało. Czekałem tu na ciebie.

– Wiem, kochany. Nic nie robiłam, żeby żyć tak długo. Chyba po prostu byłam za zdrowa.

Jej siostrzeniec Gene bardzo się ucieszył z przybycia cioci Elner. Od razu zapytał o Denę i o to, czy wszystko u niej w porządku.

– O tak. Wyszła za bardzo miłego doktora i jest szczęśliwa.

– Naprawdę?

– Tak. W zeszłym tygodniu Norma dostała od niej list.

– To dobrze. Dziękuję za informację. A co u Normy?

Ciocia Elner zachichotała.

– Wciąż nerwowa jak kotka i kochana jak zawsze. Będę za nią tęsknić. Za małym Mackym też.

Elner żałowała, że zanim przybyła na Spokojne Łąki, większość znajomych z jej pokolenia już stąd odeszła. Oczywiście cieszyła się ze spotkania z tymi, których zastała, i z radością z nimi rozmawiała. Zanim tutaj trafili, najczęściej rozprawiali o swoich operacjach. Teraz natomiast głównym tematem było to, w jaki sposób się tu dostali.

Tego ranka pani Bell po raz kolejny – chyba już dziesiąty od chwili przybycia – opowiadała swoją historię:

– No więc ten lekarz do mnie dzwoni i mówi: „Przykro mi, pani Bell, ale ma pani raka i muszę natychmiast rozpocząć terapię". A ja na to: „Niech pan sobie daruje. Nie mam czasu na zabawy z rakiem. Za dużo roboty mnie czeka". Wyszłam z gabinetu i żyłam jeszcze pięć lat. Bo wiesz, kiedy przychodzi na człowieka pora, to nie ma rady, a wtedy przyszła pora na mnie, nie narzekam więc. Ale najśmieszniejsze jest to, że w końcu zmarłam na zawał.

Gustav wtrącił:

– Nie wiem, czy pani wie, ale mnie dopadł kleszcz.

– Oj, a gdzie cię dopadł?

– Na Alasce. Z łosia, którego zastrzeliłem. Od ukąszenia wdało się zakażenie i w ciągu tygodnia było po mnie.

– No to stary łoś odpłacił ci pięknym za nadobne.

– No, owszem, jak się nad tym zastanowić, to tak.

Zuch chłopak

Macky siedział przy oknie kawiarni, jedząc lunch, gdy zauważył idącego ulicą Tommy'ego Lindquista juniora, nową gwiazdę futbolu. Wszyscy chętnie nadrabiali drogi, by go pozdrowić, uśmiechnąć się czy choćby mu pomachać.

Niegdyś to Macky był tym zuchem, jasnowłosym chłopcem, który zdobywał zwycięskie punkty i poślubił Normę, najładniejszą dziewczynę w mieście. To on był tym, który miał u stóp cały świat. Tym, do którego wszyscy się uśmiechali i machali. I któregoś dnia przestał nim być.

Kiedy wrócił z Korei, musiał pomóc ojcu przy pracy w sklepie. Nigdy jakoś nie miał okazji podjąć kariery piłkarskiej, którą mu wróżono.

Teraz zaczynał już łysieć, odczuwał ból w kolanach, a miejscowym bohaterem był kto inny. Macky i jego rówieśnicy zostali zepchnięci ze sceny przez młodzików, depczących im po piętach. On sam był teraz jedną z wielu starzejących się anonimowych osób, które przyglądały się, jak ten nowy bohater paraduje po mieście, pewny siebie, przekonany, że tak będzie zawsze. Nie było sensu mówić mu, jak szybko jego chwała przeminie i nadejdzie moment, gdy on sam zacznie się zastanawiać, co to się stało, że niedawno z przytupem wchodził w życie, a tu już niemal dotarł do kresu. Jak było w tej piosence? „I to wszystko?" Przecież w życiu musi chodzić o coś więcej.

Ojej, co się z nim dzieje? Zwykle się tak nie rozklejał. Pomyślał, że to dlatego, że brakuje mu cioci Elner. Wciąż nie docierało do niego, że nigdy jej już nie zobaczy. Znał ją, odkąd był dzieckiem. Jego rodzice kupowali od niej jajka, a potem ożenił się z jej siostrzenicą. I aż do swojej śmierci mówiła do niego „mały Macky", co sprawiało, że przy niej zawsze czuł się młodo. O rany, skąd te wszystkie myśli? Siedział przy oknie i użalał się nad sobą. Boże... życie tak szybko ucieka. Rozpraszają nas głupstwa i zanim człowiek się obejrzy, jest już za późno, nagle jest się starym głupcem, którego czas już minął, zazdrosnym o jakiegoś młodzika.

Kiedy podeszła do niego kelnerka, zauważyła, że ociera serwetką oczy i wydmuchuje nos.

– Panie Warren, wszystko w porządku?

– O tak. To tylko lekki katar.

– Jeszcze kawy?

– Chętnie. No i jak, Becky, nadal chcesz jesienią wyjechać na studia?

Zmarszczyła czoło.

– Wie pan... nie jestem pewna. To zależy.

– Hm, coś ci powiem. Jeśli chodzi o pieniądze, to Norma i ja z chęcią udzielimy ci pożyczki.

– Naprawdę, panie Warren? – ucieszyła się dziewczyna.

– Jasne. – Spojrzał na nią poważnie. – Nie zostawaj tu, Becky. Jedź już teraz. Nie odkładaj tego na później.

Pechowa wyprawa Verbeny do łazienki

Poza tym, że znowu była z ukochanym Willem i wieloma przyjaciółmi, pobyt Elner na Spokojnych Łąkach uprzyjemniała
myśl, że już niedługo spotka się ze swoimi starymi sąsiadkami.
Verbena, Ruby i Tot kupiły sobie miejsca na cmentarzu mniej
więcej w tym samym czasie i w tej samej okolicy. Wszystko było
jak dawniej. Ci sami ludzie, tylko inny adres. Verbena przybyła
pierwsza, i to dosłownie z wielkim hukiem.

Gdy na Spokojnych Łąkach rozeszła się wieść o przybyciu
Verbeny Wheeler, bardzo ucieszyło to Elner Shimfissle. Była
pierwszą osobą, która przywitała dawną przyjaciółkę zaraz po
jej spotkaniu z rodziną.

– Witaj, Verbeno. Cieszę się, że tu jesteś. Tęskniłam za tobą.

– Ja też tęskniłam. Byłam na twoim pogrzebie i przysłałam
ci kwiaty.

– Dziękuję. Szkoda, że nie mogłam się odwdzięczyć tym
samym.

– Nie ma sprawy. Wiesz, że Luther Griggs kupił twój stary
dom?

– Wiem. A ty jak się czujesz?

– Dobrze. Nie boli mnie już biodro, ale muszę ci przyznać,
że nie jestem szczęśliwa.

To zdumiało Elner.

– A to czemu?

– To okropne, że nie żyję. Dziesięć lat oszczędzałam na tę wycieczkę do Kalifornii i już tam nie pojadę. A biletu nie można zwrócić.

– Och, tak mi przykro. A co się stało... zachorowałaś?

– Nie, to co innego. Zawsze wiedziałam, że umrę w dziwny sposób. Całe życie starałam się zachowywać jak dama. Nigdy nie przeklinałam, nie paliłam w miejscach publicznych. Wiesz, zawsze miałam przy sobie czystą chusteczkę do nosa, nigdy nie opuściłam niedzielnej mszy, a tu w ostatniej chwili życia całą elegancję diabli wzięli. Wyleciałam przez dach, kiedy spuszczałam wodę w toalecie!

– O nie!

– O tak. Mam nadzieję, że nie wspomnieli o tym w moim nekrologu. I powiem ci jeszcze coś. Justin Klump tak się zna na hydraulice, jak kurczak na jeździe na łyżwach. Kiedy zaczęły się problemy z tą toaletą, kazałam Merle'owi wezwać hydraulika z O'Dell Plumbing. Ale nie, on stwierdził, że to za drogo. Wiesz, jaki z niego sknera. Pamiętasz, jak kupił tę sztuczną trawę z wyprzedaży? Każdy fragment miał inny kolor. A otwierana wanna z drugiej ręki? Te drzwiczki nigdy nie działały jak należy. Jak to mówią: chytry dwa razy traci. Mam nadzieję, że się cieszy z tych dziesięciu zaoszczędzonych dolarów. Teraz ja nie żyję, a on jest wdowcem.

– Przykro mi, że nie udało ci się pojechać do Kalifornii, ale popatrz na pozytywne strony tej sytuacji. Przynajmniej nie umarłaś młodo.

Elner była bardzo zadowolona, że Luther kupił jej stary dom. Praktycznie się tam wychował.

Luther tak słabo radził sobie w szkole średniej, że wiele razy miał zamiar to rzucić, ale Elner ciągle mu powtarzała:

„Każdy jest w czymś dobry. Cała sztuka to znaleźć to coś". Na szczęście, ta sztuka mu się udała. Zaraz po szkole Ander zatrudnił go w mleczarni jako kierowcę tira. Jak na kogoś, kto ledwie sobie radził z nauką, zarabiał bardzo dobrze i stać go było na małżeństwo z Bobby Jo.

Bobby Jo musiała pogodzić się z faktem, że w każdej wolnej chwili wyciągał ją na wszystkie pokazy samochodów, ciężarówek i innych pojazdów, jakie odbywały się w promieniu kilkuset kilometrów.

„To interesy, kochanie – tłumaczył. – Na tym polega moja praca. Muszę być na bieżąco z tym, co się dzieje w motoryzacji".

Oczywiście, było to najzwyczajniejsze kłamstwo. Luther po prostu kochał wszystko, co ma koła.

Wiadomości nadające się do druku

Cathy Calvert miała nie lada problem ze sformułowaniem nekrologu Verbeny Wheeler. Jej ojciec, który założył gazetę, zawsze podawał przyczynę śmierci, i teraz czytelnicy uważali to za normę.

Raz próbowała pominąć tę informację, kiedy pani Speir zatruła się ostrygą w restauracji Arnolda (Arnold był jednym z najważniejszych ogłoszeniodawców, a pani Speir miała sto dwa lata), lecz wtedy prenumeratorzy rozgrzali do czerwoności linię telefoniczną.

„Czemu pani skłamała?

Chcę wiedzieć, co ją zabiło!

Nie piszcie tylko, że zmarła. Chcemy znać szczegóły".

Cathy nauczyła się wówczas, że nie należy ukrywać niewygodnych informacji, a Arnold i tak niedługo utrzymał się na rynku. Teraz jednak chodziło o coś innego. Zgon Verbeny Wheeler nastąpił w okolicznościach, które nadawały tej sprawie bardzo delikatny charakter, i ujawnienie szczegółów balansowało na granicy między prawem do informacji a naruszeniem prywatności. Tak więc po długich zmaganiach z samą sobą Cathy ostatecznie użyła sformułowania „nieszczęśliwy wypadek domowy".

Jednak mimo jej starań, by chronić prywatność Verbeny, mieszkańcy i tak wszystkiego się dowiedzieli. Zwłaszcza po tym, jak Merle pozwał Zakład Hydrauliczny Klumpa i sprawa nabrała rozgłosu. Jak można się było spodziewać, pojawiały się mało taktowne komentarze w związku z tym, że spuszczanie wody w toalecie spowodowało eksplozję, która wyrzuciła człowieka przez dach.

Prawdziwa tragedia Verbeny polegała na tym, że tego feralnego dnia wcale nie potrzebowała skorzystać z toalety. Wychodziła właśnie do sklepu i usiadła na muszli tak na wszelki wypadek. Po chwili spuściła wodę jedynie z przyzwyczajenia. Oczywiście wiedziała o tym tylko ona i zabrała tę wiedzę ze sobą do grobu.

Trzy miesiące później do Verbeny dołączył jej mąż Merle. Po powitaniu przez Lucille Beemer powiedział:

– A więc to jest życie po życiu... to wspaniałe miejsce, o którym tyle słyszałem.

– Zgadza się.

– Dziękuję za przywitanie i wszystkie informacje, Lucille. Ale jednego nie rozumiem. Mówisz, że niektórzy tak po prostu stąd znikają?

– Tak.

– I nikt z nich nigdy nie wrócił?

– Nie. A dopóki ktoś nie wróci, ich los pozostanie dla nas tajemnicą.

Elner Shimfissle nagle zaczęła śpiewać, jak to miała w zwyczaju:

– „Słodka życia tajemnico, wreszcie cię poznałam".

Birdie Swensen szepnęła do męża:

– Dlaczego ci, którzy najbardziej fałszują, zawsze śpiewają najchętniej?

Smutne święta

Norma była smutna. Nie dość, że pierwszy raz spędzała święta bez cioci Elner, to jeszcze kiedy się obudziła, Macky'ego nie było w domu. Tego się po nim nie spodziewała. I to w taki dzień, kiedy wiedział, że jest przygnębiona. Wstała, włożyła szlafrok i kapcie i zeszła do kuchni. Ekspres do kawy był włączony, ale Macky'ego i jego samochodu nie było. Nie znalazła też żadnej kartki. Zwykle zostawiał jej jakąś wiadomość. Co to miało znaczyć? Zadzwoniła na jego komórkę. Odebrał po długiej chwili.

– Gdzie jesteś?

– Przepraszam. Musiałem nagle wybiec, ale już wracam. – Rozłączył się.

Nalała sobie kawy i wróciła na górę. Teraz była już poirytowana. Wiedział, jak nie lubiła budzić się w pustym domu bez żadnej wiadomości. Jakieś pięć minut później usłyszała trzask frontowych drzwi.

Gdy znowu zeszła na dół, on siedział w salonie, uśmiechnięty od ucha do ucha, a pod choinką leżała duża paczka.

– Och, Macky – westchnęła. – Mówiłam ci, żebyś mi nic nie kupował. Obiecaliśmy sobie, że w tym roku nie będzie prezentów.

– Otwórz – powiedział.

– No dobrze... ale mam nadzieję, że nie wydałeś dużo. Pójdę tylko po kawę.

– Nie. Otwórz teraz.

Kiedy podeszła bliżej, usłyszała dobiegające z paczki dziwne odgłosy.

– Co to?

Zdarła papier z wierzchu i zajrzała do środka. Zobaczyła sześć szarych pręgowanych kociąt, miauczących jedno przez drugie.

– O Boże, Macky, zwariowałeś? Skąd je masz?

– Od Świętego Mikołaja – odparł.

– Nie wierzę, że przyniosłeś je do domu. Co to ma być?

Jeszcze nie skończyła, gdy jeden z kotków wygramolił się z pudełka. Norma podniosła go, a on zaczął mruczeć jak mały motorek.

– Ojej, Macky. – Spojrzała na niego ze złością. – Mogłabym cię zabić. Jeszcze mi tylko brakowało śmierdzących bezpańskich kotów!

Następne dni spędzili na kupowaniu zabawek, posłania, karmy i na zabawie z kociętami. To były najwspanialsze święta od dawna.

Kilka miesięcy później znaleźli domy dla trzech kotków, a pozostałe zatrzymali. Wszystkie były płci żeńskiej. Ta, której nadali imię Elner, podarła w domu zasłony, lecz to jakoś Normie nie przeszkadzało.

Witaj, sąsiedzie

To był szczęśliwy dzień dla Elner i Verbeny. Przybyła ich stara przyjaciółka Ruby, która tak jak one ucieszyła się z tego spotkania.

– Czuję się tutaj jak w domu, z wszystkimi dawnymi sąsiadami dokoła. Po tym jak obie odeszłyście, złamałam biodro i wylądowałam na wózku. I w telewizji nie było już nic wartego uwagi. Zaczynałam wariować z nudów.

– To znaczy, że odkąd odeszłyśmy, nic ciekawego się nie zdarzyło? – zapytała Verbena.

– No, może tylko skandal z doktorem Orrem.

– Kim?

– Doktorem Orrem, dentystą. Tym, który w dzień był dentystą, a w nocy Elvisem. Czasem nawet występował w Red Barn. Chciał, żeby go nazywać artystą składającym hołd, ale choćby nie wiem jak o sobie mówił, był tylko facetem przebranym za Elvisa.

– I co się z nim stało?

– No cóż... został przyłapany w jakimś motelu ze swoją asystentką i musiał w pośpiechu wynosić się z miasta. Jej mąż groził, że go zabije, jak go jeszcze raz zobaczy.

– To chyba koniec jego występów, nie sądzicie? – zauważyła Elner.

– Chyba tak.

– O rany, żałuję, że mnie to ominęło – westchnęła Verbena.

Wtedy Elner zapytała:

– Ruby, a nie słyszałaś nic o Hannie Marie?

– Nie, nikt nic nie wie. Przestała się gdziekolwiek pokazywać.

– A co u naszej zwariowanej Tot? – wtrąciła Verbena.

Ruby zachichotała.

– Och, znacie Tot. Jak zawsze, pije kawę, wciąż pali. Jestem pewna, że niedługo do nas dołączy.

Kobiety nie wiedziały, że Beatrice i Ander słyszeli ich rozmowę na temat Hanny Marie.

– To do niej niepodobne, Anderze. Tam musi się dziać coś złego.

Wszystkiego najlepszego z okazji urodzin

2008

Norma rozglądała się, wchodząc po drewnianych schodach do starego domu cioci Elner. Wszystko tu się zmieniło. Stare drzewo figowe, z którego ciocia Elner kiedyś spadła, wyglądało na zmęczone. A ciemnozielone plastikowe krzesła z Walmartu, które Luther i Bobby Jo Griggsowie ustawili na werandzie, nie dodawały całości uroku. Ciocia Elner miała na werandzie białą wygodną ławę z giętego metalu z żółto--białymi poduszkami w groszki, a do tego dwa białe krzesła. Wyglądało to bardzo wesoło. No cóż, teraz to jest dom kogoś innego. Norma zapukała, ale wewnątrz nikogo nie było. Przez drzwi siatkowe zobaczyła klatkę z kotem, a do niej przyczepioną karteczkę. Wewnątrz siedział Sonny, rudy kot cioci Elner. Norma weszła i przeczytała:

Musiałam wyjść. Oto on.

Bobby Jo.

Zabrała kota i pojechała prosto na cmentarz. Kiedy podeszła do grobu cioci Elner, zobaczyła świeżo przyniesione plastikowe żółte kwiaty. Musiała je tu położyć Tot. Oczywiście, chciała dobrze, ale były takie brzydkie... Norma przesunęła je na bok i powiedziała:

– Dzień dobry, ciociu Elner. Nie wiem, czy ciocia pamięta, ale dzisiaj są cioci urodziny. A więc wszystkiego najlepszego! Macky i Linda przesyłają życzenia. Przyniosłam świeże kwiaty i Sonny'ego, żeby ciocię odwiedził. Wiem, że ciocia by tego chciała. Położyła kota na grobie pyszczkiem w stronę nagrobka. Sonny nie wyglądał na zainteresowanego otoczeniem. Następnie Norma podniosła mały cynowy pojemnik i podeszła do kranu, gdzie napełniła go wodą. Układając kwiaty, mówiła:

– Wie ciocia, kiedy ciocia jeszcze żyła, tak mnie denerwowały te telefony w dzień i w nocy ze zwariowanymi pytaniami, ale teraz, kiedy cioci tu nie ma, bardzo mi tego brakuje. Podchodzę do telefonu chyba z dziesięć razy dziennie, żeby do cioci zadzwonić. A kiedy telefon dzwoni, pierwszą moją myślą jest: „O, to na pewno ciocia Elner", ale oczywiście to ktoś inny. – Westchnęła. – Wiedziałam, że będę tęsknić, ale nie wiedziałam, jak bardzo. Macky też... brakuje mu tej codziennej porannej kawy z ciocią... Pójdę teraz na grób rodziców, ale zostawię Sonny'ego, żeby chwilę z ciocią pobył.

Podczas każdej kolejnej wizyty Norma dziwiła się, jak bardzo zmieniał się wygląd cmentrza, i to na gorsze. Piękną drewnianą bramę wejściową zwaliło tornado, a nowej nie postawiono. Alejki wymagały odnowienia, trawa przystrzyżenia. Norma pamiętała czasy, gdy wszędzie rosła świeża trawa i cały cmentarz tonął w kwiatach. Dzisiaj zobaczyła, że ktoś zostawił na ziemi opakowanie po chipsach.

A nagrobki! Wiedziała, że niektórzy umieszczają na swoich niewielkie symbole masońskie lub oddziałów wojskowych, do których należeli, ale odkąd to ryje się na kamieniach nagrobnych wielkie ciężarówki albo motocykle? Wyraźnie nie było już żadnych reguł w tym względzie, a co za tym idzie, to miejsce traciło jednolity wygląd. Tutaj ławka, tam okrągły głaz, nowy lśniący czarny nagrobek obok małej cementowej owieczki z lat dwudziestych. Jakby zbudować McDonalda obok uroczego starego domu.

Norma naprawdę nie była snobką. Rozumiała, że niektórych nie stać na pewne rzeczy, ale tu nie chodziło o pieniądze; coraz szybciej zanikały dobre obyczaje i maniery i coraz trudniej było utrzymać to, co cenne, gdy chociażby z telewizji przez cały dzień płynęły same bzdury. Teraz jeszcze to miejsce, które powinno pozostać oazą spokoju, ciszy i piękna, zaczęło ulegać zmianom. Co jednak można było na to poradzić? Ludzie zaczęli już nawet umieszczać na nagrobkach swoje zdjęcia. Norma dziwnie się czuła, gdy idąc alejką, widziała uśmiechające się do niej twarze nieżyjących już osób. Jak to robili? Ona nie potrafiłaby wybrać takiej swojej fotografii, którą chciałaby na zawsze pokazywać potomnym.

Był jeszcze napis na nagrobku Harolda Wigglera: „Oj, jak tu ciemno. Niech ktoś włączy światło". To było okropne z różnych względów; wolała nawet o tym nie myśleć. Zawsze omijała alejkę 12, jeśli było to możliwe. Ta inskrypcja nie wydawała jej się ani trochę zabawna. Dla Normy śmierć nie była zabawna, a w tym wypadku nie był to nawet niewinny żart.

Po odwiedzeniu grobu rodziców wróciła po Sonny'ego, pożegnała się z ciocią Elner i odeszła.

Po odejściu Normy Elner powiedziała do swojej sąsiadki Ruby Robinson:

– Stary Sonny dobrze wygląda, prawda?

– Owszem, dla kogoś, kto lubi koty. Ale jakie to miłe, że Norma pamiętała o twoich urodzinach.

– Racja.

– Ona naprawdę za tobą tęskni.

– A ja za nią. To bardzo miła dziewczyna. Bardzo się stara, ale czasami nerwy ją zawodzą.

– Wiem, wiem. Myślę, że w jej wypadku mógłby pomóc kieliszeczek czegoś mocniejszego raz na jakiś czas.

Witaj, Tot!

Jak można się było spodziewać, Tot Whooten przybyła na Spokojne Łąki niedługo po Ruby. Zaraz po przywitaniu przez pannę Beemer usłyszała głos:

– Witaj, Tot. To ja, twoja mama.

– Mama? To naprawdę ty? – Tot była zdumiona, słysząc głos matki, tak młody i pełen życia.

– Tak, kochana, to ja.

– Poznajesz mnie?

– Oczywiście.

– Nie masz już alzheimera?

– Nie... jak tylko się tu znalazłam, odzyskałam wszystkie zmysły. Teraz będzie jak dawniej, będę miała moją małą dziewczynkę przy sobie.

Tot nawet w najśmielszych marzeniach nie przewidywała, że kiedykolwiek będzie mogła znowu porozmawiać z matką, a co dopiero, że staruszka odzyska świadomość umysłu. Przez ostatnie szesnaście lat życia nie rozpoznawała nikogo wokół siebie.

Później Tot porozmawiała z dziadkami, dawnymi sąsiadami i wiernymi klientkami. Verbena krzyknęła:

– Założę się, że nie będziesz tęskniła za codziennym chodzeniem do pracy, prawda, Tot?!

– Jakbyś zgadła – odparła Tot i zwróciła się do Elner: – Gdy pomyślę, że już nigdy nie będę musiała się zajmować cudzymi włosami, chce mi się skakać z radości.

– Spodoba ci się tutaj – wtrąciła Ruby. – Popatrz tylko... wszystkie kłopoty się skończyły... koniec z troskami i problemami. Teraz już będzie z górki.

– Hura. Nie wróciłabym, żeby przeżyć jeszcze raz to samo, nawet gdyby mi dopłacali. A ty, Elner? Nie ucieszyłaś się, kiedy już było po wszystkim?

– Oj, nie wiem, Tot. Nawet z tymi drobnymi kłopotami dla mnie życie było całkiem przyjemne.

– Łatwo ci mówić. Ty nie miałaś łajdaka za męża – skwitowała Tot.

Na to odezwał się męski głos:

– Cześć, Tot.

Jej zaskoczenie nie miało granic.

– To ty, James? Gdzie jesteś?

– Sześć rzędów od ciebie.

– Ach tak, racja. Pochowaliśmy cię w starej kwaterze Whootenów.

– Jak się masz, kochanie? – zapytał James nieśmiało.

– Poza tym, że jestem martwa i leżę w grobie, wszystko u mnie dobrze. – Tot zwróciła się do Elner: – Dobry Boże, zapomniałam, że on już tu jest. Dobrze chociaż, że nie leży obok mnie. Nie chcę, żeby ta jego nowa żona łaziła po mnie, gdy przyjdzie go odwiedzić, o nie, dziękuję.

James usłyszał, co mówiła.

– Ona rzadko tu przychodzi.

– Ach tak... to było do przewidzenia.

– Rzuciła mnie.

– Słyszałam. – Po chwili dodała: – Złamałeś mi serce, James.

– Przepraszam. Ciągle mnie nienawidzisz?

– Nigdy cię nie nienawidziłam. Byłam tylko sfrustrowana. Gdybyś chociaż wcześniej przestał pić, może by się nam udało. Potrzebowałam cię, a twoje dzieci potrzebowały ojca. Bóg wie, że nie byłam dobrą matką, bo cały dzień pracowałam w salonie, ale co miałam robić? Ktoś musiał zarabiać na życie. Tak czy siak, dzieciom nie wyszło to na dobre. Nie wiem, ile pokoleń trzeba będzie, żeby odwrócić krzywdy, które im wyrządziliśmy. Dwayne junior ciągle się żeni z tymi idiotkami, które myślą, że mogą mu pomóc; Darlene miała już trzech mężów łachmaniarzy i pracuje nad czwartym. Jedna twoja wnuczka jest ćpunką i już dwa razy była aresztowana, a druga tańczy na rurze w Kansas City, cała wytatuowana, z kolczykami w nosie. A najgorsze jest to, że według niej wygląda ładnie. – Westchnęła. – Nie wiem, James. Starałam się, ale mi nie wyszło. Właśnie mówiłam Elner, że cieszę się, że nie żyję.

– Kochanie, nie mów tak...

– Kiedy to prawda. Byłam już strasznie zmęczona. Nie masz pojęcia, jaka to będzie ulga nie musieć się podrywać na każdy dźwięk telefonu, nie zastanawiać się, która wnuczka została aresztowana i za co.

– Przykro mi, Tot. Zawsze cię kochałem. Tylko nie wiedziałem o tym.

– Mnie też jest przykro. Zdaje się, że ci tego nie ułatwiałam. Nie powinnam rzucać w ciebie krasnalem.

– Nic się nie stało.

– Na twoją obronę trzeba przyznać, że nie byłeś już tym samym człowiekiem, odkąd ten ryż utkwił ci w uchu w dniu ślubu.

– Może – zgodził się James. – Ale i tak nie powinienem się tak zachowywać.

Nastąpiła kolejna długa cisza, a potem Tot powiedziała:

– James, nie wrócimy tam i nie cofniemy wszystkich krzywd, ale możemy być przyjaciółmi. Jak myślisz?

– Oj, Tot, nie wiesz, jak długo o tym marzyłem.

– No dobrze. Teraz, gdy już jesteśmy przyjaciółmi, możesz mi powiedzieć, co u diabła widziałeś w Jackie Sue Potts?

– Bóg jeden wie. Głupi byłem, i tyle. Byłem kretynem.

– A najgorsze jest to, że była moją klientką!

– Wiem. Przepraszam.

– No cóż, jesteś facetem. W sprawach kobiet nie umiałeś się kontrolować i nie jesteś wyjątkiem w tym względzie.

Amen, siostro! – pomyślało sześć innych kobiet, przysłuchujących się tej rozmowie.

– Może racja – przyznał James. – Ale myślisz, że nie czułem się winny? Nie wiesz, ile razy chciałem przyjść do domu, ale za bardzo się wstydziłem spojrzeć ci w oczy.

Tot dobrze to rozumiała. Żałowała tylko, że nie wrócił do niej, kiedy jeszcze mógł. Oczywiście, nie wiedział, że w jednej sekundzie przyjęłaby go z powrotem.

Elner zauważyła, że zawsze ciekawie jest dowiedzieć się czegoś, czego nikt się nie spodziewał. Chociaż Tot cieszyła się powszechną sympatią, na ogół uważano ją za nieczułą i zgryźliwą. Potrafiła niejednemu dopiec do żywego. A tu się okazało, że przez cały czas była nieszczęśliwie zakochana w kimś, kto był nieobecny. Nieodwzajemniona miłość nawet najmilszą osobę potrafi zamienić w zgryźliwca.

Następnego dnia Elner i Verbena rozmawiały o tym, jak wspaniale się stało, że Tot i James się pogodzili.

– W dodatku jest trzeźwy! – zauważyła Verbena. – Nigdy bym nie przypuszczała, że doczekam takiej chwili.

Podczas gdy dawne sąsiadki gawędziły, nagle na dębie usiadło ogromne stado wron, które po kilku sekundach poderwały się i odleciały. Elner się roześmiała.

– Czy wrony nie są zabawne? Wiem, że ludzie często ich nie lubią, ale mnie się zawsze podobały. Sonny ich nie znosił, wiecznie próbował jakąś złapać, tylko nigdy mu się nie udało. Biedny Sonny. – Nagle Elner zaśpiewała: – „O Sonny Boy, jak dudy smętnie grają, aż po sam świt, aż po sam świt. I będę tam, i w smutku, i w rozpaczy, kocham cię tak, Sonny Boyyyeee...".*

– Źle śpiewasz – przerwała jej Verbena. – To jest „Danny Boy".

– Ach tak, masz rację. – I znowu zaczęła: – „Chodź, przytul się, mój Sonny Boy kochany, chociaż masz lat zaledwie trzy... Sonny Boyyyeee...".

Will Shimfissle zachichotał i powiedział do sąsiada:

– Czyż jej śpiew nie brzmi jak zawodzenie dwudziestu kotów z bólem brzucha?

Po tak pełnym kłopotów i raczej nieszczęśliwym życiu Tot Whooten wreszcie odnalazła spokój. Któregoś wieczoru powiedziała do Ruby:

– Aż żal myśleć, ile pięknych nocy przegapiłam za życia. Widok tych tysięcy małych gwiazdek migających w górze to coś naprawdę wspaniałego. Chyba zawsze tam były. Zdarzało mi się patrzeć z Elner na zachód słońca, ale potem wchodzi-

---

* *Danny Boy* – irlandzka piosenka śpiewana przez leżącą w grobie dziewczynę do ukochanego. Tutaj Elner śpiewa własną wersję.

łam do domu i oglądałam telewizję, póki nie położyłam się spać. Teraz naprawdę cieszy mnie widok nocnego nieba, odgłosy sów, żab i świerszczy. Za życia częściej powinnam była to robić zamiast siedzieć przed telewizorem. Ale wciągnęły mnie *Dynastia* i *Wielka dolina* z Barbarą Stanwyck. Zawsze podziwiałam tę aktorkę. Wyglądała, jakby mogła zabijać wzrokiem. Tak, to była babka w moim typie.

Lester Shingle, któremu już weszło w nawyk przysłuchiwanie się rozmowom jego głównej podejrzanej, odnotował tę uwagę w pamięci. Tot zdecydowanie miała mordercze skłonności.

Shreveport, Luizjana

2011

Luther Griggs prowadził ciężarówkę i marzył o wygranej na loterii. W kieszeni miał dziesięć losów. Gdyby mu się poszczęściło, kupiłby sobie jeden z tych długich luksusowych srebrno- -brązowych kamperów. Nie było to tylko mgliste marzenie. Luther miał już wybrany model i markę: bounder z całym wyposażeniem, prysznicem, rozsuwanymi drzwiami i zewnętrznymi markizami.

Rzuciłby pracę i jeździliby z Bobby Jo po całej Ameryce, przenosiliby się z jednego osiedla kamperów na drugie, żyjąc na wysokiej stopie. Czytał o takim osiedlu w Buellton w Kalifornii. Jest tam basen, restauracja, bingo w każdy piątek, a w soboty muzyka i spotkania przy grillu. Czego można chcieć więcej?

Lekko mżyło, gdy zobaczył w bocznym lusterku zbliżający się samochód. Bardzo ładny plymouth duster z 1970 roku. Pozwolił się wyprzedzić, żeby móc lepiej obejrzeć to cudeńko. Kobieta za kierownicą pomachała do niego, więc odmachał jej. Tak, to był rocznik siedemdziesiąty. Ona albo jej mąż dobrze o niego dbali. Auto wciąż miało oryginalne koła i lakier.

Od sześciu godzin padało z niewielkimi przerwami i choć Luther chciałby już być w domu, nie mógł jechać zbyt szybko. W tej części Luizjany było wiele rafinerii naftowych, należało się więc spodziewać, że podczas deszczu będzie ślisko.

Wciąż widział czerwonego plymoutha. Kilka kilometrów dalej, przed mostem, nagle na drogę wszedł pancernik, a wtedy prowadząca plymoutha zrobiła najgorszy z możliwych manewrów. Skręciła gwałtownie, by go wyminąć, i to przy dużej prędkości. Luther widział, jak samochód wpada w poślizg, uderza w betonową barierkę i osuwa się po zboczu prosto do rzeki.

– O rany – westchnął.

Spojrzał w lusterko wsteczne. Na drodze nie było nikogo. Nikt też nie nadjeżdżał z przeciwnej strony. Zwolnił więc, zjechał na pobocze i zatrzymał ciężarówkę. Chwycił duży klucz narzędziowy, który dla bezpieczeństwa trzymał na siedzeniu obok siebie, wyskoczył i popędził w stronę mostu.

Gdy dobiegł na miejsce wypadku, popatrzył w dół, na rzekę. Auto wciąż unosiło się na powierzchni, lecz szybko się zanurzało. Na szczęście było niedaleko brzegu. Luther wszedł do wody i dobrnął do pojazdu. Zdążył skoczyć i chwycić za klamkę w chwili, gdy samochód odpłynął, obracając się i kołysząc na boki.

Tak jak przypuszczał, wszystkie szyby były zamknięte. Luther widział, że kobieta wewnątrz w panice usiłuje wydostać się z pasów. Musiał się namęczyć, bo byli już pod wodą, ale po dziesięciu próbach udało mu się rozbić przednią szybę, sięgnąć do środka i odpiąć pas. Potem z wielkim trudem otworzył drzwi. Wyciągnął kobietę z samochodu i wypchnął w górę ze wszystkich sił. Ostatnią rzeczą, jaką widział, były jej stopy poruszające się energicznie, gdy ocalona oddalała się ku powierzchni. Dzięki Bogu.

Luther wraz z samochodem zanurzał się coraz głębiej. Nagle coś sobie uświadomił: O rany... zapomniałem. Nie umiem pływać.

Gdy miał pięć lat, ojciec wrzucił go do jeziora i chłopiec omal się nie utopił. Od tamtej pory śmiertelnie bał się wody.

LUTHER GRIGGS
1964–2011
Nie ma większej miłości niż oddać życie za bliźniego swego

Kiedy mąż Ruby, John Robinson, przybył na Spokojne Łąki, zapytał Elner:
– Czy Luther mówił, jak się tu znalazł?
– Powiedział tylko, że to był wypadek.
– Co?! – krzyknął John. – Lutherze Griggs, dlaczego nie powiedziałeś Elner i innym, że utonąłeś, ratując życie kobiety?!
– Oj, nie wiem – wymamrotał Luther. – Chyba się trochę wstydziłem, że nie umiem pływać.
– No wiesz co, nie masz najmniejszego powodu do wstydu. Jesteś prawdziwym bohaterem. Ta uratowana była matką trojga dzieci – powiedział John. – Wyobraźcie sobie: wskoczył do wody, żeby uratować całkiem obcą osobę.
Usłyszawszy tę historię, Elner stwierdziła:
– Właściwie w ogóle mnie to nie dziwi. Zawsze wiedziałam, że Luther to dobry chłopak, prawda, Lutherku?
– Tak, zawsze tak ciocia mówiła.

Kobieta, którą Luther uratował, nie zapomniała mu tego. Wraz z mężem i dziećmi przyjechała do Elmwood Springs na pogrzeb. Jej najmłodsza córka, sześciolatka, napisała do niego list, który położyła na grobie:

Drogi Panie Griggs!
Dziękuję za uratowanie mojej mamy. Jest miła i też się cieszy, że ją Pan uratował. Przykro mi, że Pan utonął.
Ściskam serdecznie
Tracy

Papuzia głowa[*]

To był ładny wtorek. Dwayne junior, nawalony jak zwykle, w podkoszulku z napisem „Włączam luz w Margaritaville", wyrwał się z domu. Żona była w pracy, a dzieci w szkole. Poszedł na cmentarz z sześciopakiem piwa. Usiadł na grobie matki, zapalił jointa i otworzył puszkę. Spojrzał w dół, na miasto, i westchnął. Teraz, gdy jego matka już nie żyła, było strasznie nudno. Tot zawsze była zabawna. Zgryźliwa jak diabli, ale zabawna. Dlaczego musiała umrzeć i go zostawić? Niech to, gdyby nie żenił się z tymi wszystkimi kobietami i nie miał dzieci, wyjechałby, tak jak stoi, prosto do Key West i dołączyłby do innych papuzich głów w starym Margaritaville. Siedziałby sobie na ławce, popijał cały dzień. Żadnych żon ani dzieci ględzących za uchem. Tak... może nawet spotkałby Jimmy'ego Buffetta. To by dopiero był prawdziwy luz, ziom. Któregoś dnia tak zrobi. Jeśli odzyska prawo jazdy. Niech to, mógłby nawet jechać autostopem. Kiedyś może wyruszy i nigdy nie wróci. To dopiero będzie luz, ziom. Otworzył kolejne piwo.

– Tak, to się nazywa życie na luzie.

---

[*] Papuzia głowa (ang. *parrothead*) – określenie fanów Jimmy'ego Buffetta, które wprowadził sam muzyk, opisując ludzi przychodzących na jego koncerty w hawajskich koszulach i w kapeluszach, marzących o stylu życia z Key West.

Gdy odszedł, Tot westchnęła i powiedziała do Jamesa:
– Alkohol, prezent na całe życie.
– Hm – westchnął James.

Było wczesne przedpołudnie, kiedy na Spokojnych Łąkach usłyszano przeraźliwy dźwięk syren karetki pogotowia i policji, a potem pisk hamulców.
– Co się stało? – pytano.
Wiedzieli, że karetka zatrzymała się gdzieś w mieście, ale gdzie? Kto ucierpiał? Kto zachorował?
– Mam nadzieję, że ktokolwiek to jest, wie, ile go będzie kosztować podwózka karetką – odezwała się Tot. – Kiedy na Florydzie wbiła mi się w nogę belona, taka ryba ze spiczastym nosem, zażyczyli sobie ponad pięć tysięcy dolców za przejechanie sześciu przecznic. Wtedy doszłam do wniosku, że gdybym wzięła taksówkę, zaoszczędziłabym fortunę. Potem mówiłam wszystkim: „Jeśli tylko możesz wstać i iść, zrób to, ale w żadnym razie nie pozwól się wpakować do cholernej karetki".

Niestety, osoba, do której wezwano pogotowie do domu Swensenów, nie była w stanie chodzić.

Dziewczyna galeon

W każdym mieście są ludzie, którzy skupiają na sobie uwagę, i tacy, którzy żyją cicho, przez nikogo niezauważeni.

Norvaleen Whittle zawsze była nieco pulchna, na tyle, by chłopcy trzymali się od niej z dala i by nie została mażoretką ani cheerleaderką.

Teraz trzydziestosiedmioletnia Norvaleen prowadziła księgowość kilku firmom w mieście, a dzięki Internetowi mogła to robić, nie wychodząc z domu. Rodzice pozostawili jej ładne dwupokojowe mieszkanie, które rzadko opuszczała, na ogół tylko po to, by wyjść do sklepu spożywczego lub apteki. Jej to odpowiadało. Miała yorka o imieniu Mitzi, który był dobrym kompanem, nauczonym nie brudzić w domu.

Któregoś dnia, gdy robiła zakupy w Walmarcie, nagle zauważyła, że kołysze się na boki niczym ogromny statek oceaniczny. Wtedy po raz pierwszy uświadomiła sobie, że jest wielką, otyłą osobą. Docierało to do niej powoli. Stopy z trudem mieściły się w butach i od dawna już nie nosiła pierścionków ani zegarka. Powinna była zauważyć to wcześniej.

Ona jednak wypierała ten fakt ze świadomości i bez oporów zjadała kolejne cheesburgery z frytkami w McDonaldzie. Najwyraźniej cola light nie eliminowała spożytych kalorii. Nawet nie zauważyła, kiedy osiągnęła etap workowatych sukni i klapek. Owszem, wiedziała, że jest pulchna, ale tego dnia podczas kontroli lekarskiej doktor Halling oświadczył, że jest dużo gorzej. Według przyrządu do pomiaru stosunku tłuszczu do mięśni Norvaleen była już na granicy chorobliwej otyłości. Lekarz umówił ją na wizytę z dietetykiem.

Jadąc do domu, zastanawiała się, jak mogła do tego dopuścić. Dlaczego myślała, że może jeść jak nastolatka? O to właśnie chodziło, że nie myślała. Przez ostatnie dwadzieścia dwa lata siedziała przed telewizorem i zajadała słodkie małe co nieco, tak że jej życie stało się jedną wielką przekąską ciągnącą się od rana do nocy. Teraz musiała pójść do dietetyka, bo inaczej doktor Halling zostanie poinformowany, że jego pacjentka nie przestrzega zaleceń.

Kobieta w klinice dietetyki była bardzo optymistycznie nastawiona i chętna do pomocy. Powiedziała Norvaleen, że w jej wnętrzu kryje się szczupła osoba, która tylko czeka na to, by wyskoczyć na zewnątrz. Norvaleen jednak wiedziała swoje – w jej wnętrzu była gruba kobieta, której brakowało energii na jakiekolwiek skoki. Zresztą, po co? Nikt jej nie kochał. Chłopak, w którym kiedyś się kiedyś kochała, ożenił się z inną. Po co się męczyć?

– Zrób to dla siebie – powiedziała dietetyczka, ale dla Norvaleen liczyło się jedynie coś dobrego do zjedzenia, zabawa z Mitzim i ulubione programy w telewizji.

Dietetyczka oznajmiła:

– Panno Whittle, to nie jest problem z silną wolą, tylko uzależnienie od jedzenia. Jest pani tak samo uzależniona od cukru i węglowodanów jak narkoman od heroiny. Jedynym sposobem, aby na stałe zrzucić zbędne kilogramy, jest całkowite wyeliminowanie cukrów i produktów mącznych.

No dobrze. Załóżmy, że zapisałaby się na kolejne wizyty, traciłaby czas i pieniądze, przeszłaby to całe umartwianie się, żeby schudnąć, i co potem? Byłaby nieszczęśliwą chudą osobą, prawdopodobnie z nadmiarem zwisającej skóry. Doktor mówił, że jeśli zrzuci cały tłuszcz, przedłuży sobie życie o dobrych dziesięć lat.

Norvaleen przemyślała to, ale nie była pewna, czy chce kolejnych dziesięciu lat życia bez chleba i lodów. Uznała, że woli zjeść deser, i więcej nie zjawiła się w klinice.

Kilka lat później, w piątek rano, Norvaleen z wielkim wysiłkiem opuściła auto – powoli wysuwając najpierw jedną nogę, potem drugą – zaczerpnęła powietrza i ruszyła przez parking w stronę apteki CVS. Gdy już zbliżała się do galerii, usłyszała odgłosy zamieszania i dobiegające z wnętrza krzyki:

– Łapać go!

Norvaleen podniosła głowę akurat w momencie, gdy uzbrojony mężczyzna wybiegał przez szklane drzwi, ścigany przez strażnika. Nie miała czasu do namysłu. Skrzyżowała dłonie na piersiach i zagrodziła mu drogę. Złodziej wpadł na nią z takim impetem, że broń wypadła mu z ręki i się przewrócił. Ona natychmiast usiadła na nim i przytrzymała go aż do przybycia policji. Okazało się, że mężczyzna okradł sklep jubilerski.

Świadkowie tego zdarzenia mówili, że złodziej wiercił się i wił pod jej ciężarem, ale nie miał szans się wydostać. On sam twierdził później, że kobieta, która go złapała, ważyła jakieś trzysta kilo, co nie było prawdą, choć trzeba było trzech strażaków i jednego przypadkowego przechodnia, żeby ją postawić.

Kiedy już było po wszystkim i złoczyńca w kajdankach został odwieziony na posterunek, policjant notujący przebieg zdarzenia nagle spojrzał na nią zaskoczony:

– Norvaleen? Norvaleen Whittle? Chodziliśmy razem do szkoły. Pamiętasz mnie? Jestem Billy... Billy McMichael.

Zrobiła się cała czerwona. Pamiętała go. To był ten chłopak, w którym się kiedyś kochała.

Tego popołudnia Cathy Calvert przeprowadziła z nią wywiad do gazety, a później napisała artykuł, który ukazał się na pierwszej stronie z nagłówkiem:

Mieszkanka naszego miasta zatrzymuje złodzieja w galerii handlowej

Norvaleen nie powiedziała Cathy tego, że nie planowała tak długo trzymać mężczyzny pod sobą. Po prostu nie była w stanie się podnieść. Ktoś nagrał komórką, jak siedzi na nim, i umieścił ten filmik na YouTubie. Oczywiście, posypały się typowe złośliwe komentarze, głównie ze strony nastoletnich chłopców, lecz większość ludzi była pod wrażeniem jej odwagi: „Może Norvaleen nie dałaby rady ścigać uciekiniera, ale jak widać, potrafi takiego zatrzymać!".

W nagrodę za ten odważny czyn otrzymała bon prezentowy o wartości stu dolarów do wszystkich sklepów w galerii, łącznie z restauracjami. Później przyznano jej nagrodę burmistrza dla Bohaterskiego Obywatela, a komendant policji Ralph Childress wręczył jej honorową odznakę policyjną. Na tę okazję Norvaleen kupiła sobie nową obszerną czarną suknię i parę klapek z kryształkami górskimi.

Tego dnia Billy przyjechał policyjnym samochodem, żeby zabrać ją na uroczystość wręczenia nagród. Kiedy odwoził ją do domu, zapytał:

– Mogę cię kiedyś zaprosić na kolację?

Billy ożenił się z jedną z najładniejszych dziewcząt w szkole, lecz ich małżeństwo nie było udane. Rozwiódł się i od trzech lat mieszkał w bloku za miastem.

Na początku spotykali się na kolacji kilka razy w tygodniu, potem Billy zaczął zostawać u niej na noc. Norvaleen była taka szczęśliwa, że bez większego wysiłku w ciągu roku odzyskała sylwetkę, którą można określić jako lekko pulchną. Billy'emu to nic a nic nie przeszkadzało. Doszedł do wniosku, że taka figura naprawdę mu się podoba. Rok później Norvaleen wykorzystała swój bon ze sklepu jubilerskiego, żeby kupić Billy'emu obrączkę ślubną.

Bywa, że kiedy człowiek się dużo nacierpi, nagle, w najmniej spodziewanym momencie, los znajduje jakiś dziwny sposób, by wszystko ułożyło się tak, jak powinno. Norvaleen szła do apteki po maść na egzemę i oto, co z tego wynikło. Była ostatnią osobą na świecie, która by przypuszczała, że doczeka się tak szczęśliwego zakończenia.

O krok od śmierci

2012

Gdy Cathy Calvert wpadła na Normę w aptece, ze zdumieniem zauważyła, że ta porusza się o kulach.

– Oj, Normo... co się stało?

– Złamałam sobie stopę.

– Jak?

– Robiłam zakupy w dużym Macy's. Macky potrzebował nowych podkoszulków, a akurat była wyprzedaż na najniższym poziomie. Zresztą nieważne. Szłam na dół, kiedy zadzwoniła mi komórka. Chciałam ją wyjąć z torebki i widocznie nie uważałam, bo kiedy wchodziłam na ruchome schody, źle stanęłam i spadłam... toczyłam się jak worek, a na schodach nie było nikogo, kto by mnie zatrzymał.

– O nie!

– A gdy spadałam, myślałam tylko o tym, że jak już dotrę na sam dół, ta taśma wciągnie mi sukienkę, mnie razem z nią i zostanę poszatkowana na kawałki. Więc darłam się na całe gardło: „Wyłączcie to! Wyłączcie!". Na szczęście jakiś pracownik z głową na karku wybiegł od jubilera, w ostatniej chwili wyłączył schody i uratował mnie przed zmiażdżeniem. Ale wylądowałam bokiem i utknęłam do góry nogami, tak że nie mogłam się ruszyć. No i leżę tam, cała powyginana, z nogami w górze, i w tym momencie obok przechodzi moja dawna koleżanka ze szkoły, Kathy Gilmore. Nie widziałam jej od ponad dwunastu lat, a tu ona patrzy na mnie i mówi: „Normo, to ty?". „Tak, to ja" – odpowiadam. „A cóż ty wyrabiasz?" – ona na to. A ja: „Właśnie spadłam ze schodów i utknęłam. Dzwoń na 911". Zadzwoniła, ale wtedy już się zrobiło zbiegowisko, a ja w środku, z sukienką rozszarpaną na strzępy. O Boże, co za bałagan. Byłam cała poobijana i podrapana. Tydzień trzymali mnie w szpitalu. A wiesz, co było najgorsze? Ten telefon, przez który omal się nie zabiłam, to w ogóle nawet nie był człowiek. Jakaś głupia wiadomość... z maszyny! Wyobrażasz sobie?

– O Boże, Normo – westchnęła Cathy. – Przecież mogłaś się zabić, jak Hanna Marie.

– Nie myśl, że mi to nie przyszło do głowy. Cały czas, kiedy spadałam, myślałam sobie: O nie, mam nadzieję, że nie skończę jak Hanna Marie.

Co się zdarzyło

Nagłówek brzmiał:

**Śmiertelny upadek
kochanej i szanowanej mieszkanki naszego miasta.**

Gospodyni, która przyszła rano do pracy, znalazła Hannę Marie leżącą u stóp schodów. Lekarz stwierdził, że poniosła śmierć na miejscu. Kiedy ta wiadomość rozeszła się po mieście, wszyscy byli wstrząśnięci i zrozpaczeni. Później jednak, gdy dowiedziano się, że jej mąż był w tym czasie w Nowym Jorku w jednej ze swoich częstych tak zwanych podróży służbowych, poczuli wściekłość.

Norma powiedziała do Macky'ego: „Wyobraź sobie, zostawić nieszczęsną głuchą kobietę samą na całą noc w tym wielkim domu, i jechać sobie gdzieś używać życia... i to za jej pieniądze. Nie wiem, jak on może patrzeć w lustro".

Teraz mnie słyszycie?

Zważywszy na jej wiek i stan zdrowia, wszyscy się spodziewali, że jako następna zawita na Spokojne Łąki Irene Goodnight. Tymczasem, ku ogólnemu zdumieniu, pojawiła się Hanna Marie Swensen.

Śmierć Hanny Marie była dla Lucille Beemer nie lada wyzwaniem. Jak rozmawiać z osobą głuchą?

Zgodnie z jej obawami, kiedy przywitała Hannę Marie, nie otrzymała żadnej odpowiedzi.

– Ojej – powiedziała. – Czuję się okropnie. Nie umiem się z nią porozumieć i poinformować, gdzie się znalazła.

Verbena wtrąciła:

– Nie wiem, co ci radzić, Lucille. Możemy gadać do wieczora, a ona i tak tego nie usłyszy. Wielka szkoda. Z chęcią bym sobie z nią porozmawiała, żeby się dowiedzieć, co ma do powiedzenia o tym swoim podłym, niewiernym mężu. Zdradzał ją od lat z każdą chętną dziewuchą w miasteczku.

Nagle usłyszały kobiecy głos:

– Ja chyba słyszę.

– Hanna Marie? – zapytała Lucille.

– Tak. Czy to mój głos?

Zdumiona Lucille odpowiedziała:

– Tak, najwyraźniej twój!

– I wypowiadam prawdziwe słowa?

– Tak.

– I dobrze je wymawiam?

– Idealnie.

– Nie mówię za głośno? Sama nie umiem tego ocenić.

– Nie, wcale. I masz piękny głos. Co za wspaniała nie-spodzianka... Och, kochana, tylko poczekaj, aż twoi rodzice się dowiedzą. – Lucille krzyknęła: – Beatrice! Ander! Przywitajcie się z waszą córką.

Pierwsza odezwała się Beatrice.

– Kochanie, to ja, twoja mama. Słyszysz mnie?

– O tak, mamusiu, słyszę!

– Kochanie, tutaj twój tata – powiedział Ander.

– Och, tatusiu, nie wierzę.

Verbena Wheeler nie wytrzymała i krzyknęła na cały głos:

– O mój Boże! To Hanna Marie! Może mówić i słyszy!

To była niezwykła chwila. Pierwszy raz Beatrice i Ander mogli porozmawiać z córką, a ona pierwszy raz ich słyszała.

Elner odczekała, aż ta trójka chwilę się sobą nacieszy, po czym rzekła:

– Dzień dobry, kochana. Tutaj twoja wielka stara ciocia Elner.

Hanna Marie odparła:

– Ciociu Elner, tak się cieszę, że słyszę cioci głos. Dziękuję, że całe życie była ciocia dla mnie taka dobra.

– Nie ma za co. Być dobrym dla ciebie zawsze było łatwo.

– Hanno Marie, jestem twoją cioteczną babcią. Nazywam się Katrina Nordstrom. Chciałam tylko powiedzieć, że wiem, jak się czujesz. Ja byłam na starość całkowicie ślepa, ale kiedy się tu znalazłam, odzyskałam wzrok.

Nagle wszyscy chcieli porozmawiać z Hanną Marie i podzielić się z nią swoimi opiniami na temat tego cudu.

Hanna Marie przez cały dzień rozmawiała z licznymi przyjaciółmi i rodziną. Około szóstej wieczorem stary Hendersen powiedział:

– Dobry Boże, co za gaduła z tej dziewczyny. Czy ona się nigdy nie zamknie?

Później, już po zachodzie słońca, siostry Goodnight specjalnie dla niej na powitanie zaśpiewały *Over the Rainbow* na dwa głosy.

Gdy skończyły, Hanna Marie powiedziała:

– Dziękuję wam bardzo. A więc to jest muzyka. Zawsze się zastanawiałam, jak to brzmi. To takie kojące i przyjemne. I wy śpiewacie tak pięknie.

W tym momencie odezwała się Birdie Swensen:

– Na miłość boską, Elner, nie waż się teraz śpiewać. Pozwól biedactwu nacieszyć się chwilę złudzeniami.

– Postaram się – zachichotała Elner. – Dam jej kilka dni na przystosowanie się.

Przed zaśnięciem Ruby szepnęła do Verbeny:

– Nie powinnaś była mówić, że mąż Hanny Marie ją zdradzał.

– Skąd miałam wiedzieć, że odzyskała słuch? – odparła Verbena. – Mam tylko nadzieję, że nie usłyszała moich słów.

Następnego dnia, gdy emocje już nieco opadły, Lucille Beemer zapytała Hannę Marie, jak to się stało.

– Kiedy się obudziłam, słyszałam jakieś dźwięki. Ale na początku nie wiedziałam, co to takiego.

– Nie, chodzi mi o to, jak się dostałaś na Spokojne Łąki – wyjaśniła Lucille.

– A, to. No, właściwie nie wiem. Ale chyba coś musiało się wydarzyć, bo inaczej by mnie tu nie było.

– Racja.

– Zastanawiam się, co to mogło być. Wiem, że Michael wyjechał z miasta, i ostatnie, co pamiętam, to to, że wstałam z łóżka i chciałam zejść do kuchni... a potem... nic.

– Nie martw się tym. Dowiemy się. Ktoś się tu zjawi i nam opowie, a tymczasem wszyscy się bardzo cieszymy, że jesteś z nami.

– Och, ja też, panno Beemer. Niestety, ostatnio nie byłam zbyt szczęśliwa.

Verbena szepnęła do Ruby:

– Słyszałaś? Hanna Marie powiedziała, że jej mąż „wyjechał z miasta". Ona może wiedzieć więcej, niż przypuszczamy.

Sprawa zostaje zamknięta

Gdyby Lester Shingle miał wąsy, podkręcałby je jak wytrawny detektyw. Na Spokojnych Łąkach zjawiła się Irene Goodnight, ostatnia z jego podejrzanych, i wreszcie miał zamiar przeprowadzić dokładne przesłuchanie. Następnego ranka zwrócił się do wszystkich czterech kobiet donośnym, dudniącym głosem:

– Tutaj mówi Lester Shingle! Wiem, że jedna z was to zrobiła i pewnie myśli, że ujdzie jej to na sucho. Ale się myli.

Prawdą było, że wszystkie cztery przy takiej lub innej okazji groziły, że go zabiją.

Wiedziały, że był znienawidzonym Podglądaczem. Ada i Bess Goodnight mówiły, że jeśli go zobaczą w pobliżu ich domu, zastrzelą jak psa. Irene twierdziła, że go obedrze żywcem ze skóry. A Tot Whooten rzucała jeszcze gorsze groźby, których realizacja łączyła się z użyciem nożyczek.

Pierwsza odezwała się Ada:

– O czym ty mówisz?

– Dobrze wiesz, o czym mówię. O zamordowaniu mnie.

– Co?

– Jedna z was uderzyła mnie w głowę kulą do kręgli i zabiła z zimną krwią na parkingu kręgielni Błękitna Gwiazda w kwietniu tysiąc dziewięćset pięćdziesiątego drugiego roku. Mam zamiar się dowiedzieć, która to była.

Tot nie wierzyła własnym uszom.

– Zwariowałeś, Lester? Nikt cię nie uderzył w głowę kulą do kręgli, idioto! Poślizgnąłeś się na lodzie i walnąłeś łbem w samochód Mildred Ogleby. Na miłość boską! – Po chwili zawołała: – Hej, Billy!

– Tak?

– Tutaj Tot Whooten.

– O, cześć, Tot. Jak się ma nasza Leworęczna Piekielnica?

– W porządku... Słuchaj, Billy. Mam do ciebie pytanie. Czy to nie ty widziałeś, jak Lester upadł i uderzył głową w auto pani Ogleby, i wezwałeś pogotowie?

– Ja. A co?

– Ten dureń myśli, że ktoś go walnął w łepetynę kulą do kręgli.

– Co? Nie. Rozwalił sobie głowę o reflektor. Zgniótł prawie całą lampę, jak pamiętam.

Pani Ogleby, właścicielka buicka z 1946 roku, włączyła się do rozmowy.

– Ona ma rację, Lesterze. Naprawa kosztowała mnie majątek.

– Widzisz? Nie kłamię – zwróciła się Tot do Lestera.

Po długim milczeniu Lester powiedział:

– I pomyśleć... Byłem pewien, że zostałem zamordowany... Teraz czuję się jakby rozczarowany.

– Jeśli to cię pocieszy... – wtrąciła Irene Goodnight – to gdybym cię tamtej nocy zobaczyła, pewnie bym cię zabiła.

– Dzięki, to znaczy, że przynajmniej byłem blisko. Ale mimo wszystko to duże rozczarowanie. Przez te wszystkie lata myślałem, że padłem ofiarą przestępstwa, a to był tylko czysty przypadek.

– Wiesz, Lester, jak to mówią – zauważyła Bess – nic nie dzieje się przypadkiem.

– I każdy dostanie to, na co zasłużył, w taki czy inny sposób – dodała Verbena.

– Tak, chyba tak... Ale teraz, gdy już nie jestem ofiarą morderstwa, czuję się jak wielki nikt... Psiakrew!

Okazało się więc, że biedny Lester Shingle nie został zamordowany. To jednak nie znaczyło, że w Elmwood Springs nie doszło do morderstwa...

Rudowłosa

Chociaż Verbena Wheeler nie żyła już od dość dawna, wciąż była wścibska. Tego dnia z ciekawością wpatrywała się w kobietę stojącą nad grobem Hanny Marie Swensen.

– Hej, kto to jest ta ruda nad Hanną Marie? – zwróciła się z pytaniem do Ruby.

Ruby spojrzała na nieznajomą w płaszczu przeciwdeszczowym i odszepnęła:

– Nie mam pojęcia. Nie jest stąd... W każdym razie ja jej nie znam. Może to jakaś koleżanka Hanny Marie ze szkoły dla głuchoniemych.

Kimkolwiek była, kobieta stała tam dość długo, wpatrując się w grób. W końcu powiedziała:

– Przepraszam. Bardzo przepraszam. – Odwróciła się i odeszła.

Verbena nie była w stanie opanować ciekawości.

– Hanna Marie?! – zawołała.

– Tak?

– To ja, Verbena Wheeler. Ruby i ja zauważyłyśmy, że odwiedziła cię bardzo ładna kobieta.

– Tak, bardzo ładna.

Czekały na więcej informacji, lecz na próżno.

Kilka dni później, nie mogąc już dłużej wytrzymać, Verbena zapytała Hannę Marie wprost, kim była tamta kobieta.

– Cóż, Verbeno, sama chciałabym to wiedzieć. Nie mam zielonego pojęcia. Wcześniej nigdy jej nie widziałam.

– Aha, rozumiem. No cóż, naprawdę ładna.

To wszystko wydawało się Verbenie bardzo dziwne. Hanna Marie mogła jej nie znać, ale ta kobieta najwyraźniej znała Hannę Marie. Stała nad grobem bardzo długo. I wyglądała na załamaną. Nie można być załamanym z powodu kogoś, kogo się nie zna, myślała Verbena. To nie miało sensu. Nie przychodzi się ot tak sobie na groby obcych ludzi. Chyba że pomyliła groby... ale to nie było możliwe. Hanna Marie miała duży nagrobek z imieniem i nazwiskiem wyrytym wielkimi literami. A kobieta patrzyła prosto na ten napis.

Czy to możliwe, że Hanna Marie znała tę kobietę, tylko chciała zachować to w tajemnicy? Tak czy inaczej działo się tu coś podejrzanego. I za co ta kobieta tak przepraszała? Verbena miała zamiar dotrzeć do prawdy. Uwielbiała dobre kryminały. Była fanką serialu *Napisała: Morderstwo* z Angelą Lansbury w roli głównej.

W Elmwood Springs doszło do morderstwa, lecz ofiara o tym nie wiedziała. Jak to możliwe? Była głucha. Nie słyszała mężczyzny, który zaszedł ją od tyłu. Nie wiedziała, że została popchnięta. Policja nie stwierdziła morderstwa. Zamek w drzwiach wejściowych nie był naruszony, bo człowiek wynajęty do tej roboty miał klucz. Nikt go nie widział, jak wchodził ani jak wychodził.

Podsłuchane przy kolacji

2013

Ludzie nie zdają sobie sprawy, że czasami inni przysłuchują się ich prywatnym rozmowom. Na przykład wtedy, kiedy sędzia i jego żona jedli kolację, omawiając treść testamentu Hanny Marie, ich kucharka, pani Grace, pozostawiła lekko uchylone drzwi do jadalni. Bardzo ją ciekawiło, co sędzia ma do powiedzenia. Pracowała bowiem u państwa Swensenów, kiedy jeszcze żyli.

Chociaż procedura sądowa zajęła trochę czasu, wreszcie testament Hanny Marie został zatwierdzony przez sędziego. To, co zawierał, miało wprawić wszystkich w osłupienie. Wydawało się wprost niewiarygodne, że Hanna Marie pominęła w swej ostatniej woli krewnych i organizacje charytatywne. To było do niej niepodobne. Zgodnie z testamentem cały jej majątek przechodził na własność jej męża. A pod koniec ostatniego kwartału firma była warta około trzydziestu sześciu milionów. Nawet Laverne Thorneycroft, żona sędziego, podczas tej kolacji podważyła jego decyzję:

– Nieważne, co ty twierdzisz, Sam. Coś tutaj śmierdzi. Równie dobrze mógł mu to zapisać jakiś przybysz z księżyca.

Sędzia pokręcił głową.

– Laverne, co ja mogę zrobić? Muszę przestrzegać prawa i zamknąć postępowanie spadkowe.

– A ja i tak nie wierzę, że wszystko mu zostawiła.

– Ale testament tak stanowi. Hanna Marie była głucha, ale nie ślepa. Umiała czytać i pisać. A jeśli coś widnieje na papierze, prawo musi to respektować. – Sędzia starannie posmarował sobie bułkę, po czym dodał: – Ale na jego miejscu byłbym bardzo ostrożny, przechodząc przez ulicę w tym mieście.

Kiedy treść testamentu stała się powszechnie znana, wszyscy byli w szoku. Nikt nie rozumiał, jak Hanna Marie mogła zrobić coś takiego.

Po zapłaceniu podatków mleczarnia oficjalnie stała się własnością Michaela Vincenta. Nowy właściciel od razu zwolnił z pracy wszystkich, którzy byli blisko związani z rodziną Swensenów. Na pierwszy ogień poszedł Albert Olsen, od prawie trzydziestu lat zarządzający firmą.

Albert był zdruzgotany. Powiedział swojej żonie, że gdyby Ander wiedział, jak Vincent prowadzi teraz mleczarnię, na pewno by się w grobie przewrócił.

– Ten facet w ogóle się na tym nie zna. Wyrzucił prawie wszystkich z zarządu, a ci nowi pracownicy, których sprowadził, nie mają pojęcia o pracy przy krowach. Nie dba ani o zwierzęta, ani o jakość wyrobów, tylko byle więcej i szybciej. To było kiedyś miasto żyjące z tej firmy. Wszyscy wszystkich znali. Ci nowi nie mają tu żadnych korzeni. Niektórzy ciągle mieszkają w samochodach. Bóg wie, ile on im płaci. Zapamiętaj sobie moje słowa: On albo doprowadzi tę firmę do upadku, albo sprzeda ją jakiemuś dużemu koncernowi.

Żona Alberta westchnęła.

– Kiedy pomyślę, jak ciężko Ander przez tyle lat pracował, żeby to zbudować, ile trudu wy wszyscy włożyliście, to aż serce mi krwawi.

Następnego dnia jeden z synów Alberta powiedział szefowi policji Ralphowi Childressowi:

– Uprzedzam cię, Ralph, po tym, co Vincent zrobił mojemu ojcu, jak go tylko gdzieś dorwę samego, wtłukę mu, że popamięta.

Był trzecią osobą, która tego dnia złożyła podobną deklarację. Nie było w mieście nikogo, kto nie miałby ochoty zabić Vincenta albo przynajmniej go mocno poturbować, wliczając Ralpha. Nawet jego żona Edna stwierdziła:

– Chętnie otrułabym tego szczura.

Mała panna Davenport
wszystko wyjawia

Kiedy pani Grace, kucharka sędziego Thorneycrofta, zeszła z tego świata i opowiedziała Verbenie Wheeler o testamencie Hanny Marie, wiadomość o tym, że wszystko przeszło w ręce Vincenta, natychmiast obiegła całe Spokojne Łąki. Spoczywający na wzgórzu byli tak samo zdumieni jak mieszkańcy doliny. A Hanna Marie wprost oniemiała z zaskoczenia.

Znała treść własnego testamentu. Ojciec nauczył ją, żeby zawsze przed podpisaniem dokumentu uważnie przeczytała każde jego słowo:

> W żadnym razie firma i jej majątek znane pod nazwą Mleczarnia Słodka Koniczyna nie zostaną sprzedane ani przekazane nikomu, kto nie jest członkiem rodziny Nordstrom, Olsen lub Swensen.

Szczególnie wstrząśnięty był Ander. Obiecał Lordowi na łożu śmierci, że mleczarnia na zawsze pozostanie firmą rodzinną.

Hanna Marie zrobiła to, o co prosił ją ojciec, i zawarła w swoim testamencie tę samą klauzulę, która figurowała w jego ostatniej woli. Zadbała też o to, żeby wszystkie darowizny na cele charytatywne były kontynuowane po jej śmierci.

– Nie wiem, jak to się mogło stać – mówiła. – Naprawdę nic z tego nie rozumiem.

Mała panna Davenport, leżąca w kwaterze numer 258, wcześniej milczała w tej sprawie, ale teraz uznała, że powinna się odezwać.

– Hanno Marie? Tu Dottie Davenport. Pracowałam dla twojego taty... a potem twojego męża.

– O tak, oczywiście. Co u pani?

– Prawdę mówiąc, jestem na siebie wściekła.

– Och nie. Dlaczego?

– Gdybym nie zachorowała i nie umarła, mogłabym powstrzymać tego człowieka przed kradzieżą wszystkich twoich pieniędzy.

Nagle cały cmentarz zamienił się w słuch.

– Pewnie nie pamiętasz, ale byłam w biurze tego dnia, kiedy przyszłaś podpisać testament. A gdy już go podpisałaś i wyszłaś, twój mąż wręczył mi klucz i kazał umieścić ten dokument w prywatnej skrytce w archiwum.

– Pamiętam.

– On o tym nie wie, ale po drodze do skrytki przeczytałam twoją wolę i wiem, dokąd miały trafić pieniądze.

– Przeczytała pani?

– Nie powinnam, ale to zrobiłam. I powiem ci jeszcze coś, czego on nie wie. Zanim włożyłam testament do skrytki, szybko zrobiłam kopię, na wypadek, gdyby kiedykolwiek chciał wywinąć jakiś numer.

W tym momencie Verbena Wheeler zakrzyknęła z radości:

– O mój Boże... czy wszyscy słyszeli?! Mała panna Davenport zrobiła kopię testamentu Hanny Marie!

– I co pani zrobiła z tą kopią? – zapytała Hanna Marie.

– Ukryłam ją.

Verbena znowu zawołała:

– Ukryła ją! Mała panna Davenport ukryła kopię testamentu!

– Cicho, Verbeno – wtrąciła Ruby. – Daj im skończyć. No dalej, Dottie, gdzie ją ukryłaś?

– No cóż, nie miałam dużo czasu, więc kiedy wracałam, żeby oddać klucz, zwinęłam dokument i wsunęłam za portret twojego taty.

– Ten w sali zarządu – zauważył Ander.

– Tak.

– Czy ktoś cię widział? – zapytał.

– Chyba nie, ale nie jestem pewna. To były czasy, kiedy wszyscy szpiegowali się nawzajem, próbując wkraść się w jego łaski.

– Myślisz, że ta kopia wciąż tam jest? – zapytał Ander.

– Nie wiem, panie Swensen.

– Wykazała się pani dużą odwagą, próbując mnie chronić. Naprawdę doceniam to bardziej, niż pani myśli – powiedziała Hanna Marie.

– Dziękuję. Ale gdybym cię przeżyła, choćby o kilka miesięcy, dowiedziałabym się o wszystkim i mogłabym go powstrzymać. Myślę, że on i ta prawniczka porozumieli się i sfałszowali twój testament, a ja mogłabym to udowodnić.

Ta wiadomość zaskoczyła Hannę Marie.

– Jaka prawniczka?

– Ta z Nowego Jorku. Przyjeżdżała do miasta co jakiś czas, rzekomo po to, żeby omówić interesy, ale jak dla mnie to wyglądało trochę podejrzanie.

– Nie pamiętam, żebym ją kiedykolwiek spotkała. Jak wyglądała?

– Oj, była ładna. Chyba... jeśli ktoś lubi rude.

– Słyszałaś, Hanno Marie? Ta kobieta wtedy nad twoim grobem to była jego prawniczka.

Wszyscy natychmiast pomyśleli: I pewnie jego kochanka. Ale nikt nie powiedział tego głośno.

Informacje, które ujawniła mała panna Davenport, poruszyły wszystkich przyjaciół i członków rodziny Hanny Marie na Spokojnych Łąkach, a najbardziej jej matkę.

– A wyglądał na takiego miłego chłopca – powiedziała.

Hanna Marie była zdruzgotana tym, że zawiodła swego ojca.

– Przepraszam, tato, przepraszam – powtarzała.

– W porządku, kochanie, to nie twoja wina – powiedział Ander. – Miałem przeczucie, że on może próbować czegoś takiego. Ten podły...

Tutaj wtrąciła się Birdie Swensen:

– Hanno Marie, to ja, twoja babcia. Nie obwiniaj się. Nikt nie ma do ciebie pretensji, prawda, Katrino?

– Ani trochę – odparła Katrina. – To na tego mężczyznę się złościmy. Widać, że zrobił coś podejrzanego.

Jej kuzyn Gene Nordstrom krzyknął:

– Chętnie bym mu przyłożył!

– Tak, ja też – stwierdził Gustav Tildholme. – Dałbym mu popalić.

Wkrótce wszyscy na wzgórzu poszeptywali o tym, jak rozprawiliby się z tym łajdakiem. Merle Wheeler oświadczył:

– Gdyby nie obecność kobiet, powiedziałbym wam, co bym mu zrobił.

Katrina nie chciała o tym wspominać, ale wiedziała, że informacja o przejęciu mleczarni przez kogoś obcego złamałaby

Lordorowi serce. A już to, że ten człowiek uniknie kary, było zupełnie nie do zaakceptowania.

Pod koniec dnia Elner Shimfissle podsumowała to, co wszyscy czuli:

– Do diaska – powiedziała. – Oto przykład ujemnej strony bycia martwym. Mamy ważne informacje, które mogłyby wysłać tego podłego oszusta za kratki, i nic nie możemy z nimi zrobić.

Romans

Jej romans z Michaelem Vincentem zaczął się w Nowym Jorku. Pracowała w dziale prawnym agencji reklamowej, która zajmowała się produktami mleczarskimi. Mówił, że jego małżeństwo okazało się nieudane, ale żona jest głucha, więc nie może jej zostawić.

Jakby tego było mało, odkrył, że Hanna Marie w swoim testamencie całkiem go pominęła. Jego teść był draniem, a poza tym żona nie myślała trzeźwo, kiedy sporządzała ten dokument. Zmanipulowali ją inni członkowie rodziny, żeby pozbawić go tego, co mu się należy. Michael uważał to za niesprawiedliwe. Przez wiele lat ciężko pracował, zbudował tę firmę od zera, a oni tak mu się chcieli odwdzięczyć. Taką wersję jej przedstawił. A ona była w nim zakochana po uszy. Czasami zakochana kobieta nie widzi tego, co ma przed oczami. Nawet kobieta z dyplomem prawnika.

Była z nim w pokoju hotelowym, kiedy odebrał telefon z informacją o śmierci żony. Chociaż od dawna nic go z tą kobietą nie łączyło, wyglądał na bardzo poruszonego.

Ona zmieniła dla niego testament dużo wcześniej, na długo, zanim odkryła, jakim jest potworem i jak ją wykorzystuje. Nie było to trudne – należało usunąć jedną klauzulę tu, jedną tam, przeformułować parę rzeczy, zmienić nazwiska beneficjentów. Oczywiście, mogła za to stracić prawo wykonywania zawodu, ale w tamtym czasie on był jej tak wdzięczny, no i robiła to dla dobra ich obojga, jak mówił.

Jaka była głupia, że mu wierzyła. Po śmierci żony przestał dzwonić. Dopiero wtedy zaczęła łączyć fakty. Wynajęła samochód i pojechała do jego biura w Elmwood Springs, żeby z nim porozmawiać. Gdy zagroziła, że wyda go władzom, roześmiał się jej w twarz:

– Proszę bardzo. Z radością im opowiem, jak sfałszowałaś testament mojej żony. Może wyjdziesz z więzienia za dziesięć lat, jeśli szczęście ci dopisze. Zbieraj więc swoje rzeczy i wynoś się stąd, zanim sam cię wyrzucę!

Prawniczka stała tam i wpatrywała się w człowieka, którego aż do tej chwili w ogóle nie znała.

– O mój Boże... twoja nieszczęsna żona. Coś ty jej zrobił?

Na te słowa w jego chłodnych niebieskich oczach pojawił się błysk, tak zimny, że zmroził jej krew w żyłach. Odwróciła się i wyszła. Wsiadła do samochodu i wyjechała z miasta. Wcześniej jednak zajrzała jeszcze na cmentarz.

Kolejna wizyta Dwayne'a juniora

W Dniu Matki Dwayne junior przyszedł na grób Tot, znowu pijany, rozżalony, i z płaczem zaczął się skarżyć na swój los.

– Ty cholerna stara wariatko. Czemu musiałaś umrzeć? Tak zwyczajnie mnie opuściłaś. Kochałem cię, a ty mi nic nie zostawiłaś. Ani złamanego centa. Niech cię szlag. Kochałem cię, zwariowana staruszko. Kochałem cię. Powinnaś była mi kupić ten motocykl. To przez ciebie nie mam pieniędzy. Czemu umarłaś i zostawiłaś mnie bez niczego? Kochałem cię.

Tot nie wzruszyły te pijackie wyznania miłości. Kiedy jeszcze żyła, nie robił nic poza okradaniem jej.

Opowiedziała Jamesowi, że któregoś dnia po przyjściu do domu zauważyła, że Dwayne wyniósł cały serwis obiadowy.

– Psiakrew – westchnął James. – Przejął to po mnie. Ja też cię okradałem. A nienawidzę złodziejstwa. Dzięki Bogu w końcu przestałem pić. Zawdzięczam to grupie AA.

– Gratulacje. Ja swoją trzeźwość zawdzięczam Pointer Sisters i muzyce disco.

– Disco?

– Owszem, byłam już na to za stara, ale nie przejmowałam się tym. To mi uratowało życie. Kiedy mnie zostawiłeś, nie mogłam znieść samotności. W weekendy zatrudniałam opiekunkę do mamy i wnuków. W każdy piątek i sobotę wieczorem, gdy już skończyłam pracę, robiłam sobie makijaż, kręciłam sobie włosy i ruszałam do Disco City. To dopiero było miejsce. Nad parkietem wisiała wielka kula z lustrzanych kawałków, migotała, błyszczała... były papierowe piszczałki, kolorowe światła, które się obracały i człowiek robił się niebieski, żółty, różowy... Wow! Ja i ze dwudziestu gejów z Joplin, wszyscy z różowymi boa na ramionach, tańczyliśmy *She Works Hard for the Money* w butach na platformach, w dzwonach, z długimi przyklejonymi rzęsami. Tamtego roku przetańczyłam chyba tysiące kilometrów. To było coś. Żałuj, że cię to ominęło.

Norma się starzeje

2014

Mając trzydzieści lat, Norma obiecała sobie, że kiedy dobiegnie sześćdziesiątki, przestanie farbować włosy. Oczywiście, nie dotrzymała tego postanowienia. Siwizna podobała jej się u innych. Macky wyglądał wspaniale z siwymi włosami, ale ona nie. Miała zbyt jasną cerę. Z białymi włosami wyglądała na starą i zmęczoną. Nie chciała też mieć zębów staruszki, więc wydała niemałą fortunę na „korektę uśmiechu". Teraz wyglądała jak starsza pani z zębami szesnastolatki.

Jednakże kiedy już wydała te pieniądze, nie miała ani powodów, ani do kogo się uśmiechać. W zasadzie chodziła tylko do supermarketu i z powrotem. A dziewczyny przy kasie z pewnością nie zwracały uwagi na jej „skorygowany uśmiech". Rzadko w ogóle podnosiły głowy.

Kolejny problem stanowiło to, że przez całe życie jej przyjaciółmi były osoby starsze od niej. Gdzieś przeczytała, że to typowe dla jedynaków. Tyle że teraz większość jej przyjaciół już odeszła.

Podobno powinno się przyjaźnić z młodszymi. W mieście wciąż mieszkało kilka szkolnych koleżanek Lindy, które witały się z Normą przy przypadkowym spotkaniu, lecz większość z nich już dawno się wyprowadziła. Jej zdaniem była to wina Internetu. Teraz, kiedy ludzie mogą pracować w domu, wybierają sobie miejsca do życia. Niektóre z jej koleżanek przeniosły się nawet do innych krajów, takich jak Puerto Rico czy Costa Rica, albo do miejsca o nazwie Palo Alto.

Jej córka Linda przeprowadziła się do Seattle i prawie przestała dzwonić do Normy. Wolała pisać esemesy. Norma natomiast chciała słyszeć jej głos. Nie potrafiła rozpoznać emocji w suchym, bezosobowym tekście. Sama niezbyt sobie radziła z pisaniem na telefonie. Macky próbował ją nauczyć, ale jakoś nie mogła tego złapać i czuła się, jakby była głupia i zacofana.

Jej sześcioletnia wnuczka miała już konto na Facebooku. Nawet ciocia Elner nauczyła się używać smartfona. Elner i Linda bez przerwy wysyłały do siebie jakieś maile i esemesy. Norma była przekonana, że jest jedyną osobą w całej Ameryce, która nie ma adresu e-mail. Część dawnych przyjaciół, z którymi kiedyś utrzymywała kontakty, przestała do niej dzwonić. Nikt już nie chciał rozmawiać przez telefon. Nawet obsługa klienta odbywała się teraz przez Internet, a jeśli już udawało się zamienić parę słów z żywym człowiekiem, to zwykle był to ktoś w Indiach, kogo Norma nie była w stanie zrozumieć.

Czuła się bardzo samotna. Brakowało jej starych znajomych głosów. Brakowało jej ludzi, z którymi mogłaby porozmawiać o starych dobrych czasach, pośmiać się i czasem popłakać.

Norma nigdy nie przypuszczała, że nadejdzie taki dzień, kiedy odczuje brak przyjaciół albo zdarzy jej się zasnąć przed telewizorem, ani że ona i Macky będą się czasem kłaść spać przed dziewiątą. Nie dopuszczała do siebie myśli, że kiedyś zaczną rozmawiać o przeprowadzce do domu seniora i będą przeglądać broszury, w których zadbane, ładnie ubrane siwowłose pary uśmiechają się i popijają wino.

Ale co poradzić? – myślała. Nie da się przewinąć taśmy i wrócić do młodości. Jedyne, co można zrobić, to próbować

starzeć się z wdziękiem, ćwiczyć umysł i starać się nie przewrócić. Odkąd nosiła soczewki progresywne, spadła ze schodów przed domem, a potem przewróciła się, wchodząc na górę.

Pamięć też czasem ją zawodziła. W ubiegłym tygodniu
Norma poszła na policję i zgłosiła Ralphowi Childressowi, że
skradziono jej torebkę. Tego samego dnia po południu znalazła ją w lodówce.

Esemesowanie podczas jazdy

Kiedy pan i pani Kidd, ofiary wypadku samochodowego, trafili na Spokojne Łąki, natychmiast oznajmili, że przyczyną
nie był pijany kierowca. Zwolnili, żeby przepuścić psa, który
wbiegł na jezdnię, a wtedy jakaś nastolatka, zajęta pisaniem
esemesa, uderzyła w nich od tyłu.

Następnego dnia zjawiła się owa nastolatka, Tiffany
Ann Smith, i ktoś popełnił ten błąd, że zapytał ją o przebieg
wypadku.

– Oj, no... tak jakby... jechałam się spotkać z koleżanka-
mi? No, w galerii. I byłam już spóźniona? I tak jakby... yyy...
rzucam okiem na telefon... tak jakby... na chwilkę. Żeby zobaczyć... no... tak jakby... czy coś do mnie piszą? I napisały:
„Gdzie jesteś?". No to chciałam im odpisać. I tak jakby... wal-
nęłam... no... w to auto? I... tak jakby... no nie wiem... czyja to
wina... No bo wiecie? To znaczy... tak jakby, czy to w porządku? To znaczy, winić mnie. Bo przecież... tak jakby... ci przede
mną, yyy... nie powinni się zatrzymać. No bo przecież... nie
było tam znaku stop ani nic. Tak jakby.. yyy... skąd miałam
wiedzieć, że tam jest jakiś pies na drodze?

Podczas gdy Tiffany wyjaśniała długo i zawile, jak znalazła się na Spokojnych Łąkach w tak młodym wieku, pani Car-
roll z kwatery numer 298, która kiedyś studiowała literaturę

angielską i ceniła piękno tego języka, mruknęła do swojej sąsiadki:

– Współczuję tej młodej damie, ale na Boga, jeśli jeszcze raz powie „tak jakby", to chyba zacznę krzyczeć.

Nieoczekiwani goście

Jak się okazało, Gene Nordstrom nie był jedynym żołnierzem na Spokojnych Łąkach, którego uhonorowano medalem.

W Dzień Pamięci Narodowej w 2014 roku Ada Goodnight zobaczyła nad sobą Fritzi Jurdabralinski i Beę Wallace, dwie koleżanki, z którymi służyła w jednostce WASP podczas drugiej wojny światowej. Osłupiała z wrażenia. Nie widziała ich od trzydziestu lat, od ich ostatniego zlotu. Co, u licha, robiły w Elmwood Springs? I dlaczego były z nimi jej siostrzenice i burmistrz? I poczet honorowy, i Cathy Calvert z gazety? Zaraz za nimi zgromadził się cały tłum.

Pierwsza przemówiła Fritzi.

– Cóż, Ado, trwało to strasznie długo, ale w końcu coś ci przyniosłyśmy. – Wyjęła to z małego pudełka i uniosła w górę. – Medal Honoru Kongresu USA. Gratulacje!

Ada była tak zaskoczona, że ledwie zebrała myśli.

– Nie przypuszczałam, że ktoś w ogóle o nas pamięta, a co dopiero, że dadzą nam medal.

– No widzisz, Ado – wtrąciła Verbena. – Zawsze powtarzam, że wcześniej czy później każdy w końcu dostanie to, na co zasłużył.

Po południu wywiązała się dyskusja o amerykańskich bohaterach – kto kogo najbardziej ceni i dlaczego.

– Według mnie trzeba zacząć od tych, którzy napisali konstytucję. Bez nich nie byłoby Ameryki – powiedział Gene.

– Świetnie – pochwaliła go Lucille Beemer. – A ty, Elner, jak myślisz?

Elner zastanowiła się chwilę.

– Hm, dla mnie po Jezusie Chrystusie byliby chyba Thomas Edison i Walt Disney.

– Mówimy tylko o Amerykanach – wtrąciła Ida. – Jezus nie był Amerykaninem.

– Och... no to Thomas Edison i Walt Disney.

– Zgadzam się z panią Shimfissle – oznajmił pan Bell. – Nie miałem pojęcia, jaką sławą cieszą się Myszka Miki i Kaczor Donald, póki nie pojechałem do Rosji. Patrzę na wystawę sklepową, a tam mała figurka Myszki Miki. Takiemu niepozornemu zwierzakowi udało się przedrzeć za żelazną kurtynę.

Zaraz potem wszyscy zaczęli wysuwać swoje propozycje.

– A Babe Ruth?

– Dla mnie Abner Doubleday.

– Kto?

– On wymyślił koszykówkę.

– Aha.

– Franklin Roosevelt. Pomógł nam przebrnąć przez czas wielkiego kryzysu.

– Harry Truman. Zakończył wojnę.

– Harvey Firestone dał nam opony – zauważył Luther Griggs.

– Will Rogers i Bob Hope. Oni nas rozśmieszali.

– Nie zapominajcie o Andrew Carnegie. Dał nam bezpłatne biblioteki.

Któryś z młodszych chłopców zakrzyknął:

– Roy Rogers i Gene Autry!

– J. Edgar Hoover – dorzucił inny.

Birdie Swensen, która była wraz z Katriną na demonstracji sufrażystek w 1916 roku, powiedziała do Katriny:

– Zauważyłaś, że nie wymienili ani jednej wielkiej Amerykanki? A co z Susan B. Anthony? Dzięki niej pięćdziesiąt dwa procent amerykańskich obywateli zyskało prawa wyborcze... pięćdziesiąt dwa procent!

– O Boże, sufrażystka zawsze już będzie sufrażystką – szepnął jej mąż do kolegi.

W następnym tygodniu na prośbę Birdie i Katriny kobiety rozpoczęły dyskusję o wielkich Amerykankach. Elner była już przygotowana.

– Ginger Rogers, Dolly Parton i Statua Wolności.

Jej siostra Ida zauważyła:

– Ojej, Elner, Statua Wolności nie jest osobą.

– Ale kiedyś była, nie?

– Tak, ale to nie była Amerykanka. Panna Beemer wyraźnie powiedziała, że rozmawiamy o Amerykankach. No więc mój wybór to pani Regina Chalkley.

– Kto to taki?

– Prezeska Klubów Ogrodniczych Ameryki.

– Nikt o niej nie słyszał, Ido – zauważyła Gerta.

– Ja słyszałam.

Nagle pani Bell wymieniła kolejne nazwisko.

– Kate Smith.

– Kto? – zapytała jakaś młodsza kobieta.

Elner wyjaśniła:

– Kate Smith. To była taka potężnie zbudowana piosenkarka, kiedyś śpiewała w radiu, miała taki wielki przebój. – Elner zaśpiewała na cały głos: – Kiedy słońce zachodzi za górę.

– Nadal nie wiem, kto to taki – stwierdziła kobieta.

Ada Goodnight zaproponowała:

– Hej, ja mam pomysł. Sally Ride, astronautka.

– No, to robi wrażenie – powiedziała Tot.

– Minnie Pearl – podsunęła Verbena.

– Kto? – zapytała Birdie.

– Występowała w *Grand Ole Opry*, zawsze nosiła taki śmieszny kapelusz.

– A może Louisa May Alcott? – zaproponowała Katrina.

– O, to bardzo dobry pomysł – pochwaliła Ruby.

Nagle Elner zauważyła:

– Czy to nie dziwne? Kate Smith była kiedyś jedną z największych gwiazd w tym kraju, a teraz nikt poniżej siedemdziesiątki nawet nie zna jej nazwiska.

Tiffany Ann, nastolatka, która zginęła przez esemesy, dorzuciła:

– Tak jakby, hm, nikt tu nawet nie wspomniał o Lady Gadze.

– O kim? – zapytała jakaś setka osób.

– No, tak jakby... najsłynniejsza osoba... na całym świecie. Tak jakby... co jest?

Rozmowa była tak interesująca, że Lucille Beemer, zawsze spragniona ciekawych tematów do dyskusji, odnotowała sobie w pamięci pomysł następnej debaty: „Sława: czy warta wysiłku?".

Nikt jeszcze o tym nie wiedział, ale miało to być ich ostatnie czwartkowe spotkanie. W następne urodziny Lucille Beemer, które były jej sto dwudziestymi dziewiątymi, wszyscy jej przyjaciele i dawni uczniowie, a było ich wielu, chcąc sprawić jej niespodziankę, postanowili odśpiewać *Sto lat*.

Rankiem w dniu jej urodzin siostry Goodnight zaczęły, a potem stopniowo dołączali do nich inni z głośnym,
entuzjastycznym:

– Niech nam żyje sto lat, niech nam żyje panna Beemer,
niech nam żyje sto lat!

Kiedy skończyli, wszyscy radośnie zawołali:

– Panno Beemer, panno Beemer!

Czekali na to, co zaraz powie. Czekali jeszcze chwilę.
Wreszcie Ruby powiedziała:

– Lucille... jesteś tam?

Nikt nie odpowiedział. Lucille Beemer odeszła.

Gustav Tildholme był raczej cichym człowiekiem, więc
dopiero po kilku tygodniach ktoś zauważył, że on również
zniknął.

Norma

Norma nie chorowała długo, lecz kiedy zjawiła się na Spokojnych Łąkach, była w zupełnym szoku. I to nie tylko z powodu tego, gdzie się znalazła, świadoma i zdolna mówić. Chodziło o coś innego.

– Całe życie tak bardzo bałam się śmierci, a to nie było nic strasznego. Po prostu odpłynęłam bez najmniejszego trudu i czuję się tak spokojna, że aż nie mogę w to uwierzyć.

– Tak się cieszę, złotko – powiedziała Elner. – Wiem, jak bardzo dokuczały ci nerwy.

– Oj, dziękuję, ciociu Elner. Mam nadzieję, że teraz już będzie tak, jak jest.

– O tak, obiecuję. Jeśli w ogóle coś się zmieni, to tylko na lepsze. Co rano, kiedy się budzę, od nowa zakochuję się w świecie. Zanim tu przybyłam, często odczuwałam spokój, ale nigdy taki jak tutaj. To naprawdę przechodzi ludzkie pojęcie, mam rację, Tot?

Tot Whooten włączyła się do rozmowy:

– Cześć, Normo, miło cię słyszeć. Elner ma rację. I tak przyjemnie jest nie mieć nic do roboty, tylko odpoczywać i napawać się tym, co dokoła.

– No i co, nie cieszysz się, że Macky kupił ci to miejsce? Gdyby tego nie zrobił, nie wiadomo, gdzie byś trafiła.

Tot dodała:

– Wiesz co, Normo, dobrze, że nie wiedziałam, jak to przyjemnie jest być martwym, bo pewnie bym skoczyła z jakiegoś budynku, żeby dostać się tu wcześniej.

– Dobrze, że w Elmwood Springs nie mamy żadnych wysokich budynków – zachichotała Elner.

– No, mogłabym skoczyć z wieży ciśnień – odparła Tot. – Nie myślałam o tym. Och, teraz już i tak za późno. Chyba dotarłam tu wtedy, kiedy przyszła na mnie pora.

– To prawda, ciociu? – zapytała Norma. – Że zmarliśmy wtedy, kiedy przyszła na nas pora?

– Och, chyba tak. – Po chwili Elner dodała: – W zasadzie myślę, że ty trafiłaś tutaj w samą porę.

Dwa dni później Elner Shimfissle zniknęła. Dla wszystkich była to wielka strata. Najpierw panna Beemer, teraz Elner. Norma wiedziała, że będzie za nią tęsknić, lecz i tak była wdzięczna losowi, że miała okazję porozmawiać z nią ten ostatni raz.

Następny przystanek: Key West

Była trzecia nad ranem i James Dwayne Whooten junior miotał się po kuchni, próbując nie hałasować. Przeszukał torebkę żony, ale Debbie jak zwykle ukryła gdzieś przed nim kluczyki. Pracowała w Walmarcie i właśnie kupiła sobie nową toyotę camry. Nie chciała, żeby ją rozbił po pijanemu. Przeklęta Debbie, to przez nią te wszystkie problemy! Gdyby nie zaszła w ciążę, mógłby wyjechać dawno temu, a tak został i zajmował się swoimi dziećmi i jej dziećmi z poprzedniego małżeństwa. Właśnie się dowiedział, że ona ma romans z jakimś bałwanem ze sklepu fotograficznego. Dzieci w ogóle go nie szanowały. W zeszłym tygodniu, kiedy zdrzemnął się na kanapie, jeden z tych jej bachorów próbował go podpalić. A więc niech wszyscy idą w diabły! Szukał już tych kluczyków wszędzie, w dzbanku na kawę, w mikrofalówce, we wszystkich szufladach, na półkach, za tosterem, i nic. Psiakrew!

Zrezygnowany przeszedł do salonu i zwalił się na kraciasty fotel. Wtedy coś przyszło mu do głowy. Wstał i podszedł do szuflady, w której Debbie trzymała wszystkie gwarancje sprzętu kuchennego i polisy ubezpieczeniowe. Bingo! Znalazł kopertę z logo Toyoty z wszystkimi papierami samochodu, a w środku był zapasowy kluczyk. Hurra!... Margaritaville, nadchodzę!

Szarlotka

Była środa, więc Edna Childress jak zwykle wybrała się do domu seniora. W środy organizowano tam bingo, a Edna nigdy nie opuściła dnia bingo ani pokera.

Ralph Childress był w domu. Siedział przy stole w kuchni nad kawą i kawałkiem szarlotki, którą zostawiła mu Edna, i przesuwał palcem po ekranie smartfona. Przeglądał zdjęcia używanych kamperów wystawionych na sprzedaż na eBayu. Luther Griggs, który znał się na rzeczy, poradził mu, czego szukać.

Edna jeszcze o tym nie wiedziała, ale po przejściu na emeryturę w przyszłym miesiącu Ralph zamierzał zawieźć ją takim kamperem do Mall of America, żeby w końcu mogła się obkupić do woli. Właśnie miał włożyć do ust pierwszy kęs szarlotki, kiedy usłyszał straszliwy wrzask i łomotanie do drzwi. Zerwał się i poszedł zobaczyć, co się dzieje.

Mógł się tego spodziewać. Przed drzwiami stała Debbie, czwarta czy piąta żona Dwayne'a juniora – nie pamiętał dokładnie – wściekła, roztrzęsiona, i nie dawała mu dojść do głosu, opowiadając ze wzburzeniem, że ten nic niewart łajdak, ten skurczybyk Dwayne junior właśnie ukradł jej nowiuteńką toyotę camry. Ralph wysłuchał jej i uspokoił, jak najlepiej potrafił. Obiecał, że spotka się z nią za pół godziny na posterunku, gdzie wypełnią zgłoszenie kradzieży samochodu.

Według niego nie było pośpiechu. Wiedział, że Dwayne junior nie zajedzie daleko. Był zbyt głupi i pijany, żeby wydostać się z miasta.

Kiedy Ralph wrócił do kuchni i usiadł przy stole, żeby zjeść szarlotkę, talerzyk był pusty. Po cieście zostało jedynie kilka okruchów i czarne pióro na parapecie.

– A niech to diabli! – Nie lubił, kiedy nachodzono go w domu w sprawach służbowych. Podczas gdy on zajmował się tą stukniętą Debbie, jakaś przeklęta wrona pożarła mu szarlotkę. – Psiakrew! – A taką miał na nią ochotę. Trzeba było zaparkować policyjny samochód na tyłach domu.

Chwycił telefon, przypiął sobie kaburę z bronią i wyszedł. Miał już dość użerania się z tymi Whootenami, nie wiedział, co z nimi począć. James Whooten był ciągle zatrzymywany i wypuszczany z powodu pijaństwa, Tot dokonała napaści z użyciem cementowego krasnala, ich córka podpaliła auto swojego chłopaka, a teraz jeszcze ten Dwayne junior. Ta rodzina miała jakiś felerny gen czy co?

Dwayne junior

Ostatnią rzeczą, jaką pamiętał, było to, że zatrzymał się przy Quik Mart, żeby kupić karton piwa na drogę. Gdy się obudził trzy dni później, szybko się zorientował, że nie jest w Key West. Znajdował się na Spokojnych Łąkach, w grobie rodzinnym Whootenów, martwy i po raz pierwszy od trzydziestu pięciu lat trzeźwy.

– Hej, mamo – zwrócił się do Tot. – Wiesz co? Chyba zginąłem w wypadku samochodowym.

– Czemu mnie to nie dziwi?

– Nie dziwi cię, że tu jestem?

– Nie. Dziwi mnie, że nie trafiłeś tu wcześniej. Interesuje mnie tylko, skąd wziąłeś samochód. Myślałam, że ci zabrali prawo jazdy na dobre.

Dwayne otworzył usta, żeby skłamać (jego typowy odruch), ale o dziwo powiedział prawdę:

– Ukradłem auto Debbie.

– O Boże... biedna Debbie. Chyba nie zabiłeś nikogo, co?

– Nie, tylko siebie. To był wypadek z udziałem jednego samochodu. Chyba walnąłem w drzewo.

– Całe szczęście. Pewnie byłeś pijany jak bela.

– Tak, chyba tak.

– No cóż, nie chcę się powtarzać, ale mówiłam ci, że tak będzie.

– Cześć, synu! – Do rozmowy wtrącił się James.

– O... cześć, tato... słyszałeś, co mi się stało?

– Tak.

– Głupia sprawa, nie?

– Co ci mam powiedzieć, synu? Chyba nie zabrzmi to najlepiej, ale może to był jedyny sposób, żebyś wytrzeźwiał.

Miesiąc później Dwayne junior powiedział:

– Mamo, przepraszam, że cię okradałem i obrzucałem wyzwiskami.

– Dziękuję, że to mówisz.

– Naprawdę nie chciałem tego.

– Wiem, że nie chciałeś. I pamiętaj, że niezależnie od wszystkiego kocham cię i dla mnie zawsze będziesz moim małym synkiem.

To jedno zdanie sprawiło, że Dwayne junior poczuł się dużo lepiej niż po jakichkolwiek dragach czy alkoholu. Musiał wjechać w drzewo, by się tu znaleźć, ale w końcu był w miejscu, w którym czuł się szczęśliwy, zadowolony i wolny, a do tego trzeźwy jak niemowlę. Czy to wystarczająco luzackie, ziom?

Podczas rozmowy z matką Norma zauważyła:

– Mamo, jesteś taka zrelaksowana.

– O tak – przyznała Ida. – Zapytaj tatę.

Herbert powiedział:

– Twoja mama ma rację, kochanie. Trochę to zajęło, ale w końcu odnalazła spokój.

– Wiesz, Normo, zawsze myślałam, że jeśli nie będę zajęta cały dzień i noc, coś przegapię, ale teraz widzę, jak przyjemnie jest po prostu obserwować świat, który nas otacza. Szkoda, że nie wiedziałam tego wcześniej.

– Też tak sądzę.

– Kochanie?

– Tak? – zapytała Norma.

– Dziękuję za róże na każdy Dzień Matki.

– Oj, nie ma za co.

– A przy okazji... co to za Chinka, którą Linda przyprowadziła do mnie w odwiedziny?

– To Apple. Twoja prawnuczka.

Na chwilę zapadła cisza.

– Czy Linda wyszła za komunistę?

– Nie, mamo. Adoptowała dziewczynkę z Chin.

– Aha... rozumiem.

– A Chińczycy nie są już komunistami.

– Naprawdę? O, dobrze wiedzieć... Jest ich tak dużo.

Podpowiedź

Z praktyki wynika, że z każdym przestępstwem jest związany ktoś, kto zna winowajcę. I czasem trwa to dłużej, czasem krócej, lecz zwykle w pewnym momencie – czy to z poczucia winy, czy ze zwykłej zemsty – ten ktoś postanawia wyjawić, co wie.

Tak właśnie stało się w sprawie fałszerstwa testamentu Hanny Marie Swensen. Pewnego dnia, ni stąd, ni zowąd, komendant policji Ralph Childress znalazł w swoim telefonie dziwną wiadomość: „Zajrzyj za portret A.S. w mleczarni".

Ralph nie miał pojęcia, co to znaczy; jedynym znanym mu A.S. był Ander Swensen. W mleczarni kiedyś wisiał jego portret. Ta wiadomość jednak mogła być zwykłym wygłupem jakiegoś wyrostka. Ostatnio dostawał sporo takich esemesów, ale mimo wszystko postanowił to sprawdzić.

Młody mężczyzna w recepcji nie był zbyt pomocny.

– Nie – powiedział. – Pracuję tu od sześciu lat i nigdy nie widziałem żadnego portretu.

– Rozumiem.

– Z przyjemnością pana oprowadzę.

– Nie, dziękuję. Dziękuję za pomoc.

Ralph wrócił do samochodu i nagle przypomniał sobie, że Mildred Flowers, z którą chodził do szkoły, pracowała w mleczarni po śmierci małej panny Davenport. Postanowił do niej zadzwonić.

– Cześć, Mildred, tu Ralph Childress.

– Cześć. Co u ciebie? Dawno cię nie widziałam. Wszystko w porządku? Edna ciągle karmi cię tymi ciastami?

– O tak. Słuchaj, chciałem cię o coś zapytać. Czy w mleczarni nie wisiał portret pana Swensena?

– Tak, wisiał w sali zarządu razem z wszystkimi nagrodami i dyplomami.

– Nie wiesz, co się z nim stało?

– Wiem. Po śmierci biednej Hanny Marie Jego Pieska Kość kazał nam wszystko to zdjąć i wyrzucić. A czemu pytasz?

– I wyrzuciłaś?

– Gdzie tam... Zdjęłam, ale nie wyrzuciłam. Znałam Swensenów. Ten człowiek ciężko pracował, żeby zbudować firmę i zdobyć nagrody. Nie miałam zamiaru wywalać tego na śmietnik, bo o n tak sobie zażyczył.

– No to co z tym zrobiłaś?

– Włożyłam do dużego kartonu i zabrałam do domu. Wstawiłam do garażu.

– Nadal to masz?

– Tak myślę, chyba że Carl wyrzucił. Ale wątpię.

– Mógłbym wpaść do ciebie i to obejrzeć?

– Jasne, ale znalezienie tego może trochę potrwać. W garażu jest pełno gratów, które Carl gromadzi od czterdziestu lat. On niczego nie wyrzuca. Nadal trzyma stare buty swojego ojca.

Ralph zabrał ze sobą dwóch zastępców i po dwóch godzinach przesuwania i przekładania pudeł znaleźli to, czego szukali. Za drewnianą ramą z tyłu portretu coś było wsunięte. Ralph otworzył kopertę i zobaczył, co to jest. Nie był pewien, dlaczego to takie ważne, ale poszedł z tym do sędziego.

Niedługo po tym, jak Ralph Childress odnalazł kopię oryginalnego testamentu Hanny Marie i pokazał ją sędziemu Thorneycroftowi, dokonano dwóch aresztowań. Ustalono miejsce pobytu prawniczki, a ona poszła na ugodę: w zamian za zmniejszenie kary złożyła pisemne przyznanie się do winy wraz z dokładnym opisem tego, jak wspólnie z Michaelem Vincentem sfałszowali testament. Dostała dwa lata za oszustwo. On dostał dziesięć lat bez możliwości wcześniejszego wyjścia za dobre sprawowanie. Jeden z ławników powiedział po procesie:

– Ten facet nie rozpoznałby dobrego sprawowania, nawet gdyby ugryzło go w tyłek.

Ktoś inny zauważył:

– To tylko potwierdza prawdziwość starego powiedzenia.

– Jakiego?

– Nie ma nic groźniejszego od wzgardzonej kobiety, zwłaszcza rudej. Wystawiła go glinom i chyba sprawiło jej to radochę.

Nagłówek w gazecie brzmiał:

**Właściciel mleczarni
Michael Vincent skazany**

Hodowla kóz za miastem

2015

Jej ojciec założył „Elmwood Springs News" w 1949 roku. Tego ranka Cathy Calvert usiadła przy biurku i rozejrzała się po pomieszczeniu redakcyjnym, w którym przepracowała całe swoje dorosłe życie. Panował tu wielki rozgardiasz – wszędzie papiery, na ścianach poprzypinane notatki. Od lat obiecywała sobie, że to posprząta, lecz jakoś nigdy nie było czasu. A teraz gazeta miała zostać zamknięta.

Liczba mieszkańców miasta zmniejszała się, prenumeratorów było coraz mniej, w dodatku pojawił się Internet, a z nim Cathy nie była w stanie konkurować. Nienawidziła tego tworu. Nie miała szans nadążyć za tymi wszystkimi tweetami i wiadomościami, które pojawiały się natychmiast po jakimkolwiek zdarzeniu. Pod koniec dnia była zmęczona samym odpisywaniem na maile. Teraz każdy dzieciak z kamerą był reporterem i w ciągu kilku sekund mógł umieścić na Facebooku każdą historię.

Od trzydziestu pięciu lat co tydzień zamieszczała swój felieton pod pseudonimem „Katka Literatka" i ostatnio zauważyła, że w zasadzie niewiele jest rzeczy, których by już nie powiedziała. Nadeszła pora, żeby odejść. Rezygnowała z gazety i zaczynała nową działalność. Od dłuższego czasu odkładała pieniądze, za które kupiła dużą działkę z gospodarstwem i zamierzała hodować tam kozy.

Bardzo się to różniło od wszystkiego, co robiła dotychczas, ale Cathy zawsze miała słabość do małych kózek – od dzieciństwa, kiedy to bawiła się z nimi na farmie Elner Shimfissle. Teraz pisała więc swój ostatni felieton jako „Katka Literatka".

Drodzy Czytelnicy, jak wiecie, opuszczam Elmwood Springs i zamykam gazetę. Niestety, ten numer jest już ostatnim.

Po tylu latach pracy jako Wasza reporterka bardzo trudno mi się pożegnać. Nauczyłam się od Was tak wiele: prawdziwego znaczenia rodziny i przyjaźni, a także tego, co znaczy być dobrym sąsiadem. Większość z Was znam od urodzenia i wobec wielu dostąpiłam zaszczytu napisania ich nekrologu. Ciężko jest pogodzić się ze stratą bliskich i myśleć o własnej śmiertelności, nie wiedząc, co nas czeka, gdy opuścimy ten świat.

Jedynym, co mogę stwierdzić na pewno po tylu latach spędzonych wśród Was, jest to, że wyjeżdżam przepojona głęboką wiarą w ludzi. Żegnam Was więc serdecznie z nadzieją na ponowne spotkanie.

Cathy Calvert

PS Możecie do mnie pisać na adres: Kozia Farma, skr. poczt. 326, Two Sisters, Oregon 94459.

Kto to zrobił?

Dwa lata później, kiedy Ralph Childress przybył na Spokojne Łąki, wszyscy chcieli z nim porozmawiać.

– Hej, Ralph – powiedział Merle Wheeler – podobno znalazłeś kopię testamentu Hanny Marie. Jak to zrobiłeś?

– Właśnie, jak na to wpadłeś? – dodała Verbena.

Ralph chrząknął.

– Hm, głupio mi to mówić, ale nie był to wynik żadnych specjalnych działań policyjnych. Ktoś kazał mi zajrzeć za ten portret, więc tak zrobiłem.

– Kto?

– Rzecz w tym, że nie wiem. To był anonimowy informator. Któregoś dnia przeglądałem listę rzeczy do zrobienia w telefonie i w kalendarzu znalazłem taką informację.

– I nie wiesz, kto ją tam umieścił?

– Nie. I to nie była Edna. Jak jej to pokazałem, mówiła, że pierwszy raz widzi tę wiadomość na oczy. Ten, kto to zrobił, musiał się włamać do mojego telefonu.

Ruby zauważyła:

– Według mnie to musiał być ktoś, kto widział, jak mała panna Davenport chowała testament.

– Tak – stwierdziła Tot. – Albo dowiedział się o tym od kogoś, kto ją widział.

Verbena powiedziała:

449

– Chciałabym się dowiedzieć, kto to był... i dlaczego czekał z tym tak długo.

– Moim zdaniem to była ta ruda – stwierdził Merle.

– Może – zgodził się Ralph – ale już się tego nie dowiemy.

Macky się martwi

Norma nie żyła już od trzech lat i Macky samotnie błąkał się po domu. Ich córka Linda błagała go, żeby zamieszkał z nią w Seattle, ale on nie chciał. Musiał pozostać w Elmwood Springs, blisko Normy.

Odwiedzał ją i dbał o jej grób. Chociaż bardzo za nią tęsknił, właściwie był zadowolony, że odeszła pierwsza. Pod koniec życia tak bardzo się bała, że gdyby nie było go wtedy przy niej, nie wiadomo, jak by to zniosła.

Był 4 lipca, ale on nie miał ochoty iść na paradę. Młodzieniec, któremu sprzedał sklep z narzędziami, zaproponował, że go podwiezie, lecz Macky nie miał zamiaru na to patrzeć. Wiedział, że dla dzisiejszych młodych starzy mężczyźni paradujący w kapeluszach VFW wyglądają na głupców. I może wielu z nich było infantylnymi starcami, którzy próbują zatrzymać czas swojej chwały. Kiedyś jednak byli młodzi, gotowi walczyć i umierać za kraj. Gdzie byłaby dzisiaj Ameryka, gdyby nie wielu takich głupich młodych mężczyzn?

Macky martwił się o swój kraj. Coś psuło się gdzieś w głębi – następował powolny rozkład, zatracała się różnica między dobrem a złem. Zupełnie jakby setki cynicznych małych szczurów podgryzały każde włókno, cierpliwie rok po roku, aż wszystko zaczęło się rozłazić i zamieniać w wielką kadź pełną szarej mazi wymieszanej z nienawiścią do samych siebie.

Opary owej mikstury wydobywały się ze szkolnych klas, z ust prezenterów wiadomości, z ekranów kin i telewizorów i zaczynały powoli zmieniać sposób patrzenia na własny naród, aż doszło do tego, że duma z własnego kraju stała się czymś groteskowym, patriotyzm głupotą, a sugestia, że ludzie powinni myśleć o sobie, uważana była za przejaw braku wrażliwości.

Historię zmieniano z godziny na godzinę, bohaterów wykorzystywano do uzasadnienia politycznych decyzji. Macky czuł, że żyje w państwie, w którym jedni mają wolność słowa, a inni nie. Czego trzeba, żeby Ameryka wróciła na dawne tory? Czy wszystko, o co kiedyś walczyli, zostanie zapomniane? Cieszył się, że on i Norma dorastali wtedy, a nie kiedy indziej. Wchodzili w dojrzałość w tak niewinnych czasach, gdy ludzie chcieli pracować i polepszać swój los. Obecnie kraj wolności oznaczał coś zupełnie innego. Każde pokolenie było słabszą wersją swoich poprzedników, tak że szybko stawali się narodem narzekających i domagających się łatwego życia – wręcz tego oczekujących. Do diabła, teraz już nawet młodzi nie wyprowadzają się od rodziców. Miał wrażenie, że wszystko schodzi na psy.

Na Spokojnych Łąkach niektórzy by się z nim nie zgodzili. Prawnuczka pani Lindquist, która właśnie tam dotarła, mówiła o swoim pokoleniu coś zupełnie innego:

– Och – westchnęła – teraz dzieje się tyle wspaniałych rzeczy. Codziennie odkrywane są jakieś nowe leki. Ludzie są coraz bardziej tolerancyjni i otwarci na innych: na inne rasy, religie, style życia. Życie jest dużo łatwiejsze niż w czasach waszej młodości, kobiety mogą robić wszystko, co chcą, a do tego Internet... no, cały świat się zmienił. Wierzcie mi, jestem przekonana, że dorastałam w najlepszych możliwych czasach.

Witaj, Macky!

Kiedy Macky Warren w końcu, jak to mówią, dokonał żywota i wylądował na Spokojnych Łąkach, pierwszym, co usłyszał, był głos Normy:

– Niespodzianka!

– Dobry Boże, kobieto, niemal na śmierć mnie przeraziłaś.

Norma się roześmiała.

– Zastanów się, Macky. Przecież już nie żyjesz, głuptasie. Oj, Macky, jak się cieszę, że tu jesteś. Mam ci tyle do powiedzenia. Ciocia Elner miała rację. Mówiła, że jeszcze będę ci wdzięczna za to miejsce na cmentarzu, i naprawdę tak jest. Spodoba ci się tu, kochanie, zobaczysz.

Później, gdy Macky już otrząsnął się z szoku wywołanego krzykiem Normy, zaczął rozumieć, że ten nowy stan oznaczał ulgę. Za życia nie dawały mu spokoju najróżniejsze pytania: Jaki jest sens życia? Po co właściwie żyję? Co mam z tym życiem począć?

Teraz nagle wszystko nabrało znaczenia. Przeżył swoje życie i zmarł; takie to proste. Niepotrzebnie szukał celu. Sam fakt, że się urodził, nadał jego życiu sens. Miał być dzieckiem swoich rodziców, mężem swojej żony, ojcem swojej córki i tak dalej. Niezależnie od wszystkich wielkich planów i ambicji, by zmieniać świat, zostać kimś wyjątkowym, był po prostu kolejnym drobnym ogniwem w łańcuchu życia, który przesuwa się powoli z pokolenia na pokolenie. Jedyną rzeczą, jaką miał do wykonania, było rozluźnić się i cieszyć się tym, gdzie jest. I w tym momencie znajdował się dokładnie tam, gdzie miał się znaleźć. Musiał przyznać Normie rację. W całym swoim życiu nie czuł się tak szczęśliwy.

Z upływem lat cała stara gwardia – Tot, Ruby, Verbena, Merle – zniknęła. Można było odnieść wrażenie, że teraz odchodzili dużo szybciej niż dawniej. Coraz częściej o tym rozmawiano.

Dwayne junior powiedział do Gene'a Nordstroma:

– Hej, słyszałeś? Wczoraj w nocy straciliśmy znowu trzy osoby.

– Do licha, to niedobrze – odparł Gene.

– Nie myślisz chyba, że oni idą do piekła, co?

– Nie, chyba nie. Gdyby tak było, poszliby tam od razu.

– Racja – rzekł Dwayne. – Możemy podejrzewać, że przenieśli się do innego wymiaru albo do jakiegoś wspaniałego wszechświata równoległego.

– Co?

– Wszechświat równoległy. Nie oglądałeś *Star Treka* w telewizji?

– Nie, zmarłem w tysiąc dziewięćset czterdziestym piątym roku. Nie mieliśmy wtedy telewizji.

– O kurczę. To lipa. Ale wiesz co... co do tych zniknięć... Gdyby mnie tu jutro nie było, to wiedz, że miło było cię poznać.

– Wzajemnie, kolego – powiedział Gene.

Wszystko się kiedyś kończy

2016

Macky Warren był ostatnią osobą pochowaną na Spokojnych Łąkach. Brak nowych pochówków łączył się z tym, że nikt już nie przychodził w odwiedziny.

Lata mijały i Spokojne Łąki stopniowo zamieniały się w miejsce wykorzystywane do biegania, jazdy na rowerze, wyprowadzania czworonogów, picia piwa, palenia trawki, nauki jazdy samochodem czy do obściskiwania się z dziewczyną.

Pewnego ranka stary Hendersen obudził się wściekły. Poprzedniego dnia jakiś dzieciak przewrócił jego nagrobek wraz z czterema innymi, kiedy zamiast pierwszego biegu włączył wsteczny.

– I nikt tego nie naprawi – westchnął. – To miejsce schodzi na psy... wszędzie chwasty... a czy ktoś zauważył, że mamy tu pełno kretów? Całą noc słyszę, jak ryją. Szur, szur, szur.

Ida Jenkins zwróciła się do męża:

– On ma rację. To okropne, co się stało z tym miejscem. Nie rozumiem, gdzie jest klub ogrodniczy. Gdybym ja tam była, na pewno by do tego nie doszło.

Trzy dni później Eustus Percy Hendersen zniknął. I chociaż brzmi to niewiarygodnie, wszystkim go brakowało.

Gene zauważył:

– Był z niego straszny zrzęda... ale lubiłem tego gościa.

455

W roku 2020 Elmwood Springs prawie przestało istnieć. Dawna galeria handlowa została zamknięta, a po drugiej stronie mleczarni, gdzie powstało nowe osiedle, zbudowano centrum wyprzedażowe z kinem IMAX. Przewróciła się tablica z napisem WITAMY W ELMWOOD SPRINGS, którą kiedyś Lions Club umieścił przy zjeździe z głównej drogi. Nie pozostało prawie nic poza kilkoma starymi domami, polem dla przyczep kempingowych i szeregiem budynków magazynowych. Linda jeszcze jakiś czas wysyłała rodzicom kwiaty na Wielkanoc, ale w końcu przestała. I tak nie wierzyła, by jej rodzice tam byli. Oczywiście, miała rację. Do tego czasu oboje już stamtąd odeszli.

Po latach na Spokojnych Łąkach nie było już nikogo. Pozostało jedynie samotne wzgórze zarośnięte chwastami pokrywającymi połamane nagrobki.

Czas spędzony przez nich na Spokojnych Łąkach trwał krótką chwilę, ale była to chwila naprawdę wspaniała.

Epilog

2021

Robiło się późno i odgłosy ruchu drogowego cichły z każdą chwilą.

Stara wrona poderwała się z gałęzi, długim falującym ruchem otrzepała skrzydła, które zalśniły czernią, i ponownie opadła, by usadowić się wygodnie na noc. Obserwowała ostatnie pary przemykające przez park do domów. Po chwili zamrugała i westchnęła:

– Ja kochałam być człowiekiem, a ty?

Szary gołąb siedzący obok niej potrząsnął łebkiem.

– Nie wiem, Elner. Nigdy nie byłem człowiekiem.

– Och... w takim razie masz na co czekać. To bardzo przyjemne – powiedziała wrona. – Ale bycie wroną też mi się podoba. Wiem, że wielu ludzi nie lubi wron, ale ja osobiście zawsze miałam do nich słabość. Codziennie rano siadywaliśmy z mężem, Willem, na werandzie i obserwowaliśmy je. A teraz jestem jedną z nich, sama mogę latać. To takie wspaniałe uczucie.

Do rozmowy wtrąciła się szara wiewiórka, zwinięta w gnieździe nad nimi:

– Ja byłam żółwiem przez sześćdziesiąt cztery lata.

– O rany, i jak było?

– Bardzo spokojnie.

– Czy to nie wspaniałe? Cały czas się zmieniamy... kto by pomyślał?

Mała czterolistna koniczynka pod ławką wybuchnęła śmiechem.

– Na pewno nie ja. Zawsze uważałam, że kiedy mój czas się skończy, to już będzie po wszystkim, a tu się okazuje, że tak przyjemnie jest się zmieniać z jednej istoty w drugą.

– Zgadzam się – rzekł gołąb. – Ten, kto wprowadził życie w ruch, z pewnością wiedział, co robi. Ktokolwiek czy cokolwiek to było.

– O tak – przyznała wiewiórka. – Ale zastanawiam się, co się z nami stanie, kiedy już zaliczymy postaci wszystkich żywych istot na Ziemi.

– Nie martwiłabym się o to – powiedziała czterolistna koniczyna (która kiedyś była nauczycielką przyrody w Akron w stanie Ohio). – To potrwa tryliony lat, no i... samych ryb jest ponad osiem milionów gatunków, że nie wspomnę o owadach.

– Kiedyś byłem pchłą – wtrącił mały pędrak przechodzący obok.

Wiewiórka wgryzła się w orzech, wyplula kawałek skorupki i powiedziała:

– Ale i tak jest o czym myśleć. Kto wie? Może któregoś dnia wszyscy znajdziemy się na innej planecie, w zupełnie innym wszechświecie, i wszystko zacznie się od nowa.

– O, słodka tajemnico życia – zaśpiewała stara wrona.

Księżyc uśmiechnął się i skrył za chmurą. Wkrótce wszyscy byli gotowi spędzić kolejną noc w oczekiwaniu na następny dzień.

Tymczasem na obrzeżach Oxnard w Kalifornii Luther Griggs (teraz niewielka roślinka, która wyłoniła się w szczelinie między cementowymi płytami na drodze numer 101) z ogromną radością obserwował wszystkie przejeżdżające ciężarówki i kampery.

Pan Evander J. Chapman (obecnie ślimak w Woodsboro w stanie Maryland) nie przestawał mówić, a ponieważ ślimaki należą do najbardziej ślamazarnych istot na świecie, miał spore grono mimowolnych słuchaczy. Podczas gdy grupa powoli sunęła w kierunku następnego liścia, on opowiadał:

– Tak jest. No i tuśmy som, ino jo i story Andrew Jackson*. Stary Hickory we własnyj osobie. Ojoj, otoczoło nas z dziesińć tysincy Indiańców Seminole, kożdyn jedyn wściekły jak diobli... No to stoimy tam, plecomi do siebie... cołkiem nieźle ich odpiromy, aż kończy się nom amunicjo. Wtedy żem dojrzoł dziurę w lesie i krzyknoł: „W nogi!”. Jom uciekoł w jedno strone, a łun w drugom... Jokem go zoczył następnym rozem, mówi: „Evander, uratowołżeś mi życie, kolego!”. A jo na to...

Choć ślimaki zwykle poruszają się powoli, to sprowokowane – o czym mało kto wie – potrafią zrzucić skorupę i uciekać. Część z nich po chwili słuchania opowieści pana Chapmana wykorzystała tę umiejętność.

W tym samym czasie gdzieś w Ameryce Południowej w jaskrawym słońcu latały wspólnie dwa żółto-czarne motyle, Gustav i Lucille.

Mimo iż teraz była wroną, Elner zachowała swoje wspomnienia i kilka sekretów. Gdyby wrony mogły się śmiać (a nie mogą), śmiałaby się do rozpuku. Nikt o tym nic wiedział, ale to ona wleciała przez kuchenne okno i dziobem wpisała wiadomość w telefon Ralpha. Zjedzenia jego szarlotki nie planowała.

---

* Andrew Jackson – amerykański generał, polityk, siódmy prezydent USA (w latach 1829–1837). W wojsku nadano mu przydomek „Old Hickory” (stare drzewo hikorowe).

To była kradzież, zdawała sobie z tego sprawę, ale nie potrafiła się oprzeć ciastu Edny. Ta dziewczyna potrafiła piec!

Niedługo po aresztowaniach przywrócono moc prawną testamentowi Hanny Marie i cały jej majątek, wraz z mleczarnią, wrócił do Alberta Olsena i kuzynów Hanny Marie. Szkoła dla głuchoniemych w Missouri otrzymała anonimową darowiznę w wysokości pięciu milionów dolarów na fundusz stypendialny. Wszystko to dzięki małej pannie Davenport i jednej starej wronie.

Niestety, Michael Vincent siedział za fałszerstwo, a nie za zamordowanie Hanny Marie, jak powinien. Jednak podczas pobytu w więzieniu jeden z osadzonych nagle, niesprowokowany, wbił mu w serce drut do robótek ręcznych. Jak to narzędzie znalazło się w jego rękach, pozostaje zagadką.

Może istotnie jest tak, jak mawiała Verbena Wheeler: „Wcześniej czy później każdy w końcu dostanie to, na co zasłużył".

Oczywiście, zarówno babcia Hanny Marie, jak i jej babcia cioteczna Katrina Nordstrom swego czasu sprawnie robiły na drutach.

I TO JUŻ KONIEC...

A może nie...

Jak myślicie?

Podziękowania

Autorka pragnie wyrazić wielką wdzięczność wspaniałemu zespołowi z wydawnictwa Random House za nieocenioną pomoc i wsparcie w ciągu lat. Dziękuję Wam z całego serca.

Opieka redakcyjna
Paulina Ohar-Zima

Redakcja
Bianka Dziadkiewicz

Korekta
Pracownia 12A, Anna Rudnicka, Ewelina Korostyńska

Projekt okładki
Peter Malone

Opracowanie okładki na podstawie oryginału
Robert Kleemann

Redakcja techniczna
Robert Gębuś

Książkę wydrukowano na papierze Ecco Book Cream 70 g vol. 2,0

Printed in Poland
Wydawnictwo Literackie Sp. z o.o., 2018
ul. Długa 1, 31-147 Kraków
bezpłatna linia telefoniczna: 800 42 10 40
księgarnia internetowa: www.wydawnictwoliterackie.pl
e-mail: ksiegarnia@wydawnictwoliterackie.pl
fax: (+48) 12 430 00 96
tel.: (+48) 12 619 27 70
Skład i łamanie: Nordic Style
Druk i oprawa: Drukarnia Pozkal, Inowrocław